LA

COMÉDIE DE MOLIÈRE

L'AUTEUR ET LE MILIEU

GUSTAVE LARROUMET

Membre de l'Institut

LA
COMÉDIE DE MOLIÈRE

L'AUTEUR ET LE MILIEU

LA FAMILLE DE MOLIÈRE
LA BOURGEOISIE PARISIENNE AU XVIIᵉ SIÈCLE
LA FEMME DE MOLIÈRE — SON ORIGINE ET SA LÉGENDE
LES AMIS DE MOLIÈRE
MADELEINE BÉJART — LA GRANGE
LES MŒURS THÉÂTRALES AU XVIIᵉ SIÈCLE
MOLIÈRE ET LOUIS XIV
MOLIÈRE — L'HOMME ET LE COMÉDIEN

SEPTIÈME ÉDITION

PARIS

LIBRAIRIE HACHETTE ET Cⁱᵉ

79, BOULEVARD SAINT-GERMAIN, 7

1910

AVANT-PROPOS

Nous avons déjà une excellente biographie de Molière, celle que M. Louis Moland vient d'ajouter à son édition des œuvres du poète; nous en aurons bientôt une autre, que prépare M. Paul Mesnard pour la collection des *Grands Écrivains de la France*, et les travaux antérieurs de M. Mesnard laissent prévoir quel sera le mérite de celui-ci. C'était assez, semble-t-il, pour décourager toute tentative du même genre; j'ai cru, cependant, qu'entre ce qu'avait fait l'un et ce que l'autre allait faire, il restait place pour un livre dont l'histoire de Molière serait le principal élément, mais non l'objet, et qui, tout en utilisant les plus récentes recherches auxquelles cette histoire a donné lieu, verrait en elles un moyen plutôt qu'un but.

Un biographe, en effet, ne peut avoir qu'un dessein, celui de présenter avec exactitude la succession de tous les faits qui composent la vie de son héros. La moindre date, le plus menu détail ont leur importance à ses yeux; il doit dire tout ce qu'il sait. D'autre part, on ne lui demande pas d'apprécier les œuvres de celui dont il écrit la vie, mais simplement de raconter les circonstances au milieu desquelles ces œuvres se sont produites. Désirant faire œuvre de critique, je me proposais autre chose, qui était de rechercher, pour Molière, quelle influence les faits de son existence avaient eue sur ses pièces, dans quelle mesure ils pouvaient en expliquer la suite, l'inspiration, la portée, la valeur diverse. Tout cela ressort d'une biographie bien faite, mais le biographe excéderait son rôle en donnant la première place aux considérations de ce genre; le devoir du critique consiste, au contraire, à ne s'appuyer sur la biographie que pour les dégager plus sûrement, et, négligeant tout ce qui ne les intéresse pas, à n'attacher d'importance aux faits que par rapport aux œuvres.

De ces idées sur le rôle de la biographie et de la critique résultent les études sur Molière qui composent le présent volume. J'ai voulu rechercher de quelle façon, en dépit de quels obstacles, avec quels auxiliaires s'exerça le génie de Molière, et, pour cela, j'ai choisi dans son existence divers objets d'étude, comprenant son enfance, l'origine et le développement de sa carrière, la constitution de son théâtre, sa vie privée, son caractère. Découper cette histoire en tranches parallèles, sous les rubriques que je viens d'indiquer, eût été quelque

peu monotone; aussi, tout en faisant de Molière le
centre et l'objet constant de mon travail, m'a-t-il
semblé préférable de chercher des cadres autour de
lui pour plusieurs de ces études partielles; son père,
sa femme, sa plus constante amie, son plus utile
auxiliaire, la cour de Louis XIV, me les ont fournis.
De la sorte, j'ai pu reconstituer, avec la physionomie
propre du poète, le milieu dans lequel il vécut et
dont il s'inspira; plus tard j'espère compléter cette
première enquête en étudiant la poétique et la morale de son théâtre.

Ces études ont paru d'abord dans la *Revue des
Deux Mondes*. En m'ouvrant le plus autorisé de nos
grands recueils littéraires, M. C. Buloz m'a fait un
honneur dont je sens tout le prix. M. F. Brunetière
a été pour moi un conseiller que je n'ai cessé de
consulter; toutes les pages que l'on va lire ont passé
sous ses yeux; il n'y en a pas une qui n'ait profité
de ses critiques; et, s'il n'a pas ménagé les objections à quelques-unes des idées que je soutiens, plusieurs, et de celles qui me paraissent les plus justes,
m'ont été suggérées par lui.

Aux archives et à la bibliothèque de la Comédie-
Française, j'ai retrouvé près de M. G. Monval une
obligeance que j'avais appréciée déjà; non content
d'aider mes recherches, il a souvent mis à ma disposition sa propre science du sujet que je traitais.

Peu après leur publication dans la *Revue*, deux

des études que l on va lire — celles sur Madeleine
Béjart et sur la femme de Molière — ont été dis-
cutées dans *le Temps*, par M. Jules Loiseleur, avec
assez d'étendue pour que le recueil de ses articles ait
formé une brochure. Malgré mes propres objections
à ses *Points obscurs de la vie de Molière*, M. Loiseleur a mis dans sa réponse une courtoisie qui n'est
point commune en ces sortes de controverses. Si
dans l'ensemble, il ne me paraît pas avoir sensiblement ébranlé ma thèse, il verra que, sur quelques
points de détail, je me suis corrigé d'après ses indications, et que, dans mes notes, j'ai plusieurs fois
mis à profit les faits et les raisonnements nouveaux
qu'il produisait. Je relèverai, cependant, un reproche
qui m'a un peu étonné; il aurait voulu, dit-il, me
voir produire, « sinon des découvertes, aujourd'hui
bien difficiles, il faut le reconnaître, du moins des
recherches personnelles et des points de vue neufs
et indépendants ». J'assure M. Loiseleur que, si
j'avais eu le loisir de chercher et l'espérance de
trouver une seule pièce tout à fait nouvelle — par
exemple l'acte de naissance d'Armande Béjart, ou
la relation par un témoin oculaire de sa venue au
monde — je me serais empressé de la produire.
Mais il reconnaît que c'était difficile; et la meilleure
preuve, c'est que, dans le sujet qui nous occupe, lui-
même, chercheur habile et heureux, n'a rien trouvé,
ou peu s'en faut, de tout à fait inédit. Pour le reste,

j'ai si consciencieusement essayé de me faire des opinions personnelles, que je me suis vu forcé de combattre les siennes.

En même temps que M. Loiseleur développait à nouveau le système de ses *Points obscurs*, M. Henri Chardon exposait, dans la *Revue du Maine*, les relations de Madeleine Béjart avec M. de Modène, et, rencontrant mes propres études sur sa route, les discutait, lui aussi, avec beaucoup de bonne grâce. J'aurais voulu profiter de ses recherches plus que je ne l'ai fait; mais, quoiqu'il ait bien voulu me les communiquer au fur et à mesure de leur publication, l'impression du présent ouvrage était terminée avant que M. Chardon arrivât à la fin d'un travail dont toutes les parties s'enchaînent avec rigueur. Ce travail va paraître en un volume, qui sera certainement un des plus neufs et des plus nourris qu'ait provoqués, outre l'histoire de Molière, celle des anciennes troupes de campagne.

En revoyant une série d'articles pour en faire un livre, j'ai tenu à en changer aussi peu que possible le caractère. Je prie donc le lecteur d'excuser quelques répétitions inévitables en des études où j'ai dû plusieurs fois repasser par le même chemin. J'ai ajouté quelques notes au texte primitif; mais je m'en suis tenu au strict indispensable, car, si j'avais voulu préciser toutes mes références, l'étendue du volume aurait été doublée et la lecture en serait

devenue des plus pénibles. C'est à chaque page
qu'il m'eût fallu citer, outre les contemporains de
Molière, Grimarest, Beffara, Jal, Taschereau, Soulié.
Pour qui voudra contrôler mes dires, il n'y aura
qu'à prendre la troisième édition de l'*Histoire de
la vie et des œuvres de Molière*, par Taschereau
(1844), ou la *Bibliographie moliéresque* de Paul
Lacroix (1875). Je me suis donc borné, sauf d'assez rares exceptions, à signaler les travaux les
plus récents, qui ne sont encore cités dans aucun
recueil d'ensemble, et, dans un appendice, j'ai
essayé de marquer l'apport des principaux biographes dans le fonds commun qui constitue, à cette
heure, l'histoire de Molière.

G. L.

Octobre 1886.

LA COMÉDIE DE MOLIÈRE

L'AUTEUR ET LE MILIEU

CHAPITRE I

UN BOURGEOIS DE PARIS AU XVIIᵉ SIÈCLE

JEAN POQUELIN

Si la jeunesse des grands écrivains mérite toujours d'être étudiée pour les renseignements qu'elle donne sur les origines, la formation lente, la direction première du génie, je ne crois pas que ce genre d'études puisse s'exercer plus fructueusement que sur les poètes comiques en général et Molière en particulier. Supposons-nous privés de tout renseignement sur la famille et l'éducation de Corneille ou de Racine : somme toute, leurs œuvres pourraient se suffire à elles-mêmes. Malgré l'influence du temps et du milieu, comme ils s'élevaient au-dessus de l'un et de l'autre, et qu'ils s'inspiraient surtout de sentiments héroïques et de passions idéales, il n'y aurait, pour les comprendre, qu'à faire comme eux, dans la mesure du possible, en les suivant à la hauteur où ils se tiennent. Les poètes comiques ne se prêtent pas aussi bien à ce genre d'abstraction. Ceux-là ne perdent jamais terre, ils se nourrissent sur le sol ; ils sont nés, ils observent plus qu'ils n'imaginent, et les impressions qu'ils reçoivent dans leur jeunesse, étant les premières, sont souvent les plus profondes; elles persistent plus ou moins dans la diversité de leur carrière. Quoique l'on ait écrit beaucoup sur Molière, il s'en faut que l'on ait demandé à une enquête sur ses premières années tout ce qu'elle peut apporter de lumière à l'intelligence de son caractère et de ses œuvres. La Grange et Vinot, ses premiers biographes, étaient fort discrets là-dessus, et, au peu qu'ils disaient, Grimarest n'ajoutait guère que des erreurs et des inventions. Il faut descendre jusqu'à Beffara pour obtenir vraiment du nouveau; avec Jal et Soulié, les renseignements nous sont offerts en abondance; Soulié surtout tire des siens un excellent parti. Sur les pas de ces chercheurs, de nombreux émules glanent encore avec succès. Un travail d'ensemble, mettant à profit leurs découvertes, grandes et petites, reste à entreprendre; je voudrais l'esquisser en groupant les résultats essentiels de ces découvertes autour du père du poète, Jean Poquelin.

I.

Origine des Poquelin, leur situation sociale; la maison natale de Molière. — Jean Poquelin et Marie Cressé; Jean Poquelin tapissier du roi; son commerce, sa clientèle, sa fortune, son intérieur.

Il semble prouvé qu'il y avait à Beauvais, dès la fin du quatorzième siècle, dans la moyenne bourgeoisie, une famille Pocquelin ou Poquelin, dont la filiation s'établit régulièrement à partir de 1553. De cette souche sortirent deux branches transplantées à Paris. L'une, qui s'éleva graduellement du commerce à la finance et

s'isola, n'offre aucun intérêt pour nous ; l'autre commence avec Jean Poquelin, établi comme marchand tapissier, à Paris, rue de la Lingerie, à l'enseigne de
Sainte Véronique, dans le quartier des Halles, et marié
le 11 juillet 1594 avec Agnès Mazuel, fille d'un violon
du roi : Molière fut le petit-fils de Jean Poquelin et
d'Agnès Mazuel [1].

Outre son commerce de tapissier, Jean Poquelin est
qualifié « porteur de grains ». Il ne faudrait pas se
tromper sur ce titre et y voir l'indication d'un métier
manuel ; il désignait en réalité une charge honorable et
lucrative. De même qu'il existe encore à Marseille, sous
le nom de *portefaix*, de riches et notables agents de
commerce, dont le rôle consiste simplement à diriger
des équipes d'hommes de peine, il y avait aux ports et
halles de l'ancien Paris une corporation de jurés-por-
teurs de grains, qui, malgré les règlements de police
leur ordonnant d'opérer en personne, ne faisaient en
réalité qu'exploiter un privilège à l'aide de « croche-
teurs, gagne-deniers et plumets ». Quant au métier de
tapissier, il rangeait Jean Poquelin dans le troisième
des six corps de marchands, « plus riche tout seul que
les cinq autres », dit Sauval, et très fier de ses honneurs
particuliers [2]. Dans l'ancienne France, les unions fécondes étaient plutôt une règle qu'une exception. Jean
Poquelin eut dix enfants, cinq fils dont il fit trois tapissiers, un mercier et un marchand de fer, et cinq filles
auxquelles il donna pour maris un linger, un tailleur

---

1. Mathon, *la Famille de Molière était originaire de Beauvais*,
1877 ; *l'Écusson des Poquelin de Beauvais*, dans le *Moliériste* de
juin 1882 ; E. Thoinan, *un Bisaïeul de Molière, recherches sur les
Mazuel*, 1878 ; E. Révérend du Mesnil, *la Famille de Molière ; les
Aïeux de Molière à Beauvais et à Paris*, 1879.

2. Delamare, *Traité de la police*, 1713, liv. V, titre v ; Sauval,
Antiquités de Paris, 1733, liv. IX.

d'habits, un huissier au Châtelet, un tapissier et — ce fut la dernière qui l'eut — un simple « gagne-denier ». L'aîné de ces fils, « honorable homme Jean Poquelin, marchand tapissier à Paris, rue Saint-Honoré, paroisse Saint-Eustache », épousait, le 27 avril 1621, Marie Cressé, « fille d'honorable homme Louis de Cressé, aussi marchand tapissier, bourgeois de Paris, demeurant au marché aux Poirées », et de Marie Asselin. Le contrat de mariage énumère complaisamment les parents et amis de la famille ; ce sont tous gens de négoce lucratif ou d'industrie relevée : tapissiers, lingers, plumassiers, marchands de fer, lapidaires ; et plusieurs, à l'exemple de Louis de Cressé et de Jean Poquelin fils, prennent le titre « d'honorable homme », marquant ainsi l'estime qu'ils font d'eux-mêmes. Que cette qualité, toutefois, ne nous abuse point ; bien qu'on ait établi sur elle d'ingénieuses hypothèses [1], Furetière nous explique nettement ce qu'elle signifiait : « C'est un titre, dit-il, que l'on donne dans les contrats à ceux qui n'en ont point d'autres et que prennent les petits bourgeois, les marchands et les artisans. » De même pour la particule de Louis de Cressé. Ce qui passe aujourd'hui pour un signe de noblesse n'indiquait souvent, aux deux derniers siècles, qu'une origine très plébéienne, surtout lorsque la particule précédait, comme ici, un nom de lieu [2] ; Louis de Cressé pourrait bien n'être que le descendant de quelque pauvre ouvrier parti jadis, pour chercher fortune, d'un petit bourg de Saintonge, situé aux environs de Saint-Jean-d'Angély.

1. « Elle (Marie Cressé) était friande de ce qui l'élevait. Si Jean Poquelin, son mari, se mit en mesure d'obtenir la qualité « d'honorable homme », qualité assez enviée dans les métiers, ce dut être sur ses instances.... Je réponds qu'elle fut bien fière du titre.... » (Ed. Fournier, *Etudes sur la vie et les œuvres de Molière*, 1885, II.)

2. Paulin Paris, *De la particule dite nobiliaire*, 1861.

Ainsi réduite à sa véritable importance sociale, la
famille Poquelin tenait dans la moyenne bourgeoisie
parisienne une place fort distinguée. Son importance
s'accrut bientôt par une charge considérable que l'un
des siens, Nicolas, fils et frère de Jean, acquit entre
1620 et 1630 : celle de tapissier ordinaire du roi. Nous
n'en connaissons pas la valeur exacte, mais, par les
avantages qui y étaient attachés, les privilèges qu'elle
conférait, le prestige surtout qu'elle donnait à un commerçant, elle devait être d'un prix élevé. Les tapissiers
du roi jouissaient de la noblesse personnelle et pouvaient
se qualifier d'écuyers ; dès les premiers temps du
règne de Louis XIV ils reçurent le titre de valet de
chambre, fort recherché par les officiers de la cour.
D'après l'*État de la France* ils étaient au nombre de
huit et servaient deux à deux par quartier, c'est-à-dire
par trimestre, avec trois cents livres de gages, et divers
avantages en nature. Quant à leur service, il est ainsi
défini : « Ils aident tous les jours aux valets de chambre
à faire le lit du roi ; ils ont en garde, aux lieux de séjour
de la cour, les meubles de campagne du roi pendant
leur quartier et font les meubles de Sa Majesté. » Que
l'on se rappelle de quelle adoration grandissante la personne royale était entourée depuis le commencement du
siècle, combien toute occasion de l'approcher était re-
cherchée ; que l'on considère la valeur artistique de ce
qui reste du mobilier de la couronne ; enfin, que l'on
parcoure du regard, dans notre Paris de liberté commerciale et de démocratie, les enseignes où s'étalent
encore les titres de fournisseurs des maisons royales, et
l'on comprendra ce qu'un tapissier du roi pouvait être
comme importance sociale et capacité professionnelle
en un temps de privilège et de ferveur monarchique.

Huit mois et vingt-deux jours après leur mariage, le

15 janvier 1622, Jean Poquelin et Marie Cressé faisaient
baptiser à Saint-Eustache, sous le nom de Jean, porté
par son père et son grand-père, un fils, le premier de six
enfants, parmi lesquels un autre garçon, baptisé le
1er octobre 1624, reçut aussi le même prénom. Bien que
la tradition ait longtemps fait naître Molière en 1620 ou
1621, et qu'il se soit constamment appelé Jean-Baptiste,
il n'est pas douteux que l'acte de baptême du 15 janvier
ne soit le sien : il exerça toujours et sans contestation
d'aucune sorte ses droits de fils légitime, et, s'il fût né
avant le mariage, ses parents n'eussent pas manqué, selon l'usage, de le reconnaître en se mariant. Quant au
nom de Jean-Baptiste, il lui fut évidemment donné à la
naissance de son jeune frère, pour le distinguer de celui-ci ; il était tout naturel que, dans la même famille,
l'aîné de deux Jean fût mis sous le patronage de Jean-
Baptiste, le Jean par excellence, le premier de tous qui
ait reçu le baptême chrétien. Il n'y a donc pas d'incertitude possible : Molière, né le jour même ou la veille,
fut baptisé à Saint-Eustache le 15 janvier 1622. Mais où
était-il né ? Malgré l'assurance avec laquelle y répondent
la plupart des moliéristes, cette question-ci est moins
facile à résoudre. Sur la maison qui porte le numéro 96
de la rue Saint-Honoré, au coin de la rue Sauval, jadis
rue des Vieilles-Étuves, une plaque de marbre apprend
aux passants que « cette maison a été construite sur l'emplacement de celle où est né Molière ». Les mêmes
passants doivent être fort étonnés lorsque un peu plus
haut, dans la même rue Saint-Honoré, à la jonction de
la rue du Pont-Neuf, jadis rue de la Tonnellerie, ils
lisent sur la maison qui porte le numéro 31 dans cette
dernière rue : « J.-B. POQUELIN DE MOLIÈRE. Cette maison a été bâtie sur l'emplacement de celle où il naquit. »
Les moins lettrés se font peut-être cette réflexion qu'il y

a eu deux Molière : résultat fâcheux d'un trop grand
luxe de plaques. La rue Richelieu offre, du reste, un
semblable sujet d'étonnement : au numéro 34, une
plaque noire affirme que Molière est mort en cet endroit, et, à quelques pas de distance, une plaque blanche
revendique le même honneur pour le numéro 40.

Si, pour les deux maisons mortuaires, la question est
maintenant vidée au profit de la seconde[1], la même
certitude ne saurait être invoquée pour l'une des deux
maisons natales. L'acte de mariage de Jean Poquelin et
l'acte de naissance de Molière donnent l'un et l'autre
pour domicile à Jean Poquelin la rue Saint-Honoré,
paroisse Saint-Eustache; or les deux maisons à plaques,
celle de la rue des Vieilles-Étuves et celle de la rue de
la Tonnellerie, répondraient également à cette indication. On invoque au profit de la première un rôle des
taxes levées en 1637 pour le nettoiement des rues sur
les bourgeois de Paris et qui mentionne une maison
« occupée par le sieur Jean Poquelin, marchand tapissier, faisant le coin de la rue des Étuves ». Cette pièce
prouve bien que le tapissier habitait au coin de la rue
des Étuves quinze ans après la naissance de son premier
enfant, mais pas du tout qu'il y habitât à l'époque de
cette naissance. Il est même vraisemblable que, durant
une si longue période, Jean Poquelin n'avait pas
conservé son domicile primitif. En effet, de grands
changements s'étaient produits dans sa situation. Lorsqu'il se marie, en 1621, c'est un petit tapissier, dont le
fonds n'est évalué qu'à 2 200 livres; en 1637 il est
riche et tapissier du roi. En outre il a perdu sa première femme et s'est remarié. Autant de raisons pour
faire croire à un déménagement, d'autant plus que Jean

1. Auguste Vitu, *la Maison mortuaire de Molière*, 1883.

Poquelin ne craignait pas ce genre d'ennui : nous lui verrons encore deux autres domiciles que celui de la rue des Étuves. Enfin, c'est rue de la Tonnellerie que la tradition a placé pendant deux siècles la maison natale, et Beffara, qui signala le premier la taxe de 1637, continuait, malgré ce document, à tenir la tradition pour exacte. En attendant que de nouvelles recherches fassent découvrir deux baux, à l'existence desquels Beffara semblait croire [1] et qui trancheraient la question, il y aurait lieu de corriger l'inscription du numéro 96 en y mettant simplement que Molière « a habité » en cet endroit; pour celle du numéro 31, on pourrait y introduire une formule dubitative. Je m'empresse d'ajouter que je propose ces deux corrections par acquit de conscience et sans le moindre espoir de les voir adoptées. Molière n'est pas un homme politique, et pourtant, sur toutes les questions qui le concernent, les érudits prennent position avec une ténacité farouche. En outre, rien n'a chance de durée comme une erreur gravée en marbre.

Si Molière n'est point né dans la maison de la rue des Étuves, il suffit qu'il l'ait habitée pour qu'elle mérite l'attention. De celle de la Tonnellerie, démolie vers la fin du dernier siècle, il ne reste rien et l'on ne peut, sans une représentation exacte, qu'imaginer ce qu'elle était [2].

---

1. Lettre du 22 avril 1828, publiée par M. Georges Monval dans *le Moliériste* d'octobre 1882, avec une discussion très probante sur ce point.

2. A l'aide de la feuille 10 du beau plan de Paris en perspective, dit *plan Turgot*, publié de 1734 à 1739 par L. Bretez et C. Lucas. Une eau-forte de M. Maxime Lalanne, publiée dans la *Gazette des Beaux-Arts* du 1er août 1863, sous le titre de *Rue de la Tonnellerie (Maison dite de Molière)*, prend la rue en enfilade et donne peu de place à la maison qui nous occupe; encore cette maison n'y serait-elle représentée qu'après une reconstruction totale de la façade.

Celle de la rue des Étuves a disparu aussi, en 1802, mais nous avons sur elle des renseignements assez nombreux[1]. Son histoire, avec plan, se trouve dans un dossier conservé aux archives de l'Assistance publique, et on la voit représentée dans un tableau de F.-A. Vincent, *le Président Molé saisi par les factieux au temps de la Fronde*, exposé au Salon de 1779 et placé maintenant dans un vestibule du Palais-Bourbon. C'était une pittoresque construction du seizième siècle, étroite et profonde, à pans de bois et à pignon, avec deux étages en encorbellement, de petites fenêtres cintrées et des vitrages encadrés de plomb. Au coin, sur la rue des Étuves, elle offrait un de ces *poteaux corniers*, si nombreux jadis, que la fantaisie des sculpteurs décorait de ces « figures joyeuses et frivoles », dont parle Rabelais, « contrefaites à plaisir pour exciter le monde à rire ». Avant la disparition de celui qui nous occupe, **Alexandre Le Noir** avait pris soin de le dessiner; d'une exécution spirituelle, et, chose rare dans les figures de ce genre, sans indécence ni grossièreté, il représentait un oranger le long duquel grimpaient une troupe de jeunes singes, très heureusement saisis dans la souplesse et la variété plaisante de leurs attitudes. De là le nom de *Pavillon des singes* donné à la maison. Molière ne perdit pas le souvenir de ce poteau qui avait amusé ses yeux d'enfant. Selon la coutume d'un grand nombre de bourgeois notables au dix-septième siècle, et de sa propre famille, il se composa un blason[2] dont l'écu représentait trois miroirs de vérité, avec deux singes pour supports, l'un tenant un miroir, l'autre un masque de théâtre : « Vous les voyez, Messieurs, s'écriait Donneau de Visé dans son

1. J.-R. Boulanger, *le Pavillon des singes*, dans le *Moliériste* de juillet et octobre 1879.
2. B. Fillon, *le Blason de Molière, étude iconographique*, 1878.

oraison funèbre du poète, ces armes parlantes qui font
connoître ce que notre illustre auteur savoit faire ; ces
miroirs montrent qu'il voyoit tout, ces *singes* qu'il contre-
faisoit tout ce qu'il voyoit, et ces *masques* qu'il a démasqué
bien des gens, ou plutôt des vices qui se cachoient sous
de faux masques. » Si le singe, symbole par excellence de la comédie, était tout indiqué à Molière pour
figurer dans ses armes de poète et de comédien, il est
permis de croire que le souvenir du *poteau cornier* ne
fut pas étranger à cette spirituelle invention. Et si l'on
admet l'influence secrète des lieux et des images, si l'on
voit dans le séjour de Molière enfant autre chose qu'un
jeu du hasard, ces premières années abritées par le *Pavillon des singes* parlent agréablement à l'imagination [1].

Devant la porte de Jean Poquelin, au débouché de la
rue de l'Arbre-Sec, s'élevait la croix du Trahoir et s'étendait un carrefour bruyant, avec des cabarets et des boutiques très achalandés, un va-et-vient continuel d'oisifs
et d'acheteurs, de badauds et de gens affairés. Ici encore
on peut trouver que la place était bonne pour l'éducation
d'un futur poète comique. Si l'œuvre de Molière est surtout d'inspiration bourgeoise, elle accuse en même temps
la profonde connaissance des mœurs et du langage populaires. Autour de la croix du Trahoir, la mémoire de
l'enfant put saisir au vol quantité de ces locutions familières, de ces proverbes d'usage, de ces tropes hardis et
justes, où Malherbe voyait un perpétuel sujet d'études
pour les grammairiens, une source d'énergie et de couleur pour le style des lettrés. Il y a telle scène du
Dépit amoureux, la grande querelle de Marinette et de

1. On verra plus loin, chapitre II, 4, que, par un singulier jeu
du hasard, Molière devait habiter un jour, place du Palais-Royal,
une autre maison dite *du Singe vert*.

Gros-René, par exemple, qui, par la verve de l'expression et sa franchise un peu crue, aurait pu se jouer au
naturel dans un carrefour du vieux Paris. Au point de vue
pratique, on ne s'étonnera pas que le tapissier Poquelin, après d'heureux débuts au coin de la Tonnellerie,
ait choisi pour développer son commerce un endroit aussi
fréquenté. Il n'eut pas à s'en plaindre, et ses affaires y
prirent un grand accroissement. Dix ans après son mariage, en 1631, il acquérait de son frère Nicolas l'office
de tapissier du roi, et, lorsqu'il perdit sa femme Marie
Cressé, le 10 mai 1632, son fonds avait singulièrement
augmenté de valeur. Ce fonds était évalué en 1621 à
2200 livres; il atteignait maintenant 6107 livres, sans
parler d'une somme de 2000 livres argent comptant,
dont il va être question tout à l'heure. Le nombre et le
prix des meubles qui le composent prouvent que Voltaire se trompait du tout au tout en faisant du père de
Molière un « marchand fripier[1] ». C'était, au contraire,
un fabricant d'ameublements de luxe, et, parmi les
clients de la maison, il en était de fort notables, comme
M. de La Suze, le baron d'Estissac, le marquis de Fou-
rille, le duc de La Rochefoucauld, père de l'auteur des
Maximes.

C'est l'inventaire dressé après la mort de Marie Cressé

[1]. A vrai dire, l'erreur de Voltaire est excusable. Sur la fin de sa
vie, Jean Poquelin n'exerçait guère plus, comme on le verra, qu'un
commerce de friperie, et, du vivant de Molière, tel de ses ennemis,
comme Le Boulanger de Chalussay, l'auteur d'*Élomire hypocondre*, le
traitait dédaigneusement de fils de fripier, en regrettant qu'il ne fût
pas fils de juif. En outre, dans la maison qu'il acheta, en 1633, aux
piliers des Halles, Jean Poquelin succédait à un fripier et eut lui-
même des fripiers pour successeurs. Enfin, vers 1850, la maison de
la Tonnellerie, où Molière put naître, était encore occupée, nous
dit Girault de Saint-Fargeau (*les Quarante-huit quartiers de Paris*,
1850, p. 209), par un fripier qui avait une grande estime pour Molière et le regardait comme l'honneur de sa profession.

qui nous donne ces renseignements sur la situation de
fortune des deux époux, évaluée au total à 12600 livres;
et ils étaient entrés en ménage avec 4400. Il nous
offre aussi les plus curieux détails sur leur intérieur et
leur genre de vie, partant sur leur caractère. Dans leur
froide indifférence pour ce dont ils parlent, l'aridité de
leurs nomenclatures, leur style barbare, les documents
d'archives font souvent de ces révélations. Encore faut-il
savoir les interpréter; heureusement, l'inventeur de celui qui nous occupe, Eudore Soulié, lettré autant qu'é-
rudit, n'était pas de ceux qui ajoutent leur propre fatras
et leur sécheresse à la sécheresse et au fatras des vieux
tabellions. A force d'intelligence et de goût, il a tiré de
ces pages froides et mortes un parfait tableau d'intérieur,
« digne en son genre, disait Sainte-Beuve, de Mazois ou
de Viollet-le-Duc », digne, pourrait-on ajouter, d'Abraham Bosse ou de Jean Lepautre. Pour ne pas le gâter en
le réduisant, il suffira de dire que tout chez les deux
époux dénote l'ordre et le soin, par suite l'aisance et le
bien-être, et aussi le goût des belles choses faites pour
plaire et durer. Dans la grand'chambre, tendue de tapisserie de Rouen, cinq tableaux et une glace de Venise
décorent les murs; les fauteuils et les chaises, garnis de
petit point de Hongrie, sont proprement couverts de leurs
« toilettes »; tous les meubles portent la marque de
cette richesse solide et sobre qui caractérise le style
Louis XIII. Jusque dans les objets de simple utilité,
comme les ustensiles de cuisine, on devine le choix d'une
ménagère attentive. Les vêtements sont peu nombreux,
car, passant de mode, ils ne doivent pas s'accumuler, et
simples, la trop grande recherche dans la mise ne con-
venant pas à des marchands laborieux. Au contraire,
grande abondance de linge, luxe discret et qui ne craint
rien du temps. De même pour l'argenterie et les bijoux,

qui font une valeur de 2 372 livres. Certains détails, enfin, nous mettent dans la confidence des vertus affectueuses et des sentiments chrétiens de la mère de famille : elle a « un petit coffret couvert de tapisserie », dans lequel elle conserve le linge baptismal de ses enfants. D'autres nous montrent la bourgeoise éclairée et qui lit : avec la Bible, le livre par excellence, on trouve chez elle un Plutarque, le recueil d'histoires merveilleuses, où les enfants apprennent leurs lettres en s'instruisant de beaux exemples, et « plusieurs autres petits livres », dont le détail ne nous est malheureusement pas donné.

Tout cela est clair, net, en bon ordre, loyalement mis en évidence par l'époux survivant. Il n'en est pas de même de ce qui va suivre.

L'inventaire touchait à sa fin, il ne restait plus qu'à dépouiller les papiers ; et il n'avait pas encore été question d'argent comptant, bien que, selon l'usage, le bordereau des espèces dût venir aussitôt après la vaisselle précieuse et les bijoux. Se pouvait-il, cependant, qu'un marchand aussi bien dans ses affaires que Jean Poquelin et obligé par son commerce d'avoir un capital disponible, fût aussi dénué de fonds ? Où donc cachait-il les siens ? Leur office terminé à Paris pour les objets mobiliers de la succession, les deux notaires se transportèrent à Saint-Ouen, dans une maison de campagne appartenant au père de Marie Cressé et où les époux Poquelin avaient une chambre. Ils n'y trouvèrent que le simple mobilier des installations de ce genre, avec six boules de buis et un paquet de verges, que Marie Cressé, mère prévoyante, y avait apportés, les boules pour amuser ses enfants, les verges pour les corriger, enfin, un coffre contenant juste assez de linge pour une villégiature de quelques jours. Or, aussitôt après la nomenclature de ces divers objets, on lit sur l'inventaire cette ligne,

ajoutée après coup, comme l'indique la différence de
l'encre, et suivie de la signature de Jean Poquelin : « En
pistoles, écus d'or et douzains, deux mille livres ».
Eudore Soulié s'est contenté de noter cette addition,
assez singulière cependant, vu l'importance de l'article,
et ne s'y est pas autrement arrêté. Plus soupçonneux,
Édouard Fournier a voulu s'en rendre compte [1], et,
cette fois, malgré ce que sa critique a d'aventureux,
malgré la façon très arbitraire dont il mêle et combine,
en vue de l'effet, les diverses parties de l'inventaire, son
explication ne manque pas de vraisemblancé. Poquelin
aurait déclaré d'abord qu'il n'avait pas d'argent comptant,
puis, notaires et parents refusant de le croire, menacé
d'une poursuite en « recelé », qui lui aurait fait perdre
toute la somme [2], il aurait ramené son monde à Saint-
Ouen et produit les 2 000 livres, cachées au fond du
coffre à linge.

Cela jette un jour assez fâcheux sur le caractère du
tapissier. La fin de l'inventaire, qui comprend ses titres
et papiers, n'est pas pour laisser de lui une meilleure
impression. Sur les vingt-cinq créances énumérées, la
moitié seulement représente des opérations normales,
c'est-à-dire des ventes de meubles. Le reste ne fait aucune mention de marchandises et contient cette vague
formule, anormale en l'espèce, puisque l'obligataire est
commerçant : « Pour les causes y portées ». On a donc
lieu de croire qu'il s'agit là de prêts, voire de prêts à la
petite semaine; car on y trouve de bien petites sommes
et dues par de petites gens : ainsi, 24 livres 18 sous,
reconnues par un vigneron de Nanterre, 26 livres par un

---

1. *Études sur la vie et les œuvres de Molière*, I, 1.
2. Formule des anciens actes d'inventaire, et Ferrière, *Dictionnaire de droit et de pratique*, 1752, articles RECELÉ et DIVERTIS-
SEMENT.

tailleur d'habits, 18 et 14 livres par des inconnus; tout
cela, comme dit le mémoire de maître Simon dans
l'*Avare*, en forme de « bonne et exacte obligation par-
devant notaire ».. Examinée de près, une de ces créances,
souscrite par François de La Haye, « maréchal des salles
des filles damoiselles d'honneur de la reine », rappelle
assez bien un article du fameux mémoire. Le signataire
déclare devoir la somme de 192 livres « pour les causes
contenues ès dites lettres », et, au dos de la pièce, se
trouvent deux reçus, l'un de 64 livres, l'autre de 34 livres
4 sous, montrant qu'il s'acquittait par acomptes. Le premier de ces reçus porte, en outre, la remise d'une tenture de tapisserie. Ainsi, en admettant qu'il s'agisse
d'un prêt, Poquelin aurait donné la somme moitié en
espèces, moitié en marchandises, et, son débiteur tar-
dant à le rembourser, il aurait repris sa tenture. Harpagon n'agissait pas autrement, quoiqu'il opérât sur une
plus vaste échelle : « Des quinze mille francs qu'on demande, dit encore l'homme de paille de l'*Avare*, le
prêteur ne pourra compter en argent que douze mille
livres; et, pour les mille écus restants, il faudra que
l'emprunteur prenne les hardes, nippes, bijoux dont
s'ensuit le mémoire, et que ledit prêteur a mis, de bonne
foi, au plus modique prix qu'il lui a été possible. » Ce
n'est pas, on le verra, la seule ressemblance qui existe
entre Jean Poquelin et Harpagon.

II

Mort de Marie Cressé; les mères dans le théâtre de Molière; la marâtre. — Première éducation de Molière; le collège de Clermont;
influence de la tradition classique sur Molière; Molière et Gassendi. — Voyage de Molière en Languedoc; son retour à Paris;
il se fait comédien; Georges Pinel; rupture de Molière avec sa
famille.

Marie Cressé n'avait que trente-quatre ans lorsqu'elle
mourut, laissant à son mari quatre enfants en bas âge :
trois garçons, dont l'aîné avait onze ans et une fille de
cinq ans; deux autres étaient morts avant leur mère.
Celui de ces enfants qui devait vivre la plus longue vie
ne dépassa guère la cinquantaine; deux autres n'arrivè-
rent pas à trente-six ans. Tous avaient donc reçu de leur
mère cette santé délicate que nous connaissons à Molière par le témoignage de ses contemporains, et, si
l'on ne regrettera jamais trop la mort prématurée du
grand poète, il fut, somme toute, le plus favorisé sous
ce rapport des enfants de Marie Cressé. Il faut donc
atténuer quelque peu l'ordinaire lamentation funèbre
sur les fatigues et les chagrins qui, seuls, auraient causé
sa mort. Hâtons-nous d'ajouter qu'il reçut de sa mère
autre chose qu'une faible constitution. L'intérieur de
Jean Poquelin devait changer beaucoup avec son veuvage : la négligence et le désordre finirent par s'y
installer complètement; plus de *propreté*, aux deux
sens du mot, celui d'autrefois et celui d'aujourd'hui.
L'élégance que nous y remarquions tout à l'heure était
donc l'œuvre de sa première femme. Or Molière se
montrera plus tard ami du luxe, comme sa mère, plein
de recherche et de goût dans sa vie intime, avec cette

pointe d'originalité artistique et de curiosité qui se rencontre souvent chez les hommes de lettres. Et, comme il fut d'autre part une âme libérale, un cœur aimant, ce que Jean Poquelin semble n'avoir été à aucun degré, il est légitime, comme l'a fait Eudore Soulié, de rapporter à Marie Cressé l'honneur d'avoir transmis à son fils ces qualités affectueuses que l'on aime à trouver jointes au génie. Par là se vérifierait une fois de plus cette remarque souvent renouvelée, que les grands hommes tiennent surtout de leur mère.

Lorsque Molière perdit la sienne, il était bien jeune pour en conserver un souvenir durable. Il n'y a trace, dans ses œuvres, de cette tendresse rêveuse qu'inspire quelquefois à un poète le souvenir d'une mère trop tôt disparue. Ce sentiment, dira-t-on, est plutôt de notre temps que du sien. D'accord; mais il est difficile de méconnaître que les mères sont à peu près absentes de son théâtre. Mme de Sotenville, de *George Dandin*, Mme Jourdain, du *Bourgeois gentilhomme*, Philaminte, des *Femmes savantes*, la comtesse d'Escarbagnas ont des enfants qui paraissent dans la pièce, mais elles n'agissent pas en tant que mères ; Mme de Sotenville est surtout une belle-mère, Mme Jourdain une femme révoltée, Philaminte un bel esprit mésallié, Mme d'Escarbagnas une veuve à prétentions. On pourrait, à la rigueur, supprimer leurs enfants sans rien enlever d'essentiel à la peinture de leurs caractères. En revanche, pour quatre pièces où les mères figurent à peu près, que de pièces où elles ne paraissent même pas ! Il semble souvent que le poète se soit arrangé, de parti pris, pour se passer d'elles. Dans *l'Étourdi* et *le Dépit amoureux*, jeunes gens et jeunes filles n'ont que des pères ; de même Madelon dans *les Précieuses ridicules*. Célie, dans *Sganarelle*, est abandonnée à la direction morale de la suivante que l'on sait. Isabelle et Léonor, de l'*École des maris*, ont été élevées par des hommes, et peut-être leur manque-t-il, de ce chef, une fleur de délicatesse et de grâce féminine ; Agnès, de l'*École des femmes*, est orpheline ; Dorimène, du *Mariage forcé*, sorte de femme galante près de laquelle un rôle de mère était tout indiqué, vit entre un père et un frère qui vivent d'elle. Dès la première scène de l'*Amour médecin*, Sganarelle marque expressément qu'il est veuf et qu'il en est bien aise ; dans le *Médecin malgré lui*, bien que le père de Lucinde ait en nourrice un petit enfant dont il est très fier, il n'est soufflé mot de la mère de Lucinde et du petit enfant. Morte la femme d'Harpagon, morte la mère de Julie dans *Monsieur de Pourceaugnac* ; veufs enfin Argante et Géronte dans les *Fourberies de Scapin*. Il semble pourtant que, dans plusieurs de ces pièces, la présence de mères aimables ou désagréables, sympathiques ou ridicules, loin de nuire à l'action, y pouvait introduire un intérêt de plus. Quelle est donc la cause de leur absence ? On ne saurait invoquer le respect de leur titre, ni quelque motif tiré des sujets. Ne serait-ce pas que Molière, homme d'observation et de vérité, s'abstenait de peindre des caractères qu'il ne connaissait point par expérience personnelle, ou encore qu'il ne songeait pas à mettre dans la vie des autres une influence qui s'était à peine exercée dans la sienne ?

Mais, s'il n'y a pas de mère dans ses comédies, il y a une marâtre, Béline, du *Malade imaginaire*, peinte avec une vérité frappante, et mobile dominant de l'action où elle est mêlée. Les commentateurs du poète s'y arrêtent volontiers, la plupart pour faire observer que Molière avait de ses yeux vu, dans la maison paternelle, ce caractère avide et bas, et qu'il s'était plu à le peindre par rancune personnelle. Un an, en effet, après la mort de Marie Cressé, le 30 mai 1633, Jean Poquelin s'était remarié avec une demoiselle Catherine Fleurette. On ne sait rien sur cette seconde femme, sinon qu'elle était fille d'honorable homme Eustache Fleurette, marchand de fer, à ce qu'il semble, et qu'elle eut deux filles, dont l'une, sur laquelle nous aurons à revenir, se fit religieuse et l'autre survécut peu de jours à sa mère, morte en la mettant au monde, le 12 novembre 1636. Il faut, on l'avouera, quelque fécondité d'imagination pour tirer de ces simples faits tout ce qu'on allègue sur la seconde femme de Jean Poquelin : hypocrisie d'affection envers son mari, dureté de cœur et mauvais traitements envers les enfants du premier lit. Entre Béline et Catherine Fleurette il n'y a qu'une ressemblance, c'est que l'une et l'autre ont épousé un veuf. Au demeurant, que de différences! Celle-là, matrone experte et mûre, manœuvre pour évincer de la maison paternelle une grande jeune fille; celle-ci entre toute jeune dans une maison où il y a quatre petits enfants, mis à l'abri, par leur jeunesse, de tout calcul cupide, et meurt après trois ans de mariage. Même contraste entre Jean Poquelin, qui survivra de plus de trente ans à sa seconde femme, robuste et actif jusqu'au dernier jour, et le piteux malade dont la mort est escomptée.

On veut aussi que l'éducation de Molière ait été entravée, de parti pris, par Catherine Fleurette, et que Jean Poquelin, moitié par bassesse d'âme, moitié par l'influence de sa femme, ne se soit décidé qu'après la mort de la marâtre, et sur les instances de son premier beau-père, à faire donner une éducation complète à son fils. Il n'y a pas ombre de preuves à l'appui de ces suppositions. Tout ce que l'on sait de cette période de la vie de Molière se trouve dans un court passage de Grimarest : » Les parents de Molière l'élevèrent pour être tapissier,

et ils le firent recevoir en survivance de la charge du
père dans un âge peu avancé. Ils n'épargnèrent aucun
soin pour le mettre en état de la bien exercer, ces bonnes
gens n'ayant pas de sentiments qui dussent les engager à destiner leur enfant à des occupations plus élevées.
De sorte qu'il resta dans la boutique jusqu'à l'âge de
quatorze ans, et ils se contentèrent de lui faire apprendre
à lire et à écrire pour les besoins de sa profession. » Le
premier de ces renseignements, la survivance de la
charge paternelle, se trouvant exact, il n'y a aucun motif
pour rejeter le second ; et, en les tenant l'un et l'autre
pour vrais, Jean Poquelin aurait rempli envers son fils
aîné tous les devoirs d'un bon père de famille. Lorsqu'il
obtint cette survivance, au mois de décembre 1637, le
tuteur auteur du *Misanthrope* n'avait encore que quinze
ans ; le génie se révèle-t-il souvent à cet âge, et le père
avait-il mieux à faire que de mettre son fils en état de
lui succéder un jour dans une charge honorable? En
même temps il lui faisait donner, sans doute, le genre
d'instruction que recevaient alors les fils de moyens bourgeois, celle des écoles paroissiales. Établies en grand
nombre et depuis très longtemps auprès des églises, ces
écoles étaient fortement organisées et suivaient, au moment où Molière y étudia, un plan d'études dressé, en 1626,
par le chantre de Notre-Dame, leur directeur suprême. De
huit à onze heures du matin et de deux à cinq heures du
soir, les enfants de la paroisse y étudiaient le catéchisme,
les bonnes mœurs, la lecture en latin et en français, le
calcul, le plain-chant; on leur apprenait même à « composer du françois en latin [1] ». Cette instruction, assez
complète, comme on le voit, permettait de devenir à la

---

1. *Instruction méthodique pour l'école paroissiale*, par J. D. B.,
prêtre, 1669; *Statuts et réglemens des petites écoles*, 1672.

fois « un honnête homme » et un excellent tapissier.

Il faut bien, cependant, que le père Poquelin ait eu bonne espérance de son fils aîné et qu'il ait voulu faire plus que son devoir, car, avant même de lui assurer la survivance de sa charge, dès 1636 il prit le parti de lui procurer une éducation bien au-dessus de sa condition et de l'état auquel il le destinait. Laissons encore parler Grimarest. Molière, dit-il, avait un grand-père qui l'aimait beaucoup et le menait souvent voir la comédie à l'Hôtel de Bourgogne, et comme le tapissier, craignant que ce plaisir ne dissipât son fils, demandait au grand-père, avec un peu d'impatience : « Avez-vous envie d'en faire un comédien? — Plût à Dieu, répondit le grand-père, qu'il fût aussi bon comédien que Bellerose ! » — « Cette réponse, ajoute Grimarest, frappa le jeune homme, et, sans pourtant qu'il eût d'inclination déterminée, e ll lui fit naître du dégoût pour la profession de tapissier, s'imaginant que, puisque son grand-père souhaitait qu'il pût être comédien, il pouvait aspirer à quelque chose de plus que le métier de son père. » De là tristesse de l'enfant, jusqu'à ce qu'un jour, le père demandant la cause de ces bouderies, « le petit Poquelin ne put tenir contre l'envie qu'il avait de déclarer ses sentimens à son père : il lui avoua franchement qu'il ne pouvoit s'accommoder de sa profession, mais qu'il lui feroit un sensible plaisir de le faire étudier ». Alors, le grand-père joignant ses instances à celles du fils, le père céda, et fit admettre le jeune homme au collège de Clermont.

Ici encore, à raisonner froidement, il faut bien prendre parti pour Jean Poquelin contre son fils et son beau-père. On peut trouver d'abord qu'avec la composition des spectacles à l'Hôtel de Bourgogne, telle que nous la connaissons, y conduire souvent un enfant, c'était lui choisir des distractions fort au-dessus de son âge. Lors-

que Gaultier-Garguille, Gros-Guillaume et Turlupin faisaient assaut de plaisanteries obscènes, si l'enfant comprenait, c'était tant pis pour lui; s'il ne comprenait pas,
à quoi bon lui offrir ce spectacle, et comment répondre à
ses inévitables questions? Quant à l'espoir que son fils
deviendrait un Bellerose, on s'expliquerait encore qu'il
laissât Poquelin père sans enthousiasme. Il est des vocations hasardeuses auxquelles on cède, mais que l'on
évite de provoquer; et celle du théâtre n'est-elle pas la
plus inquiétante de toutes? Mais tout porte à croire que
Grimarest, comme il lui arrive parfois, d'un fait exact
aura tiré un peu plus qu'il ne contenait. Il vaut mieux
laisser à Jean Poquelin le mérite de s'être décidé sur
des preuves d'intelligence précoces données par son
fils; nous n'aurons que trop de mal à penser bientôt du
tapissier pour ne pas en dire un peu de bien lorsque,
somme toute, les faits sont à son avantage.

Les collèges ne manquaient pas dans l'ancien Paris ;
en choisissant, rue Saint-Jacques, celui de Clermont, où
enseignaient les Jésuites, Jean Poquelin fut bien inspiré
ou bien conseillé. C'était alors le collège à la mode ;
il comptait près de deux mille élèves, et les plus grands
noms de France y étaient représentés. Cette faveur
s'explique par l'enseignement que l'on y donnait, débarrassé des vieilleries scolastiques, accessible aux nouveautés; plus souple et plus rapide que dans les collèges
de l'Université. Puisque le tapissier faisait tant que de
procurer à son aîné l'éducation d'un fils de famille, il
était habile et sage de le mettre dans une maison où il
pouvait former d'utiles amitiés et d'où il sortirait plus
savant et plus tôt. En cinq ans, semble-t-il, d'octobre
1636 à août 1641 [1], le jeune Poquelin eut terminé ses

1. J'adopte les dates proposées par M. Jules Loiseleur, *les Points*

classes et quitta le collège « fort bor humaniste et
encore plus grand philosophe » : cette dernière qualité
grâce à Gassendi, dont il fut, comme on sait, l'élève particulier, en même temps que Chapelle et Hesnaut, Bernier et Cyrano de Bergerac.

On le voit, Jean Poquelin, une fois décidé, n'épargnait
rien. La postérité ne lui sera jamais trop reconnaissante
de s'être montré vraiment libéral en cette occasion. On
peut dire, en effet, que l'éducation ainsi donnée à Molière fut décisive pour la direction de son génie. Même
réduit à une éducation élémentaire, le jeune homme se
fût fait comédien et auteur comique : le double démon
qui l'animait était de ceux dont rien ne comprime l'élan.
Mais, supposons un Molière privé de culture classique,
ignorant d'Aristophane et de Ménandre, de Plaute et de
Térence, uniquement nourri de sève populaire et d'observation : en vertu de ce penchant de nature que dé-
plorait Boileau et qui le ramena toujours vers la farce,
nous aurions eu un comique de premier ordre, assurément, mais plus gaulois que français, toujours puissant,
souvent grossier, et qui eût fait plus de *Sganarelles* que
de *Misanthropes*. Au contraire, rattaché à la tradition
classique, éclairé par ces modèles anciens qu'il étudia
si longtemps et de si près, inspiré par eux dans ses
chefs-d'œuvre, subissant leur influence jusque dans ses
moindres pièces, il devait entrer dans ce concert des
trois poètes qui donne au siècle de Louis XIV un centre
d'éclat et d'unité. Des deux parts du domaine dramatique il prendra l'une, Racine l'autre, et Boileau, leur
faisant place nette à tous deux leur servira, par ses

obscurs de la vie de Molière, 1877, I, 4. On trouvera dans ce livre
d'intéressants détails sur le genre d'études que l'on faisait alors au
collège de Clermont; voyez aussi l'*Histoire de l'enseignement secondaire en France au dix-septième siècle*, 1874, par M. H. Lantoine.

conseils, non seulement d'auxiliaire, mais de guide.
Il faut aussi reconnaître une grande influence à la doctrine philosophique dont Molière s'imprégna par les
leçons de Gassendi. Sainte-Beuve l'a dit : Molière fut
surtout un épicurien ; il échappa complètement au christianisme. De ce côté-ci, il s'en tenait aux habitudes du
temps, observant la convenance sociale par la pratique
des devoirs religieux, mais subissant peu l'influence du
dogme chrétien et de son idée mère, savoir la déchéance
de l'homme et le but de l'existence mis en dehors de ce
monde. Dans sa morale et sa notion de la vie, il s'en
tint à la loi de nature, prenant l'homme et son rôle sur
la terre tels que l'expérience les lui montrait, songeant
plutôt à observer qu'à corriger, à peindre qu'à blâmer, à
rire qu'à s'indigner. Si cette doctrine pèche par l'élévation, si elle est incompatible avec l'âme d'un Bossuet ou
d'un Racine, elle ne saurait empêcher le développement
du génie comique ; elle sert à expliquer Molière, et Molière lui-même en fit sortir le plein effet.

Les études de son fils terminées au collège de Clermont et dans la maison de Gassendi, Jean Poquelin
n'était pas au bout de ses sacrifices : il fallait, selon
l'usage du temps, compléter cette éducation en le faisant
graduer en droit. Il n'y manqua pas, nous apprennent
les auteurs de la notice de 1682 ; mais, toujours discrets, ils s'en tiennent à la mention du fait. L'auteur
d'*Élomire hypocondre*, Le Boulanger de Chalussay,
très hostile à Molière, mais assez bien informé des faits
de sa vie, nous en dit plus long. Le père ayant su que,

> moyennant finance,
> Dans Orléans un âne obtenoit sa licence,

il y mène son fils, lui achète un diplôme, et le fait débuter au barreau

> Mais, de grâce, admirez l'étrange ingratitude :
> Au lieu de se donner tout à fait à l'étude
> Pour plaire à ce bon père et plaider doctement,
> Il ne fut au Palais qu'une fois seulement.

Tout cela est assez vraisemblable. Charles Perrault
nous a laissé dans ses *Mémoires* l'amusant récit de la
manière dont les écoles d'Orléans conféraient leurs
grades [1], et Grimarest déclare tenir de la famille
même du poète qu'il eut le titre d'avocat ; si vraiment
Molière déserta le Palais de si bonne heure, il ne fit
qu'imiter Corneille et donner l'exemple à Boileau.

Ce n'était pas le compte de Jean Poquelin, et il dut
faire grise mine à ce résultat négatif d'une éducation
coûteuse. Mais ses déceptions ne faisaient que commencer. Aussitôt débarrassé du collège et des écoles, le
jeune homme, revenant à son goût pour le théâtre, fit
tout pour exaspérer l'homme prosaïque et sensé, l'esprit « bourgeois » qu'était le tapissier. Puisque, trom-
pant les espérances paternelles, il ne voulait pas être
avocat, qu'il embrassât du moins la profession exercée
de père en fils dans la famille. L'avocat manqué mit
peu d'empressement à redevenir apprenti. Tous les témoignages le montrent dès lors dévoré par la passion
des spectacles et la satisfaisant partout où il y trouve
matière dans Paris : grands et petits comédiens, italiens
et français, tragiques et comiques, bouffons et bateleurs,
il les suit et les voit tous ; les grimaces de Scaramouche
l'enchantent ; il brigue l'emploi de valet chez deux charlatans du Pont-Neuf, l'Orviétan et Bary. Sur ce dernier
engouement, Chalussay est très précis, et, même en faisant la part d'une satire sans frein, il y a certainement

---

1. M. J. Loiseleur (I, 7) donne, à ce sujet, des détails qui, tout
en précisant les dires de Chalussay, confirment pleinement le récit
de Perrault.

quelque chose de vrai dans le récit qu'il prête à Madeleine Béjart :

> Tu briguas chez Bary le quatrième emploi ;
> Bary t'en refusa ; tu t'en plaignis à moi.
> Et je me souviens bien qu'en ce temps-là mes frères
> T'en gaussoient, t'appelant le mangeur de vipères.
> Car tu fus si privé de sens et de raison,
> Et si persuadé de son contrepoison,
> Que tu t'offris à lui pour faire ses épreuves,
> Quoiqu'en notre quartier nous connussions les veuve
> De six fameux bouffons crevés dans cet emploi.

Le tapissier, cependant, combattait ces escapades par
tous les moyens en son pouvoir. L'usage était alors, et
persista jusqu'à la fin du dix-huitième siècle, de compléter l'éducation des jeunes gens en leur faisant passer
quelque temps chez un maître écrivain, qui leur apprenait « la perfection de l'écriture », l'arithmétique, le
change des monnaies et la tenue des livres [1]. Pour
ceux qui se destinaient au commerce ou à la finance,
rien n'était plus pratique ni plus utile. Donc, entre la
sortie du collège de Clermont et la licence d'Orléans, ou
plutôt après l'échec au barreau, Jean Poquelin remit
son fils aux soins d'un maître de ce genre, Georges Pinel.
Outre les connaissances spéciales qu'il en retirerait, le
jeune homme, bridé par ce nouvel assujettissement, aurait moins de liberté pour courir de tréteaux en tréteaux.
Non seulement ce nouveau calcul ne réussit pas plus
que les précédents, mais il fut pour le tapissier la cause
d'une cruelle mystification. Malgré la gravité de son
état, malgré les liens de légitime mariage qui l'unis-

---

1. Abraham du Pradel, *le Livre commode des adresses de Paris*,
1692, édit. Ed. Fournier, t. I, p. 249 ; Adrien Delahante, *une Famille
de finance au dix-huitième siècle*, 1881, II, 10 ; Albert Babeau, *la
Ville sous l'ancien régime*, 1884, IX, 1.

saient à dame Anne Pernay, maître Pinel semble avoir
été une sorte de Scapin, qui finit par se concerter avec le
Léandre qu'on lui confiait pour faire jouer à Jean Poquelin le rôle de Cassandre. Suivant une pratique qui n'est
pas tout à fait perdue chez certains industriels de l'enseignement, il commença, le 25 juin 1641, par soutirer
un emprunt de 172 livres au père de famille, qui n'osa
pas refuser, voyant dans ce service rendu une garantie
de bons soins et de surveillance. Les bons soins, à vrai
dire, ne manquèrent pas à l'élève, car les deux seules
pièces que nous ayons de la main de Molière et celles
un peu plus nombreuses qu'il a signées, nous le montrent doué d'une fort belle écriture [1]. Quant à la surveillance, elle ne fut pas des plus actives. Vers cette
époque, en effet, commençait pour le fils Poquelin, avec
les enfants de l'huissier Béjart, férus comme lui de la
passion du théâtre, une liaison que la mort seule devait
dénouer. Dès lors le jeune homme était irrévocablement perdu pour sa famille.

Comme nous allons le voir, la confiance du père dans
l'écrivain n'en fut pas ébranlée, mais, s'apercevant que
la tenue des livres et la calligraphie étaient des contre-
poids insuffisants aux instincts de son fils, il résolut de
le dépayser. Depuis la fin de janvier 1642 la cour était
partie pour le Languedoc et prenait part à la campagne
qui devait nous donner Perpignan et le Roussillon. Or,
en sa qualité de tapissier du roi, Jean Poquelin était
obligé de la rejoindre, son *quartier* allant d'avril à juin.
Usant du droit que lui donnait la survivance dont il

1. On trouvera l'énumération complète de ces pièces, établie pour
la première fois par M. G. Monval, dans le *Moliériste* de mai 1886,
et l'on peut lire, à titre de curiosité, dans le numéro de juillet 1886
du même recueil, une étude sur *Molière jugé par son écriture*,
extraite d'un ouvrage de l'abbé graphologue J. H. Michon.

avait pourvu son fils, il le fit partir à sa place. Ainsi **le**
jeune homme verrait du pays, vivrait d'une vie nouvelle
et peut-être changerait d'idées. Grimarest, et Voltaire
après lui, expliquent cette substitution par « le grand
âge et l'infirmité » du père : ce prétendu vieillard n'avait
en fait que quarante-six ans, et rien ne le montre in-
firme. Nouvelle déception ajoutée à tant d'autres, le fils
revint, son trimestre écoulé, plus porté que jamais aux
aventures et préparé par une indépendance de trois mois
à la résolution de vivre désormais à sa guise. De plus,
il entrait dans ses vingt et un ans, et, quoique ce ne
fût pas encore l'âge de la majorité légale, ç'a été de
tout temps celui des coups de tête et des émancipations
de fait. Aussitôt de retour, il formait, avec ses amis les
Béjart et quelques « enfans de famille », une troupe qui
se préparait, en jouant la comédie comme passe-temps,
à la jouer bientôt comme profession. Le moment semblait favorable ; les révoltes de la noblesse comprimées
ou à peu près, les Français et leurs alliés partout vic-
torieux, la tranquillité renaissante promettaient une de
ces périodes de facilité au plaisir qui suivent d'ordinaire les longues agitations. En outre, l'année précédente, le 16 avril 1641, Louis XIII avait rendu une ordonnance dont les « fils de famille » pouvaient se faire
un argument ou un prétexte auprès de leurs parents.
D'abord, l'édit défendait « à tous comédiens de représenter aucunes actions malhonnêtes, ni d'user d'aucunes
paroles lascives ou à double entente ». Ainsi le théâtre
se trouvait moralisé. En outre, espérant que désormais
les comédiens « régleroient tellement les actions du
théâtre qu'elles seroient du tout exemptes d'impuretés »,
le roi les relevait légalement de la déchéance qui les
frappait jusqu'alors : « Nous voulons, disait-il, que leur
exercice, qui peut innocemment divertir nos peuples de

diverses occupations mauvaises, ne puisse leur être imputé à blâme, ni préjudicier à leur réputation dans le commerce public. »

Le 6 janvier 1643, Jean Poquelin, voyant qu'il ne pouvait plus rien sur les mauvais penchants de son fils, se décidait à lui donner une somme de 630 livres, « tant de ce qui lui pouvoit appartenir de la succession de sa mère qu'en avancement d'hoirie de son père ». De son côté, le fils « prioit et requéroit » son père « de faire pourvoir de la charge de tapissier du roi, dont il avoit la survivance, tel autre de ses enfans qu'il lui plairoit » et abandonnait tout droit sur cette charge. Le 30 juin suivant, le jeune Poquelin signait l'acte de société d'une troupe qui prenait le nom d'*Illustre Théâtre*, avec ses amis les Béjart, plusieurs fils de bonne bourgeoisie, et, surprenant camarade, Georges Pinel, son maître écrivain.

Avec celui-ci nous entrons en pleine comédie italienne, et voici comment la pièce put se dérouler. Entre le 6 janvier et le 30 juin, Jean Poquelin n'avait pas renoncé à tout espoir de ramener son fils ; c'est un contemporain, Charles Perrault, qui nous l'apprend dans sa notice sur Molière : « Il le fit solliciter, dit-il, par tout ce qu'il avoit d'amis, de quitter cette pensée (de se faire comédien), promettant, s'il vouloit revenir chez lui, de lui acheter une charge telle qu'il la souhaiteroit, pourvu qu'elle n'excédât pas ses forces. Ni les prières ni les remontrances soutenues de ces promesses ne purent rien sur son esprit. » Le père se résolut enfin à lui envoyer un maître, dont Perrault ignore le nom, mais que nous savons être Pinel. Débiteur du tapissier, le maître écrivain accepta avec empressement, et, s'il faut en croire Perrault, commença par s'acquitter de sa mission en conscience ; il harangua du mieux qu'il put son an-

cien élève. Mais le résultat de l'ambassade fut tout différent de ce qu'espérait le père Poquelin : «Bien loin que
le maître lui persuadât de quitter la profession de comédien, le jeune Molière lui persuada d'embrasser la
même profession et d'être le docteur de leur comédie,
lui ayant représenté que le peu de latin qu'il savoit le
rendoit capable d'en bien faire le personnage, et que la
vie qu'il mèneroit seroit plus agréable que celle d'un
homme qui tient des pensionnaires. » C'est, on le voit,
le contre-pied de la fable de La Fontaine, *le Loup et le*
Chien.

Une fois engagé comme pédant, Pinel signe l'acte du
30 juin. Mais il se garde bien de dire ce qui s'est passé
à Jean Poquelin, qui l'eût chassé avec indignation. De
connivence avec son élève devenu son camarade, il
amuse le père par des inventions que l'on devine : il n'a
pas réussi du premier coup, mais il reviendra à la
charge et sera plus heureux. Entre temps, l'*Illustre*
Théâtre jette les yeux, pour y faire ses débuts publics,
sur une salle de la porte de Nesle, le jeu de paume des
Mestayers. Mais, le prix annuel de location étant de
1900 livres, il faut, selon l'usage, en payer le douzième,
c'est-à-dire près de 160 livres, avant d'entrer en jouis-
sance. Quel bon tour si l'on pouvait soutirer cette somme
au tapissier! Pinel est donc dépêché vers le bonhomme,
qui se défie de tout le monde, sauf du maître écrivain,
et, sous un beau prétexte, comme la nécessité pour le fils
d'acquitter quelques dettes avant de rentrer au bercail,
ou simplement un nouvel emprunt consenti à lui, Pinel,
en reconnaissance du service rendu, le pédant obtient
du tapissier, le 1er août, la somme de 200 livres, tout
comme, dans *les Fourberies de Scapin*, Scapin soutire
à Géronte, sous prétexte d'arracher Léandre aux mains
du Turc, les 500 écus nécessaires pour racheter Zerbi-

nette. Il revient alors, tout fier, porter la somme à
Molière, et, rien ne s'opposant plus à la conclusion du
bail, celui-ci est signé le 12 septembre suivant.

Telle semble l'explication la plus simple des relations que les papiers de Jean Poquelin nous révèlent
entre Pinel et lui, et de l'entrée de l'écrivain dans l'*Illustre Théâtre*. Quant à la conjecture, récemment indiquée [1], d'après laquelle Jean Poquelin, au lieu de ré-
sister aux projets de son fils, les aurait favorisés par
l'entremise de Pinel, elle est en opposition complète
avec le témoignage des anciens biographes de Molière,
les actes authentiques sur les relations du père et du
fils, et aussi la rancune persistante de celui-ci après les
débuts de celui-là. Si le tapissier eût désarmé, il eût été
vraiment de trop bonne composition.

III

Détresse de Molière; son départ pour la province. — Jean Poquelin
prêteur d'argent; sa conduite envers ses enfants; le frère, les
sœurs, le beau-frère de Molière; Jean Poquelin et Harpagon.

Et en effet il ne désarma pas. Durant les quatre
années qui vont suivre et qui comprennent la carrière
accidentée de l'*Illustre Théâtre*, Molière aurait eu grand
besoin du secours paternel; or ce secours lui fit absolument défaut. Dès le milieu de 1644, les comédiens associés sont obligés d'emprunter 1 100 livres à messire
Louis Baulot, maître d'hôtel du roi, par l'intermédiaire
d'une sorte d'homme de paille, le sieur François Pommier; et c'est pour eux le point de départ d'une série
d'opérations désastreuses : les deux compères s'enten-

1. A. Vitu, *le Jeu de paume des Mestayers*, 1883.

dent pour leur faire payer très cher des services usu-
raires. Le 17 décembre suivant, second emprunt, de
1 700 livres cette fois, aux mêmes prêteurs ; puis la
troupe se transporte des fossés de Nesle au port Saint-
Paul. Sa détresse ne fait que croître et elle en vient aux
derniers expédients, à l'emprunt sur gages : le 31 mars
1645, Molière « reconnoît et confesse volontairement
que Jeanne Levé, marchande publique, lui a fait prêt de
la somme de 291 livres tournois, pour nantissement et
sûreté de laquelle il lui a déposé deux rubans en broderie or et argent » ; et, comme à l'échéance la vente du
nantissement ne couvre pas le montant du prêt, le 20 juin
Jeanne Levé obtient sentence contre son débiteur. Voilà
Molière aux griffes des créanciers. Le 2 août nous le
trouvons emprisonné au Châtelet pour dette de 143 livres
envers Antoine Fausser, marchand chandelier ; il demande sa liberté sous caution juratoire, mais Pommier
intervient et réclame à son profit le maintien de l'écrou.
Le prisonnier s'arrange avec celui-ci et va sortir, lorsqu'un second fournisseur se présente, le linger Dubourg,
qui a obtenu, lui aussi, décret de prise de corps pour
non-payement de 155 livres. Si Jean Poquelin eût conservé pour son fils la moindre bienveillance, c'était, ou
jamais, le moment de le secourir : il ne bouge pas, et
c'est un brave homme, Léonard Aubry, paveur des bâtiments du roi, qui rend la liberté à Molière en le caution-
nant de 320 livres. Il faut arriver jusqu'au 24 décembre
1646, dix-sept mois après, au moment où l'*Illustre
Théâtre* abandonne Paris, pour voir Jean Poquelin inter-
venir dans les affaires de son fils. A cette époque il
consent, non pas à rembourser Aubry, mais à garantir le
payement de la dette ; et il prend trois ans pour la couvrir : c'est seulement le 1er juin 1649 qu'il retire d'Aubry quittance définitive. On remarquera qu'à cette date

Molière avait atteint la majorité légale et qu'il pouvait faire valoir ses droits sur la succession de sa mère. Ce fut probablement la considération qui décida le tapissier à s'exécuter, crainte d'une mise en demeure plus sérieuse; le 4 août de la même année, il faisait un nouveau sacrifice et payait 125 livres sur la créance Pommier.

En tout, Jean Poquelin n'avait donné à son fils que 1075 livres, et la part du jeune homme sur la succession maternelle s'élevait au moins à 5000. Bien souvent, entre 1647 et 1650, tandis qu'il courait la province avec ces alternatives de bons et de mauvais jours qui étaient la vie des comédiens errants, le jeune chef de troupe dut écrire à Paris et solliciter quelque argent. Il n'obtint, au total, que 890 livres, péniblement arrachées, et par petites sommes; encore son père eut-il soin de lui en faire signer une reconnaissance, le 14 avril 1651 : à ce moment Molière était à Paris, pour les besoins de son théâtre, sans doute, car c'était l'époque de l'année où se faisaient les engagements de comédiens. Depuis lors, jusqu'à son retour définitif en 1658, il ne demanda plus rien : la fortune commençait à lui venir, grâce à de fructueuses campagnes théâtrales et à la protection du prince de Conti. Ainsi le père et le fils suivaient chacun leur voie, l'un continuant son métier, l'autre se préparant à écrire des chefs-d'œuvre par la pratique de son art et l'épreuve de la vie.

Si ce fut pour Molière l'époque la plus pénible de sa vie, malgré le succès final, ce fut, en revanche, celle de la plus grande prospérité commerciale de Jean Poquelin : prospérité obtenue par tous les moyens, grands et petits, licites et illicites, où le tapissier se montre marchand avisé, mais âpre au gain et dur à ses débiteurs. Tapissier du roi depuis 1633, nous le voyons en 1647 « juré et garde de la communauté des marchands tapis-

siers de Paris », et il figure à cette date parmi les
experts chargés de dresser l'inventaire d'une partie du
mobilier royal [1] : ce qui prouve à la fois l'estime que ses
confrères faisaient de lui, et combien sa capacité professionnelle était appréciée à la cour. Sa clientèle se re-
cruta parmi les personnes les plus considérables de la
noblesse, et dans ses comptes figurent le duc de Cossé-
Brissac, le baron de la Ferté, la maréchale de la Meilleraie, le marquis de la Porte, quelques-uns pour de
grosses sommes. A vrai dire, il ne donne pas ses marchandises : comme Argan avec son apothicaire, M. de
Cossé l'oblige à modérer ses *parties*. Il sert aussi la
haute bourgeoisie : ainsi M. Godefroy, trésorier général
de l'artillerie, qui a chez lui un compte de 2600 livres.
Et lorsque ces riches clients, assez lents à s'acquitter,
semble-t-il, se mettent par trop en retard, il obtient sentence contre eux aux requêtes du Palais ou au Châtelet.
En même temps il continue à exercer le métier de prêteur d'argent, tantôt pour de grosses sommes, avec des
officiers de la cour, comme Gilles Chussac, « premier
valet des pages de la chambre du roi », qui lui doit près
de 2000 livres, des gentilshommes comm. · messire Joa-
chim de Lisle, sieur d'Andresy, qui lui en doit 560, tantôt avec de petites gens auxquels il fait signer par-devant
notaire des obligations de tout chiffre, depuis 78 livres
jusqu'à 13 livres. Contre eux aussi il met en mouvement
juges et commissaires, sergents et huissiers, et il épuise
les moyens de droit : commandement, sentence et saisie.
D'autre part, il aime la propriété immobilière, propriété
solide et sûre, qui pose un homme et montre sa richesse
à tous. Avec la dot de sa seconde femme il avait acheté
en 1633 une maison aux petits piliers des Halles, devant

1. A. Vitu, dans le *Moliériste*, octobre 1880

le pilori, à l'image Saint-Christophe. En 1649 il obtient de sa sœur, Jeanne Poquelin, veuve de Toussaint Perrier, marchand, donation des immeubles qu'elle possède, savoir : une maison rue de la Lingerie, « où pend pour enseigne *la Véronique* », — c'est la maison de famille des Poquelin, celle de Jean Ier, — et deux loges et demie à la foire Saint-Germain ; le tout, à la simple condition, pour le frère, de loger, nourrir et entretenir sa sœur [1].

En 1654 il atteint ses cinquante-huit ans et, sa fortune faite, songe à se retirer des affaires. Il prend alors avec ses enfants des arrangements où il se montre semblable à lui-même, c'est-à-dire très serré. De ses deux mariages il lui restait en tout quatre enfants : Molière, dont il n'avait plus à s'occuper, son second fils Jean et deux filles, Marie-Madeleine du premier lit, Catherine du second. Il avait marié en 1651 Marie-Madeleine à son confrère et voisin André Boudet, établi sous les piliers de la Tonnellerie, au *Soleil d'Or*, un fort brave homme et très accommodant. Il aurait dû donner en dot à sa fille les 5000 livres qui lui revenaient sur la succession maternelle : il se contenta d'en donner 3200. Restait à pourvoir son fils et son autre fille. Avec Jean il se tira d'affaire en lui cédant, par contrat du 14 septembre 1654, son fonds de commerce et le bail de sa maison des Halles, qu'il occupait lui-même depuis la Saint-Jean de 1643 [2]. Le fonds était évalué à 5218 livres ; sur cette somme, Poquelin père tenait son fils quitte de 5000 livres, « en conséquence de quoi le sieur Poquelin fils ne pourra demander aucun compte ni partage des biens de

1. Émile Campardon, *Nouvelles Pièces sur Molière*, 1876.
2. A. Vitu, *la Maison des Pocquelins et la maison de Regnard aux piliers des Halles*, dans les *Mémoires de la Société de l'histoire de Paris*, t. XI, 1885.

la succession de sa mère, mais en laissera jouir son père sa vie durant ». Ainsi, non seulement Poquelin père se défaisait de ses marchandises à un bon prix, mais il se préservait, en ce qui concernait son second fils, de toute réclamation sur ses comptes de tutelle et sur la succession de Marie Cressé. Pour la maison, qui lui avait coûté 8500 livres, il la louait 500 et il faisait insérer dans ce bail avantageux la clause suivante : « Le bailleur fait réserve, pour son logement, de la chambre au second étage sur le devant de ladite maison, jusqu'à ce que le preneur soit pourvu par mariage, lors duquel il la délaissera à son fils, lequel réciproquement sera tenu de livrer à son père une autre chambre telle qu'il plaira à icelui sondit père choisir et retenir sur le devant de ladite maison. » Ce n'est pas tout ; Poquelin père, s'assurant une autre commodité pour lui-même, impose une servitude fort gênante à son fils : « Le bailleur se réserve encore la communauté de la cuisine et du grenier de ladite maison, ensemble le passage libre pour lui et les siens par la boutique d'icelle. » Ainsi Jean Poquelin ne dépendra de personne dans cette maison, qui n'est plus sienne, et tout le monde y dépendra de lui. C'est l'idéal de l'indépendance.

Pour Catherine le débarras fut encore plus facile et plus complet. Jean Poquelin en fit une religieuse et, comme avec son fils, il eut soin de se préserver pour l'avenir de toute réclamation. Catherine avait des droits sur la maison des Halles, achetée, comme on l'a vu, avec la dot de sa mère. Donc, le 15 janvier 1655, Poquelin père réunissait cinq membres de la famille Fleurette, oncles, tante et aïeule de sa fille, et leur exposait que, Catherine étant sur le point de prononcer ses vœux aux Visitandines de Montargis, il se déclarait prêt à lui payer une dot de 5000 livres, pourvu que la maison « lui demeurât et appartînt pour en faire et disposer ainsi qu'il aviserait, et qu'ils lui en fissent cession, transport et délaissement, sans aucune garantie que ce fût ». La maison avait coûté 8 500 livres ; si donc, comme il est probable, cette somme avait été fournie tout entière par la dot de Catherine Fleurette, c'est 3 500 livres que gagnait Jean Poquelin. Harpagon ne s'y fût pas pris autrement s'il eût placé sa fille Élise dans un « bon cul de coûvent ».

Il ne restait plus à Poquelin, pour être libre de toute préoccupation de famille, qu'à marier son fils. Tel que nous connaissons le bonhomme, il devait rechercher avant tout les avantages solides. La belle-fille qu'il trouva, Marie Maillard, réunissait tout ce que peut souhaiter un beau-père à l'esprit positif : elle était orpheline, mineure, et sa dot, bien nette en argent comptant ou solidement établie en bonnes créances, s'élevait à 11 500 livres. Ce n'était rien moins, à vrai dire, qu'une « femme-docteur » : elle déclare dans le contrat de mariage ne savoir écrire ni signer ; mais Jean Poquelin devait être de ceux qui pensent qu'une femme « en sait toujours assez ». Mal gré cette ignorance, Marie Maillard appartenait à une très bonne famille bourgeoise : cousine d'un tapissier, elle a pour tuteur un commis au greffe de la chambre des Comptes, et elle est assistée, comme amis, d'un prélat, Charles Bourlon, évêque de Césarée et coadjuteur de Soissons, d'un conseiller au parlement, d'un conseiller-maître en la chambre des Comptes, d'un conseiller-greffier en chef au Châtelet ; toutes gens qui formaient pour son mari un riche appoint de clientèle. Quelle joie pour le vieux tapissier ! Si son fils aîné avait trompé ses espérances, comme le second le dédommageait ! Il voulut lui marquer sa joie par un beau cadeau de noces. Jusqu'alors il n'avait pas usé du renoncement de Molière à la survivance paternelle comme tapissier du roi, espérant peut-être qu'après un temps de misère et d'erreurs, le fils aîné, l'enfant prodigue, lui reviendrait repentant et corrigé. Aussitôt après le mariage de Jean, il le faisait pourvoir de cette survivance. Du reste, pour s'occuper et se garder de l'ennui, de même qu'il retenait, selon l'usage, le titre honorifique de son emploi, il se réservait d'en remplir les fonctions tant qu'il en aurait la force. Nous le voyons, en effet, le 24 janvier 1658, formant avec ses confrères, les trois autres tapissiers de la cour, un contrat d'association de quatre années pour la fourniture des « marchandises et ouvrages de leur vacation », et exercer longtemps encore : en 1662, en effet, un état du trésor porte une somme de 300 livres attribuée « aux nommés Poquelin et de Nauroy, tapissiers du roi »; en 1664 tous deux figurent encore sur un état des Menus Plaisirs [1].

On croirait que, par cette série d'habiles opérations, Jean Poquelin se serait ménagé, avec une aisance honnête, la paix et l'agrément de ses vieux jours. Il n'en fut rien ; la partie la plus troublée de sa carrière commence ; les années qui lui restent à vivre seront remplies de revers et de chagrins, et, s'il ne finit pas dans une véritable misère, il le dut — étrange démenti de ses prévisions — au fils sur lequel il ne comptait plus, à celui dont il venait de faire le sacrifice et le deuil, à Molière.

---

1. A. Jal, *Dictionnaire critique de biographie et d'histoire*, 1872, art. LES POCQUELIN ; J. Loiseleur, *les Points obscurs de la vie de Molière*, I, 2.

IV

Près de douze ans s'étaient écoulés depuis que le
directeur de l'*Illustre Théâtre* avait quitté Paris, et ses
affaires s'étaient grandement améliorées avec le temps.
D'abord il était devenu assez riche pour n'avoir plus à
solliciter les secours de son père. De ce chef les préven-
tions de Jean Poquelin durent s'atténuer quelque peu :
pour un homme tel que le tapissier, celui qui gagne de
l'argent, de quelque manière que ce soit, mérite considération. En outre, le bruit des succès de Molière avait
dû venir jusqu'à Paris; on savait qu'il avait été jugé
digne d'amuser les loisirs des États de Languedoc, enfin
qu'il avait composé deux grandes comédies en vers:
l'Étourdi et *le Dépit amoureux*. N'était-ce pas de nature à faire mollir la rancune paternelle? Une remarque
facile à faire de nos jours, c'est que le théâtre et la littérature sont deux professions très redoutées par la prudente
dente sagesse des familles; si la vocation y pousse un
des leurs, elles opposent une résistance des plus longues
à désarmer. Mais que l'enfant, devenu littérateur ou
comédien en dépit d'elles, arrive au succès, leur attitude change du tout au tout. Vite elles se rapprochent
de lui et se parent de sa gloire naissante [1]. Je ne crois

1. Souvent même ces rapprochements tournent à l'exploitation;
voyez à ce sujet une page vigoureuse de George Sand, dans *Lu-
crezia Floriani*, 1847, II 3

pas que les Parisiens d'autrefois aient beaucoup différé
sous ce rapport des Parisiens d'aujourd'hui. A preuve
Boileau, renié d'abord par tout ce qu'il y a de greffiers
dans sa famille, et revendiqué par eux dès que ses vers
commencent à bruire par la ville. Il en fut de même
pour Molière ; les preuves abondent d'une réconciliation
complète du poète-comédien avec sa famille.

En voici une, la plus curieuse et la première à la fois,
révélée par une découverte toute récente [1]. Depuis le
mois d'avril 1658, Molière était à Rouen, préparant son
retour définitif à Paris ; il faisait, dans cette dernière
ville, des voyages secrets pour obtenir la protection de
Monsieur et ne pas éveiller l'attention des comédiens de
l'Hôtel de Bourgogne et du Marais. Non seulement il
revit alors son père, mais il rentra si bien en grâce auprès de lui, que Jean Poquelin lui permit de faire élection de domicile en sa maison pour les actes et contrats
provoqués par la future installation parisienne de la
troupe. Molière ne pouvait prévoir à ce moment que la
protection royale lui donnerait, aussitôt arrivé, la salle
du Petit-Bourbon ; aussi négociait-il la location d'un
théâtre. Le 12 juillet, sa femme d'affaires, Madeleine
Béjart, obtenait à Rouen, du comte de Talhouet, la cession du bail du jeu de paume des Marais, à Paris, avec
tout le matériel de théâtre qu'il contenait, et elle faisait
élection de domicile « en la maison de M. Poquelin, tapissier, valet de chambre du roi, demeurant sous les
Halles, paroisse de Saint-Eustache [2], pour audit lieu

---

1. Ch. de Beaurepaire, *Bulletin de la Société des bibliophiles
normands*, 1885.

2. Ces nom et qualités s'appliqueraient aussi bien au frère qu'au
père de Molière ; je crois, cependant, qu'ils doivent être rapportés au second, car Jean Poquelin retenait toujours, comme on
l'a vu, le titre et une partie des fonctions de tapissier du roi, il

être faits tous exploits et diligences de justice nécessaires ». Bien plus, entre 1660 et 1664, Molière ayant
de grosses dépenses à faire pour s'installer, Jean Poquelin paya pour lui diverses sommes s'élevant à un total
de 1 512 livres. Les papiers contenant le détail de ces
payements figurent dans l'inventaire après décès de
Poquelin père avec cette mention : « J'ai déboursé pour
monsieur Molière tous les articles y écrits ». E. Soulié,
qui ne connaissait pas le contrat de Rouen, a tiré de
cette formule une induction contestable. D'après lui,
« monsieur Molière » serait l'expression d'une ironie
amère à l'égard de ce fils comédien, déguisé sous un
sobriquet de théâtre. J'y verrais plutôt une marque de
respect pour un nom déjà illustre, salué par Boileau,
acclamé par le public, le nom d'un homme protégé par
le roi et qui vient de signer : « J.-B. P Molière » trois
épîtres dédicatoires : l'une, en tête de *l'École des maris*,
à Monsieur ; l'autre, en tête des *Fâcheux*, au roi ; la
troisième, en tête de *l'École des femmes*, à Madame. Le
poète est, du reste, en relations suivies avec sa famille
et fait avec elle échange de bons offices. En 1659 il est
parrain de son neveu Jean-Baptiste, fils de son frère
Jean et de Marie Maillard ; en 1662 Poquelin père et
Boudet l'assistent à son mariage avec Armande Béjart ;
en 1663 il tient sur les fonts une fille de sa sœur Madeleine et de Boudet, et les Poquelin sont très fiers de ce
dernier parrainage : s'ils ne font pas mettre sur l'acte
de baptême le titre de comédien de Monsieur, l'Église
ne voyant pas de très bon œil cette sorte de qualité, ils
donnent au parrain une série de titres qu'il n'avait jamais

---

n'avait pas cessé d'habiter la maison des Halles, après l'avoir louée
à son second fils, et, dans les affaires d'intérêt qui vont suivre, c'est
toujours avec son père que Molière est en rapport.

prise aussi complète : « Jean-Baptiste Poquelin, écuyer, sieur de Molière ». La gloire, la faveur et la fortune du poète grandissant chaque année, ces bonnes relations ne purent que devenir de plus en plus étroites. Aussi n'hésité-je pas à ranger parmi les fables l'anecdote d'après laquelle Molière aurait inutilement offert à sa famille l'entrée gratuite de son théâtre : il est sans exemple que des Parisiens aient refusé des billets de faveur.

Enfin la parfaite délicatesse de procédés dont il fit preuve envers son père dut achever, s'il en était besoin, de ramener le vieillard, d'autant plus touché de ces marques d'affection qu'il se trouvait plus isolé d'autre part et plus maltraité par la fortune. D'abord, en 1660, Jean Poquelin perdait son second fils, l'époux de Marie Maillard ; cinq ans plus tard, Madeleine Poquelin, la femme de Boudet, mourait à son tour, et cette perte coïncidait pour Jean Poquelin avec les revers de fortune les plus rapides et les plus complets. Peut-être faut-il voir le point de départ de ceux-ci dans l'accord conclu en 1658 entre les tapissiers du roi. Un proverbe dit que, lorsqu'il n'y a pas de foin au râtelier, les chevaux se battent ; on peut dire aussi que, lorsque des associés plaident entre eux, c'est que l'association donne de mauvais résultats ; or en 1664 nous trouvons Poquelin père en procès avec un des signataires de l'accord. La mort de sa fille fut pour lui la cause indirecte d'opérations encore plus désastreuses. Il semble que Boudet, très affligé de la perte de sa femme, ait voulu se dépayser ; il fit donc un voyage de deux ans, et pendant son absence il laissa le soin de son commerce à son beau-père, qui alla s'établir rue Comtesse-d'Artois, à quelques pas de son domicile habituel. Lorsqu'il revint et régla ses comptes avec le beau-père, il se vit en face d'une situation désastreuse. Non seulement la gestion de Jean Poquelin n'avait donné aucun bénéfice, mais encore elle avait absorbé les 1 800 livres qu'il devait toujours à Boudet sur la dot de sa femme, et Boudet se trouvait débiteur envers lui de 1 359 livres, qu'il paya sans objection. Boudet était un brave homme, ai-je dit, et toutes ses relations avec la famille où il était entré le laissent voir affectueux et serviable. Mais, en l'espèce, il se montra singulièrement accommodant; il faut, ou bien que Poquelin père, avant de commencer sa gestion, ait stipulé à son profit des conditions léonines, auxquelles Boudet aurait souscrit de bonne grâce, ou bien qu'il ait lui-même éprouvé de grosses pertes, et Boudet se serait montré encore plus généreux en le couvrant dans la mesure du possible. J'inclinerais plutôt vers cette seconde hypothèse, car, vers la même époque, Jean Poquelin reçut de son fils les mêmes bons offices que de son gendre : - l'examen de l'inventaire fait après la mort du tapissier révèle que depuis 1664 Molière lui avait remboursé le total des sommes qu'il en avait précédemment reçues, c'est-à-dire 3 477 livres, et cela sans lui demander aucun reçu, sans faire valoir que, loin d'être le débiteur de son père, il en était au contraire le créancier pour 1 532 livres, son frère et sa sœur ayant reçu 5 000 livres sur la succession maternelle et lui n'ayant obtenu que des avances partielles.

Tant de désintéressement sortait si fort des communs usages que, lorsque, au moment de l'inventaire, Molière déclara que cette somme de 3 477 livres avait été par lui remise à son père, Boudet et Marie Maillard refusèrent un moment de le croire, « n'y ayant aucune apparence, disaient-ils, qu'une somme baillée par un père à son fils, pour les causes énoncées, se rende et rapporte par ledit fils à son père ». Mais bientôt, sur les explications données, le relevé des déboursés de Jean Poquelin

« pour monsieur Molière » fut, du consentement mutuel
des parties, lacéré comme nul.

Ce ne fut pas le seul bon office du fils enrichi envers
le père devenu besogneux. La maison que Jean Poquelin avait achetée en 1633 aux piliers des Halles était
fort vieille et délabrée. Avec la passion ordinaire des
vieillards pour les bâtiments, son propriétaire songeait
à la reconstruire : mais, ruiné par ses affaires avec Boudet, il eût été hors d'état de faire la dépense, sans
le secours d'un prêteur généreux. Ce prêteur ne fut
autre que Molière, et il s'y prit, pour obliger son père,
d'une manière détournée, à la fois très délicate et
très habile, par l'entremise de son ami le physicien
Rohault. Par actes des 31 août et 24 décembre 1668,
Rohault prêtait 10 000 livres à Poquelin père, à
500 livres d'intérêt, « déclarant ledit sieur Poquelin que
ladite somme est pour employer à la réédification qu'il
fait faire à journées d'ouvriers de ladite maison sous les
piliers des Halles, lequel emploi il promet faire, et, par
les quittances qu'il retirera des ouvriers qui travailleront
à ladite réédification, déclarer que les deniers qui leur
seront payés proviendront du présent contrat, afin que
ledit sieur acquéreur soit et demeure subrogé aux droits,
privilèges et hypothèques desdits ouvriers ». Par deux
autres actes passés le même jour devant les mêmes
notaires, Rohault déclarait que la rente constituée par
Jean Poquelin « étoit due et appartenoit à Jean-Baptiste
Poquelin de Molière, auquel il n'avoit fait que prêter
son nom ». Les biographes de Molière apprécient ce
double contrat de manières très différentes : les uns, avec
Soulié, y voient un acte de piété filiale; les autres, un
placement avantageux et entouré de garanties habilement prises, car le débiteur était obligé d'employer le
prêt à la constitution du gage ; et, s'il ne remplissait pas

ses engagements, le créancier, grâce à l'entremise de Rohault, aurait eu recours contre l'intermédiaire [1]. La lecture attentive des pièces confirme pleinement la manière de voir de Soulié. Si Molière employa Rohault, c'est qu'il pouvait de la sorte protéger Jean Poquelin contre lui-même en l'obligeant à ne pas gaspiller la somme prêtée. En effet, le tapissier avait fort mal administré ses affaires, et c'était là de quoi mettre en défiance. Ne chercherait-il pas, malgré sa vieillesse, à prendre une revanche et n'emploierait-il pas à quelque spéculation hasardeuse l'argent mis à sa disposition? Directement obligé par son fils, il en eût sans doute pris à son aise; tenu par le contrat signé avec Rohault, il emploierait utilement le montant du prêt. Quant à la prétendue garantie de Rohault, Molière, s'il s'en fût assuré, eût agi d'une manière par trop perfide envers un ami complaisant. Mais il est dit, dans les actes passés entre Rohault et lui, que Rohault opère « sans aucune garantie, restitution de deniers, ni recours quelconque, en quelque manière que ce puisse être ». Pour les autres garanties, Molière les négligea : les quittances des ouvriers restèrent entre les mains de Jean Poquelin, et il ne paraît pas que le père ait rien payé de la rente promise à son fils, quoique le premier terme fût échu lorsqu'il mourut, à l'âge de soixante-seize ans, le 25 février 1669.

Triste mort après une triste vieillesse. Survivant à ses deux femmes et à tous ses enfants, sauf un, ruiné après avoir été riche, Jean Poquelin rendait le dernier soupir dans sa maison à peine reconstruite, au milieu du désordre qui s'introduit si vite partout où les femmes sont absentes. Ce n'était, en effet, chez lui qu'incurie et

1. A. Vitu, *la Maison des Pocquelins aux piliers des Halles.*

abandon ; et quel contraste offre l'inventaire fait après sa
mort avec celui qui avait suivi son premier veuvage ! Ce
qui regarde l'homme et ce qui regarde le commerçant
— car il continua jusqu'au bout, sinon à vendre, du
moins à brocanter — porte la même marque de négligence. Plus de luxe dans les vêtements, le linge et les
ustensiles de ménage : quelques misérables nippes que
les notaires ne se donnent pas la peine de décrire en
détail et qu'ils déclarent « telles quelles », c'est-à-dire
en fort mauvais état, du linge grossier et dépareillé, de
« méchans caleçons » confondus avec des torchons, et,
parmi les rabats, « un petit manteau d'enfant », touchante relique peut-être qui dénoterait, dans la sèche
et rude nature du vieillard, un coin de sensibilité, le
regret persistant chez l'aïeul d'un petit-fils perdu en bas
âge. Comme bijoux, « une vieille montre en cuivre
doré »; comme argenterie, « six fourchettes, six cuil-
lères et une tasse ». Puis un tas de marchandises
d'occasion ou de rebut, des sièges pliants et des fauteuils
« tels quels », de « méchantes formes », une quantité
de petits morceaux de tapisserie, de la vieille frange,
de la ferraille, enfin vingt-cinq tableaux représentant
des sujets de sainteté, sauf quatre qui figurent « une
Vénus, des têtes de femme et une dame ». La valeur de
tout cela n'atteint pas 2 000 livres, et cependant, avec
870 livres en argent comptant, — le reste, sans doute,
des 10 000 livres prêtées par Molière, — avec un fatras
de créances, qui font un total d'environ 8 000 livres,
mais dont la plupart sont bien anciennes pour être aisément recouvrables, c'est toute la succession de l'homme
qui, à un moment de sa carrière, avait possédé au moins
25 000 livres, c'est-à-dire 120 000 francs de notre monnaie et qui meurt endetté de 10 000 livres sur une maison
achetée 8 500. Il semble assister à l'inventaire après

décès d'Harpagon, mais d'un Harpagon auquel on aurait
vraiment volé sa cassette.

Tel quel, néanmoins, cet inventaire est pour nous
d'un grand prix, grâce à l'énumération détaillée qui le
termine de papiers de tout genre, personnels ou d'affaires, de commerce ou d'intérêt privé. Bien que ces
papiers n'embrassent pas, il s'en faut de beaucoup, toute
l'existence de Jean Poquelin, ils abondent en renseignements sur le caractère de l'homme ; c'est de leur
simple rapprochement que j'ai pu extraire la plus grande
partie des renseignements qui précèdent. Est-il besoin
de résumer l'impression qui s'en dégage? Le lecteur
qui m'aura suivi jusqu'ici a son opinion faite, et je n'y
saurais guère ajouter ; mais je voudrais, en finissant,
préciser deux considérations qui regardent Molière,
puisque c'est par Molière seul que Jean Poquelin a
quelque intérêt pour nous. J'estime donc que celui-ci a
plus ou moins inspiré tous les types de pères créés par
celui-là, et aussi que le poète a subi dans ses œuvres l'influence profonde du milieu où il fut élevé.

La comédie de Molière n'est pas une école de respect
pour les jeunes gens ; les pères y sont fort maltraités.
Sans doute il faut prendre le théâtre comique pour ce
qu'il est, et l'on ne saurait apprécier de la même manière les deux catégories entre lesquelles se répartis-
sent les pièces de Molière, c'est-à-dire les farces et les
comédies d'observation. Toutefois, même dans les farces
de Molière, il y a toujours un fond sérieux. Que les
pères mis en scène soient de simples Cassandres ou des
types pris sur le vif, que les fils appartiennent à la famille du beau Léandre ou à celle des êtres vivants, le
poète a mis dans les uns et les autres beaucoup de son
expérience et de ses sentiments. Or, entre ces pères et
ces enfants, mêlés à des intrigues bouffonnes ou à des

actions sérieuses, il y a peu d'affection réciproque ; leur
manière d'être ressemble même beaucoup à une guerre
déclarée. On comprend qu'au début de sa carrière,
tandis que, dans l'ivresse de la liberté conquise, Molière
exerçait son génie en développant des canevas italiens,
il ne vit encore dans les rôles de père que l'autorité gênante, l'obstacle éternel aux plaisirs de la jeunesse, et
qu'il les montrât tels qu'il avait vu le sien : grondeurs,
maussades, aimant l'argent par-dessus tout. Mais, en
avançant dans sa carrière, le type primitif change peu.
Si, dans *l'Amour médecin*, Sganarelle offre plus de vérité et moins de convenu, les traits essentiels de cet
autre « penard chagrin » rappellent assez bien Pandolfe
et Anselme, Polidore et Albert. Sganarelle est crédule
et méfiant, systématique et sensé, plein de confiance en
lui-même et facile à duper, avare, égoïste ; il veut garder pour lui sa fille et son argent ; ici encore, je ne serais pas étonné que le fils Poquelin ait vu dans son père
un peu de tout cela. Peut-être même, lorsque le démon
du théâtre se mit à hanter le jeune homme, y eut-il
entre son père et lui des scènes semblables à celle de
Lucinde et de Sganarelle lorsque celui-ci, voyant sa
fille triste et entêtée dans le mutisme, lui propose tout
ce qui peut lui faire plaisir, sauf le mariage, dont
elle a envie ; de même, Poquelin père proposait tout à
son fils, sauf le théâtre, où il voulait monter. Peut-être
enfin y eut-il chez le tapissier désespéré la plaisante consultation de compères et de voisins que nous voyons chez
le père de Lucinde. Géronte, du *Médecin malgré lui*,
est une autre variété de père bourgeois, que Molière
put avoir sous les yeux dans sa propre famille. Ici, avec
une naïveté de vieil enfant, plein d'une admiration béate
pour la science grotesque étalée devant lui, reparaît le
respect ingénu de l'argent et le revirement soudain des

résolutions dès que le dieu Plutus entre en scène. Géronte repoussait Léandre : « Monsieur, lui dit-il dès qu'il le sait riche, votre vertu m'est tout à fait considérable, et je vous donne ma fille avec la plus grande joie du monde. » Nous avons déjà vu dans *les Fourberies de Scapin* une scène à laquelle s'appliquerait exactement un incident des relations de Molière avec son père ; et nous trouvons dans la même pièce un mot d'une si frappante vérité qu'on ne saurait le croire imaginé. C'est lorsque le père de Léandre, résigné à payer les cent pistoles, voudrait bien les compter lui-même de la main à la main : « J'aurois été bien aise de voir comment je donne mon argent ». Que de choses en ce peu de mots ! Le respect bourgeois de ces écus qui viennent si lentement, le cruel regret de s'en séparer, la grande importance d'un payement, les précautions qu'il y faut prendre....

Considérées dans leur ensemble, les comédies sérieuses, avec leurs traits à la fois moins gros et plus profonds, nous présentent les rôles de pères sous le même aspect. Pour ne pas multiplier les exemples, laissons de côté M. Jourdain, du *Bourgeois gentilhomme*, qui, en imposant à sa fille un homme de qualité pour mari, espère, somme toute, la rendre heureuse ; n'insistons pas davantage sur Orgon, de *Tartuffe*, en qui la fausse dévotion a tué l'amour paternel, ni sur Argan, du *Malade imaginaire*, qui est affolé par la peur. Si ce sont de mauvais pères, eux aussi, on peut invoquer en leur faveur cette circonstance atténuante qu'ils sont à peu près inconscients. Allons droit à Harpagon, le plus frappant, le plus fameux, et qui, lui, sait bien ce qu'il fait, car il raisonne et explique ses actes. Si nous transportons le sujet de *l'Avare* dans la famille de Jean Poquelin, si, baissant d'un cran la condition sociale des personnages, nous met-

tons, au lieu d'un bourgeois de haute bourgeoisie, le tapissier de l'enseigne *Saint-Christophle*, au lieu de Valère,
l'homme bien né qui cache sa condition sous un habit d'intendant, un simple apprenti, André Boudet par exemple,
dissimulant son amour pour la fille de son maître ; au
lieu d'Élise, enfin, si nous mettons Madeleine Poquelin,
et, au lieu de Cléante, Molière lui-même, la pièce refu-
sera-t-elle de s'adapter à ce nouveau cadre ? Y a-t-il rien
dans les personnages fictifs qui ne puisse s'accorder avec
les personnages vrais ? Au contraire, que de détails s'é-
clairent ! Nous entendons dans la bouche de Molière les
plaintes de Cléante : « Peut-on rien voir de plus cruel
que cette rigoureuse épargne qu'on exerce sur nous,
que cette sécheresse étrange où l'on nous fait languir ? »
Et, comme Élise, Madeleine Poquelin peut répondre à
son frère : « Il est bien vrai que tous les jours il nous
donne de plus en plus sujet de regretter la mort de notre
mère ». Enfin, Harpagon prêteur ne rappelle-t-il pas Jean
Poquelin, et n'avons-nous pas vu celui-ci faire en petit
ce que l'autre faisait en grand ? Dans le mémoire, déjà
cité, que La Flèche lit à son maître, quantité de vieilles
marchandises ne pouvaient guère venir que de chez un
tapissier.

Est-ce à dire pour cela que Jean Poquelin ait été un
mauvais père et Molière un mauvais fils ? Ce serait aller
trop loin ; s'il y eut entre eux antipathie de nature, ni
l'un ni l'autre, somme toute, ne semble avoir manqué à
ses devoirs. Jusqu'au moment où son fils le quitta pour
se faire comédien, le tapissier se conduisit très bien ; et,
si Molière jeune se brouilla avec son père, s'il lui joua
peut-être quelques tours dignes de la comédie italienne,
comme il racheta ces écarts lorsque, homme mûr, il
vint à son secours d'une façon à tel point discrète, géné-
reuse et désintéressée ! Enfin, si vraiment Molière s'est

souvenu de Jean Poquelin dans ses créations de pères
ridicules, il n'a manqué de respect ni à son père en particulier, ni au caractère paternel en général. D'abord il
était poète comique, c'est-à-dire observateur, et, comme
tel, il obéissait à une puissance irrésistible; ce qu'il
voyait, il le transportait sur la scène ; ce qu'il sentait
aussi, car il ne s'épargnait pas lui-même et prenait à l'occasion de quoi faire rire dans son caractère et ses souffrances. Mais, qu'il s'agît de lui-même ou d'autrui, il
dénaturait, il transformait ce qu'il prenait à l'observation
ou à l'expérience. Est-ce sa faute si la curiosité souvent
indiscrète de la postérité a fini par mettre au jour ce
qu'il avait lui-même assez bien dissimulé pour que ses
contemporains ne l'aient jamais accusé de faire servir sa
famille et sa personne à sa malignité comique?

Enfin, si l'on veut à tout prix qu'un poète comique
n'ait été un bon fils qu'à la condition d'avoir représenté
un père sympathique, Molière nous offre ce caractère. A
côté d'Harpagon il a don Louis, du *Festin de pierre*,
le plus noble assurément de tous les pères de comédie,
sans en excepter Géronte du *Menteur*. Il ne fait que
paraître celui-là, mais de quelle stature il se dresse, et
quel superbe langage il fait entendre ! Dans *l'Avare* lui-
même, où l'autorité paternelle se montre odieuse, il
semble que dès la seconde scène le poète ait voulu mettre
à l'abri, par une déclaration générale, ce qu'il atta-
quait dans un cas particulier. Avant même de proclamer
son droit à la révolte, Valère a soin de dire : « Je sais
que je dépends d'un père, et que le nom de fils me sou-
met à ses volontés; que nous ne devons point engager
notre foi sans le consentement de ceux dont nous tenons
le jour ; que le ciel les a faits les maîtres de nos vœux,
et qu'il nous est enjoint de n'en disposer que par leur
conduite ; que, n'étant prévenus d'aucune folle ardeur,

ils sont en état de se tromper bien moins que nous, et de
voir beaucoup mieux ce qui nous est propre ; qu'il en
faut plutôt croire les lumières de leur prudence que
l'aveuglement de notre passion ; et que l'emportement
de la jeunesse nous entraîne le plus souvent dans des
précipices fâcheux. » Il passe outre, cependant ; mais il
ne l'eût pas fait avec un autre père qu'Harpagon, et cette
déclaration de principes, si précise et si forte, atténue
singulièrement ce qu'il peut y avoir, dans la pièce, d'hostile aux droits de la famille.

Du milieu où vivait son père, où lui-même fut élevé et
qu'il ne quitta jamais tout à fait, Molière a tiré plus encore que de ses relations directes avec Jean Poquelin.
A ce milieu il emprunta les personnages et le cadre, les
idées et les sentiments de beaucoup de ses pièces. Entre
bien des preuves il suffira d'en citer une, particulièrement instructive, empruntée au *Bourgeois gentilhomme*.
N'est-elle pas bourgeoise et parisienne dans ses moindres actions, dans ses moindres paroles, cette Mme Jourdain, d'un esprit si pratique avec sa philosophie terre à
terre, si vaillante et si résolue dans la maison que bou-
leversent les fantaisies de son mari ? Ce n'est pas elle
qui oubliera jamais ses origines et son père « qui ven-
doit du drap près de la porte Saint-Innocent ». Par une
de ces vues de bon sens, assez rares en pareil cas chez
les femmes, tandis que son mari veut s'élever vers la noblesse, elle se fâche et le retient. La fortune que les deux
grands-pères de sa fille ont péniblement amassée et
« qu'ils payent peut-être cher en l'autre monde », elle
prétend la défendre contre les Dorantes et les Dorimènes.
L'horizon borné de son quartier lui suffit ; on s'y connaît,
on y voisine, on y glose les uns sur les autres, elle y est
une personne considérable, et c'est là le vrai bonheur.
Des ménages ainsi divisés, Molière en a certainement vu

plus d'un autour de lui, surtout dans les commerces de luxe exercés par sa famille. Parmi ces tapissiers et ces merciers, ces lingers et ces joailliers, les relations avec le beau monde étaient journalières, et il y fallait quelque prudence pour ne se point laisser duper, quelque bon sens pour réserver sa fille à un Cléonte bourgeois.

Non seulement Molière observa cette façon de sentir, mais il s'en imprégna lui-même, il la conserva lorsqu'il fut devenu comédien, auteur et homme de cour ; car, même alors, nous l'avons vu, il ne renonça pas à ses relations de famille ; par elles il demeura bourgeois, bon bourgeois de Paris. Avec Boileau, issu comme lui de bourgeoisie parisienne, — bourgeoisie un peu plus relevée, celle du Palais, mais, au fond, assez semblable à l'autre, — il représente l'esprit bourgeois dans la littérature du dix-septième siècle. Les deux amis ont tout de cet esprit : les qualités et les défauts, plus ou moins dominants chez l'un et chez l'autre, plus ou moins en opposition ou en équilibre ; mais cet esprit est le fond du génie de Molière et de ce talent de Boileau qui va jusqu'au génie : ferme, bon sens, instinct de sagesse pratique et de mesure, goût de la raillerie avec de la justice et de la bonté jusque dans l'extrême satire, haine du faux et de l'outré, du prétentieux et du romanesque ; avec cela, élévation moyenne de sentiments, plus de raison que de fantaisie, de force que de délicatesse, parfois une verve un peu grosse et un goût fâcheux pour ce qu'il y a de moins relevé dans la plaisanterie gauloise. Cet esprit sert à comprendre la campagne qu'ils menèrent si vivement l'un et l'autre contre la littérature de cabaret et de ruelle. Ils y portèrent le robuste bon sens qu'ils devaient à leur origine, en y joignant le goût de la cour, où ils trouvèrent l'un et l'autre accès, protection et inspiration. Avant eux, il n'y a pas encore, au dix-septième

siècle, ce que l'on pourrait appeler une littérature de
tiers état, c'est-à-dire, en attendant le peuple qui n'existe
pas encore comme public, une littérature inspirée et lue
par la classe la plus nombreuse et la plus sensée de la
nation. Celle qui occupe la première moitié du siècle,
littérature de salon ou de cabaret, tantôt léchée, tantôt
lâchée, est un contraste de raffinement et de grossièreté,
de prétention et de platitude, d'invraisemblance et de
terre à terre. Au théâtre, principalement, tout cela se
mélange ; que les auteurs aient du génie comme Corneille, du talent comme Scarron, une déplorable facilité
comme Scudéry, qu'ils soient tragiques ou comiques,
tous, s'écartant de la région moyenne des sentiments ou
des idées, montent trop haut ou descendent trop bas ;
tous, enfin, se guindent ou s'avilissent dans leur existence ou dans leurs œuvres, hôtes des ruelles ou des
mauvais lieux.

Le caractère de la littérature qui commence vers
1660, c'est-à-dire avec le gouvernement personnel de
Louis XIV, est de réagir également contre ces deux tendances extrêmes ; les écrivains se rangent, et, renonçant
aux patronages aristocratiques pour celui que leur offre
le roi, ils prennent leurs inspirations dans le goût bourgeois et dans celui de la cour. Par là ils réalisent un
double idéal de vérité moyenne et d'élévation dont Molière et Boileau d'un côté, Racine de l'autre, offriront
des modèles parfaits. Les deux premiers sentent et parlent comme des bourgeois de grand esprit en qui le
contact des suprêmes élégances affine, sans les altérer,
les qualités originelles, le troisième comme un bourgeois d'une délicatesse supérieure à sa condition, à l'aise
comme en une patrie dans le monde qui l'accueille, et,
en échange de ce qu'il reçoit, offrant à ce monde la peinture idéale de son langage et de ses sentiments. Dès lors,

les précieux raillés disparaissent ou boudent, les burlesques méprisés se consolent dans leurs cabarets, mais
les uns et les autres perdent pour un temps toute influence. Tandis que Boileau harcèle les seconds, Molière
se charge des premiers ; il ouvre le feu avec *les Précieuses ridicules*, début de son théâtre parisien, il ne
les cesse qu'avec *les Femmes savantes*, son avant-der-
nière pièce, et l'on peut tenir pour assuré que, s'il eût
vécu, il n'eût point désarmé. D'autre part, dans le plus
grand nombre de ses comédies, il mêle bourgeois et
hommes de cour, corrigeant les uns par les autres, opposant à Dorante, le noble sans dignité, Cléonte, le bourgeois fier de sa condition, l'élégant Clitandre au cuistre
Trissotin. Ainsi, jusque dans la littérature, le règne de
Louis XIV, ce « règne de vile bourgeoisie », comme l'appelle Saint-Simon, ce règne où, selon la remarque d'Au-
gustin Thierry, « dans les lettres, tous les grands noms,
sauf trois, furent plébéiens », ce règne marque l'avène-
ment du tiers état, servant et illustrant le pouvoir qui
l'élève et lui donne sa place.

CHAPITRE II

MADELEINE BÉJART

Entre tous les noms mêlés à l'histoire de Molière, deux surtout ont le privilège de nous attirer, ceux de Madeleine et d'Armande Béjart, deux sœurs, dont il aima l'une, dit-on, et épousa l'autre. Cette préférence s'explique par des causes assez diverses. D'abord le goût du scandale, Madeleine et Armande ayant été comédiennes, et d'humeur fort légère, à ce que l'on croit. Il faut y voir aussi la malignité trop naturelle qui nous porte à chercher dans la vie des grands hommes les faiblesses et les ridicules ; en les rendant semblables aux autres hommes, ne diminuent-ils pas la distance qui nous sépare d'eux ? Dans le cas présent, ce sentiment n'est que trop facile à satisfaire : il trouve chez Molière le genre de ridicule dont on est le plus friand dans notre pays, celui qui s'attache à un mari trompé. On peut néanmoins, pour revenir sur ce sujet, invoquer des motifs plus avouables. D'abord il est impossible que Madeleine et Armande Béjart n'aient pas exercé une certaine influence sur ce qu'il y a de plus intéressant dans Molière, à savoir ses œuvres. La nature des choses le veut ainsi ; et, pour Molière en particulier, ses contemporains sont les premiers à le reconnaître. L'auteur de l'importante préface mise, en 1682, en tête de la première édition complète de son théâtre dit expressément, à propos des « applications admirables » qu'il faisait dans ses comédies « des manières et des mœurs de tout le monde » : « Il s'y est joué le premier en plusieurs endroits sur des affaires de sa famille et qui regardoient ce qui se passait dans son domestique ». En faudrait-il davantage pour excuser ceux qui s'efforcent de connaître sa vie privée ? Ajoutons que, dans ce qui a été écrit jusqu'à présent sur Madeleine et Armande Béjart, le parti pris et le système, l'à-peu-près et la déclamation tiennent beaucoup de place. Les faits constatés et les documents authentiques ne manquent pas, et ils en disent assez ; cependant une bonne part de ce que l'on affirme au sujet des deux sœurs n'est rien moins que prouvé ; la fantaisie a grande part aux portraits que l'on trace d'elles. Serait-il impossible d'y substituer des images vraies ? On peut, du moins, l'essayer. Prenons d'abord Madeleine. N'eût-elle pas vécu pendant près de trente ans de la même vie que Molière, à côté de lui, dans son intimité, n'eût-elle pas été sa plus fidèle et sa plus constante auxiliaire, elle mériterait encore d'être étudiée pour elle-même. Cette comédienne, en effet, était une femme de premier ordre et un caractère original.

I

Les Béjart; M. de Modène et Madeleine Béjart. — Naissance d'Armande Béjart, future femme de Molière; hypothèses sur son origine; qu'elle est la sœur, et non la fille, de Madeleine Béjart.

Le 6 octobre 1615, Joseph Béjart, « huissier ordinaire du roy ès eaux et forêts de France », épousait à l'église Saint-Paul, au Marais, une dèmoiselle Marie Hervé. Les deux époux appartenaient, semble-t-il, à la petite bourgeoisie parisienne; en tout cas, le complément obligé de la noblesse, la fortune, leur manquait entièrement. Mais leur pauvreté ne les empêchait pas d'afficher des prétentions nobiliaires. Outre le titre d'écuyer que l'usage et la courtoisie laissaient prendre à beaucoup de gens de robe, on trouve Joseph Béjart qualifié « sieur de Belleville [1] ». Peu d'unions furent aussi fécondes : on a pu relever les noms de onze enfants issus de ce mariage, et il est permis de croire qu'on ne les connaît pas tous. Mettons-en quinze; et nous serons certainement plutôt au-dessous qu'au-dessus de la vérité.

1. Edouard Fournier (*le Roman de Molière*, 1863, IX) cite, d'après M. J. Guigard (*Bibliothèque héraldique de la France*, 1861, n° 4434), une *Descente généalogique d'Etienne Porcher, habitant de la ville de Joigny*, 1650, et rattache nos Béjart à la famille de ce Porcher, « sergent d'armes et maître des garnisons du roi Charles cinquième ». Il y a, en effet, des Béjart dans cette famille, mais aucun d'eux ne porte les prénoms des nôtres, et l'assimilation de Fournier, beaucoup plus affirmatif que M. Guigard, n'est appuyée d'aucune preuve. Pour les prétentions nobiliaires de nos Béjart, on peut en voir la discussion dans le *Dictionnaire critique* de Jal, p. 180, et l'on trouvera la description des armoiries qu'ils s'attribuaient dans le travail de M. B. Fillon, *le Blason de Molière*. Enfin, le *Dictionnaire géographique des Gaules*, d'Expilly, 1762, ne mentionne pas moins de dix *Belleville* dans diverses provinces de

Joseph Béjart mourut vers 1643, après une vie fort rude et besogneuse, car, à toute époque, quinze ou même onze enfants sont une lourde charge, surtout pour un huissier de petit office. De ces enfants, cinq se firent comédiens : deux fils, Joseph et Louis ; trois filles, Madeleine, Geneviève et Armande. Joseph, né vers 1617, et Madeleine, baptisée le 8 janvier 1618, étaient les plus âgés. Ils donnèrent le branle, par leur exemple, à toutes ces vocations théâtrales ; et le père et la mère, enchantés de voir ces oiseaux voyageurs prendre leur volée hors du nid trop plein, n'y mirent certainement aucun obstacle.

Le Marais, qu'habitaient les Béjart, était alors un quartier de théâtres. Sur ses confins, proche les Halles, on trouvait le vieil Hôtel de Bourgogne, où jouaient d'une part les grands jeunes premiers tragiques : Floridor et Bellerose ; de l'autre, le trio légendaire de farceurs : Gaultier-Garguille, Gros-Guillaume et Turlupin ; et aussi les troupes italiennes. Plus près du centre, dans un jeu de paume, était le théâtre qui prit le nom même du quartier, le Théâtre du Marais, et où *le Cid* fut joué d'original. Scène et tréteaux se ressemblaient encore beaucoup ; l'Hôtel de Bourgogne, notamment, était, en partie, un théâtre forain : on jouait des parades à la porte avant la représentation. Autour du quartier, les ama-

France, outre le village qui est devenu un quartier de Paris. Cette seigneurie de Belleville, qui fut attribuée pour la première fois à défunt Joseph dans le contrat de mariage de sa fille Armande avec Molière, semble bien n'avoir été qu'un de ces titres imaginaires dont s'affublaient les comédiens des deux derniers siècles. Le fils aîné de Joseph, baptisé du même prénom que son père, et camarade de Molière, s'intitulait lui-même sieur de la Borderie et avait du goût pour l'art héraldique ; il composa un *Recueil des titres, qualités et armes des seigneurs des Etats généraux de la province de Languedoc*, Lyon, 1655-1657. Un autre Béjart, Louis, s'appelait, lui, sieur de l'Éguisé, d'un sobriquet, semble-t-il, qu'il avait reçu, ou pour sa finesse d'esprit, ou parce que c'était un friand de la lame.

teurs de spectacle en plein vent n'avaient que l'embarras
du choix : ils trouvaient, sur le Pont-au-Change, Jean
Farine ; sur le Pont-Neuf, le Savoyard ; à la place Dauphine, le grand Tabarin[1]. Il est probable que les petits
Béjart firent le plus clair de leur éducation au milieu de
la foule qui entourait ces artistes de la rue ; et aussi que,
faute de quinze sous nécessaires pour entrer au parterre
des deux théâtres réguliers, ils s'y faufilèrent souvent
parmi les soldats aux gardes, les laquais et les pages
qui s'arrogeaient le privilège de voir le spectacle sans
payer. Les splendides habits des rois et des reines de
tragédie, la joyeuse humeur de Colombine et d'Arlequin, la liberté de leur existence, la facilité apparente
d'un métier si lucratif, tout cela devait produire une vive
impression sur les enfants du pauvre huissier. De très
bonne heure les deux aînés, Joseph et Madeleine, se
firent eux-mêmes comédiens, sans prendre la peine de
déguiser, au théâtre, leur nom de famille sous l'un de
ces pseudonymes prétentieux ou burlesques qui étaient
alors de règle en pareil cas.

Où jouèrent-ils ? On n'en sait trop rien. Peut-être dans
une troupe d'amateurs, peut-être sur les tréteaux forains
de la banlieue. Il est peu probable qu'ils aient débuté à
l'Hôtel de Bourgogne ou dans la salle du Marais ; ils
étaient encore trop jeunes et trop inexpérimentés. La
tradition veut qu'ils aient de bonne heure parcouru le
Languedoc avec une « troupe de campagne ». En tout
cas ils n'y restèrent pas longtemps, car deux pièces authentiques établissent que Madeleine était à Paris au
commencement de 1636 et au milieu de 1638. Le 10 janvier 1636, en effet, Madeleine Béjart, « fille émancipée
d'âge », assistée de son curateur, Simon Courtin, bour-

---

1. Victor Fournel, *les Rues du vieux Paris*, 1879, VII et VIII.

geois de Paris, de son père, de son oncle paternel, Pierre Béjart, procureur au Châtelet, et de cinq alliés et amis de sa famille, demandait au lieutenant civil l'autorisation de contracter un emprunt ; elle possédait 2000 livres, et il lui en fallait 2000 autres pour acquérir une petite maison avec jardin située au cul-de-sac Thorigny. L'assistance que lui prêtent les personnes graves qui l'accompagnent, et parmi lesquelles figurent un « chef du gobelet du roi », un avocat au parlement et « un fourrier du corps du roi », permet de penser que les économies précoces de la jeune comédienne avaient une origine honnête ; mais rien n'est moins prouvé. Très peu de temps après, on la voit intimement liée avec un personnage dont les largesses pourraient bien être le point de départ de sa fortune : en effet, le 11 juillet 1638, était baptisée à Saint-Eustache. « Françoise, fille de Esprit-Raymond, chevalier, seigneur de Modène et autres lieux, et de demoiselle Madeleine Béjart ». Madeleine et M. de Modène n'étaient pas mariés ; il y avait même, non loin de Paris, aux environs du Mans, une légitime Mme de Modène, qui ne mourut qu'en 1649. Le parrain de la petite Françoise était le jeune fils de M. de Modène, représenté par un ami du père, Jean-Baptiste de l'Hermite, sieur de Vauselle, un gentilhomme poète et comédien, et la marraine dame Marie Hervé, la propre mère de Madeleine.

C'est là un singulier baptème. Mais faut-il grossir la voix à ce propos et appliquer à M. de Modène et à Marie Hervé les strictes règles de la morale bourgeoise ? Il y a ici plus à sourire qu'à s'indigner. Trois des personnes qui figurent dans l'acte n'appartiennent pas au monde vulgaire pour lequel sont faites la morale et ses lois ; elles vivaient en marge de la société, elles jouissaient d'une tolérance particulière, car l'une était un aventu-

rier, l'autre une comédienne, la troisième une mère
d'actrice.

Ainsi, prenons d'abord M. de Modène [1]. C'est un gentilhomme du Comtat-Venaissin, riche et de vieille noblesse, poète à ses heures, auteur de curieux mémoires
historiques et fort répandu dans le monde de la littérature et des théâtres. Lancé dans une vie de plaisirs et de
folles équipées, il occupe bientôt une place distinguée
dans cette galerie d'originaux de grande race, fort braves
et fort brillants, mais aussi dénués de sens moral que
de sens commun, qui s'agitent autour de Gaston d'Orléans, forment le cercle de Marion de Lorme et de Ninon
de Lenclos, se font un point d'honneur de braver publiquement les édits sur le duel, suivent en Allemagne, en
Italie, en Hongrie, quelque aventurier comme eux, con-
spirent, sont condamnés à mort une ou deux fois, et
meurent, qui en place de Grève, qui sur le pré, qui sur
le champ de bataille, qui de vieillesse et dans leur lit.
M. de Modène est de ces derniers. Mais, pour en venir à
cette fin bourgeoise, que d'aventures ! Chambellan de
Gaston, il entre, naturellement, dans les complots contre
Richelieu ; grièvement blessé au combat de la Marfée,
il parvient à se réfugier à Bruxelles et y apprend qu'un
arrêt du parlement l'a condamné à mort. Il en profite
pour se guérir et se reposer un peu. Richelieu et
Louis XIII morts, il revient en France, mais il n'y reste
pas longtemps : en 1647 il accompagne à Naples le duc
de Guise, qui essaye d'y exploiter à son profit la révolte
de Masaniello. De retour en France il trouve sa femme
morte et Madeleine Béjart vieillie ; il en profite pour se

1. Les nombreux renseignements que l'on avait sur M. de Modène
viennent d'être notablement augmentés par la publication du travail
de M. Henri Chardon, *M. de Modène, ses deux femmes et Madeleine
Béjart*, dans la *Revue du Maine*, 1885 et 1886.

remarier avec la fille de son ami l'Hermite de Vauselle.
Cela ne l'empêcha pas de vivre toujours en excellents
termes avec Madeleine. Peu de temps avant ce mariage,
il tenait une fille de Molière sur les fonts, avec Madeleine pour commère ; plus tard on voit Madeleine
prendre soin des affaires de M. de Modène et s'efforcer
de réparer une fortune assez compromise par toutes ces
aventures.

S'étonnera-t-on maintenant de la conduite que tint le
personnage lors du baptême de la petite Françoise ? La
reconnaître, quoique marié, lui donner pour parrain
son fils légitime, c'était traiter de haut, avec une insolence cavalière, des préjugés chers aux gens du commun, exciter des propos indignés qu'il méprisait d'a-
vance, et jouer un bon tour à sa femme qui boudait au
fond de son château. En fallait-il davantage pour décider
un homme tel que lui ?

Quant à Marie Hervé, petite bourgeoise de Paris, elle
avait sans doute autant de préjugés que M. de Modène
en avait peu, et peut-être ne faut-il voir dans sa présence au baptême que le désir de réparer dans la mesure du possible le procédé irrégulier de sa fille. La
reconnaissance de l'enfant et le parrainage de M. de
Modène le fils, mais cela valait presque de justes noces !
Elle voulut donc faire savoir aux bonnes âmes de son
quartier que le faux pas de Madeleine sortait de l'ordinaire, qu'il y avait là une sorte d'union morganatique,
et bravement, toute fière, elle alla tenir sa petite-fille à
Saint-Eustache. Puis, pour se hausser à la condition du
père et du parrain, elle eut bien soin, dans l'acte de
baptême, de donner à son mari le titre d'écuyer. Ainsi
les choses se passaient presque régulièrement, de plain-
pied, entre gens du même monde, et les mauvaises langues en étaient pour leurs frais.

Voïlà donc Madeleine de retour à Paris. Elle joue
peut-être à l'Hôtel de Bourgogne ou au Marais; il est
plus probable, cependant, qu'elle se contente de cultiver
ses talents de comédienne dans une des nombreuses
troupes d'amateurs que Paris possédait alors. Autant
que l'on en puisse juger par les témoignages de ses contemporains (je ne parle pas de ses portraits; aucun
n'est vraiment authentique), c'était une grande et belle
personne, d'une beauté quelque peu virile, avec des cheveux d'un blond vénitien. Ne nous étonnons pas qu'elle
ait de si bonne heure fait parler d'elle; toute direction
morale dut lui manquer, et elle vivait dans un quartier
où les mœurs étaient d'une grande liberté; car c'était
un quartier neuf, habité par le monde élégant, et où,
pour ces deux raisons, abondaient les femmes de mœurs
faciles : Scarron appelait un jeune garçon, fils d'une de
ses sœurs restée demoiselle, « son neveu à la mode
du Marais ». En revanche, elle était intelligente et let-
trée; l'année même de son émancipation, en 1636, elle
adressait à Rotrou, qui venait de donner à l'Hôtel de
Bourgogne son *Hercule mourant*, un quatrain qui dut
avoir son succès, grâce à la pointe qui le termine :

> Ton Hercule mourant te va rendre immortel;
> Au ciel comme en la terre il publiera ta gloire,
> Et, laissant ici-bas un temple à ta mémoire,
> Son bûcher servira pour te faire un autel.

La tradition veut qu'elle ait fait représenter en province
deux pièces, qui se seraient perdues; plus tard, dans la
troupe de Molière, on la voit « raccommoder » une
vieille comédie que l'on veut remettre au répertoire.
A ces talents littéraires elle joignait un sens remarquable des affaires : fille d'huissier, nièce de procureur,
non seulement elle donna ses soins aux affaires de M. de

Modène, mais encore elle sut administrer avec grand succès sa propre fortune et celle de Molière.

Cependant Béjart le père se faisait vieux; il ne jouit pas longtemps du bien-être que les talents de sa fille durent apporter dans sa pauvre maison. Nous apprenons sa mort par une pièce d'importance capitale où figure toute sa famille. Le 10 mars 1643, devant le lieute-nant civil de Paris[1], comparaissait Marie Hervé, veuve de Joseph Béjart, « au nom et comme tutrice de Joseph, Madeleine, Geneviève, Louis et *une petite non encore baptisée, mineurs* dudit défunt et elle ». Que l'on veuille bien noter ces deux points-ci : *la petite non baptisée* et la *minorité* des autres enfants. Marie Hervé expose que, « la succession de son défunt mari étant chargée de grosses dettes sans aucuns biens pour les acquitter, elle craint qu'elle ne soit plus onéreuse que profitable », et elle annonce l'intention d'y renoncer. Un conseil de huit parents et amis, dont M⁰ Pierre Béjart, son beau-frère, procureur au Châtelet, l'assiste et comparait avec elle. Le 10 juin de la même année, avec le consente-ment de ce conseil, elle fait sa renonciation.

Quelle était donc cette « petite non baptisée »? Grave question qui divise et passionne depuis longtemps les biographes de Molière. Elle a fait couler des flots d'encre, elle a donné matière à de copieuses disserta-tions, elle a provoqué autant de systèmes que ces ar-ticles controversés de nos codes qui mettent en jeu les plus graves intérêts. C'est que nous touchons ici à un

---

1. Le lieutenant civil était, après le prévôt de Paris, le premier magistrat du Châtelet; il avait dans ses attributions, outre la police de la ville, le réglement des tutelles, curatelles, émancipations; interdictions, la présidence personnelle ou par délégué des conseils de famille, etc. Voyez G. Depping, *Quelques pièces inédites con-cernant M⁰ᵉ de Sévigné et les Coulanges*, 1882.

événement considérable de la vie de Molière, à son mariage. Dans la femme qu'il épousa, les uns voient une
sœur, les autres une fille de Madeleine Béjart, et il serait d'une importance capitale pour l'honneur du grand
poète que sa femme ait été seulement la sœur de Madeleine, et vraiment la fille de Marie Hervé.

Consultés sans parti pris, les actes et les dates
confirment pleinement cette dernière hypothèse[1]. En
effet, dans son acte de mariage, en 1662, la femme de
Molière, Armande-Grésinde[2]-Claire-Élisabeth Béjart,
est dite fille de Joseph Béjart et de Marie Hervé; et,
dans le contrat qui précéda, on lui donnait l'âge de
« vingt ans ou environ ». Cet âge s'accordant tout à fait
avec la déclaration reçue en 1643 par le lieutenant
civil, la « petite non baptisée » ne saurait être que la
jeune fille épousée par Molière dix-neuf ans après. On
n'a pas retrouvé l'acte de naissance de cette enfant;
mais on n'a pas découvert davantage l'acte de décès de
son père. Ce n'est pas faute d'avoir cherché l'un et
l'autre dans les registres des anciennes paroisses de
Paris. Cette coïncidence, dans la même famille, d'une
naissance et d'un décès dont la trace n'est pas restée à

1. L'acte de mariage de Molière a été découvert par Beffara,
et la requête de Marie Hervé au lieutenant civil, par Eudore Soulié.
2. Ce nom bizarre de *Grésinde* a mis en campagne pas mal d'ima-
ginations. Bazin y voit « un nom tout à fait provençal », donné à l'enfant par M. de Modène, qu'il croit son père ; P. Lacroix (*la Jeunesse
de Molière*, 1859, p. 50), un simple nom de roman ; M. Livet (édition
de *la Fameuse comédienne*, 1877, p. 126), « une forme de Glossinde,
nom d'une sainte qui n'est connue qu'à Metz », et en tire, lui aussi, un
argument pour faire d'Armande une fille de Madeleine et de M. de
Modène, parce que celui-ci était « attaché au duc de Guise, de la
maison de Lorraine » ; M. A. Baluffe (*Molière inconnu*, 1886, p. 136),
comme Bazin, « un nom foncièrement provençal », mais pour faire
naître la petite fille en Provence. Le plus simple est encore d'admettre avec Eudore Soulié que ce nom, quoique peu commun, était
parfois en usage à Paris.

Paris, alors que l'on a pu retrouver la plupart des autres
actes qui se rapportent à cette famille, donne naturellement à penser que les deux événements eurent lieu, à
la même époque, hors de Paris, dans quelque village où
la famille possédait une maison des champs[1]. On peut
donc supposer, sans grand effort d'imagination, que Joseph Béjart mourut et fut enterré dans ce village inconnu; que sa dernière fille y naquit un peu avant ou un
peu après la mort de son père, ce qui fit différer le
baptême; enfin qu'elle fut baptisée au même endroit,
quelque temps après la démarche faite par sa mère auprès du lieutenant civil.

Cette hypothèse ayant le défaut d'être trop simple, on
la remplace ordinairement par de plus ingénieuses; je
choisis dans le nombre une des plus récentes[2]. D'après

1. On lui en connaît une, située au bourg Saint-Antoine-des-
Champs, sur le chemin de Picpus.
2. Celle de M. J. Loiseleur, *les Points obscurs de la vie de Molière*, III. — M. Loiseleur a repris, avec quelques modifications, un
système imaginé par Ed. Fournier dans son *Roman de Molière*.
Lorsque le livre parut, M. Gaston Paris combattit à la fois les deux
parrains du système, avec une argumentation très solide, dans la
Revue critique d'histoire et de littérature du 3 août 1878, et fit
observer que déjà M. Lindau, en Allemagne, ayant soutenu des idées
semblables à celles de Fournier, fut réfuté avec esprit par M. Schu-
chard dans l'*Allgemeine Zeitung* du 29 mai 1873. Je me suis servi
moi-même, dans la discussion qu'on va lire, de plusieurs raisons
données par M. Paris. D'autre part, M. Loiseleur a maintenu son
hypothèse dans une série d'articles publiés en octobre 1885 dans
le Temps et réunis en brochure sous le titre de *Molière, nouvelles
controverses sur sa vie et sa famille*, 1886. — La présente étude
venait de paraître dans la *Revue des Deux Mondes* (1er mai 1885),
lorsque M. Louis Moland a publié sa *Biographie et bibliographie* de
Molière (août 1885), où il soutient sur la naissance d'Armande la
même thèse que moi, et par des arguments semblables. Le volume de
M. Moland était donc sous presse au moment où je publiais mon
article, et il n'a pas pu davantage connaître mon travail que je
n'ai pu profiter du sien; mais je suis heureux de m'être rencontré
avec lui.

celle-ci, la déclaration de Marie Hervé devant le lieutenant civil serait entachée de faux. Deux des enfants
qu'elle présente comme mineurs, Madeleine et Joseph,
ne l'étaient pas, la première ayant alors vingt-cinq ans
et deux mois, le second vingt-six, et, selon la coutume
de Paris, l'âge de la majorité légale était vingt-cinq
ans. On explique cette fausse déclaration en supposant
qu'elle avait pour but d'attribuer à la complaisante Marie Hervé une enfant qui n'était pas la sienne, mais
bien celle de Madeleine, désireuse de cacher à M. de
Modène, absent de Paris, une maternité qui aurait
amené une rupture. Mais quel rapport, dira-t-on, entre
la fausse minorité et la supposition d'enfant? Ici l'hypothèse devient encore plus ingénieuse : le premier
mensonge n'avait pour but que d'amener le second, ou
du moins la famille Béjart faisait d'une pierre deux
coups, se dérobant à une succession onéreuse et sauve-
gardant, sinon l'honneur, du moins les intérêts de l'un
de ses membres, c'est-à-dire de Madeleine.

Voilà de joli monde et un pur chef-d'œuvre de roue-
rie. Malheureusement, tout cela ne tient guère. D'abord,
si Madeleine avait une enfant à cacher au comte de Modène, elle s'y prenait bien maladroitement. Admettons,
à la rigueur, la complicité de sa mère; par tout ce que
l'on sait de Marie Hervé, on a le droit de la tenir pour
une matrone fort obligeante. Passe encore pour celle de
sa sœur Geneviève et de ses deux frères, quoique ce
complot de famille devienne d'autant plus improbable
qu'il englobe un plus grand nombre de conjurés et que
la garde du secret, confiée à tant de discrétions, courût
déjà de grands risques. Mais il fallait, en outre, gagner
à la cause de Madeleine huit faux témoins, dont un seul,
le procureur Pierre Béjart, avait comme parent quelque
intérêt à la servir. Pour le coup, cette femme, dont nous

aurons plus d'une fois à admirer l'esprit pratique et dé-
lié, fit preuve, en cette circonstance, d'une naïveté rare.
Il lui était si facile, en effet, sans se mettre en frais
d'imagination pour combiner une intrigue aussi pénible
que maladroite, de faire ce que ses pareilles font
d'instinct en pareil cas ! Puisque, dans l'hypothèse, elle
avait eu l'art de dissimuler sa maternité, il ne lui restait
plus, si elle était bonne mère, qu'à mettre son enfant en
nourrice loin de Paris, et à la faire élever en secret jusqu'à ce qu'elle pût la reprendre sans danger. Quant à la
prétendue complicité des témoins, elle est encore plus
invraisemblable. Ils ne sont pas moins de huit, dont
trois procureurs, gens avisés, connaissant les lois et peu
désireux de se compromettre dans une fraude aussi
grave ; les autres ne sauraient être regardés comme de
pauvres diables prêts à tous les services pour un peu
d'argent : ce sont tous bourgeois de Paris, dont deux
maîtres marchands et un sieur de Sainte-Marie. On suppose que, sauf l'oncle Pierre, ils pouvaient n'être pas au
courant de la situation et ignorer le véritable nombre
des enfants Béjart. Mais, outre que l'acte les qualifie
« d'amis » de la famille, ces bourgeois notables auraient-
ils prêté leur concours à des inconnus assez gueux ? Dans
aucun cas ils ne pouvaient ignorer si, oui ou non, Marie
Hervé venait d'être mère ; chaque quartier de Paris était
alors une sorte de petite ville, où l'on se connaissait, où
les gros événements qui intéressaient une famille ne
pouvaient passer inaperçus.

Reste la fausse minorité de Madeleine et de Joseph,
origine de tout le système. Elle ne me paraît pas avoir
l'importance qu'on lui attribue ; à peine si j'y verrais une
fraude préméditée. On remarquera d'abord qu'entre
leur âge vrai et celui qu'on leur donne, la différence
n'est pas très considérable : un an pour l'un, deux mois

pour l'autre. Or il ne faudrait pas croire que l'âge légal
de chacun fût, à cette époque, aussi rigoureusement déterminé que de nos jours ; les actes d'état civil n'étaient
pas encore dressés, bien s'en faut, avec la précision que
la loi devait exiger plus tard ; quelques mois de plus ou
de moins, deux ou trois ans même, ne faisaient pas une
affaire. Donc, si deux des enfants Béjart se rajeunirent
de parti pris, avec la complicité de leur mère, ils ne
firent que profiter d'une latitude autorisée par l'usage ;
ils auraient tout aussi bien pu se vieillir de quelques
mois. Dans quelle intention, du reste, auraient-ils
commis un faux ? Ce ne pouvait être pour sauvegarder
leurs intérêts, car, pas plus alors qu'aujourd'hui, les
enfants n'étaient obligés d'accepter la succession paternelle et d'en supporter les charges avec leurs biens
propres ; ils n'avaient, pour se mettre à l'abri de tout
tracas, qu'à faire, eux aussi, une renonciation. Mais la
date récente de leur majorité permettait d'éviter cette
complication de procédure ; un acte pouvait suffire au
lieu de trois ; on n'en fit qu'un. Voilà, ce semble, leur
seul intérêt dans l'affaire, et il n'en faut pas davantage
pour expliquer l'irrégularité de la déclaration[1].

Un autre argument que l'on a voulu tirer de l'âge de
Marie Hervé contre sa maternité tardive ne réussit pas
davantage à la rendre invraisemblable. Son acte de décès, en janvier 1670, lui donnant quatre-vingts ans, elle

1. M. A. Baluffe, au cours d'une discussion qui est une des parties
les plus étonnantes de son livre (*Molière inconnu*, IV), produit
cependant, pour démontrer la sincérité de l'acte du 10 mars, deux
raisons qui mériteraient examen : 1° il n'est pas prouvé que Joseph,
dont la date de naissance est inconnue, fût l'aîné des enfants Béjart :
Jal lui donne cette qualité et le suppose né en 1617, simplement
parce qu'il est nommé le premier dans l'acte ; 2° il faudrait savoir
si, pour Madeleine, « mineure à la mort de son père, il y avait réellement prescription de minorité légale ».

aurait eu cinquante-trois ans en 1643, lorsqu'elle mit
au monde sa dernière fille ; et l'on se refuse à admettre
une aussi longue fécondité. D'abord, selon les lois de
la nature, il n'y aurait là rien d'impossible, ni même
de bien étonnant, et pour Marie Hervé moins que pour
toute autre, puisque, trois ans avant la naissance de la
petite Armande, elle avait eu une autre fille, Bénigne-
Madeleine, dont la trace est perdue, mais dont l'acte
de naissance a été relevé. En outre, il n'est pas certain qu'elle fût aussi âgée que cela. Si son acte de
décès lui donne quatre-vingts ans, l'épitaphe qui figu-
rait sur son tombeau dans le cimetière Saint-Paul ne
lui en donne que soixante-treize : elle n'aurait donc
eu, d'après celle-ci, que quarante-six ans en 1643 [1]. Je
viens de faire remarquer avec quelle facilité d'à-peu-
près, durant les deux derniers siècles, l'âge des intéres-
sés était indiqué dans les registres d'état civil ; les
vicaires qui les tenaient ne prenaient pas toujours la
peine de demander aux familles des renseignements
exacts. Marie Hervé étant une très vieille femme lorsqu'elle mourut, on la vieillit encore, pour la même raison que l'on devait, dans une pareille circonstance, rajeu-
nir sa fille Armande, qui avait cinquante-huit ans et à
qui l'on n'en donna que cinquante-cinq. Les épitaphes,
au contraire, ne pouvaient être rédigées que d'après les
indications des familles ; je ne serais donc pas éloigné
de croire que celle de Marie Hervé donne son âge véri-

1. L'abbé Valentin Dufour, *le Charnier de l'ancien cimetière
Saint-Paul*, 1866, et *la Sépulture de famille des Béjart*, dans *le
Moliériste* de mai 1883. — L'épitaphe est reproduite tout au long
dans ces deux travaux ; mais la première des deux reproductions
porte : « âgée de 73 ans », la seconde : « âgée de 75 ans. » Je me
suis reporté à l'original (Bibliothèque nationale, manuscrits, fonds
français, n° 8220, *Épitaphier de Paris*, t. V, folio 289), et j'ai
constaté que « 73 » était le chiffre exact.

table[1]. Ainsi, pour conclure cette longue discussion, rien ne s'oppose à ce que l'on attribue à Marie Hervé la dernière fille que tous les actes postérieurs lui conservent et que l'on tienne Armande pour la sœur de Madeleine. Nous retrouverons encore la légende et les systèmes que nous venons de combattre; ils reparaissent, en effet, toutes les fois qu'un acte important de la vie des deux femmes remet en question leur parenté, mais les arguments dont on les appuie deviennent de plus en plus faibles à mesure que l'on avance; le plus fort est tiré de la fausseté prétendue de l'acte dont j'ai essayé d'établir la sincérité.

De juillet 1638, où naquit la petite Françoise de Modène, à juin 1643, c'est-à-dire pendant près de six ans, on perd la trace de Madeleine Béjart. Demeura-t-elle à Paris, retourna-t-elle, ou alla-t-elle pour la première fois dans le Languedoc? Il est impossible de le savoir, et toutes les hypothèses imaginées pour remplir cette lacune de sa vie sont purement gratuites. S'il fallait en croire une tradition recueillie par l'auteur d'un pamphlet injurieux et mensonger, *la Fameuse Comédienne*[2], elle se serait distinguée par ses galanteries.

---

1. L'acte de décès de Marie Hervé, rédigé à Saint-Germain-l'Auxerrois, renferme une autre erreur, qui achève d'ébranler la confiance qu'on peut avoir en lui, tandis que la précision de l'épitaphe est encore fortifiée par cette erreur même. En effet, selon la copie de l'acte, donnée par Jal (*Dictionnaire critique*, p. 184), Marie Hervé serait morte le 3 janvier; l'épitaphe, au contraire, la fait mourir le 9, et elle concorde en cela avec le registre de Saint-Paul, transcrit par le même Jal, lequel registre mentionne l'inhumation à la date du 10. Dernier détail qui nous montre décidément fort distrait le rédacteur de l'acte de Saint-Germain : il dit que le corps fut pris rue Fromenteau, et tous les autres actes où il est question du domicile de Marie Hervé, depuis son retour à Paris, le placent rue Saint-Thomas-du-Louvre.

2. Voyez ci-après, chapitre III, 2.

Ce ne peut être qu'à l'époque où nous sommes ; alors
coïncidaient sa pleine jeunesse et sa pleine liberté, car
elle avait vingt-trois ans, et M. de Modène était loin de
Paris. Qu'y a-t-il de vrai dans cette tradition? Ici encore
toute preuve manque pour ou contre Madeleine. Assurément, elle n'était pas farouche, et sa liaison avec M. de
Modène autorise bien des suppositions, d'autant plus
que, dénuée de fortune, comédienne sans théâtre
connu, sa situation appelait naturellement une protection galante. Toutefois, puisque M. de Modène lui revint
à son retour d'exil, puisque, dans tout ce que l'on sait
d'elle, on la trouve amie dévouée, femme de tête et de
sens, raisonnant ses actions, puisqu'il n'y a contre elle
que ces vagues propos qui courent toujours sur le compte
d'une comédienne, n'est-il pas aussi naturel d'admettre
que la protection dont elle avait besoin lui fut continuée
à distance par M. de Modène? Plusieurs indices montrent que, jusqu'au second mariage du comte, en 1666,
avec une autre qu'elle-même, elle conserva l'espoir de
se faire épouser par lui, — ce qui n'avait rien de trop
chimérique, puisqu'il se remaria avec une comédienne ;
on a cru même, aux deux derniers siècles, qu'il y avait
eu entre eux un mariage secret. A défaut d'autre considération, c'en était assez pour lui imposer envers son
premier amant une fidélité d'autant plus solide qu'elle
reposait sur l'intérêt. Je ne tiens pas à sa vertu plus que
de raison : mère sans avoir été mariée et comédienne,
elle avait dû prendre son parti de tout ce qu'on pourrait
dire sur son compte ; il n'importe donc guère de tenter
en sa faveur une réhabilitation qui n'irait pas sans un
peu de ridicule. Mais il ne serait pas impossible que sa
liaison avec M. de Modène ait été la première et la dernière. Cette liaison, en effet, ne prit fin qu'au moment
où Madeleine atteignait ses quarante-huit ans, un âge

qui dut être pour sa vertu relative la meilleure des sau-
vegardes. Elle ne fut même pas rompue par la ruine
d'une longue espérance ; elle changea simplement de
caractère et devint une solide amitié.

II

Liaison de Molière avec les enfants Béjart ; constitution et débuts
de l'*Illustre Théâtre*. — Caractère des relations de Molière avec
Madeleine Béjart. — Molière et ses camarades en province ; existence des comédiens de campagne. — Madeleine caissière de la
troupe ; ses affaires d'intérêt et ses placements. — Talent de Madeleine comme comédienne ; les soubrettes de Molière.

Cependant le moment approchait où l'existence de
Molière allait se mêler étroitement à celle des Béjart.
Dès sa sortie des écoles, ou même avant, assidu, comme
ses futurs camarades, à tout ce qu'il y avait de spectacles dans Paris, aux parades du Pont-Neuf comme aux
représentations de Scaramouche, le fils du tapissier Poquelin avait été mordu, lui aussi, par le démon du
théâtre. Un beau matin, lorsqu'il eut atteint ses vingt
ans, il déclarait à son père furieux et stupéfait qu'il voulait être comédien. La connaissance des Béjart ne fut pas
étrangère à sa résolution ; ses biographes le donnent à
entendre ou le disent expressément. On a supposé, non
sans vraisemblance, que, dès sa première jeunesse, avant
d'entrer au collège de Clermont, le fils du tapissier avait
pu rencontrer les enfants de l'huissier ès eaux et forêts
dans les endroits où il fréquentait comme eux. D'autre
part, en 1642, il suppléait son père, comme valet de
chambre tapissier du roi, dans un voyage de la cour en
Languedoc. Or il ne serait pas impossible que Madeleine
Béjart ait fait, elle aussi, partie de ce voyage, avec une

« bande de petits comédiens » pensionnés sur la cassette[1]. Enfin, dans une énumération des principaux acteurs de Paris, Tallemant des Réaux dit à son sujet :
« Elle est dans une troupe de campagne; elle a joué
à Paris, mais ç'a été dans une troupe qui n'y fut que
quelque temps. Un garçon, nommé Molière, quitta les
bancs de la Sorbonne pour la suivre. Il en fut longtemps
amoureux, donna des avis à la troupe, et, enfin, s'en mit
et l'épousa. » Les erreurs abondent dans ce peu de mots.
Il est peu probable que Molière ait jamais étudié à la
Sorbonne; sa vocation pour le théâtre fut beaucoup plus
prompte à se décider; son amour pour Madeleine peut,
comme on le verra, être mis en doute et, en tout cas,
c'est donner à cet amour beaucoup trop d'importance
que d'en faire la principale, la seule cause de sa résolution; enfin, ce n'est pas Madeleine qu'il épousa, mais
une de ses sœurs. Cette dernière confusion, en particulier, nous montre déjà avec quel soin il faut examiner
les renseignements que donnent les contemporains de
Molière sur son mariage et l'origine de sa femme. La
jalousie et la haine en ont visiblement inspiré plusieurs,
mais d'autres, auxquels on se presse trop de croire, ne
sont que des propos en l'air, ou des affirmations à la
légère, comme celle de Tallemant. Les biographes du
poète sont moins explicites; en revanche, leurs indications s'accordent entre elles. On peut les résumer en
disant que, vers la fin de 1642, Molière, entraîné par un
amour irrésistible du théâtre, se joignit à une troupe

---

1. M. H. Chardon fait observer (*Nouveaux Documents sur les comédiens de campagne*, vii) que l'on désignait alors couramment la
troupe du Marais sous le nom de *troupe des petits comédiens;* en
ce cas, Madeleine Béjart aurait fait partie, à un moment de sa carrière, de cette compagnie fameuse. Mais il n'admet pas que la troupe
du Marais ait alors quitté Paris.

d'amateurs, comme nous dirions aujourd'hui, « d'enfants
de famille », comme on disait alors, troupe dont Madeleine faisait partie ; et que ces amateurs, après avoir
joué quelques mois pour leur seul plaisir, résolurent de
transformer leur passe-temps en profession.

Au commencement de janvier 1643, Jean-Baptiste
Poquelin obtenait de son père une somme de six cent
trente livres, à valoir sur la succession de sa mère et le
futur héritage paternel ; le 30 juin suivant, il signait
avec trois des Béjart, Joseph, Madeleine, Geneviève, et
six autres comédiens, l'acte de constitution d'une troupe
qui s'intitulait l'*Illustre Théâtre* ; il se décidait à monter publiquement sur les planches sous le nom de Molière[1]. Pour donner ses représentations, la nouvelle
troupe louait le jeu de paume des Métayers, à la porte
de Nesle, sur l'emplacement d'où partent aujourd'hui
les rues de Seine et Mazarine. Molière fut certainement
pour beaucoup dans la conclusion de ces deux contrats,
et la petite somme qu'il emportait de la maison paternelle n'y dut pas nuire. Mais la part des Béjart, de Madeleine surtout, la forte tête de la famille, ne fut pas
moindre. On remarquera d'abord que l'acte du 30 juin
fut signé « en la maison de la veuve Béjart, rue de la
Perle », c'est-à-dire, en réalité, chez Madeleine, qui,
depuis la mort de son père, avait recueilli sa mère pour
ne plus s'en séparer. En outre, tous les signataires de

---

1. Dans l'acte de société de l'*Illustre Théâtre*, Molière signe
encore « Jean-Baptiste Poquelin » ; parmi les pièces authentiques
venues jusqu'à nous, celle du 28 juin 1644, contrat d'engagement
du danseur Daniel Mallet, est la première où il ait signé « de Molière ». Ce nom de *Molière*, déjà porté par un romancier, Molière
d'Essartines, auteur de *Polixène*, n'a pas fait naître moins d'hypothèses que celui de *Grésinde*, prénom de sa femme. Il se pourrait
bien que le poète-comédien ne l'eût choisi que pour son euphonie,
de même que d'autres comédiens se faisaient appeler Floridor,
Rosimont, Bellombre et Beausoleil.

l'acte, après avoir décidé que « les pièces nouvelles seront disposées (c'est-à-dire *distribuées*) sans contredit
par les auteurs, sans qu'aucun (membre de la troupe).
puisse se plaindre du rôle qui lui sera donné », tous
reconnaissent à la seule Madeleine « la prérogative de
choisir le rôle qui lui plaira[1] ». Enfin, Le Boulanger de
Chalussay, imaginant, dans son *Élomire hypocondre*,
une querelle de Madeleine avec Molière, marque expressément que ses frères et elle-même secondèrent de tout
leur pouvoir l'association ardemment désirée par Molière. Le jeune homme, dans sa fureur de jouer, aurait
songé un moment à se mettre comme bouffon aux gages
de deux charlatans du Pont-Neuf, l'Orviétan et Bary.
Madeleine lui disait donc :

> Ce fut là que chez nous on eut pitié de toi,
> Car mes frères, voulant prévenir ta folie,
> Dirent qu'il nous fallait faire la comédie ;
> Et tu fus si ravi d'espérer cet honneur,
> Où, comme tu disois, gisoit tout ton bonheur,
> Qu'en ce premier transport de ton âme ravie
> Tu les nommas cent fois ton salut et vie.

Ces frères étaient Joseph, que nous connaissons, et
Louis. Bien que celui-ci ne soit pas nommé dans l'acte
de société, il fit partie de la troupe jusqu'en 1670, époque
à laquelle il embrassa, paraît-il, la profession des armes
et devint lieutenant au régiment de La Ferté ; Joseph
devait mourir prématurément en 1659. Molière eut en
eux des compagnons dévoués et des amis fidèles ; de bons
comédiens aussi, quoiqu'ils fussent affligés de disgrâces

---

1. Sur la manière dont se faisaient alors ces associations théâtrales,
voyez *la Comédie des comédiens*, 1633, de Gougenot, réimprimée.
en 1856 par Viollet-le-Duc, au tome IX de *l'Ancien Théâtre-Français*, et en 1871 par Ed. Fournier dans *le Théâtre-Français au
seizième et au dix-septième siècle,*

physiques, Joseph bègue, et Louis borgne et boiteux.

Les débuts de l'*Illustre Théâtre* furent pénibles. En attendant que l'on eût terminé à la salle des Métayers les réparations et aménagements nécessaires, la troupe fit à Rouen, dans la patrie des deux Corneille, une sorte de voyage d'essai, et, de retour à Paris, elle donna sa représentation d'ouverture le 31 décembre 1643. Grand concours de curieux pour cette première représentation ; c'est, du moins, l'auteur d'*Élomire hypocondre* qui le dit :

> Ce fut un jour de fête,
> Car jamais le parterre, avec tous ses échos,
> Ne fit plus de *ah! ah!* ni plus mal à propos.

Concours unique et succès sans lendemain :

> Les jours suivants n'étant ni fêtes ni dimanches,
> L'argent de nos goussets ne blessa point nos hanches,
> Car alors, excepté les exempts de payer,
> Les parents de la troupe et quelque batelier,
> Nul animal vivant n'entra dans notre salle.

Madeleine s'ingénie cependant. Puisque ce titre sonore, l'*Illustre-Théâtre*, ne suffit pas pour attirer la foule, elle obtient pour ses camarades, grâce à M. de Modène, la protection de Gaston d'Orléans, et la troupe se qualifie « entretenue par son Altesse Royale ». Cela n'améliore pas ses affaires ; à la fin de l'année 1644 il lui faut abandonner la porte de Nesle. Elle se transporte au port Saint-Paul, à la lisière du quartier à la mode, le Marais, près de la place Royale, où habitaient les gens du bel air. Sa malchance l'y poursuit et prend les proportions d'un désastre. Elle a beau faire appel à des poètes alors en renom, à Magnon, qui lui donne un *Ar-taxerce*, au frère de L'Hermite de Vauselle, Tristan

L'Hermite, dont *la Mort de Sénèque* fait remarquer
Madeleine dans le rôle d'Épicharis : efforts et succès inutiles. La solitude est la même dans la salle ; les maigres
recettes ne couvrent pas les frais. Il faut emprunter à
grand'peine ; la mère des Béjart sacrifie le peu qu'elle a
sauvé de sa réserve dotale ; Molière, comme le plus sol-
vable de la troupe, engage sa signature et, hors d'état
de payer à l'échéance, il est emprisonné pour quelques
jours au Châtelet.

Décidément, il n'y a plus à compter sur Paris. Que
faire, cependant? Ces premières épreuves n'ont pas dé-
couragé les sociétaires de l'*Illustre Théâtre ;* la passion
qui les anime est des plus tenaces qu'il y ait. Ils essayent
peut-être d'un troisième local, le jeu de paume de la
Croix-Blanche, au faubourg Saint-Germain, et, pour la
troisième fois, ils n'y trouvent que le désert. Eh bien !
puisque Paris est pour eux sans yeux et sans oreilles, ils
lanceront sur la ville béotienne l'anathème du poète de
Juvénal ; ils la quitteront. La province leur reste ; et
quelle partie de la province? Le Languedoc d'abord, que
Madeleine Béjart connaît pour l'avoir pratiqué, et tout le
Midi, et l'Est, et l'Ouest. En route donc pour le Midi,
qui n'est pas blasé, pour ce pays de la bonne humeur et
du rire facile, dont le ciel est clément à ceux qui courent les grandes routes ! L'*Illustre Théâtre* roule ses
toiles, enferme dans deux ou trois caisses ses oripeaux
et son clinquant, charge le tout sur un chariot, met
par-dessus la vieille mère Béjart et la petite Armande,
puis il quitte Paris et commence les premières étapes du
roman comique. Les Béjart emmènent avec Molière un
déclassé, un fugitif de la maison paternelle, qui a scan-
dalisé, presque déshonoré une honnête famille, qui a
tâté du Châtelet, et, dans douze ans, ils le ramèneront,
formé par l'expérience, riche d'impressions et de souve-

nirs, maître de lui-même et de son génie, mûr pour les chefs-d'œuvre.

Qu'étaient l'un pour l'autre Molière et Madeleine à ce moment de leur carrière? Des amants, répond une tradition très affirmative et qui remonte au temps de Molière lui-même. A examiner cependant le point de départ et les preuves de cette tradition, on trouve qu'elle repose sur des témoignages assez vagues ou fort suspects.

J'ai déjà cité le plus ancien, celui de Tallemant, et l'on sait avec quelle réserve il faut l'accueillir. Plus sérieux au premier abord est celui de Boileau, rapporté par Brossette : « M. Despréaux m'a dit, écrivait Brossette dans un cahier de notes personnelles, que Molière avait été amoureux de la comédienne Béjart, dont il avait épousé la fille [1] ». Si j'ai pu établir la sincérité de la déclaration de 1643, il y a dans la seconde partie de la phrase une erreur qui diminue de beaucoup la valeur du renseignement contenu dans la première. L'auteur du propos manquait évidemment d'information précise, et l'on se l'explique aisément, bien qu'il ait intimement connu Molière. D'autre part, il importe de remarquer que ce n'est point Boileau qui parle, mais Brossette. Une affirmation directe de la part du premier serait d'un grand poids; on ne saurait accorder la même confiance à Brossette, greffier consciencieux, mais quelque peu bavard et confus, des conversations de Boileau, et qui a trahi plus d'une fois la pensée de celui dont il couchait par écrit, sérieusement, dévotement, les moindres boutades. On est, dès lors, en droit de se demander si Boileau, l'ancien ami de Molière, ne se doutant guère que la postérité serait mise un jour dans la confidence,

---

1. *Correspondance entre Boileau Despréaux et Brossette*, édition A Laverdet, 1858, appendice, p. 517.

n'a point parlé ce jour-là un peu au hasard, comme il
arrive dans la liberté d'un entretien familier. N'aurait-il
pas hésité à ouvrir la bouche, s'il avait pu prévoir quel
chemin ferait cette grave imputation, grâce à celui qui
l'écoutait? Quant à Brossette, il a été un peu léger dans
cette circonstance ; il écrivait, lui, et il aurait dû réflé-
chir, avant d'admettre, dans un recueil fatalement des-
tiné à tomber plus tard aux mains du public, un propos
également fâcheux, bien qu'à divers titres, pour Molière,
pour Boileau et pour lui-même.

On prétend trouver dans la correspondance de Racine
une preuve plus forte. Il écrivait à l'abbé Levasseur, en
décembre 1663 : « Montfleury a fait une requête et l'a
donnée au roi. Il l'accuse d'avoir épousé la fille et d'a-
voir été autrefois l'amant de la mère. Mais Montfleury
n'est point écouté à la cour ». Je suis obligé d'adoucir
les termes, très crus dans l'original. Ce qui résulte clairement du passage, c'est que Montfleury accusait Molière
d'avoir épousé sa propre fille ; c'est là le point de départ
de l'abominable calomnie qui a longtemps pesé, qui pèse
encore sur la mémoire de Molière. On s'étonne de voir
Racine, qui, à ce moment, était encore l'ami de Molière,
peut-être son obligé, accueillir et propager aussi légèrement un pareil bruit. Ces malheureuses lignes sont
écrites d'un ton par trop dégagé ; d'autant plus que, sans
elles, on ne connaîtrait même pas l'existence d'un factum qui n'a point laissé d'autres traces. Racine croyait-il
lui-même, ne croyait-il pas à la vérité de l'accusation?
Elle lui est indifférente ; c'est tout ce qu'il laisse voir.
Quant à Montfleury, il se vengeait par la plus déloyale
des armes, la délation calomnieuse, d'une simple blessure d'amour-propre. Comédien de l'Hôtel de Bourgogne, c'est-à-dire d'une troupe rivale de celle de Molière,
il avait vu sa déclamation emphatique tournée en ridi-

cule dans *l'Impromptu de Versailles*. A cette parodie
assez vive, il fit d'abord répondre par une autre, *l'Impromptu de l'Hôtel de Condé*, œuvre de son propre fils ;
jusque-là, rien que de légitime, quoique cette réponse
soit aussi méchante que plate. Mais cela ne lui suffisait
pas ; fou de rage et de haine, il espéra perdre d'un seul
coup son ennemi ; il cria tout haut, il formula par écrit
ce que d'autres disaient tout bas. De preuves, il n'en
donnait sans doute et n'en pouvait donner aucune. On
devine le cas que Louis XIV fit de l'odieuse requête par
la conduite qu'il tint peu de temps après : il voulut être
le parrain d'un fils de Molière. C'était la plus éclatante
réparation que le poète pût désirer.

Treize ans plus tard, c'est-à-dire trois ans après la
mort de Molière, en 1676, l'accusation de Montfleury était
reprise par un homme qui valait encore moins, le sieur
Guichard. Celui-là était une sorte de faiseur d'affaires,
un entrepreneur de fêtes et de spectacles. Il convoitait
le privilège de l'Opéra ; mais Lulli, qui en jouissait,
n'étant nullement disposé à l'abandonner, il essaya, paraît-il, de se débarrasser de lui en l'empoisonnant. Une
enquête fut ouverte, et, au nombre des témoins à charge,
se trouva la veuve de Molière. Guichard lança aussitôt
contre ces témoins un mémoire dans lequel, entre autres
imputations infamantes à l'adresse d'Armande, il la traitait « d'orpheline de son mari » et de « veuve de son
père ». Dans ce mémoire et au cours du procès, qui se
termina pour lui par une condamnation sévère [2], Guichard
nous apparaît comme un homme privé de sens moral,

---

1. Ch. L. Livet, *Armande et le procès Guichard*, dans les notes
sur *les Intrigues de Molière et celles de sa femme*, 1877 ; J. Loiseleur, *Molière, nouvelles controverses sur sa vie et sa famille*,
1886, IV.
2. Voyez ci-après, chapitre III, **2**.

capable de tout, calomniant, avec une impudence et une
violence prodigieuses, avec une facilité d'affirmation
inouïe, tous ceux qu'il a le moindre intérêt à discréditer.
C'est dire ce que vaut l'injure lancée par lui contre Armande et qui couvre de boue, par ricochet, Madeleine
Béjart et Molière.

Après les accusations directes, les simples allusions. Il
y en a deux en tout. Du vivant de Molière, l'auteur d'*Élomire hypocondre* le montrait consultant sur ses peines
physiques et morales l'Orviétan et Bary. Élomire a peur
d'être trompé ; cependant il espère éviter le sort de
George Dandin. Bary objecte la mésaventure d'Arnolphe
dans *l'École des femmes* ; le tuteur d'Agnès avait bien
pris ses précautions, et cependant il n'eût pas évité le
sort fatal s'il eût épousé sa pupille. Élomire se récrie ;
il a été plus avisé qu'Arnolphe :

> Arnolphe commença trop tard à la forger ;
> C'est avant le berceau qu'il y devoit songer,
> Comme quelqu'un l'a fait.

« On le dit », remarque l'Orviétan. «Et çe dire, reprend
Élomire, est plus vrai qu'il n'est jour. » L'Orviétan et
son compère éclatent de rire à cette naïveté voulue.
Mais l'auteur de la pièce détourne vite le dialogue sur
un lieu commun de comédie.

Il y avait sept ans que Montfleury avait dénoncé Molière lorsque la vieille calomnie était reprise avec cette
timidité et ces mots à double entente. La haine de Le
Boulanger de Chalussay est presque aussi forte que celle
de Montfleury, mais elle est plus prudente. Il n'espère
pas, comme le comédien de l'Hôtel de Bourgogne, écraser
Molière sous le coup ; peut-être même y aurait-il danger
à procéder de la même manière. D'autre part, il lui en
coûterait trop de renoncer à une méchanceté aussi cui-

sante : il la glisse donc et l'insinue sournoisement. Elle
n'en fut pas moins ressentie par Molière : il s'empressa
de demander et obtint. la suppression judiciaire d'*Elo-
mire hypocondre*[1]. La seconde allusion est dans *la Fameuse comédienne*, publiée en 1688. Le pamphlétaire
anonyme disait d'Armande : « On l'a crue fille de Molière
quoique depuis il ait été son mari : cependant on n'en
sait pas bien la vérité ». C'est brutal et cru, malgré la
restriction ; mais le livre entier est un tissu d'injures.
L'auteur y fait flèche de tout bois ; aussi le peu d'insistance de l'allusion semble-t-il montrer que la calomnie
dont il s'inspire était déjà usée, et que, si l'on peut dire,
il ne la reprenait que par acquit de conscience et pour
ne pas la laisser perdre.

Ce qui frappe le plus dans les divers témoignages que
l'on vient de lire, c'est que tous, sans exception, réunis-
sent étroitement ces deux hypothèses : une liaison amoureuse entre Molière et Madeleine Béjart, et une pater-
nité possible de Molière à l'égard d'Armande qu'il a
épousée. A défaut d'autre mérite, les auteurs de ces témoignages se montrent, du moins, fidèles à la logique ; les
deux hypothèses, en effet, sont inséparables, et qui admet
la première ne peut guère rejeter la seconde. De nos
jours, on procède autrement ; on accepte l'une avec complaisance, on combat l'autre avec horreur. De quel droit
établir cette distinction ? Un simple rapprochement de
dates la rend inacceptable. En 1662 Armande avait vingt
ans ; elle était donc née en 1642. Or c'est entre 1641 et
1642 que l'on peut placer les premières relations de
Molière avec les Béjart. Si donc Madeleine a été la maîtresse de Molière, si Armande est la fille de Madeleine,

---

1. C'est ce qui ressort de la préface d'une seconde édition d'*Élomire hypocondre*, probablement clandestine (1672, in-12, 86 p.).

Molière a fait preuve d'une terrible insouciance en épou-
sant Armande, et Montfleury a eu le droit de crier à l'inceste.

Toutefois, admettons pour un moment la distinction.
Molière n'a aimé Madeleine qu'après la naissance d'Armande ; il a pu épouser celle-ci le cœur libre de toute
inquiétude. Mais trouve-t-on que, même en ce cas, il ait
fait preuve dans ce mariage d'une grande délicatesse de
sentiments ? Il avait eu la sœur aînée pour maîtresse, il
a pris pour femme la sœur cadette, élevée, dotée par
l'autre ; mari d'Armande, il a continué de vivre avec
Madeleine dans une étroite communauté de profession,
d'intérêts, d'existence. On accorde que cette façon d'agir
ne saurait être approuvée, mais on en prend aisément
son parti. On invoque la traditionnelle indépendance
d'allures des comédiens ; on ajoute que de pareils mariages n'ont jamais été rares ; qu'ainsi Molière, poussé
par l'amour, a fait comme beaucoup d'autres. Singulière
façon de défendre un grand homme, que l'on prétend,
d'autre part, mettre au-dessus de sa condition, de ses
contemporains, de tous les hommes, dans lequel on voit
non seulement le plus grand génie littéraire de la France
et de tous les pays, mais encore le modèle de toutes les
qualités morales, les plus hautes comme les plus simples ! Car, il importe de le remarquer, ce ne sont pas
des ennemis de Molière qui soutiennent de nos jours la
thèse de ses amours avec Madeleine, ce sont des amis
enthousiastes, presque fanatiques. Ils y tiennent pour
ses difficultés mêmes, car elle prête à de longues et sub-
tiles discussions, où peut se donner carrière une science
ingénieuse.

Sans apporter dans une question aussi délicate leur
facilité d'affirmation ou d'hypothèse, il n'est peut-être
pas impossible de trouver une explication qui ne coûte

rien à la vraisemblance et dégage l'honneur de Molière. Le seul moyen, c'est de renoncer aussi bien à l'hypothèse des amours du poète avec Madeleine qu'à celle de la maternité de Madeleine envers Armande [1].

Et d'abord, en quoi l'abandon de la première serait-il regrettable? L'espèce d'intérêt romanesque dont elle peut parer la jeunesse de Molière est amplement compensé par l'intérêt autrement sérieux que met dans cette jeunesse la simple réalité, à savoir l'épreuve, la souffrance, la formation lente du génie. Quant à Madeleine, l'amour écarté de ses relations avec Molière, il lui resterait auprès du grand homme un rôle assez large et assez beau, rôle d'amitié, de conseil, de protection vigilante et presque maternelle. Au reste, si l'on consulte les dates, il est difficile d'admettre que Molière ait été pour elle autre chose qu'un camarade d'abord, puis un associé et un ami. En effet, au moment où il se fait comédien, M. de Modène est près d'elle. Le comte, rentré de Bruxelles au mois de mai ou de juin 1644, se trouvait à Paris lors de la constitution de l'*Illustre Théâtre*, et il ne partit pour Naples qu'en 1647. Il ne devait jamais, nous l'avons vu, rompre avec la mère de la petite Françoise et, à son retour d'exil, il renoua certainement les relations d'autrefois. Donc, si Molière aima Madeleine dès ce moment, il eut à subir un partage humiliant, intolérable pour un cœur vraiment épris; il eut à tromper un homme dont il devint aussitôt l'ami et dont il fit plus tard le parrain d'un de ses enfants. S'il attendit le départ de M. de Modène pour Naples, son amour

1. Plusieurs écrivains, et fort divers, l'ont déjà fait, ainsi : George Sand, dans l'avant-propos de son drame *Molière*, représenté au théâtre de la Gaieté, le 10 mai 1850, M. Arsène Houssaye dans *Molière, sa femme et sa fille*, 1880, M. A. Vitu dans sa préface aux *Études sur la vie et les œuvres de Molière*, d'Ed. Fournier.

dut s'accommoder du souvenir importun de l'absent. Ce
n'est pas tout. Les mêmes contemporains qui tiennent
pour cette liaison ajoutent que Madeleine ne se piquait
nullement de constance et que, dans le Languedoc, elle
fit « la bonne fortune de quantité de jeunes gens ». Ici
encore, on n'a pas le droit de distinguer et de choisir
arbitrairement dans ces témoignages ; il faut prendre
tout ou rien, puisque tout vient de la même source.
Ainsi, ce serait d'abord avec M. de Modène, puis avec la
jeunesse élégante du Languedoc que Molière aurait partagé sa maîtresse ! Enfin, on ne songe guère dans tout
cela à la situation de Madeleine ; il faut pourtant en
tenir compte. J'ai parlé plus haut de ses espérances de
mariage avec M. de Modène ; elles lui imposaient une
prudence qu'elle n'était pas femme à oublier. Or, même
durant son voyage dans le Midi, elle ne se serait pas
compromise sans danger, car elle avait près d'elle un
ami de M. de Modène, L'Hermite de Vauselle, qui figure
dans la troupe de Molière à Lyon[1].

Restent, cependant, les propos qui circulèrent de son
temps sur elle et sur Molière et qui sont venus jusqu'à
nous. Mais, comme ils s'expliquent aisément par les
supposions auxquelles invitaient le premier incident de
sa vie, sa profession, son existence ! Tout le monde, c'est-
à-dire ceux qui, de tout temps, s'occupent des comédiennes et du théâtre, tout le monde savait que jadis, à
une date incertaine, elle avait eu une petite fille ; on
ignorait, au contraire, dans ce même public, la tardive

---

1. Parmi les amants de Madeleine, il faudrait ranger Scudéry,
si l'on acceptait l'application que leur faisait à tous deux M. Ch.
Livet, dans le *Figaro* du 22 août 1885, d'un joli passage du roman
d'*Almahide* (1660), où figurent un *Abendarrays*, en qui M. Livet voit
Scudéry, et une *Jebar*, qui serait Madeleine. M. G. Monval a montré,
dans le *Moliériste* de septembre, que cette attribution ne concorde
pas avec les dates et les faits de la vie des deux personnages.

maternité de sa propre mère, Marie Hervé. Pour jouer
la comédie avec elle, Molière avait rompu avec sa famille
et la vie régulière ; il avait longtemps vécu près d'elle
en province, loin de Paris. Elle était belle, il était jeune,
on le lui attribua comme amant, ainsi que l'on fait toujours en pareil cas, sans songer que les amours de ce
genre ne sont pas du tout la règle au théâtre. Une jeune
fille grandissait près d'elle, Armande ; c'était sa sœur,
mais on la confondit avec cette petite Françoise dont la
trace s'était perdue et on la prit pour sa fille. Molière
épousa cette jeune fille ; il épousa donc la fille de son
ancienne maîtresse ; à cette fille, les moins mal informés ou les plus indulgents attribuèrent comme père
M. de Modène, les plus haineux ou les plus légers, Molière lui-même. Suppositions et confusions inévitables ;
la nature des choses devait les provoquer, sans parler de
cette jalousie qui s'attaque toujours aux personnes en vue
et qui cherche fiévreusement où se prendre. De là les
propos de Montfleury et de Le Boulanger de Chalussay,
de Guichard et de l'auteur de *la Fameuse comédienne*.
Enfin, les apparences semblaient si bien autoriser ces
propos, que les indifférents comme Racine, les amis
même de Molière, comme Boileau, ne craignaient pas
de les répéter ; l'un avec un souvenir d'ironie froide,
l'autre sans doute avec un regret. Et la légende allait
son train, prenant corps et force, d'autant plus que Molière gardait le silence. On l'a dit de nos jours : il ne
protestait pas, donc il se sentait coupable. Comme si le
silence n'était pas la seule réponse digne à de certaines
accusations, comme si Molière avait le moyen de saisir
l'insaisissable, c'est-à-dire des rumeurs vagues, colpor-
tées à voix basse et dont l'écho seul lui arrivait ! La seule
mesure qu'il pouvait prendre, c'était de poursuivre *Élomire hypocondre*, et l'on a vu qu'il le fit supprimer.

Nous n'avons pas à accompagner Molière et ses camarades dans toutes les étapes de leurs voyages à travers
les provinces. Il suffira de dégager ce qui regarde Madeleine Béjart des renseignements trop rares que l'on a
sur cette longue odyssée. Peut-être, au début, le chef
nominal de la troupe était-il le Dufresne que l'on voit
figurer plus tard en cette qualité dans plusieurs pièces
officielles, vieux routier qui avait dirigé antérieurement
une autre « bande » de campagne, et dont l'expérience
dut être fort utile aux sociétaires novices de l'*Illustre
Théâtre*. Mais l'inspiration et la conduite venaient certainement de Molière, qui, à Paris, était déjà le conseil
de ses camarades. S'il ne prenait pas le titre de son
emploi, c'était peut-être pour sauvegarder les recettes,
en raison des dettes qu'il laissait à Paris. A côté de Dufresne, guide, fourrier, représentant officiel devant les
autorités, de Molière, directeur de la scène, — si la solennité de cette appellation moderne permet de l'appliquer à des tréteaux volants, — Madeleine s'occupe de la
partie matérielle. Les décors de la troupe lui appartiennent ; c'est elle qui perçoit les recettes et règle les
dépenses, tout au moins pour Molière et les trois autres
Béjart. Or ils sont à eux cinq le noyau persistant d'une
association qui, très élastique selon l'usage des troupes
de province à cette époque, augmente ou diminue, prend
du lest ou en jette, au gré de ses besoins, des circonstances, du hasard, des caprices de ses membres. Ainsi
Molière et Madeleine portent le poids le plus lourd de
l'entreprise. Le public provincial ne s'y trompe pas, et
la troupe est désignée communément sous le nom de
« troupe de Molière et des Béjart ». En tant que comédien, Molière joue les grands rôles tragiques ; il y est
et y sera toujours médiocre, car, malgré les échecs et
les railleries, il s'acharnera jusqu'au bout à les tenter.

Une tradition sans preuves positives, mais qui semble
digne de foi, veut qu'il ait doublement souffert à ses débuts de cette passion malheureuse : il aurait reçu, à
Bordeaux, en jouant une *Thébaïde* de sa composition,
des pommes cuites qui visaient à la fois l'auteur et l'acteur. En revanche, il excelle déjà dans le comique. Le
talent de Madeleine est plus souple ; elle joue avec un
égal succès les soubrettes, la plupart des emplois comiques et les princesses de tragédie.

Elle eut plus que Molière à se louer de son passage à
Bordeaux. En 1647, où la troupe y vint, semble-t-il, pour
la première fois, le gouverneur de Guyenne était Bernard de Nogaret, duc d'Épernon. Il aimait beaucoup le
théâtre et il accueillit Madeleine avec une faveur marquée, si c'est bien elle qui est désignée, comme on l'a
dit, dans ce passage de l'épître dédicatoire d'une tragédie
de *Josaphat*, œuvre du même Magnon, qui déjà, en
1645, à Paris, avait fait représenter un *Artaxerce* par
l'*Illustre Théâtre* : « Cette protection et ce secours que
vous avez donné à la plus malheureuse et à l'une des
mieux méritantes comédiennes de France n'est pas la
moindre action de votre vie.... Tout le Parnasse vous en
est redevable et vous en rend grâces par ma bouche.
Vous avez tiré cette infortunée d'un précipice où son mérite l'avoit jetée, et vous avez remis sur le théâtre un
des beaux personnages qu'il ait jamais portés. » On ne
saurait trop dire quel événement de l'existence de Madeleine peut bien désigner cette grandiloquente action
de grâces. Peut-être n'y faut-il voir qu'une allusion à la
déconfiture de l'*Illustre Théâtre*. Le duc aurait aidé la
comédienne de sa bourse en cette circonstance critique,
service notable, bien qu'il ne réponde pas tout à fait à
l'ampleur des termes employés par Magnon. Mais il ne
faut jamais prendre au pied de la lettre les épîtres dé-

dicatoires du dix-septième siècle ; les mots y sont
toujours plus grands que les choses. L'emphase de Magnon n'en a pas moins fait supposer que Madeleine reçut
de M. d'Epernon une aide autrement sérieuse ; elle aurait été sauvée par lui, en 1641 ou 1642, de la police
de Richelieu, acharnée contre la maîtresse de M. de
Modène, conspirateur et proscrit. L'hypothèse n'est guère
admissible : à cette époque, Bernard de Nogaret eût été
bien en peine de protéger personne, car il était lui-
même réfugié à l'étranger et sous le coup d'une condamnation capitale. Ce qui est moins incertain, ce qu'é-
tablissent même deux documents d'archives, c'est
que, en 1647 et en 1650[1], une troupe qui semble bien
être celle de Molière prenait officiellement le titre de
« comédiens de M. le duc d'Épernon ». En rapprochant
ce fait du renseignement contenu dans l'épître dédicatoire de *Josaphat*, il se trouve que documents et épître
fortifient mutuellement la double hypothèse de la tragédie de Magnon jouée à Bordeaux et de la protection
accordée en cette circonstance par le gouverneur de
Guyenne à Madeleine et à ses camarades.

Cette protection ne fut pas assez efficace pour leur
épargner les épreuves communes alors à toutes les
troupes de campagne. En effet, jusqu'à la fin de 1652,
ils sont très nomades ; or les comédiens restent volontiers dans les endroits où la fortune leur sourit. De Bordeaux ils remontent jusqu'à Nantes, après un crochet
sur Albi, et courent quelque temps les villes de l'Ouest:
puis ils redescendent vers le Midi. On prétend les trouver à Angoulême et à Limoges, on les trouve certainement à Agen, à Toulouse, à Narbonne, à Pézenas, enfin

---

1. Jules Rolland, *Histoire littéraire d'Albi*, 1877 ; Adolphe Magen,
la Troupe de Molière à Agen, 1877.

à Lyon, où leur présence est constatée en décembre 1652.
Je ne parle pas des stations qu'ils firent nécessairement
dans une quantité de villes intermédiaires où leur trace
n'est pas restée. Ils connurent donc la fatigue des
voyages continuels par tous les chemins, tous les temps,
toutes les saisons, les mésaventures de tout genre, peut-
être la misère et la faim. Cette existence étrange de comédiens errants, Scarron l'a peinte, on sait avec quelle
verve et quelle gaieté ; non pas qu'il ait eu en vue, comme
on l'a cru longtemps, Molière et les Béjart : les dates
s'opposent à ce rapprochement, et il est regrettable [1].
Mais elle était la même pour tous ; la nature des choses
le voulait ainsi. La pauvreté en est le fond, une pauvreté résignée ou railleuse, coupée de jours d'abondance. Le hasard la conduit tantôt dans les pires déceptions, tantôt aux aubaines les plus inespérées. Un
jour, attirés par quelque fête, les comédiens arrivent
dans une grande ville où ils comptent trouver bon accueil
et fructueuse recette, et voilà qu'un ordre brutal des
magistrats les oblige à se morfondre dans l'attente ou à
décamper au plus vite. Ils repartent et sont forcés de
s'arrêter dans quelque méchante bourgade, éloignée de
tout, engourdie par l'ennui somnolent de la province.
Mais leur arrivée la secoue et la réveille. Bourgeois, petite noblesse, baillis et élus papillonnent lourdement,
le madrigal aux lèvres, avec des élégances arriérées,
autour des jeunes comédiennes ; ils leur content des
histoires et leur offrent des vers. Le jeu de paume, qui
se trouve alors partout, ou la grand'salle de la maison
commune, sont disposés pour la représentation, et,
après quelque joyeuse farce à l'italienne où s'essaye le

[1] H. Chardon, *la Troupe du* Roman comique *dévoilée et les
comédiens de campagne au dix-septième siècle*, 1876.

-génie de Molière, on représente quelque tragédie de
Magnon ou de Mairet, voire du grand Corneille, quelque
comédie de Scarron. Lorsque la curiosité des bonnes
gens de Fontenay-le-Comte ou d'Albi est épuisée, la
troupe plie bagage et se remet à rouler les grands chemins, frappant à la porte des châteaux, jouant même
dans les villages; en ce cas, la salle de spectacle est
quelque vaste grange, éclairée par des falots, l'entrée se
paye en denrées diverses, et les tirades sont coupées de
temps en temps par le braiment d'un âne ou le mugis-
sement d'un bœuf [1].

Une fois à Lyon, son temps d'épreuves est terminé.
Elle devient plus stable, car elle séjourne des années
entières dans cette ville, qui est alors le centre de ral-
liement et de recrutement des troupes de campagne.
Aussitôt arrivée, elle avait assuré son succès par la représentation d'une grande comédie, en cinq actes et en
vers, l'Étourdi, première œuvre écrite de son chef, où
Madeleine remplissait peut-être, au début, le rôle
d'Hippolyte, c'est-à-dire de l'amoureuse, pour le céder
ensuite à une belle et exigeante recrue, Mlle Duparc, radieuse incarnation des types de ce genre. Elle fait ensuite de nombreuses excursions, le long de la vallée du
Rhône, en Languedoc et en Provence, mais avec un iti-
néraire raisonné, sans vagabondage, toujours avec Lyon
pour point de départ et de retour. Bientôt, elle va trouver un double champ d'exploitation, le plus fructueux
que puissent souhaiter des comédiens : la cour d'un

1. Scudéry, *la Comédie des comédiens*, 1636 ; Chappuzeau, *le
Théâtre françois*, 1674, édit. G. Monval, 1875 ; *Souvenirs et regrets
du vieil amateur dramatique*, 1861, quatrième lettre ; C. Brouchoud,
les Origines du théâtre de Lyon, 1865 ; Cl. Perroud, *les Montrevel
et la justice à Bourg au dix-septième siècle*, 1869 ; J. Rolland, *les
Comédiens de campagne au temps de Molière*, dans *le Moliériste*
d'août 1879.

prince ami du théâtre et une série de villes toujours en
fêtes. En septembre 1653, le prince de Conti s'était in-
stallé près de Pézenas, au château de la Grange-aux-Prés,
avec sa maîtresse, Mme de Calvimont. Riche, généreux,
fort éloigné encore des pratiques d'austère dévotion
auxquelles il devait s'abandonner plus tard, remplissant
les fonctions de gouverneur de la province, il accueillait
bien et récompensait largement quiconque était capable
d'amuser lui-même et son entourage. L'occasion parut
bonne à Molière de venir, lui aussi, tenter la fortune de
ce côté. Il y avait déjà paru, en 1650, et les États de
Languedoc, réunis à Pézenas, lui avaient fait le meilleur
accueil : pour un service de trois mois, d'octobre 1650
à janvier 1651, ils lui avaient alloué la grosse somme
de 4000 livres [1]. Peut-être ne faisait-il pas d'abord grand
fond sur le souvenir que pouvait avoir conservé de lui
le prince, son ancien condisciple au collège de Clermont : il comptait avant tout sur lui-même, sur ses camarades, et peut-être sur la protection d'un familier du
prince, l'abbé de Cosnac, le futur archevêque d'Aix.
Cosnac se vante, en effet, dans ses *Mémoires*, d'avoir
appelé Molière à Pézenas et de l'avoir soutenu contre la
rivalité d'un autre chef de comédiens ambulants, Cor-
mier, préféré par Mme de Calvimont. Admise à jouer devant le prince, comme trois ans auparavant devant Messieurs des États, « la troupe de Molière et des Béjart »
fit preuve d'une supériorité éclatante, « par la bonté des
acteurs et la magnificence des habits », dit Cosnac, certainement aussi par le talent de ses membres et la nouveauté d'un répertoire où figuraient, avec *l'Étourdi*, ces
farces à jamais regrettables qui contenaient en germe le

1. L. de la Pijardière, *Molière à Pézenas en 1650-1651*, dans
le Moliériste de novembre 1885, avec un reçu autographe de Molière, en date du 17 décembre 1650.

*Médecin malgré lui, George Dandin, les Fourberies
de Scapin* et les plus amusantes scènes du *Malade imaginaire*. Le prince lui accorda aussitôt sa protection et
lui permit de prendre son nom [1]. D'autre part, les États
de la province, qui se tenaient chaque année dans une
des principales villes, Montpellier, Narbonne, Béziers, etc., causaient autour d'eux une animation et un
accroissement de population flottante très favorable aux
représentations théâtrales. La troupe les suivait donc ;
elle rayonnait aussi dans les environs de Pézenas et
jouait dans de très modestes villages où son souvenir
s'est longtemps conservé. De là d'abondantes recettes, et
aussi de généreuses subventions officielles auxquelles le
prince de Conti faisait contribuer les États un peu malgré eux. Molière et les Béjart s'enrichissaient et vivaient
largement, comme l'atteste un passage curieux et souvent cité des *Aventures burlesques* de d'Assoucy. L'incorrigible bohème les avait rencontrés, en 1655, dans
un de leurs séjours à Lyon, et, de trois mois, il n'avait
pu se séparer d'eux, retenu par « les charmes de la comédie » et surtout par ceux de leur table, car il était
gourmand avec délices. Il les suit en Avignon et se fait
dévaliser dans un tripot ; mais il s'en console : « Un
homme n'est jamais pauvre tant qu'il a des amis ». Il
accompagne donc les siens à Pézenas, où, « durant six
bons mois », traité par eux comme « un parent », comme
« un frère », il mène, « au milieu de sept ou huit plats »,
la vie la plus douce, « soufflant la rôtie » et savourant
les muscats de Frontignan et de Lunel. « Je ne vis jamais, dit-il, tant de bonté, ni de franchise, ni d'honnêteté que chez ces gens-là, bien dignes de représenter

---

1. Sur les relations de Molière avec le prince de Conti, voyez
encore ci-après, chapitre VI, 2.

dans le monde les personnages de princes qu'ils repré-
.sentent tous les jours sur le théâtre. »

On ne saurait douter que cette prospérité matérielle
et cette confortable existence ne fussent l'œuvre de Madeleine. Elle était, en effet, l'économe et l'intendant de
l'association. La preuve en est dans un assez grand nombre de contrats et de pièces judiciaires qui se rapportent
à son séjour dans le Languedoc et qui montrent avec
quelle vigilance et quelle fermeté elle administrait les
intérêts de Molière et les siens propres. Le 18 février
1655, à Montélimar, elle prêtait 3 200 livres à Antoine
Baralier, receveur des tailles de la province de Langue-
uoc, cautionné par un sieur de Rochèsauve, « noble habitant de la ville de Brioude ». Baralier ne pourra payer
à l'échéance, et Madeleine devra solliciter contre lui
commission du « juge en la cour » de Nîmes. Cette
même année 1655, à la fin de la session des États, le
prince de Conti assignait à ses comédiens une somme de
5 000 livres sur les fonds des étapes de la province, entreprises par les sieurs Dufort et Cassaignes. Les États,
si généreux en 1650, et de leur propre mouvement, pour
la troupe de Molière, avaient probablement assez en 1655
des divertissements dramatiques, et durent faire quelque
difficulté pour reconnaître cette assignation, car elle ne
fut régularisée que le 3 mai 1656 par un accord inter-
venu à Narbonne, devant le viguier et juge royal de
cette ville, entre les étapiers d'une part et « Jean-
Baptiste Poquelin Molière et Madeleine Béjart d'autre
part » : 1 250 livres étaient payées comptant, et le surplus, 3 750 livres, en une lettre de change tirée par Cassaignes sur Dufort. A l'échéance, refus de payement de
la part de celui-ci ; Madeleine le cite aussitôt devant la
Bourse de Toulouse et y obtient contre lui jugement et
prise de corps ; elle est enfin payée au mois de janvier

1. —.7

1658. Lorsque l'on examine d'un peu près le détail de
cette affaire, on arrive naturellement à penser que, dans
d'autres placements, dans celui, par exemple, que l'on
va voir, Madeleine opérait autant pour le compte de
Molière que pour le sien propre, afin de lui éviter les
tracas financiers. Ici, non seulement elle lui prête le
concours le plus actif, mais, une fois la procédure engagée, elle se substitue à lui. Le 1ᵉʳ avril 1655, à Montpellier, elle avait souscrit en son seul nom, pour une
somme de 10000 livres, à un ·emprunt contracté par
la province de Languedoc[1]. L'importance même de la
somme fortifie l'hypothèse qu'ici encore elle agissait de
compte à demi avec Molière. Si fructueuses, en effet,
qu'aient pu être les recettes de la troupe depuis 1650, il
est difficile d'admettre que la part d'une seule comédienne lui ait permis, toutes ses dépenses payées, de
faire un pareil placement.

L'année 1656 se passe encore dans le Languedoc,
année doublement heureuse, car Molière obtient sur le
bureau des comptes une nouvelle assignation, de 6000 livres cette fois, payée comptant le 24 février[2]; et, en
novembre ou décembre, il fait représenter à Béziers le
Dépit amoureux. Des quatre rôles de femmes que renferme la pièce, un devait être rempli par Madeleine. Mais
lequel? Sans aucun doute celui de Marinette, qui rentrait

---

1. Louis Lacour (L. de la Pijardière), LE TARTUFFE par ordre de
Louis XIV, 1877.
2. L. de la Pijardière, Rapport sur la découverte d'un autographe
de Molière présenté au préfet de l'Hérault, 1873. — Quelques doutes
avaient été exprimés sur l'authenticité ou l'attribution de ce document; ils ont été complètement levés par la production d'une
seconde pièce de même nature, découverte en 1885 par le même
chercheur, et dont il est parlé plus haut. La quittance de 1650 a cinq
lignes, celle de 1656 en a sept; ce sont les deux plus longs autographes que l'on possède de Molière.

par excellence dans son emploi. Ce qu'elle y était, on le
devine d'après le rôle lui-même. Marinette est la première en date des soubrettes de Molière, ces filles de
vraie souche gauloise, drues et verdissantes, en qui cir-
cule et pétille un peu de la verve de Rabelais et des
vieux fabliaux, tempérée par un génie moins exubérant
et la culture d'un siècle assagi. Finés et franches, elles
élèvent jusqu'à la poésie le clair bon sens et la joyeuse
humeur de leur race, elles parlent la langue savoureuse
et forte du peuple d'où elles sortent, elles jettent la gaieté
de leur rire éclatant sur les vices et les ridicules qui sont
le fond triste de la comédie et sur les amours parfois
précieuses ou romanesques de leurs maîtresses. Molière
avait du théâtre un sentiment trop sûr et tirait trop de
son génie pour tailler exactement un rôle sur le caractère ou le talent de l'actrice qui devait le jouer. Mais il
avait l'art de faire servir ses acteurs tout entiers, qualités et défauts, aux rôles qu'il leur confiait. Si donc l'on
considère que la plupart de ses grandes soubrettes ont
été, comme Marinette, jouées d'original par Madeleine
Béjart, on est en droit de croire qu'un peu du caractère
de l'actrice se retrouve dans les rôles qu'elle incarna la
première.

Mais déjà Molière prépare son retour à Paris ; il n'a
plus qu'un an et demi à passer en province. De Béziers
la troupe revient à Lyon, où s'écoule pour elle l'année
1657, coupée par quelques voyages aux alentours, notamment dans le Comtat, où Molière et Madeleine rencontrent Mignard. Ce fut pour tous trois le commencement d'une amitié solide et durable : le plus beau, le
plus vivant portrait que nous ayons de Molière, est
l'œuvre de Mignard, et Madeleine, à son lit de mort,
désignera le peintre comme exécuteur testamentaire.
Nous trouvons encore la troupe à Lyon au commence-

ment de 1658. Il était impossible que, durant des séjours aussi fréquents et aussi prolongés, ces comédiens
honnêtes gens, qui prélevaient sur leurs recettes de
larges offrandes pour les hospices et les pauvres, n'eussent pas obtenu la considération et l'influence. Un petit
fait qui précède leur départ de bien peu montre le cas
que l'on faisait d'eux. Le 6 janvier, l'administration de
l'aumône accordait une somme de 18 livres tournois à
une pauvre veuve « recommandée par la demoiselle
Béjarre, comédienne [1] ». Ils partent enfin, après une
représentation d'adieux donnée le 7 février, passent le
carnaval à Grenoble, et, remontant ensuite jusqu'à Rouen,
vont y attendre que leur chef ait préparé leur venue à
Paris. Lorsque Monsieur, frère du roi, leur a accordé
« sa protection et le titre de sa troupe », ils rejoignent
Molière et débutent au Louvre devant Louis XIV, le
24 octobre 1658.

III

Rôles joués à Paris par Madeleine; la première représentation des
Fâcheux; M. de Ratabon et les comédiens de Monsieur. — Que
Madeleine a favorisé le mariage de Molière avec sa sœur au lieu
de l'entraver.

La situation des nouveaux venus était difficile en présence des deux anciens théâtres, qui, seuls ou à eup
près, avec les comédiens italiens, avaient eu jusqu'alors
le privilège de divertir les Parisiens. Il fallait se défendre contre la jalousie et attirer à soi, avec le même
genre de spectacles, un public habitué de longue date à

---

1. Pièce communiquée par M. C. Brouchoud à M. J. Loiseleur,
Points obscurs de la vie de Molière, II, 18.

prendre le chemin de l'Hôtel de Bourgogne et de la salle
du Marais. Si la troupe de Monsieur n'avait pas eu pour
chef un homme de génie qui la pourvut de chefs-d'œuvre,
elle renouvelait l'insuccès lamentable de l'*Illustre
Théâtre*.

Son répertoire courant, les farces dont elle avait « régalé les provinces », *l'Étourdi* et *le Dépit amoureux*
lui suffirent pendant un an. Mais, à partir des *Précieuses ridicules*, représentées le 18 novembre 1659,
les nouvelles comédies de Molière se succèdent avec rapidité. Dans *les Précieuses*, Madeleine jouait probablement Madelon qui, par ses affectations de langage, son
entêtement de galanterie romanesque, ses grands airs,
était une imitation plaisante des rôles que Madeleine
jouait dans le genre sérieux ; de plus, Madeleine et Madelon, c'est le même nom sous deux formes, l'une distinguée, l'autre commune, et, dans la même pièce, deux
autres acteurs, La Grange et Du Croisy, paraissaient,
eux aussi, sous leur vrai nom. Bientôt après, en mai
1660, Molière donnait *Sganarelle*, où le rôle de la suivante, qui expose une si amusante théorie sur les plaisirs
du mariage, rentrait encore dans l'emploi de Madeleine.
Et toujours le même dédoublement de l'actrice, comédienne devant le public, intendante et caissière la toile
baissée. On a vu qu'en province le matériel de la troupe
lui appartenait ; arrivée à Paris, elle le vendit à ses camarades. On a considéré cette vente comme une bonne
affaire à son profit et à leurs dépens. C'est mal juger
Madeleine et méconnaître la situation nouvelle de nos
comédiens. En province, la troupe formait probablement
une simple compagnie aux gages de Molière ; à Paris, au
contraire, elle se constitue en société à parts. Il fallait bien, dès lors, que le matériel cessât d'être la propriété d'un seul pour entrer dans le fonds social. Quant

à la communauté d'intérêts de Molière et de Madeleine, elle ne prit pas fin pour cela. Dans le précieux registre, rédigé par La 'Grange, qui nous met, jour par jour, au courant des affaires de la troupe, il est fait mention, dès le début, de nombreux prélèvements de recettes remis, comme parts, « entre les mains de Mlle Béjart pour monsieur de Molière ». Enfin, Madeleine restera jusqu'au bout le représentant officiel de la troupe dans les affaires d'intérêt, de même qu'en province elle avait été celui de Molière. Lorsque en 1670 les comédiens de Monsieur, devenus comédiens du Roi, constitueront au profit d'un sociétaire retraité, Louis Béjart, la première pension viagère payée par eux, c'est chez Madeleine qu'ils feront élection de domicile.

Peu de temps après la première représentation de *Sganarelle*, la troupe se voit dans une situation des plus critiques. A son arrivée, le roi lui avait accordé la salle du Petit-Bourbon pour y jouer alternativement avec les comédiens italiens. Elle l'occupait depuis deux ans, lorsque, tout à coup, sans avertissement préalable, le surintendant des bâtiments, M. de Ratabon, lui ordonne de l'évacuer sur-le-champ, et commence à la démolir pour préparer la place à la future colonnade du Louvre[1]. On a supposé, non sans vraisemblance, que, par ce procédé brutal, M. de Ratabon servait, de propos délibéré, la jalousie des rivaux de Molière. En effet, aussitôt la troupe expulsée, elle eut, dit La Grange, « à se parer de la division que les autres comédiens de l'Hôtel de Bourgogne et du Marais voulurent semer entre eux, leur

---

1. Sur M. de Ratabon et son rôle dans cette circonstance, voyez A. Vitu, *la Maison mortuaire de Molière*, p. 150-152. M. Vitu donne des renseignements précis sur le personnage, mais combat sans la détruire l'opinion de La Grange, que le surintendant des bâtiments agissait par « mauvaise intention » envers la troupe.

faisant diverses propositions pour en attirer les uns dans
leur parti, les autres dans le leur ». Mais, par affection
pour son chef, elle demeura « stable », resta sourde aux
sollicitations, se serra autour de lui, les Béjart et Madeleine au premier rang. Louis XIV, non plus, n'abandonna pas Molière. Aussitôt la démolition du Petit-
Bourbon commencée, il lui accorda la belle salle que
Richelieu avait fait construire au Palais-Royal pour les
représentations de *Mirame*, et M. de Ratabon reçut
l'ordre de la mettre en état, ce dont il dut s'acquitter
en maugréant. Mais il restait beaucoup à faire pour les
comédiens eux-mèmes ; dans l'état d'abandon où elle se
trouvait depuis près de vingt ans, la pluie avait pourri
les charpentes du toit, la moitié du plafond était détruite. Ils dépensèrent plus de 2 000 livres, distribuées
à toute une équipe de charpentiers, serruriers et ma-
çons, dont un membre de la troupe, M. de l'Espy, le
frère du fameux Jodelet, « conduisoit les ouvrages ».
Madeleine, on peut le croire, secondait L'Espy, ou plutôt
L'Espy était le second de Madeleine ; il commandait aux
ouvriers, elle réglait et soldait les dépenses. En trois
mois, la nouvelle salle fut prête, et, le 20 janvier 1661,
la troupe recommençait ses représentations.

Quelques jours après, le 4 février, Molière donnait ce
Don Garcie de Navarre sur lequel il comptait beaucoup, et qui tomba d'une chute si lourde. Madeleine dut
y tenir le rôle de doña Elvire. On peut encore lui attribuer, en toute vraisemblance, celui de la suivante Lisette,
dans *l'École des Maris*, représentée bientôt après, le
24 juin, pour combler le vide produit par l'insuccès
imprévu de *Don Garcie*. Elle est, cette Lisette, de la
même famille que Marinette du *Dépit amoureux*, avec
plus d'originalité encore, un bon sens plus aiguisé, une
verve plus gaillarde ; la vérité de l'observation et la puis-

sance créatrice s'y dégagent de plus en plus de la convention traditionnelle ; on y pressent déjà l'immortelle
Dorine. Le 17 août, au château de Vaux, chez le surintendant Fouquet, Molière et sa troupe accomplissent un
vrai tour de force. Ils donnent la comédie des *Fâcheux*,
« conçue, faite, apprise et représentée en quinze jours ».
Cette fois, la part de Madeleine est bien connue. De
nombreux témoignages lui assignent une part considérable dans le succès. C'est elle qui vint réciter, en costume de nymphe, le *Prologue* composé par Pellisson.
Elle commençait à être un peu marquée pour ce rôle de
beauté mythologique, car elle n'avait pas moins de qua-
rante-trois ans, et cependant La Fontaine, un connais-
seur, parlait d'elle avec admiration. De même le chroniqueur Loret. On rimait en son honneur un couplet
galant :

> Peut-on voir nymphe plus gentille
> Qu'était la Béjart l'autre jour ?
> Dès qu'on vit ouvrir sa coquille,
> Chacun s'écrioit à l'entour,
> Dès qu'on vit ouvrir sa coquille :
> Voici la mère de l'Amour.

A vrai dire, une voix discordante se mêlait à ce concert d'admiration : « Il me semble, dit un personnage de
la Vengeance des marquis, que je suis aux *Fâcheux*, et
que je vois sortir d'une coquille une jeune et belle nymphe.
— Il me souvient de cette nymphe, répond un autre ; on
croyoit tromper nos yeux en nous la faisant voir, et nous
faire trouver beaucoup de jeunesse dans un vieux poisson. » Le mot est dur, mais il vient d'un ennemi acharné
de Molière et de sa troupe, et, somme toute, cette attaque ne fait que confirmer d'une manière indirecte le succès de l'actrice.

.C'est au moment où nous sommes arrivés, peu après
les Fâcheux, avant *l'École. des femmes*, représentée
l'année suivante, que se place l'événement le plus considérable de la vie de Molière : il épouse Armande Béjart,
sœur de Madeleine. Celle-ci ne pouvait rester indifférente
à ce mariage ; elle s'en occupa beaucoup, pour l'entraver,
disent les uns, pour le favoriser, disent les autres. Selon
Grimarest, elle y fit une résistance acharnée. Pour lui,
en effet, Madeleine était la maîtresse de Molière ; elle
était aussi la mère d'Armande, par suite la rivale de sa
propre fille. De là un petit roman, imaginé ou recueilli
par ce grand collecteur d'anecdotes, et qui a fait fortune.
Craignant la résistance de Madeleine, « femme altière et
peu raisonnable lorsqu'on n'adhéroit pas à ses sentiments », Molière, qui s'était fait aimer d'Armande, aurait contracté avec la jeune fille un mariage secret ; mais,
comme la jalouse Madeleine « l'observoit de fort près »,
qu'elle « le menaçoit en femme furieuse et extravagante
de le perdre, lui, sa fille et elle-même, si jamais il pen-
soit à l'épouser », il fut près de neuf mois avant de pouvoir consommer et déclarer le mariage. « Cependant,
ajoute Grimarest, la jeune fille ne s'accommodoit point
de l'emportement de sa mère, qui la tourmentoit continuellement et qui lui faisoit essuyer tous les désagré-
ments qu'elle pouvoit inventer ; de sorte que cette jeune
personne, plus lasse peut-être d'attendre le plaisir d'être
femme que de souffrir les duretés de sa mère, se déter-
mina un matin de s'aller jeter dans l'appartement de
Molière, fortement résolue de n'en point sortir qu'il ne
l'eût reconnue pour sa femme ; ce qu'il fut contraint de
faire. Mais cet éclaircissement causa un vacarme terrible ; la mère donna des marques de fureur et de désespoir, comme si Molière avoit épousé sa rivale, ou
comme si sa fille fût tombée entre les mains d'un mal-

heureux. Néanmoins il fallut bien s'apaiser, il n'y avoit
point de remède ; et la raison fit entendre à la Béjart
que le plus grand bonheur qui pût arriver à sa fille
étoit d'avoir épousé Molière. » Suivant l'auteur de *la
Fameuse comédienne*, plus rapproché que Grimarest
de l'événement, les choses se seraient passées de tout
autre façon. C'est Madeleine elle-même qui aurait désiré,
préparé et conclu le mariage par une série d'intrigues
patientes et compliquées. Mère d'Armande, ancienne
maîtresse de Molière, mais délaissée par lui, d'abord
pour Mlle du Parc, puis pour Mlle de Brie, elle conçut la
pensée, lorsque sa fille fut grande, de reconquérir son
influence sur Molière en le rendant amoureux d'Armande. Elle entretint donc celle-ci « dans un esprit de
minauderie et d'enfance », ne manquant pas « d'exagérer
à Molière la satisfaction qu'il y a d'élever pour soi une
enfant dont on est sûr de posséder le cœur, dont l'humeur nous est connue », l'assurant « que ce n'est que
dans cet âge d'innocence où l'on pourroit rencontrer une
sincérité qui ne se trouvoit que rarement dans la plupart
des personnes qui ont vu le grand monde » ; en même
temps elle lui faisait « adroitement remarquer la joie
naturelle de sa fille quand elle le voyoit entrer, et son
obéissance aveugle à ses volontés » ; enfin, « elle conduisit si bien la chose qu'il crut ne pouvoir mieux faire que
de l'épouser ».

On pourrait, à la rigueur, considérer ces deux récits
comme également controuvés, puisqu'ils se détruisent
l'un par l'autre. Cependant, à les examiner de près, ils
ne méritent pas le même dédain, et peut-être y a-t-il
quelque chose à retenir dans l'un d'eux, le second. Celui
de Grimarest, en effet, se trouve formellement démenti
par un fait positif : le mariage de Molière n'eut rien de
secret, il fut célébré publiquement, en présence de sa

famille et de celle d'Armande. Pour la jalousie de Madeleine, elle est inadmissible, si l'on considère que, depuis 1650, elle avait repris sa liaison avec M. de Modène ; et comme, à ce moment, elle pouvait encore nourrir l'espérance de se faire épouser par lui, une colère bruyante contre Molière eût été la plus grande des maladresses. Au contraire, l'auteur de *la Fameuse comédienne* semble assez bien informé ; il s'est contenté de donner un tour médisant à un renseignement exact. Madeleine dut avoir, en effet, un rôle prépondérant dans cette affaire. Si l'on admet qu'elle était unie à Molière, non par les liens d'une vieille passion, mais par ceux d'une amitié solide, elle le voyait avec peine prolonger au delà de la jeunesse une série d'intrigues amoureuses qui venaient s'ajouter à tous les tracas de son existence. Elle voulut le ranger. Elle songea donc à lui donner pour femme une jeune fille qu'elle connaissait, qu'elle aimait aussi d'une vive affection, sa propre sœur, et, le mariage conclu, elle fit tous ses efforts pour que ce mariage fût heureux ; s'il tourna mal, il n'y eut en rien de sa faute. On veut qu'elle ait poussé le dévouement jusqu'à doter elle-même la femme de Molière. Il se pourrait, en effet, que les dix mille livres constituées à Armande par sa mère dans son contrat de mariage ne fussent qu'une libéralité déguisée de Madeleine. On fait observer, avec raison, que Marie Hervé ne possédait plus rien en propre, ou peu s'en faut [1]. Les mauvaises affaires de l'*Illustre Théâtre* avaient absorbé ses petites reprises sur la succession de son mari ; deux ans après le mariage d'Armande, lorsque son autre fille Geneviève se mariait à son tour, elle ne lui donnait rien ; quelque

1. J. Loiseleur, *les Points obscurs de la vie de Molière*, notes et pièces justificatives, XII.

temps avant sa mort, elle était obligée de recourir à
Madeleine pour soutenir un petit procès. Naturellement,
cette libéralité de Madeleine est présentée comme
une preuve de sa prétendue maternité à l'égard d'Armande : est-ce donc la première fois qu'une sœur
aînée riche ait doté une jeune sœur pauvre et préférée ?
Il est encore plus simple d'admettre que la dot fut constituée par Molière lui-même, compensant de cette
manière assez usitée la différence d'âge qui existait entre
sa jeune femme et lui. On a remarqué, en effet, que la
quittance par lui délivrée, quatre mois après le mariage,
ne porte pas la mention d'usage que le payement ait été
fait en espèces.

IV

Dernières années de Madeleine ; son testament ; son intérieur ;
ses sentiments religieux ; sa mort.

Molière et Armande mariés, Madeleine n'avait plus
qu'à continuer près d'eux son rôle d'amie et de sœur
aînée ; j'aime à croire que, dans ce ménage souvent
troublé, elle apporta plus d'une fois la conciliation. Au
théâtre, malgré la vieillesse qui arrive, la comédienne
est toujours des plus vaillantes. Elle joue dans la plupart des pièces de Molière, qui se succèdent si rapidement, sans compter les pièces du répertoire courant,
tragédies et comédies, qui alternent avec elles. Reine et
soubrette, elle incline peu à peu vers les mères et les
duègnes. Peut-être est-elle encore Georgette dans
l'École des femmes, mais il semble plus naturel d'attribuer ce plaisant bout de rôle de petite paysanne à

peine dégrossie et domestiquée à Mlle Marotte, la future
femme de La Grange, actrice encore sans autorité ni
expérience ; en revanche, on pourrait restituer à Madeleine le rôle de la précieuse Climène dans la *Critique
de l'École des femmes*, attribué d'ordinaire à Mlle Marotte. Dans *l'Impromptu de Versailles*, où Molière, en-
levant la toile de fond, nous a ouvert les coulisses de
son théâtre et montré à nu le tripot comique, où il a
marqué d'un trait rapide et définitif la physionomie de
chacun de ses camarades, deux figures sont traitées avec
une prédilection visible, Armande et Madeleine. Si l'on
veut bien connaître celle-ci, c'est là qu'il faut la chercher ; c'est avec ce portrait sous les yeux que l'on peut,
des témoignages contemporains, dégager une idée nette
de l'actrice et de la femme. Elle y est tout entière, avec
son franc parler, la rectitude de son esprit positif, sa
bonne humeur railleuse, et aussi l'affection éclairée
qu'elle portait à Molière. Elle le conseille, avec l'autorité et la franchise que lui donne leur longue amitié,
elle essaye de le calmer ; elle lui représente qu'à soutenir la triple tâche dont il s'est chargé, il succombera
bientôt sous ce poids écrasant. Molière lui répond avec
impatience ; comme il arrive d'habitude, il s'irrite d'autant plus de ses conseils qu'il sent davantage combien
elle a raison ; mais elle ne s'offense pas, et il ne songe
même pas à s'excuser de sa brusquerie. C'est le privilège des vieilles affections : elles suppriment les froissements d'amour-propre.

Dans les pièces qui suivent, elle apparaît comme un
modèle de souplesse et de dévouement. Tantôt elle crée
de vrais types, qui sont restés marqués de son empreinte,
tantôt elle accepte de simples bouts de rôles dont ne
voudraient pas les utilités de nos théâtres contemporains ; quelle leçon pour nos étoiles ! Dans *le Mariage*

forcé elle fait une Égyptienne ; Philis, dans *la Princesse d'Élide ;* Corinne, dans *Mélicerte.* En revanche, c'est elle qui incarne la Dorine du *Tartuffe,* cette « maîtresse servante », comme l'appelait un contemporain, ce type définitif et unique de raison, de gaieté, de franchise, de courage ; Dorine qui tient tête à tout le monde, même à Mme Pernelle, et qui, la première à démasquer Tartuffe, lui rit si vertement au nez ; Dorine, dont la vive parole étincelle et pétille, mêlant aux traits d'une verve bien française et bien parisienne comme un souvenir de la province longtemps parcourue et de ses ridicules observés à loisir. Dans *l'Avare* elle prend la robe feuillemorte et le bonnet fleuri de l'entremetteuse Frosine : encore un modèle, un type dont les imitations sont innombrables et que l'on reproduira sous vingt noms différents. Même rôle avec la Nérine de *Monsieur de Pourceaugnac,* une Italienne celle-ci, plus effrontée encore et plus retorse, avec l'aisance et le beau parler de l'astuce napolitaine.

Cependant l'âge est venu pour Madeleine, et, avec lui, les infirmités A partir de *Monsieur de Pourceaugnac* (septembre 1669), il semble qu'elle abandonne ses rôles et se tienne à l'écart. Nous arrivons à 1670 ; le 9 janvier elle perd sa vieille mère. Comme les Parisiens d'autrefois, les Béjart aimaient leur quartier ; en 1659 leur aîné, Joseph, était mort peu après le retour du Languedoc à Paris, et, bien qu'il demeurât quai de l'École sur la paroisse Saint-Germain-l'Auxerrois, il avait été porté au cimetière de cette église Saint-Paul où, sans doute, il avait été baptisé et où s'étaient mariés son père et sa mère. Marie Hervé l'y rejoignit ; elle fut inhumée sous les charniers de l'église, et un tombeau lui fut élevé par les soins de Madeleine, « voulant, disait l'épitaphe, donner à sa mère, encore après sa mort,

des marques de la reconnaissance qu'elle a de son
amitié et des soins qu'elle a eus d'elle ».

Deux ans après, Madeleine elle-même est à l'article
de la mort. Le 9 janvier 1672, jour de graves médita-
tions pour elle, car c'était le second anniversaire de la
mort de sa mère, elle s'occupe de son testament ; elle
fait appeler ses notaires habituels, Mᵉˢ Ogier et Moufle,
et ceux-ci la trouvent « gisante au lit, malade de corps,
saine toutefois d'esprit, mémoire et jugement ». Elle
est toute à son salut, la pauvre comédienne ; elle multi-
plie les œuvres pies et charitables. Elle « recommande
son âme à Dieu le créateur, le suppliant, par les mérites infinis de la mort et passion de Notre-Seigneur
et rédempteur Jésus-Christ, la vouloir admettre en son
saint paradis » ; elle demande que son corps soit
« inhumé en l'église Saint-Paul, dans l'endroit où sa
famille a droit de sépulture » ; elle fonde à perpétuité,
pour le repos de son âme, « deux messes basses de *Re-
quiem* pour chacune semaine » ; elle constitue une rente
dont le revenu servira à distribuer à cinq pauvres,
choisis par ses sœurs, cinq sous par jour « en l'honneur
des cinq plaies de Notre-Seigneur » ; et la distribution
de cette aumône sera faite par le curé de Saint-Paul.
A son frère survivant, Louis, et à ses deux sœurs, Geneviève et Armande, elle laisse 400 livres de rentes via-
gères pour chacun. Elle institue enfin Armande légataire
universelle usufruitière du reste de ses biens pour les
transmettre à la fille née et aux enfants à naître de son
mariage. Comme dépositaire de sa fortune mobilière,
elle désigne « le sieur Mignard, peintre ordinaire du
roi, dit *le Romain* », et, avec lui, M. de Châteaufort,
conseiller du roi, auditeur en la chambre des comptes,
« pour exécuter et accomplir le présent testament,
icelui augmenter plutôt que diminuer ». On est frappé

de la force de volonté dont témoigne cette formule finale. L'acte tout entier, évidemment écrit sous la dictée de la testatrice, porte la même marque; il respire aussi ce sens des affaires dont Madeleine nous a déjà donné des preuves si frappantes. Rien n'y est laissé à l'arbitraire des interprétations; tout est prévu et réglé dans le moindre détail. Quant aux avantages considérables faits à Armande, ils ne sont pas, comme on l'a dit, au détriment de Louis et de Geneviève; rien de plus naturel que la préférence de Madeleine envers une jeune sœur, femme de son meilleur ami, du principal auteur de sa fortune. De pareils testaments sont, je ne dirai pas communs, mais presque de règle chez ceux qui meurent sans enfants et auxquels la loi laisse le libre choix de leurs héritiers[1]. Cela n'empêche pas, bien entendu, ceux qui donnent Armande pour fille à Madeleine de tirer de ce testament une preuve de plus à l'appui de leur système.

Un peu plus d'un mois après, le 14 février, les deux notaires sont appelés de nouveau. Madeleine éprouve un regret : elle craint d'avoir trop enchaîné la liberté de sa légataire universelle par des prescriptions que l'on pourrait regarder comme des marques de défiance. Elle la dispense donc « de l'emploi en œuvres pies de l'usufruit dont elle lui avait laissé la disposition, voulant qu'elle puisse en disposer à sa volonté[2] ». En outre, elle

1. Geneviève ne garda aucune rancune à Armande de cette préférence; après la mort de Molière, les deux sœurs habitaient ensemble, rue de Seine, hôtel d'Arras, avec le second mari de Geneviève, Aubry des Carrières.

2. Il se pourrait bien que, dans l'intervalle, Armande eût sollicité et obtenu des dispositions moins restrictives, comme le suppose M. J. Loiseleur (*Molière, nouvelles controverses sur sa vie et sa famille*, II). Mais il est difficile d'admettre avec lui qu'il se soit passé entre les deux sœurs « un de ces drames que connaissent bien

remplace, comme exécuteur testamentaire, M. de Châteaufort par Me Charles Cardé, trésorier de la chancel-
lerie de Paris. Elle est au plus mal ce jour-là ; sa signature est presque illisible, et elle déclare « ne pouvoir
mieux signer ni parapher, attendu l'extrême maladie où
elle est, et, notamment, que sa vue est affoiblie ». Cependant, au milieu de cette ruine du corps, l'esprit demeure
lucide et ferme : aussitôt le codicille dicté, elle requiert
que « lecture lui soit d'abondance faite de sondit testament et dudit codicille », et elle corrige deux ou trois
menues erreurs échappées aux notaires. Mais cet effort
est le dernier ; quelques minutes auparavant, elle pouvait
encore, bien que d'une main défaillante, tracer à peu
près son nom ; maintenant, les notaires sont obligés de
se retirer sur sa déclaration qu'elle est hors d'état d'écrire
et de signer, « sa foiblesse et son mal augmentant toujours ».

Le dénouement prévu arrive au bout de trois jours : le
17 février, Madeleine meurt, avec assez de courage pour
que le bruit de sa ferme contenance se répande dans le
public, car Robinet s'empresse d'écrire dans sa gazette
rimée qu'elle a « bien joué le rôle que tout mortel joue
devant la Parque »,

> Ayant paru bonne chrétienne,
> Autant que bonne comédienne,
> Et rempli, ce dit-on, des mieux
> Ce rôle des plus sérieux.

Par une de ces tristes coïncidences qu'amènent souvent
pour les comédiens les exigences de leur profession, au
moment où Madeleine rendait le dernier soupir, ni ses

---

les notaires, les confesseurs et les médecins » ; même à l'article de
la mort, Madeleine ne me semble pas de celles que l'on peut influen-
cer de la sorte.

deux sœurs ni Molière n'étaient auprès d'elle ; depuis
le 9, la troupe jouait à Saint-Germain devant le roi ;
c'est là qu'elle apprit la mort de celle qui avait tant fait
pour son succès, et elle ne revint que le 26. Molière,
cependant, put s'échapper de la cour et rendre les
derniers devoirs à Madeleine : son nom figure au bas de
l'acte d'inhumation. Après un service célébré à Saint-
Germain-l'Auxerrois, paroisse de la défunte, le corps fut
porté à Saint-Paul et inhumé sous les charniers, probablement dans le même tombeau que Marie Hervé et
son fils aîné Joseph. Quelles réflexions mélancoliques,
devaient occuper l'âme du grand poète, tandis que, dans
le long trajet de Saint-Germain à Saint-Paul, il suivait,
les yeux pleins de larmes et son fard à peine essuyé, le
cercueil de sa vieille amie ! Il revoyait ses premiers jours
de misère, ses années d'apprentissage, ses courses sur
les grands chemins de Guyenne, de Languedoc et de
Provence ; puis le retour à Paris, la fièvre de la lutte,
les joies de la victoire ; enfin les amertumes toujours
croissantes de son triple métier, de sa condition, de
son ménage. Il souffrait beaucoup, malgré la faveur
du public, de la cour et du roi ; il se voyait au déclin de
la vie, il comprenait que sa santé était irrévocablement
perdue, il était le mari d'une femme qui ne lui donnait
qu'inquiétude et tourments. C'était donc le deuil de sa
jeunesse et de son bonheur qu'il conduisait ce jour-là.
La mort l'avait marqué lui-même pour un terme prochain,
elle marchait à côté de lui : dans un an, jour pour jour,
son heure sera venue.

L'inventaire de la succession de Madeleine est très
curieux par tout ce qu'il nous apprend sur le caractère
de la femme et de l'actrice. Malgré sa fortune, elle vivait
dans un très petit appartement, composé d'une antichambre servant de cuisine, et d'une chambre à coucher

au quatrième étage d'une maison, vrai phalanstère de sa
famille, qu'avaient habitée avec elle sa mère, ses sœurs,
son frère, Molière lui-même [1]. Son mobilier est des plus
simples ; à part les meubles indispensables — lit, tables
et sièges, très ordinaires, — on ne voit chez elle qu'un
seul meuble de luxe, « un grand cabinet d'ébène avec
plusieurs figures ». Son linge, ses vêtements de ville et
d'intérieur, se composent du strict indispensable : quatre
draps de « grosse toile de chanvre », quinze chemises
du même tissu, deux jupes et un justaucorps de coton
blanc, un habit de drap d'Espagne uni. En revanche, les
costumes de théâtre sont d'une grande richesse ; ils ne
comprennent pas moins de quatre déshabillés et de quatre
corps de robes, en étoffe de soie de couleurs brillantes,
garnis de dentelles d'or et d'argent, une veste de brocart
d'or, une toilette de velours cerise, etc., costumes de
reine et de grande coquette ; quelques-uns, plus simples
quoique très élégants encore, costumes de soubrette.

1. Cette maison se trouvait au coin des rues Saint-Thomas-du-
Louvre et Saint-Honoré, sur la place du Palais-Royal ; aussi, dans
les actes où il est parlé des Béjart ou de Molière, leur domicile est-
il indifféremment désigné par l'une des deux rues ou par la place.
On peut voir, à ce sujet, Adolphe Berty, *Topographie historique du
vieux Paris, région du Louvre et des Tuileries*, t. I, 1866, p. 60 ;
de 1489 à 1640 cette maison s'appela *maison de la Crosse*, puis *du
Singe vert* ; Molière y avait un logis distinct, avec entrée sur la rue
Saint-Thomas, comme l'indique un bail en date du 15 octobre 1665.
Les derniers restes de la rue Saint-Thomas-du-Louvre ont disparu
en 1850, mais la maison du *Singe vert* est aisément reconnaissable,
avec ses corps de logis séparés, sur la feuille 15 du plan Turgot. —
En commentant, dans *le Figaro* du 1ᵉʳ septembre 1886, sous le titre
de *l'Hôtel de Molière à la rue Saint-Thomas-du-Louvre*, le bail du
15 octobre 1665, M. A. Vitu exprime l'avis que, par les diverses
désignations du domicile de Molière et des Béjart, il ne faut pas
entendre « une demeure unique et permanente », mais « peut-être
une demi-douzaine d'habitations, à coup sûr quatre habitations dis-
tinctes, comprises dans un périmètre très restreint » ; et il annonce
pour plus tard une étude développée sur cette question

Malheureusement, on ne saurait déterminer que pour
deux de ces costumes dans quelle pièce ils ont servi. D'a-
bord « une jupe et une tavayolle de satin rouge et vert, à
usage de bohémienne », probablement son habit d'Égyptienne du *Mariage forcé*. Puis, « un corps de paysanne
de toile d'argent, et la jupe de satin vert de Gênes, garni
de guipures ». Faut-il voir dans ce dernier costume, bien
luxueux pour une paysanne, celui de Charlotte ou de
Mathurine, dans *Don Juan*, bien que ces rôles soient
attribués d'ordinaire à Armande Béjart et à Mlle de Brie?
Sa brillante fantaisie laisserait croire plutôt qu'il a
figuré dans quelqu'un de ces ballets que Louis XIV
aimait tant et où l'on cherchait beaucoup plus l'effet que
le réalisme.

Ainsi, dans la vie privée de Madeleine, aucun sacrifice
à l'élégance, un intérieur d'une simplicité froide et nue.
Au contraire, dans l'exercice de sa profession, la plus
riche abondance de tout ce qui peut servir son talent.
Elle a peu d'argenterie, ce luxe solide et sérieux de nos
pères : une valeur de 949 livres, tandis qu'on en trouvera chez Molière pour 6 240. Peu de bijoux aussi ;
juste le nécessaire pour la ville et le théâtre : deux
bagues de diamants, quatre autres garnies de diverses
pierres précieuses, et « un collier contenant soixante-dix
perles baroques de moyenne grosseur », le tout prisé
220 livres. En revanche, il se trouve, en deniers comp-
tants, 19 809 livres 1 sol, et, en créances diverses,
2 523 livres 12 sols. Enfin, les titres de propriété d'une
terre, appelée la Souquette[1], et située sur le territoire de

---

1. Dans le travail, que j'ai déjà cité plusieurs fois, sur *M. de Modène, ses deux femmes et Madeleine Béjart*, M. H. Chardon discute,
de façon très intéressante, les causes qui ont pu faire acheter par
Madeleine cette terre de la Souquette, si loin de Paris, et à une
époque où elle avait, sans doute, abandonné la comédie errante et

Saint-Pierre-de-Vassol, dans le Comtat-Venaissin, pays
du comte de Modène. Madeleine l'avait achetée, le 7 juin
1661, pour la somme de 2 856 livres, à Jean-Baptiste de
l'Hermite, sieur de Vauselle, son ancien camarade à Lyon,
le parrain, par procuration, de la petite Françoise. Au
total, en y comprenant les meubles, estimés 564 livres
7 sous, et les vêtements, estimés 1 059 livres, la succession s'élevait à la somme de 25 988 livres, ce qui représente, au moins, 130 000 francs de nos jours. Détail digne
de remarque, car on n'a pas souvent à le constater, l'inventaire n'accuse pas une seule dette ; les affaires de la
défunte étaient dans un ordre parfait.

Les renseignements contenus dans le testament de
Madeleine Béjart prouvent qu'elle vit arriver la mort et
qu'elle conserva jusqu'au dernier moment la liberté de
son intelligence. Elle put donc jeter sur l'ensemble de
sa vie ce regard suprême qui est la consolation ou la
torture des mourants. Un sujet de tristesse profonde dut
assombrir ses dernières pensées : elle laissait Molière,
dont elle avait voulu le bonheur, malheureux, malade,
condamné, lui aussi, à une mort prochaine. Cependant
elle pouvait être fière de sa vie et de son œuvre. Sans
doute, elle avait largement payé son tribut aux faiblesses
de son sexe et de sa profession ; de là une inquiétude
qui se marque vivement dans ses dernières dispositions, à la pensée de ce jugement dont sa foi lui montrait
la redoutable perspective. Mais, au demeurant, elle
avait accompli un bien durable. La première, sans doute,
elle avait deviné le génie de Molière ; elle s'était donc
efforcée d'écarter de lui les soucis matériels, de le

la province sans esprit de retour. Il expose aussi, avec une entière
nouveauté d'information, les rapports des Vauselle avec M. de
Modène et Madeleine.

laisser tout entier à la composition de ses œuvres et à
l'exercice de son art. Or cette tutelle vigilante avait
réussi ; Molière avait pu fonder un théâtre devenu rapidement le premier de Paris, gagner la faveur du roi,
écrire des chefs-d'œuvre et les imposer à l'admiration.
La récompense de Madeleine devait être d'aller à la
postérité en compagnie de Molière et de laisser un
nom inséparable du sien. A ce titre, il n'était peut-être
pas inutile de faire revivre et de montrer sous son véritable aspect cette auxiliaire et cette amie du grand
poète.

CHAPITRE III

LA FEMME DE MOLIÈRE

Molière avait près de quarante ans, l'âge où le céli-
bat et la solitude deviennent pénibles. Il était las des
amours banales ; la fortune et le succès commençaient
à lui sourire, mais son triple métier pesait sur lui d'un
poids de plus en plus lourd. Il en vint, naturellement, à
examiner pour son compte l'embarrassante question
que soulève le Panurge de Rabelais et que lui-même
devait porter à la scène dans *le Mariage forcé*, c'est-à-
dire à se demander pourquoi il n'associerait pas à son
existence une jeune femme qui en serait la joie et le
délassement. Sans doute, c'était là une expérience dangereuse à tenter, et l'impitoyable railleur des maris
trompés ne pouvait méconnaître cette vérité d'expérience
qu'à la jeunesse il faut unir la jeunesse. Mais on a beau
savoir les choses et la vie, on rêve toujours des exceptions pour soi-même. La gloire qu'il voyait prochaine,
le génie dont il avait conscience, ne sauraient-ils compenser, pour un jeune cœur facile à l'enthousiasme, ce
que l'âge lui avait enlevé ?

Il dut chercher autour de lui ; sa profession et le préjugé qui pesait sur elle restreignaient son choix. Or, depuis dix ans, il voyait grandir près de lui une jeune fille

à laquelle il s'était attaché d'abord d'une affection pres
que paternelle, mais qui, en grandissant, semblait diminuer la distance qui les séparait et venir d'elle-même
au-devant de lui. On s'imagine volontiers, en pareil
cas, que l'on reste à la même place tandis que les autres marchent ; les enfants deviennent de jeunes hommes
ou de jeunes filles, et l'on ne se doute pas que, tout le
chemin qu'ils ont fait vers la jeunesse, on l'a fait soi-
même vers la vieillesse. Molière s'avisa donc un jour
qu'Armande Béjart, sœur de sa camarade et amie Madeleine, pouvait devenir sa femme. Elle avait sans doute
pour lui cette affection que les enfants rendent aisément
à ceux dont ils se sentent aimés ; ce sentiment n'aurait
pas de peine à se changer en amour conjugal. Quant à
la jeune fille, elle ne pouvait qu'être flattée de se voir
rechercher par le chef de cette troupe à laquelle appartenaient tous les siens et où elle-même devait entrer.

I

La jeunesse d'Armande Béjart ; qu'elle n'est point la même personne
que Mlle Menou ; qu'elle inspira en partie *l'École des maris.* —
Son mariage avec Molière. — Portrait qu'il trace d'elle dans *le
Bourgeois gentilhomme;* rôles qu'il lui confie ; ce qu'il y a d'elle
dans Célimène.

Il paraît peu probable que la première enfance d'Armande se soit passée sur les grandes routes et dans les
grandes villes où séjourna la troupe errante de Molière.
Ce que l'on sait de sa culture d'esprit et de ses talents
donne à croire qu'elle reçut une autre éducation que
celle d'une petite bohémienne. D'autant plus que Madeleine, qui semble avoir eu pour sa jeune sœur une vive
affection, se trouva de bonne heure assez riche pour

faire en sa faveur les sacrifices nécessaires. D'après l'auteur de *la Fameuse comédienne*, Armande aurait « passé sa plus tendre jeunesse dans le Languedoc, chez une dame d'un rang distingué dans la province ». Rien n'empêche de tenir le renseignement pour exact. Un biographe de Molière, Petitot, a déterminé de son chef, sans donner, du reste, aucune preuve, dans quelle ville on la laissa ; il veut que ce soit Nîmes, sans doute parce qu'on y a trouvé un des portraits auxquels on applique son nom. Toujours d'après *la Fameuse comédienne*, lorsque la troupe, relativement plus stable, eut pris Lyon pour quartier général, vers 1653, Armande, alors âgée d'une dizaine d'années, fut retirée de chez la « dame d'un rang distingué », et, depuis, elle ne quitta plus sa famille. A Lyon, la troupe oua l'*Andromède* de Corneille. Un exemplaire de cette tragédie, qui faisait partie de la bibliothèque théâtrale de M. de Soleinne, donne, en face des personnages, une liste manuscrite d'acteurs ; ces noms sont ceux des camarades de Molière, on prétend même y reconnaître l'écriture de celui-ci [1]. Parmi ces noms se trouve celui d'une Mlle Menou, qui faisait la néréide Éphyre, rôle de figuration à peu près muet, car il ne compte pas plus de quatre vers, et dans cette Mlle Menou on veut voir la petite Armande Béjart, sous prétexte que c'est là un diminutif de son prénom. Mais d'abord Menou supposerait plutôt Germaine qu'Armande. De plus, Éphyre, comme les deux autres néréides de la pièce, ne peut être jouée que par une jeune fille ou une jeune femme, car la seule

---

1. Il convient d'ajouter que cette attribution est de Paul Lacroix (catalogue Soleinne, 1843, t. I, n° 1147), ce qui suffirait pour mettre en défiance, et que M. Étienne Charavay, l'expert en autographes la tient pour fausse ; cependant, l'écriture est ancienne et la distribution répond bien à la composition de la troupe.

raison d'être du personnage est de servir à un effet plas-
tique. Enfin Armande semble n'être montée sur le
théâtre qu'après son mariage ; elle ne fait point partie
de la troupe de Molière telle que nous la retrouvons
constituée en 1658, lors de l'arrivée à Paris, et jamais,
lorsqu'elle est devenue comédienne en renom et dont
on parle, il n'est fait allusion au nom prétendu qu'elle
aurait autrefois porté.

On retrouve M⁰⁰ Menou dans une lettre mêlée de prose
et de vers écrite par Chapelle à Molière et, malheureusement, non datée. Cette lettre, assez entortillée et obscure, fait allusion aux embarras de tout genre qu'éprouvait Molière au milieu des trois principales actrices de
sa troupe ; Chapelle l'y compare à Jupiter tiraillé entre
Junon, Minerve et Vénus durant la guerre de Troie. De
ces trois actrices, M⁰⁰ Menou est la seule nommée ; les
deux autres, M⁰⁰ du Parc et M⁰⁰ de Brie sans doute, se
disputent avec elle le cœur de Molière, mais surtout la
distribution des rôles. Si Armande est la même personne que M⁰⁰ Menou, il faut donc admettre qu'elle était
déjà un des premiers sujets de la troupe, et c'est peu
vraisemblable, car elle n'avait encore que seize ans. On
ne s'expliquerait guère non plus qu'elle eût entièrement
disparu de 1658 à 1663, époque où elle paraît pour la
première fois sur la scène du Palais-Royal. Molière se
serait bien gardé de la tenir à l'écart, au moment où sa
troupe avait besoin de toutes ses forces pour soutenir de
redoutables rivalités et conquérir de haute lutte la faveur
publique. L'identité prétendue d'Armande avec cette
énigmatique M⁰⁰ Menou prête donc à beaucoup d'objections. Le plus sage est de se résigner à ne la voir paraître
dans la troupe qu'en 1663, lorsqu'elle est devenue la
femme de Molière.

On peut admettre, en revanche, que son influence est

profondémen t marquée dans cette *École des maris*, dont
la première représentation ne précéda son mariage que
de quelques mois. Je n'hésite pas à y voir le contre-coup
des réflexions de Molière, réflexions mêlées d'espérance
et de crainte. Qu'il y a it p eint tout à fait et au juste son
état d'esprit, il éta it trop poète pour cela. Mais est-il
possible que, su r le point de tenter l'expérience qui fait
le sujet de *l'École des maris* , il n'ait rien mis de lui-
même et de sa fiancée dan s deux des héros de sa pièce :
cet Ariste qui l ui ressemble comme un frère, cette
Léonor où l'on retrouve si aisément Armande Béjart ?
Ami intime de Madeleine, il avait dû partager avec elle
le soin de l'éducation d'Armande, et cette éducation,
terminée dans les c oulisses d'un théâtre, n'eut sans
doute rien de très austère. De même Ariste élève Léonor
avec une philosophie des plus indulgentes ; e lle a vu « les
belles compagnies, les divertissements, les bals, les comédies » ; on lui permet de satisfaire ses goûts d'élégance, de « dé penser en habits, linge et nœuds ». Il est,
ce rôle d'Ariste, plein d'une franchise de brave homme,
d'une bonté sereine e t d ouce, avec une pointe de mélancolie ; et les beaux vers qui le composent, d'un tour si
net et d'un mo uvement si aisé, ont jailli sans effort du
cœur du poète, car ils traduisaient l'état de son âme.
Enfin, Molière supposait les sent iments d'Armande, ou
plutôt il lui indiquait, sous le couvert d'une allusion
transparente, ceux qu'il désirait qu'elle eût lorsqu'il
montrait Léonor excédée de tous « ces jeunes fous » qui
« la raillent sottement su r l'amour d'un vieillard », et
déclarant qu'elle préfère de beaucoup cet amour à « tous
les beaux transpo rts de leurs jeunes cervelles ». Si une
jeune fille peut parler ainsi d'un' « vieillard » qui recherche sa main, à plus forte raison peut-elle consentir
sans effroi à devenir la femme d'un h omme jeune en-

core, dans la maturité de l'âge. Tout, dans ce rôle de
Léonor, par la raison sereine et l'honnêteté virile qu'il
respire, laisse voir quel caractère, quelle plénitude de
consentement Molière eût souhaité chez celle qu'il allait
épouser.

L'École des maris est du 24 juin 1661. Dès le mois
d'avril précédent, Molière avait fait part à ses camarades
de ses projets de mariage et pris ses mesures comme
directeur. Sœur et femme de comédiens, Armande devait naturellement être comédienne; aussi Molière s'in-
quiétait-il, au début d'une nouvelle année théâtrale, de
lui assurer une place dans la troupe. A la rentrée, La
Grange écrivait sur son registre : « Avant que de recommencer, après Pâques, au Palais-Royal, M. de Molière
demanda deux parts au lieu d'une qu'il avait. La troupe
(les) lui accorda, pour lui ou pour sa femme s'il se mariait ». Le contrat de mariage fut signé, le 23 janvier 1662, dans la maison que Marie Hervé habitait, rue
Saint-Thomas-du-Louvre, avec ses trois filles, son fils et
son futur gendre. Molière se présentait assisté de son
père, Jean Poquelin, et d'André Boudet; Marie Hervé,
« veuve de feu Joseph Béjart, écuyer, sieur de Bellè-
ville », stipulait pour sa fille Armande-Grésinde-Claire-
Élisabeth Béjart. Les futurs époux adoptaient le régime
de la communauté, tout à l'avantage d'Armande; Marie
Hervé promettait de donner à sa fille, « la veille des
épousailles, la somme de 10000 livres tournois, dont un
tiers entrerait dans la communauté et les deux autres
tiers demeureraient propres à la future épouse et aux
siens de son côté et ligne ». On sait ce qu'il faut penser
de cette dot, et pourquoi, si elle a vraiment été payée,
elle dut venir de Madeleine Béjart ou de Molière lui-
même. Celui-ci, de son côté, constituait à sa future
4000 livres tournois de douaire. Un mois après, le lundi

20 février 1662, le mariage était célébré à Saint-Germain-l'Auxerrois, en présence des mêmes parents, de
Madeleine et Louis Béjart, « et d'autres », qui ne sont
pas désignés nommément et dont la signature ne figure
pas au bas de l'acte.

A la seule lecture de ces deux pièces, contrat et acte
de célébration, tombent les diverses fables imaginées sur
le mariage de Molière. La présence de Jean Poquelin et
d'André Boudet aux deux cérémonies prouve d'abord que
l'union projetée ne rencontra pas dans la famille du
poète les résistances dont on a parlé, ou, s'il y eut des
difficultés, qu'elles n'empêchèrent pas un accord final.
Quant à l'origine d'Armande, elle est aussi nettement
spécifiée que possible : deux fois la jeune femme est
dite fille de Joseph Béjart et de Marie Hervé. Or si, alors
comme aujourd'hui, les notaires se montraient fort ac-
commodants et inscrivaient de bonne grâce les noms et
titres qu'on voulait, en revanche, pas plus alors qu'aujourd'hui, un mariage ne pouvait être célébré à l'église
sans la production de l'acte de baptême des époux. L'âge
de Marie Hervé, se donnant, à soixante-sept ans, comme
mère d'une fille de vingt, était pour éveiller l'attention,
et, certainement, le clergé de Saint-Germain-l'Auxerrois
ne se contenta pas d'une simple déclaration verbale.
Enfin, rien ne tient moins que cette autre hypothèse
d'après laquelle Molière, en raison de l'état civil douteux de sa femme et pour éviter le bruit, se serait marié
un mardi gras, jour où les églises sont désertes, à dix
heures du soir, en présence de rares témoins, et après
dispense de deux bans obtenue par grâce spéciale.
D'abord, le 20 février 1622 n'était pas un mardi, mais
un lundi, lendemain de la quinquagésime ; l'église
n'était pas déserte ce jour-là : il y eut sept autres mariages avec celui de Molière ; ce mariage n'eut pas lieu

à dix heures du soir, mais entre neuf et dix heures du matin, car il est le premier inscrit de la série des huit ; quant à la dispense de deux bans, elle était d'usage comme elle l'est encore : on la demandait et on l'accordait couramment. Enfin, les mots *et autres*, qui suivent la mention des témoins, prouvent que ces derniers n'étaient pas les seuls assistants et permettent de supposer un cortège d'amis aussi nombreux que l'on voudra[1]. Un passage du registre de La Grange donne à croire que le mardi précédent, au sortir d'une représentation « en visite » chez M. d'Équevilly, Molière avait officiellement annoncé son mariage à ses camarades assemblés. Rencontre piquante : c'était *l'École des maris* que la troupe donnait ce jour-là. Les encourageantes répliques de Léonor sonnaient encore à son oreille, lorsque, au dénouement pour rire de la comédie, il faisait succéder ce prologue d'une pièce vraie, autrement sérieuse, et qui devait tourner au drame.

Pas plus d'Armande Béjart que de Madeleine, il ne nous reste de portrait peint ou gravé d'une authenticité certaine[2]. En revanche, les portraits écrits ne manquent pas, et ils se complètent les uns par les autres, car ils sont de mains et d'intentions bien différentes. En 1670, dans *le Bourgeois gentilhomme*, où Armande tenait le rôle de Lucile, Molière la représentait avec une délicatesse de flatterie et un parti pris d'admiration qui témoi-

---

1. Les hypothèses dont on vient de voir la discussion avaient été imaginées par Ed. Fournier, dans un feuilleton de *la Presse* recueilli dans son livre posthume, *Études sur la vie et les œuvres de Molière*, I, 1 ; Jal les a réfutées en détail à l'article MOLIÈRE de son *Dictionnaire critique*.

2. Ils étaient nombreux dans la collection Soleirol, dont il est parlé ci-après, chapitre VI, 1 ; peut-être est-ce de là que viennent ceux que possède M. Arsène Houssaye et qu'il a fait graver dans *Molière, sa femme et sa fille*.

gnent, après huit ans de mariage, d'un amour aussi vif
et aussi ardent que le premier jour. On se rappelle la
situation ; dans une de ces ravissantes scènes de dépit
amoureux, souvent reprises par le poète et toujours traitées avec le même bonheur, Cléonte s'excite à la colère
contre Lucile : « Donne la main à mon dépit, dit-il à son
valet Covielle, et soutiens ma résolution contre tous les
restes d'amour qui me pourroient parler pour elle. Dis-
m'en, je t'en conjure, tout le mal que tu pourras. Fais-
moi de sa personne une peinture qui me la rende méprisable ; et marque-moi bien, pour m'en dégoûter, tous
les défauts que tu peux voir en elle. » Rebuté comme
son maître et animé contre sa Nicole du même ressentiment, Covielle s'empresse d'obéir et prend très au sérieux son rôle d'aristarque galant : « Elle, monsieur,
voilà une belle mijaurée, une pimpesouée bien bâtie,
pour vous donner de l'amour ! Je ne lui vois rien que de
très médiocre et vous trouverez cent personnes qui seront plus dignes de vous. » Il commence donc un portrait
tout en laid ; mais, à mesure que le valet relève les défauts de Lucile, le maître les transforme en traits de
beauté, avec une impatience et une chaleur croissantes :
« Premièrement, elle a les yeux petits. — Cela est vrai,
elle a les yeux petits, mais elle les a pleins de feu, les
plus brillants, les plus perçants du monde, les plus touchants qu'on puisse voir. — Elle a la bouche grande. —
Oui, mais on y voit des grâces qu'on ne voit point aux
autres bouches ; et cette bouche, en la voyant, inspire des
désirs, est la plus attrayante, la plus amoureuse du monde.
— Pour sa taille, elle n'est pas grande. — Non, mais
elle est aisée et bien prise. — Elle affecte une noncha-
lance dans son parler et ses actions. — Il est vrai, mais
elle a grâce à tout cela, et ses manières sont engageantes, ont je ne sais quel charme à s'insinuer dans les

cœurs. — Pour de l'esprit.... — Ah! elle en a, Covielle, du plus fin, du plus délicat. — Sa conversation.... — Sa conversation est charmante. — Elle est toujours sérieuse. — Veux-tu de ces enjouements épanouis, de ces joies toujours ouvertes? et vois-tu rien de plus impertinent que des femmes qui rient à tout propos? — Mais enfin elle est capricieuse autant que personne du monde. — Oui, elle est capricieuse, j'en demeure d'accord; mais tout sied bien aux belles; on souffre tout des belles! »

C'est un petit chef-d'œuvre que ce dialogue : chef-d'œuvre d'art et de poésie, de finesse comique et de grâce, de vérité aussi. Pris un à un, les traits d'Armande Béjart étaient défectueux, mais l'ensemble respirait un charme souverain. Vers le milieu du dix-huitième siècle, une comédienne qui l'avait vue encore jeune, Mlle Poisson, disait d'elle, en ayant soin de rappeler que son portrait était dans *le Bourgeois gentilhomme* : « Elle avoit la taille médiocre, mais un air engageant, quoique avec de très petits yeux, une bouche fort grande et fort plate, mais faisoit tout avec grâce ». Grandval le père s'accorde avec Mlle Poisson : « Sans être belle, elle étoit piquante et capable d'inspirer une grande passion ». Il n'est pas jusqu'à l'auteur de *la Fameuse comédienne*, auquel le même aveu n'échappe, enveloppé de toutes sortes de restrictions. « Elle n'avoit, dit-il, aucun trait de beauté »; mais il confesse que sa physionomie et ses manières la rendaient « très aimable au goût de bien des gens », que, surtout, elle était « fort touchante quand elle vouloit plaire ». Il nous apprend qu'elle aimait « extrêmement » la parure, et Mlle Poisson ajoute qu'elle « se mettoit dans un goût extraordinaire et d'une manière presque toujours opposée à la mode du temps »; ce qui l'étonne : elle n'a pas vu qu'Armande possédait cet art piquant et

rare de s'habiller elle-même, en dehors et en dépit de
la mode, et de donner à sa beauté ce ragoût d'étrangeté
dont ceux-là même qui le blâment ou le méconnaissent
ne peuvent s'empêcher de subir l'effet. Les frères Parfaict rapportent l'avis d'un meilleur juge en ce genre :
« Personne n'a mieux su se mettre à l'air de son visage
par l'arrangement de sa coiffure, et plus noblement par
l'ajustement de son habit ». Non seulement elle ne suivait pas servilement la mode, mais elle la corrigeait
quelquefois avec une telle sûreté de goût qu'elle la faisait et l'imposait. La toilette des femmes sous Louis XIV
était majestueuse, mais un peu lourde ; elle cachait sous
des plis trop amples la grâce des formes. Armande réa-
git avec succès contre ce caractère peu esthétique. Le
Mercure galant de 1673 disait : « Tous les manteaux
de femmes que l'on fait présentement ne sont plus plis-
sés ; ils sont tout unis sur le corps, de manière que la
taille paraît plus belle ; ils ont été inventés par Mlle Molière ». Est-il téméraire de conclure de ce renseignement qu'Armande avait la taille bien faite ?

La comédienne fut vite hors de pair et fit encore valoir
la femme. D'abord, Armande était une Béjart, c'est-à-
dire qu'elle avait dans le sang la passion et l'instinct du
théâtre. Outre sa beauté, elle y apportait « une voix
extrêmement jolie », elle « chantoit avec un grand goût
le français et l'italien, elle dansoit à ravir ». Molière,
nous apprend de Visé, se vantait « de faire jouer jusques
à des fagots » ; on devine quel maître eut en lui une
élève si bien douée et dont le succès lui tenait à cœur
autant que le sien propre. L'ampleur et la force manquaient à Armande, car, dans la tragédie, elle ne tenait
que les seconds ou les troisièmes emplois : ainsi Cléofile, dans l'*Alexandre* de Racine, et Flavie, dans l'*Attila*
de Corneille, toutes deux simples confidentes. Elle y

1. — 9

suppléait, selon l'usage, au talent qui lui manquait, par
un très grand luxe de costumes, et obtenait de grands
succès de beauté. Robinet s'écrie, après l'avoir vue dans
Cléofile :

> O justes dieux ! qu'elle a d'appas !
> Et qui pourroit ne l'aimer pas?
> Sans rien toucher de sa coiffure
> Ni de sa belle chevelure,
> Sans rien toucher de ses habits
> Semés de perles, de rubis,
> Et de toute la pierrerie
> Dont l'Inde brillante est fleurie,
> Rien n'est si beau ni si mignon
> Et je puis dire tout de bon
> Qu'ensemble Amour et la nature
> D'elle ont fait une miniature
> Des appas, des grâces, des ris
> Qu'on attribuoit à Cypris.

D'autres fois, elle relevait l'éclat de ces riches costumes par le même goût d'originalité hardie qui lui allait
si bien à la ville, ou par un tour de fantaisie romanesque :
ainsi, dans une *Circé* où elle charmait les yeux, « en
habit de magicienne, avec une quantité de cheveux
épars ». En revanche, elle excellait dans « les rôles de
femmes coquettes et satiriques », qui s'accordaient d'eux-
mêmes avec sa nature, et dans ceux d'ingénues, bien
qu'elle eût sans doute plus d'efforts à y faire.

Dans ceux-ci elle trouvait un partenaire accompli
en la personne de La Grange, le type du parfait amoureux, tel qu'on le voulait alors : tendre avec noblesse,
empressé avec respect, d'une simple et grande politesse,
comme le Cléonte du *Bourgeois gentilhomme*, à l'occasion dédaigneux ou hautain, d'une fine ironie ou d'une
insolence méprisante, comme le Clitandre des *Femmes
savantes*. Ils se faisaient valoir l'un l'autre et, lorsqu'ils
jouaient ensemble, c'était un enchantement. Un ano-

nyme, l'auteur des *Entretiens galants*, a tracé de ce couple rare un portrait enthousiaste. Ils sont, dit-il, d'un naturel accompli, et lorsqu'une fois on les a vus dans un rôle, on ne peut plus y voir qu'eux ; ils produisent l'illusion complète ; certains de leurs jeux de scène, par leur justesse ou leur force, leur finesse ou leur pathétique, valent les tirades les mieux composées. Jamais, chez eux, de ces oublis de la situation, de ces distractions d'ennui ou de coquetterie qui détournent sur la salle l'attention de l'acteur : « Leur jeu continue encore, lors même que leur rôle est fini ; ils ne sont jamais inutiles sur le théâtre, ils jouent presque aussi bien lorsqu'ils écoutent que lorsqu'ils parlent. Leurs regards ne sont jamais dissipés ; leurs yeux ne parcourent pas les loges ; ils savent que leur salle est remplie, mais ils parlent et agissent comme s'ils ne voyoient que ceux qui ont part à leur rôle et à leur action. » Ainsi qu'Armande, La Grange excelle à composer ses costumes, il les porte avec la même élégance. Mais, si tous deux « se mettent parfaitement bien, ils ne pensent plus à leur parure dès qu'ils sont en scène ». Le croirait-on, Armande n'est coquette que, dans la mesure où son rôle l'exige : « Si Mlle Molière retouche quelquefois à ses cheveux, si elle raccommode ses nœuds ou ses pierreries, ces petites façons cachent une satire judicieuse et naturelle ; elle entre par là dans le ridicule des femmes qu'elle veut jouer. » Enfin, elle n'est jamais semblable à elle-même, elle change à volonté le caractère de sa voix, « elle prend autant de divers tons qu'elle a de rôles différents ».

Mais elle excelle surtout dans les ingénues et les grandes coquettes du théâtre de son mari. Mlle Poisson et Grandval s'accordent encore à dire qu'il « faisoit ces rôles pour elle » et « travailloit exprès pour ses talens ». Elle parut pour la première fois dans *la Critique de*

l'École des femmes, représentée le 1er juin 1663, c'est-à-
dire un an et quatre mois après son mariage : Molière
n'avait voulu la laisser débuter qu'après le temps d'é-
tudes nécessaire, et sûr pour elle du succès. Comment
n'eût-elle pas réussi avec l'aimable petit rôle qu'il lui
confiait, celui d'Élise? Il en est peu d'aussi propres à
faire valoir une actrice. Élise est une jeune femme sensée, spirituelle et maniant l'ironie avec un sérieux qui
en double la force. Sa verve mordante s'exerce aux dépens de tous les ridicules qui défilent devant elle et va
jusqu'à la mystification, d'abord avec la précieuse Climène; puis avec le marquis et le poète Lysidas, celui-ci
pédant et pesant, celui-là fat, évaporé, turlupin. Ce premier rôle a si bien fait valoir Armande, qu'elle en reçoit
un autre du même genre dans *l'Impromptu de Versailles*,
représenté le 14 octobre suivant : « Mlle Molière, satirique spirituelle », ainsi l'appelle la distribution. Outre
une petite escarmouche avec Molière, en qui elle raille
plaisamment le directeur et le mari, elle a toute une
scène à part, et des plus brillantes, avec Mlle du Parc,
l'autre étoile de la troupe; elle reprend le malheureux
Lysidas, ramené sous son feu. De petites tirades, pas
trop longues, sont ménagées pour elle, et Molière, en
distribuant ses conseils, lui a fait le même compliment
qu'à La Grange et à Mlle du Parc, les deux parfaits comédiens : « Pour vous, je n'ai rien à vous dire ». L'actrice
que sera Mlle Molière se laisse déjà voir avec ses traits
essentiels dans ces deux rôles de début; la femme y est
aussi, ce me esmble, avec son caractère : oon sens net,
mais un peu étroit, humeur railleuse, par suite un peu
méchante, assez d'esprit, peu de bonté.

Elle ne joue pas dans *le Mariage forcé*, qui est du
29 janvier 1664, car le 19 elle a donné un fils à Molière.
Il y a cependant pour elle un joli rôle de figuration,

dont elle prendra possession après ses relevailles, car
on trouve, dans l'inventaire dressé à la mort de Molière,
parmi les costumes de sa femme, « un habit d'Égyptienne
du *Mariage forcé*, en satin de plusieurs couleurs ».
Dans *la Princesse d'Élide*, représentée au mois de mai
suivant, Armande faisait la princesse, une sorte de Diane
farouche, ennemie de l'amour, mais qui ne tarde pas à
s'humaniser en faveur du prince d'Ithaque, Euryale, un
Hippolyte promptement revenu, lui aussi, de son or-
gueilleuse froideur. Toute la pièce était conçue pour
mettre en relief ses diverses qualités, art de la parure,
chant, danse; et Euryale, représenté par La Grange,
détaillait en son honneur un portrait qui dut être salué
de longs applaudissements : « Elle est adorable en tout
temps, il est vrai; mais ce moment l'a emporté sur tous
les autres, et des grâces nouvelles ont redoublé l'éclat
de ses beautés. Jamais son visage ne s'est paré de plus
vives couleurs ni ses yeux ne se sont armés de traits plus
vifs et plus perçants. La douceur de sa voix a voulu se
faire paraître dans un air tout charmant qu'elle a daigné
chanter, et les sons merveilleux qu'elle formoit pas-
soient jusqu'au fond de mon âme et tenoient tous mes
sens dans un ravissement à ne pouvoir en revenir. Elle
a fait éclater ensuite une disposition toute divine, et ses
pieds amoureux sur l'émail du tendre gazon traçoient
d'aimables caractères qui m'enlevoient hors de moi-
même et m'attachoient par des nœuds invincibles aux
doux et justes mouvemens dont tout son corps suivoit
les mouvements de l'harmonie. »

En paraissant devant la cour avec l'Elmire du *Tartuffe*, Armande aborde un caractère autrement sérieux
que les rôles d'aimable fantaisie et de convention romanesque où nous venons de la voir. Cette fois, elle entre
en même temps dans la grande comédie et dans les

grands emplois. Ce type de la parfaite honnête femme telle que la comprenait Molière, d'une raison si calme et d'un si ferme bon sens, pourrait sembler un peu froid. Molière eut soin d'y mêler un peu de coquetterie, qui, loin d'en altérer le caractère, le rendait encore plus vrai, et aussi le rapprochait davantage des moyens d'Armande. Elmire a, du reste, les goûts de luxe et d'élégance d'Armande elle-même; ce « train » de maison, ces robes de « princesse », qui excitent les colères de Mme Pernelle, étaient le cadre que Molière avait donné à la beauté de sa femme. Aussi Armande crut-elle pouvoir aborder le rôle avec tous ses avantages : le jour de la première représentation publique, elle s'était parée si magnifiquement que son mari dut lui rappeler qu'elle faisait « le personnage d'une honnête femme » et l'engager à prendre un costume moins éclatant. Elle tin^t compte de l'observation, et le public ne s'aperçut en rien de cet incident de coulisses, car le chroniqueur Loret déclare qu'on ne saurait jouer avec plus de naturel qu'elle ne fit.

Un an avant que *Tartuffe* parût devant les Parisiens, elle avait incarné la Célimène du *Misanthrope*, son triomphe, la plus fameuse de ses créations, celle où son empreinte est restée le plus profondément. Célimène est le type de femme le plus original et le plus complet qui soit sorti du génie de Molière ; c'est aussi le plus difficile du répertoire classique. Tentation éternelle des comédiennes, celles qui l'ont abordé s'appellent légion, celles qui ont pu s'en rendre maîtresses forment un groupe d'élite, admiré, envié : telle actrice de génie, comme Rachel, y échoua misérablement, et une vraie Célimène, comme Mlle Mars, est sûre de transmettre son nom à la postérité. On a noté, cependant, les intonations et les gestes des grands interprètes du rôle ;

la tradition les conserve et ils s'enseignent ; mais une
élève intelligente aura beau en savoir tout ce qui peut
s'apprendre : si elle ne tire de son propre fonds le sentiment du personnage, elle ne fera que grossir le nombre
effrayant des vaines tentatives qu'enregistre l'histoire
théâtrale. Célimène a vingt ans et son expérience est
celle d'une femme de quarante. Coquette et féline avec
Alceste, d'une médisance légère avec les petits marquis,
d'une ironie terrible avec Arsinoé, à chaque acte, à
chaque scène, elle se montre sous un aspect différent.
Contemporaine ou à peu près de Mmes de Châtillon, de
Luynes, de Monaco, de Soubise, des nièces de Mazarin,
elle doit éveiller comme un vague souvenir de ces grands
noms ; elle est le produit exquis et rare d'une civilisa-
tion aristocratique dans le plein éclat de son développement, et souvent elle parle une langue d'une franchise
d'allures et d'une verdeur presque populaires. Dans le
salon où elle règne, il faut qu'elle donne le sentiment de
l'aisance parfaite et de la suprême distinction ; et, au
dénouement, elle subit une humiliation cruelle sans revanche possible ; elle a une sortie écrasante, et, même
alors, elle ne doit rien perdre de sa fière attitude et de
son sourire tranquille. La comédienne qui, la première,
sut porter un tel rôle et s'y incarner fut vraiment une
grande artiste. Or Armande s'y surpassa elle-même ;
ce fut, dit un contemporain, ce pauvre Robinet, qui sen
mieux qu'il n'exprime, ce fut « un charme », « un
ravissement », expressions que le temps devait rendre
banales, mais qui retenaient encore toute leur force.

Qu'il y ait beaucoup d'elle-même dans le rôle, on ne
saurait le méconnaître. Célimène est, par excellence,
la grande coquette, et il semble bien qu'à la ville Armande tenait le rôle comme au théâtre. A défaut d'autres preuves, son goût de la parure et ses recherches de

fantaisie originale suffiraient pour l'indiquer. Que l'on
se rappelle son portrait dans *le Bourgeois gentilhomme* :
sa beauté toute dans le regard, le sourire et les manières, cette beauté, où la nature a la moindre part et la
volonté de plaire la plus grande, était, par excellence,
une beauté coquette. N'est-ce pas le genre d'attraits que
l'on voit à la Célimène idéale, celle qui n'est point telle
ou telle actrice, mais le type créé par le poète? Armande avait aussi de la coquette l'humeur impérieuse
et vaine ; elle « vouloit, dit *la Fameuse comédienne*,
être applaudie en tout, n'être contredite en rien, et surtout elle prétendoit qn'un amant fût soumis comme un
esclave ». On se rappelle de quel air et de quel ton, au
second acte du *Misanthrope*, notamment, Célimène ré-
prime les révoltes d'Alceste :

> Demeurez. — Pourquoi faire?
> — Demeurez. — Je ne puis. — Je le veux. — Point d'affaire....
> — Je le veux, je le veux. — Non, il m'est impossible.
> — Hé bien! allez, sortez, il vous est tout loisible.

Cette foule d'amants qui l'entoure, et dont le poète
ne met en scène que le nombre nécessaire à l'action, se
retrouvait certainement autour d'Armande. Quelle que
pût être la conduite de la femme — grosse question
qu'il faudra bien aborder, — les adorateurs affluaient
autour d'elle, attirés par une profession qui la mettait
si en vue.

A la grande comédie du *Misanthrope* (4 juin 1666)
succède, deux mois après, la simple farce du *Médecin
malgré lui*. Armande y fait Lucinde, petit rôle d'ingénue sans grande importance, car le personnage n'ouvre
pas la bouche durant la plus grande partie de la pièce ;
il n'y a guère pour elle que des jeux de scène et une

situation très plaisante vers la fin, lorsque la fausse
muette s'épanche tout à coup en un bavardage torrentiel.
Elle se dédommage par un luxe assez déplacé chez une
jeune fille de moyenne condition : son habit se compo-
sait d'une « jupe de satin couleur de feu avec trois guipures et trois volants et le corps de toile d'argent et soie
verte ». Elle n'eut qu'une part secondaire dans les représentations de *Mélicerte*, du *Sicilien* et d'*Amphitryon* : on ne sait même pas si elle joua dans la première et la dernière de ces pièces ; dans la seconde, elle
tenait le rôle de Zaïde, personnage de simple figuration, et elle dut s'y contenter d'un succès de costume,
sous une « riche mante », présent du roi. Pourquoi cette
série de méchants lots dans trois pièces successives? Il
sera peut-être possible de les expliquer par le très mauvais ménage qu'elle faisait en ce moment avec son mari.
En revanche, dans le rôle d'Angélique, elle est au premier
plan de *George Dandin*. Sans pousser plus loin qu'il ne
convient la ressemblance du personnage et de l'actrice,
il est probable que celle-ci n'eut pas trop à violenter sa
nature pour entrer dans l'esprit du rôle, et qu'Angélique, avec son humeur impérieuse et son ironie froide,
ne pouvait être mieux représentée que par Armande. On
la verrait volontiers dans Élise de *l'Avare*, d'abord parce
qu'elle y aurait eu son partenaire habituel La Grange,
et aussi parce que le caractère de cette fille exaspérée lui
conviendrait mieux que le rôle passif de Mariane; cependant, c'est bien celui-ci que lui attribue une distribution datée de 1685. L'incertitude continue avec *Monsieur de Pourceaugnac*, quoique le rôle de Lucette, la
« feinte Gasconne », y semble fait pour elle : si elle
fut vraiment élevée en Languedoc, elle put retrouver
dans les souvenirs de sa jeunesse l'accent nécessaire au
patois qui étourdit le gentilhomme limousin. Les ren-

seignements positifs manquent aussi sur le personnage
qu'elle fit dans *les Amants magnifiques*, on voudrait
pouvoir lui attribuer en toute certitude celui d'Ériphyle,
la princesse aimée par un homme d'une condition inférieure à la sienne et qui lutte contre l'amour qu'elle-
même ressent et le sentiment de sa dignité : sorte de
Grande Mademoiselle, tendre et fière, engageante et
réservée, chez laquelle on signale, non sans raison, le
premier modèle de quelques héroïnes de Marivaux. Mais
nous savons par Molière lui-même ce qu'elle fut dans
la capricieuse Lucile du *Bourgeois gentilhomme*; on a
vu quel ravissant portrait elle lui inspirait alors. A ce
moment, la concorde régnait entre les deux époux, et
le poète n'avait pour sa femme qu'ingénieuses préve-
nances et délicates flatteries.

Aussi lui ménage-t-il dans *Psyché* un triomphe égal
à celui qu'elle a obtenu dans *le Misanthrope*, mais
avec un rôle tout sympathique cette fois et tout aimable.
Il y a, certes, des œuvres plus fortes que cette « tragé-
die-ballet »; il n'y en a guère qui soient une plus fidèle
image de la société qui les inspira. Molière y avait mis
le comique tempéré de ses travestissements mythologi-
ques, Corneille sa galanterie héroïque, Quinault la
molle harmonie de ses vers, Lulli sa musique spirituelle
et passionnée, Vigarani la fastueuse ordonnance de ses
décorations : l'ensemble se trouva réaliser l'idéal dramatique des contemporains de Louis XIV. Au milieu
d'une pompe royale, c'est l'apothéose de leur manière
d'entendre l'amour; tous les sentiments y sont grandioses et nobles, presque naturels avec cela. Quant à
l'héroïne, bien éloignée assurément de son modèle
antique, mais charmante encore, avec sa pudeur fière,
sa tendresse réglée par le sentiment de « sa gloire »
et de son rang, elle est entourée d'une véritable

idolâtrie. Armande dut éprouver dans ce rôle d'eni-
vrantes joies d'amour-propre ; princesse, amante ado-
rée, déesse, elle s'offrait aux applaudissements avec
toutes les séductions que l'art et la poésie peuvent réu-
nir autour d'une comédienne. Il n'y a, malheureusement, que Robinet pour nous dire l'impression qu'elle
produisait, et, cependant, quelque chose de cette impression nous arrive à travers la burlesque poésie du
pauvre rimeur : il compare ses attraits au javelot infaillible de Céphale, « elle est merveilleuse, elle joue
divinement, elle fait courir les gens à tas ». Enfin, on
entrevoit la splendeur de ses costumes dans la sèche
description du notaire qui inventoria « les habits pour
la représentation de *Psyché*, consistant en une jupe de
toile d'or, garnie de trois dentelles d'argent, avec un
corps en broderie et garni d'un tonnelet et manches d'or
et d'argent fin ; une autre jupe de toile d'argent, dont le
devant garni de plusieurs dentelles d'argent fin, avec
une mante de crêpe garnie de pareilles dentelles ; une
autre jupe de moire vert et argent, garnie de dentelles
fausses avec le corps en broderie, le tonnelet et les
manches garnies d'or et d'argent fin ; une jupe de taf-
fetas d'Angleterre bleu, garnie de dentelles d'argent
fin ». En tout, cinq costumes, un par acte.

Il n'est pas sûr qu'elle ait été l'Hyacinthe assez insi-
gnifiante des *Fourberies de Scapin* ; dans *la Comtesse d'Escarbagnas*, elle ne parut certainement pas :
au contraire de sa sœur Madeleine, qui, dans toute sa
carrière, jouait tous les rôles, les plus modestes comme
les plus importants, elle agissait en étoile, dédaignant
ceux où elle n'aurait fait que rendre service au théâtre,
sans profit pour son amour-propre. En dehors des
grandes créations, elle se réservait pour les seuls petits
emplois capables de la flatter, comme dans ce divertis-

sement, que nous n'avons plus, de la *Pastorale comique*,
où elle représentait à la fois une « bergère en femme »
et « une bergère en homme », ne dédaignant pas l'attrait piquant du travesti. On la vit ensuite dans l'Hen-
riette des *Femmes savantes*, ce type délicieux de la
jeune fille française, dont la grâce facile, le bon sens,
aiguisé d'ironie mais tempéré de bonté, montrent, en
quelque sorte, l'Elmire du *Tartuffe* avant le mariage.
L'Angélique du *Malade imaginaire* fut le dernier rôle
qu'elle dut au génie de son mari. Plus ingénue qu'Hen-
riette, mais point trop naïve, Angélique est d'un ordre
à part; elle tempère par un sourire mouillé de larmes
l'exubérante gaieté de la pièce et mêle la plainte mé-
lancolique d'une Iphigénie bourgeoise aux terreurs burlesques d'Argan, aux compliments niais de Thomas
Diafoirus, aux éclats de colère de M. Purgon. La voix
touchante d'Armande était bien celle qu'il fallait au
rôle, et c'est surtout le souvenir du *Malade imaginaire*
qui inspirait à l'auteur des *Entretiens galants* son
double portrait de La Grange et de Mlle Molière.

II

La légende d'Armande; opinion que Molière laisse voir sur sa femme;
allusions contemporaines. — *La Fameuse comédienne*; invraisemblance ou impossibilité des intrigues que ce pamphlet prête à
Armande: l'abbé de Richelieu, Guiche, Lauzun. — Séparation de
Molière et de sa femme; Molière à Auteuil, sa confession à Chapelle; Molière et Mlle de Brie; réconciliation des deux époux;
Baron. — Armande et le grand Corneille. — Mort de Molière.

Telle fut la comédienne dans Armande Béjart : très
digne d'attention, comme on le voit. Mais, si remarqua-
bles qu'aient été ses talents dramatiques, ils comp-

tent pour la moindre part dans la curiosité que son nom
excite. Ce que l'on veut surtout connaître, c'est la conduite privée de la femme, la place qu'elle tint dans
l'existence de son mari. On a déjà beaucoup écrit sur
elle, et presque toujours en se plaçant à ce point de vue
exclusif. Pour la grande majorité des biographes de
Molière, Armande fut une épouse indigne ; elle tortura,
elle couvrit de ridicule le grand homme dont elle portait le nom. Une fois lancé dans cette voie, on ne s'arrête plus ; on amoncelle autour d'elle, sans trop y regarder, les imputations les plus graves ; on interprète
hardiment les renseignements les plus suspects. Cependant, à examiner d'un peu près les faits qu'on lui
reproche, il n'en résulte clairement qu'une seule chose,
c'est qu'elle rendit Molière très malheureux. Mais pour
quels motifs ? Est-ce de l'inconduite, est-ce uniquement
de la coquetterie de sa femme que souffrait l'auteur de
Sganarelle et du *Misanthrope* ? Il est difficile de trancher la question. A part deux ou trois allusions, on n'a
contre Armande que deux dépositions contemporaines,
toutes deux bien suspectes ; le reste n'est que tradition
vague ou conjecture. Je ne crois pas qu'il y ait, dans
l'histoire littéraire, de question qui montre davantage
les dangers de l'à-peu-près et du parti pris en matière
d'érudition. Que de critiques, et des mieux intentionnés,
sont prompts à l'épithète vengeresse dès qu'ils pronon-
cent le nom d'Armande ! On les embarrasserait beaucoup en leur demandant des preuves : ils déclament et
ne peuvent que déclamer [1].

Consultons d'abord le principal intéressé dans la

---

1. L'un des plus acharnés contre elle est Taschereau ; M. J. Loiseleur, moins épris de rhétorique vitupérative, est encore très
sévère.

question, Molière lui-même. S'il a plusieurs fois emprunté certains traits à sa femme pour les appliquer aux personnages qu'il lui donnait à représenter, il est impossible qu'il ne laisse pas voir çà et là à travers ces personnages les sentiments qu'elle lui inspirait. Et d'abord, s'est-il peint lui-même dans le rôle d'Arnolphe de *l'École des femmes*, l'a-t-il peinte dans celui d'Agnès? On le dit volontiers, mais, si cela était, la lune de miel de ce ménage aurait vraiment trop peu duré : le mariage est du 20 février 1662 et *l'École des femmes* du 26 décembre suivant. On remarquera d'abord que le sujet de la pièce est exactement emprunté à une nouvelle de Scarron, *la Précaution inutile*. En outre, peut-on admettre que, de gaieté de cœur et pour le seul plaisir, un homme se représente lui-même sous les traits du grotesque tuteur d'Agnès et se bafoue aussi cruellement? Molière, enfin, n'avait trace de l'égoïsme et de la sotte infatuation qu'il prête à Arnolphe ; sa femme, spirituelle et hardie, ressemblait encore moins à la timide et passive Agnès. On invoque des analogies : ainsi l'histoire d'Agnès, remarquée par Arnolphe dès l'âge de quatre ans, obtenue par lui d'une mère pauvre et par ses soins élevée

Dans un petit couvent, loin de toute pratique.

Voilà, dit-on, Armande prise par Molière aux Béjart vers le même âge, et confiée dans le Languedoc aux soins d'une honnête et sûre famille. Comme si l'éducation d'Agnès, tenue dans l'ignorance de tout, « rendue idiote autant qu'il se pouvait », n'était pas juste le contraire de celle d'Armande, telle qu'on la connaît ou qu'on la devine par *l'École des maris* ! Tout ce qu'il est possible d'admettre, c'est que, mari déjà mûr d'une très jeune

femme, plus exposée qu'aucune autre aux entreprises
des « blondins.», Molière se trouvait, en écrivant sa
pièce, dans un état d'esprit dont il n'avait peut-être pas
encore une conscience bien nette et qu'il laissa percer
çà et là quelque chose de ses vagues appréhensions.
Dans ces vers, par exemple :

> Quoi! j'aurai dirigé son éducation
> Avec tant de tendresse et de précaution;
> Je l'aurai fait passer chez moi dès son enfance
> Et j'en aurai chéri là plus tendre espérance;
> Mon cœur aura bâti sur ses attraits naissants,
> Et cru la mitonner pour moi pendant treize ans,
> Afin qu'un jeune fou dont elle s'amourache
> Me la vienne enlever jusque sur la moustache....
> Non, parbleu! Non, parbleu!

La petite querelle de directeur et de mari qu'il introduit dans l'*Impromptu de Versailles* laisserait même
croire qu'il vivait encore à ce moment dans une parfaite sécurité. Sur une observation d'Armande, il l'interrompt : « Taisez-vous, ma femme! vous êtes une
bête. — C'est une chose étrange, réplique Armande sans
s'émouvoir, c'est une chose étrange qu'une petite cérémonie soit capable de nous ôter toutes nos belles qualités, et qu'un mari et un galant vous regardent la même
personne avec des yeux si différents! » Molière s'impa-
tiente : « Que de discours! » Armande poursuit avec le
même flegme : « Ma foi, si je faisois une comédie, je la
ferois sur ce sujet. Je justifierois les femmes de bien
des choses dont on les accuse, et je ferois craindre aux
maris la différence qu'il y a de leurs manières brusques
aux civilités des galans. » Et les critiques de s'écrier :
« La menace est assez claire! Molière prévoit le sort qui
l'attend, puisqu'il le fait pressentir lui-même ». Non; il
se sert ici, pour un effet plaisant, d'un simple lieu com-

mun de comédie, et, par cela même qu'il l'emploie, c'est qu'il n'en redoute pas l'application pour lui-même.

Le Mariage forcé et *George Dandin* offrent peut-être des allusions plus directes à son ménage. Il ne serait pas impossible qu'aussitôt marié il ait entendu de la bouche de sa femme la déclaration que Dorimène fait à Sganarelle : « Je crois que vous ne serez point de ces maris incommodes qui veulent que leurs femmes vivent comme des loups-garous. Je vous avoue que je ne m'accommoderois pas de cela et que la solitude me désespère. J'aime le jeu, les visites, les assemblées, les cadeaux et les promenades ; en un mot, toutes les choses de plaisir. » Angélique, de son côté, dit à George Dandin : « C'est une chose merveilleuse que cette tyrannie de messieurs les maris, et je les trouve bons de vouloir qu'on soit morte à tous les divertissemens et qu'on ne vive que pour eux ! Je me moque de cela et ne veux point mourir si jeune...Je veux jouir, s'il vous plaît, de quelque nombre de beaux jours que m'offre la jeunesse, prendre les douces libertés que l'âge me permet, voir un peu le beau monde et goûter le plaisir de m'ouïr dire des douceurs. » Ces deux passages rappellent ce que nous apprend Grimarest du ménage de Molière. Aussitôt mariée, Armande « se croit une duchesse », se pare avec fureur et coquette « avec le courtisan désœuvré qui lui en conte » ; elle hausse les épaules aux observations de son mari ; ces leçons lui paraissent « trop sévères pour une jeune personne qui, d'ailleurs, n'a rien à se reprocher ». Avec *le Mariage forcé* nous sommes au commencement de 1664, au milieu de 1668 avec *George Dandin* ; après deux ans de mariage, à plus forte raison après six ans, les conséquences fatales de la différence d'âge et de caractère ont dû se produire pour les deux époux. Avide de plaisir et de vie bruyante, Armande aurait voulu imposer ses goûts à son mari ; revenu de bien des choses, souffrant, écrasé de travail et de soucis, Molière aspirait à la vie de famille, intime et cachée. Profondément bon, mais nerveux et irritable comme les hommes de vive sensibilité, il dut quelquefois contrarier et rudoyer la créature frivole et de petit jugement qu'était Armande. Mais la ressemblance des situations s'arrête ici ; il est peu probable que Molière ait vu son propre sort dans celui que l'avenir réserve à Sganarelle et que le présent est en train de faire à George Dandin.

En arrivant au *Misanthrope*, la question se précise. On veut qu'Alceste soit tout Molière comme Célimène toute Armande. Si l'on admet, comme j'ai essayé de l'établir, que le rapprochement ne manque pas de justesse pour Armande, il est difficile de le rejeter complètement pour Molière. Le poète dut éprouver les mêmes souffrances que son héros, avec ce surcroît d'irritation et d'inquiétude que donne la qualité de mari, c'est-à-dire la crainte de perdre non pas seulement ce que l'on désire, mais ce que l'on possède, et le souci de l'honneur en danger. Il y a, dans le rôle d'Alceste, je ne sais quoi de profondément vrai que la puissance créatrice du poète ne suffirait pas à expliquer, des accents où le cœur a plus de part que l'imagination, une mélancolie profonde où percent les souvenirs d'une expérience personnelle. On objecte qu'un assez grand nombre de vers du rôle d'Alceste, et des plus passionnés, notamment aux scènes deuxième et troisième du quatrième acte, se trouvaient déjà dans *Don Garcie de Navarre*, représenté un an avant le mariage de Molière. En revanche, que de tirades brûlantes sont dans *le Misanthrope* qui ne sont pas dans *Don Garcie*! Il y a surtout, dans tout le rôle d'Alceste, un relief et une vérité dont le pâle et

I. — 10

chimérique amant de la princesse de Léon n a pu
donner le modèle. Après le naufrage d'une première
pièce où il avait déjà peint la jalousie, Molière voulut
sauver quelques beaux vers qu'il regrettait et il leur
donna place dans *le Misanthrope.* En quoi la portée de
celui-ci en est-elle diminuée ? Une tirade heureuse, une
scène bien venue, sont peu de chose au théâtre ; un caractère vrai, une action qui donne l'illusion de la vie,
sont tout, et, de quelques éléments empruntés ou repris
que soit formée cette création, il n'importe guère.

Toutefois, de ce qu'il y a beaucoup de Molière et de sa
femme dans *le Misanthrope,* on ne saurait conclure
autre chose sinon qu'Armande était une fort méchante
coquette ; il faut renoncer à en tirer une présomption
contre sa conduite. Célimène est impeccable, si je ne
m'abuse ; elle n'a ni cœur ni sens. Quant à Molière, si
on le voit sous les traits d'Alceste, il y apparaît malheureux, mais nullement ridicule. Le reste de son théâtre
ne fournit pas de nouvelles preuves contre Armande ; il
fortifie, au contraire, l'impression que, tout en souffrant
beaucoup du caractère de sa femme, il ne crut jamais à
une indignité de sa part.

Cette impression semble bien avoir été celle des contemporains du poète. Ils le savaient jaloux, et, de fait,
n'eussent-ils pas pris soin de nous éclairer sur ce côté
de son caractère, nous le devinerions aisément, car la
jalousie sous toutes ses formes, presque tragique comme
dans *Don Garcie* et *le Misanthrope,* burlesque comme
dans *Sganarelle* et *George Dandin,* inspire une bonne
part de son théâtre [1]. Aussi, avec la prévoyance de la
haine, s'efforçaient-ils de l'attaquer dans ce qu'il avait
de plus sensible, de peser sur sa blessure intime. Mais

---

1. Voyez encore ci-après, chapitre **vi, 2.**

aucun d'eux ne l'accusa d'être ce qu'il craignait tant de devenir.

Vers la fin de son *Impromptu de l'hôtel de Condé*, Montfleury le fils faisait dire par un de ses personnages :

... L'on doit finement dessus certain chapitre...

Un autre répondait par ces deux vers de *l'Ecole des femmes* :

Hé, mon Dieu! notre ami, ne te tourmente point;
Bien huppé qui pourra l'attraper sur ce point.

L'allusion est anodine, et ce serait trop en tirer que d'y prendre un argument contre Armande mariée depuis deux ans à peine. Bientôt de Visé lance sa *Vengeance des marquis*. Venant après Montfleury, il éprouve le besoin d'insister sur l'insinuation de son prédécesseur. Dans *l'Impromptu de Versailles*, Molière avait dit du *Portrait du peintre* de Boursault : « Je réponds de douze marquis, de six précieuses, de vingt coquettes et de trente c...s, qui ne manqueront pas d'y battre des mains ». Le raisonneur de *la Vengeance des marquis*, Ariste, relève et reprend le mot : « Il a été plus de c...s qu'il ne dit voir *le Portrait du peintre* : j'y en comptai un jour jusqu'à trente et un. Cette représentation ne manqua pas d'approbateurs : trente de ces c...s applaudirent fort, et le dernier fit ce qu'il put pour rire, mais il n'en avoit pas beaucoup d'envie. » Le dernier, c'est évidemment Molière ; mais ne voit-on pas qu'il n'est incorporé dans la bande que pour donner lieu à retourner contre lui le trait qu'il avait lancé? De Visé ne croyait pas lui-même au bien-fondé de son allusion, et la preuve

c'est que, dans un recueil par lui publié en cette même
année 1663, les *Nouvelles nouvelles*, il disait de Molière : « Si vous voulez savoir pourquoi, presque dans
toutes ses pièces, il raille tant les c...s et dépeint naturellement les jaloux, c'est qu'il est du nombre *de ces
derniers*. Ce n'est pas que je ne doive dire, pour lui rendre
justice, qu'il ne témoigne pas sa jalousie hors du théâtre :
il a trop de prudence et ne voudroit pas s'exposer à la
raillerie publique ; mais il voudroit faire en sorte par le
moyen de ses pièces que tous les hommes pussent devenir jaloux et témoigner leur jalousie sans en être blâ-
més, afin de pouvoir faire comme les autres, et de témoigner la sienne sans crainte d'être raillé. » Voilà qui est
bien alambiqué, mais la réserve, du moins, est expresse :
dans Molière, de Visé ne voyait qu'un jaloux.

Sept ans après, en 1670, alors que la réputation d'Armande, si elle fut jamais compromise, devait l'être définitivement, Le Boulanger de Chalussay, l'auteur d'*Élomire hypocondre*, n'était pas plus affirmatif que de Visé.
Il représentait Élomire, c'est-à-dire Molière, se plaignant
de sa santé à L'Orviétan et à Bary. Élomire « a une
grosse toux, et l'oreille lui corne de mille tintoins ». Bary
répond :

Les cornes sont toujours fort proches des oreilles.

ÉLOMIRE.

J'aurois des cornes, moi ! moi, je serai cocu !

L'ORVIÉTAN.

On ne dit pas qu'encor vous le soyez *actu*;
Mais, étant marié, c'est chose très certaine
Que vous l'êtes, du moins, en puissance prochaine.

Du vivant de Molière, il ne fut pas imprimé autre
chose sur son ménage. Après sa mort, à une époque indé-

terminée, un grossoyeur de notes et d'anecdotes, de petits papiers et d'extraits de journaux, dont le recueil
manuscrit est venu jusqu'à nous [1], le sieur Jean-Nicolas
de Tralage, paraît-il, s'amusait à dresser un double catalogue des comédiens qui « vivaient bien » et de ceux qui
« vivaient mal », et, parmi ces derniers, il rangeait « la
femme de Molière, entretenue à diverses fois par des gens
de qualité et séparée de son mari ». C'est là un renseignement à la Tallemant des Réaux, un on-dit recueilli
et enregistré sans critique ; nous verrons ce qu'il faut
penser de l'entretien et de la séparation. Il y a bien
encore le factum du Guichard que nous connaissons,
mais il se retrouvera bientôt.

J'arrive enfin à l'acte d'accusation formel et détaillé
qui pèse le plus lourdement sur la mémoire d'Armande,
à la Fameuse comédienne [2]. C'est un petit livre, publié
en 1688 avec la rubrique de Francfort, réimprimé jusqu'à cinq fois en neuf ans, et anonyme. On pouvait donc
se donner carrière pour lui chercher un auteur, et on n'y

1. Une partie de ce recueil a été imprimée par P. Lacroix, dans
sa Nouvelle collection moliéresque, sous le titre de Notes et documents sur les théâtres de Paris au dix-septième siècle, 1882.
2. La Fameuse comédienne a été l'objet d'assez nombreux travaux, aboutissant presque tous à des réfutations expresses. Le
premier qui s'en soit occupé est Bazin, dans ses Notes sur Molière,
et les critiques postérieurs n'ont guère fait que répéter ou développer ses arguments. Viennent ensuite : M. Jules Bonnassies, en
1870, dans la notice d'une bonne édition du pamphlet ; M. Ch. L. Livet, en 1877, dans une autre édition (sous le titre : les Intrigues
de Molière et celles de sa femme, ou la Fameuse comédienne), dont
le texte n'est peut-être pas le mieux choisi, mais où l'on trouve tous
les éclaircissements désirables et beaucoup de renseignements
nouveaux ; M. A. Vitu, dans un solide article, Madame Molière,
publié par le Gaulois du 24 mai 1879 et réimprimé par le Figaro
du 22 janvier 1881. M. J. Loiseleur discute, nécessairement,
la Fameuse comédienne, et de très près, dans la deuxième partie de
ses Points obscurs, mais peut-être lui accorde-t-il, çà et là, trop
de confiance.

a pas manqué ; on l'a attribué successivement à La Fontaine, à Racine, à Chapelle, à Blot, le chansonnier de la Fronde, à Mlle Guyot, comédienne de la rue Guénégaud, à Mlle Boudin, comédienne de campagne, à Rosimont, autre acteur de la rue Guénégaud, etc. Il n'y a lieu de discuter aucune de ces attributions, également dénuées de preuves; les deux premières surtout sont d'une haute fantaisie : ni La Fontaine, malgré sa médiocre dignité de caractère, ni Racine, bien qu'il ait eu des torts envers Molière, n'étaient capables de commettre une infamie, et *la Fameuse comédienne* en est une. Racine, en particulier, repentant, converti, entièrement retiré de la littérature depuis 1677, avait d'autres soucis en tête que d'écrire des libelles orduriers. Tout ce que l'on est en droit de supposer, c'est que le livre part de la main d'une femme, et d'une femme de théâtre. Il dénote, en effet, du tripot comique et de la vie des comédiens, une si exacte et si minutieuse connaissance, que l'auteur masqué dut être non pas seulement un écrivain dramatique ou un amateur très répandu dans ce milieu spécial, mais un comédien. Toute profession très absorbante — et aucune plus que celle-là ne prend son homme tout entier — imprime une marque spéciale aux idées et au langage ; quelle que soit l'originalité de caractère que la nature ait donnée à un comédien, il sent et pense, voit et parle d'une manière qui lui est plus ou moins commune avec tous ceux qui montent sur les planches. Or quiconque est un peu familier avec l'envers du théâtre reconnaît dans *la Fameuse comédienne* un parfum de coulisses prononcé. Mais, si un comédien pense et écrit de façon spéciale, encore plus une comédienne, qui joint au tour d'esprit et de langage particuliers à sa profession celui qu'elle doit à son sexe. C'est le cas du livre qui nous occupe. La place

prépondérante qu'il donne aux femmes, la manière dont
il parle des hommes, la haine jalouse qui l'inspire, le
choix des médisances ou des calomnies, je ne sais quoi
d'oblique et d'insinuant, tout cela dénote une main féminine ; comme aussi la finesse de certaines remarques, la
grâce facile et l'aimable négligence des tours.

Car, si le livre est odieux, il s'en faut de beaucoup
qu'il soit mal écrit ; il a sa valeur littéraire, et assez
grande, par sa langue, qui est de la meilleure époque
et du meilleur aloi, par son style libre et souple, périodique sans lourdeur, familier sans trivialité. Il n'est
aucunement pour donner tort à la boutade célèbre de
P.-L. Courier que « la moindre femmelette de ce temps-
là vaut mieux pour le langage que les Jean-Jacques et
les Diderot ». Quant au fond, les inventions haineuses
dominent, mais tout n'est pas à rejeter. Il faut distinguer
d'abord les faits généraux se rapportant au milieu où
vivait Armande : ils sont généralement exacts ; et les
faits particuliers qui lui sont attribués : la plupart sont
imaginaires. L'auteur a certainement vu de près Molière
et Armande, elle a probablement fait partie de leur
troupe, elle connaît par le menu l'histoire de leur théâtre. Le caractère et la manière d'être qu'elle prête aux
deux époux, les incidents publics de leur existence
qu'elle raconte, tout cela montre en elle un témoin bon
à entendre. Mais c'est tout. Possédée contre Armande
d'une haine féroce, haine de femme et de comédienne,
elle n'a qu'un but, qui est de la rendre odieuse ; ce qu'elle
sait des actions de son ennemie, elle le dénature, ou,
tout au moins, l'exagère ; ce qu'elle ne sait pas, elle l'in-
vente. Qui veut déshonorer un homme lui attribue des
actes d'indélicatesse ou de lâcheté ; qui veut déshonorer
une femme lui prête des amants : ce sont les moyens les
plus sûrs. Aussi notre auteur fait-elle d'Armande une

vraie Messaline, et une Messaline du dernier ordre, de
celles que l'on paye. Malheureusement pour l'effet de
son récit, elle voulut trop prouver, et, surtout en pareille
matière, qui veut trop prouver ne prouve rien. La réputation d'une femme est chose fragile; mais, par cela
même, redoubler les coups est une tactique maladroite.
A celui qui s'acharne dans l'attaque comme dans la défense, on est toujours tenté de répondre avec la marquise
de Lassay : « Comment faites-vous donc pour être si sûr
de ces choses-là? » Et dans *la Fameuse comédienne* les
affirmations abondent, avec pièces à l'appui, lettres,
conversations, etc. Il y a trop de faits précis articulés,
trop de détails complaisamment énumérés sur des actes
qui, par leur nature même, ne sont exactement connus
que des seuls participants. Aussi, dès les premières pages, l'incrédulité naît chez le lecteur; il voit trop bien
qu'il a sous les yeux un ramassis d'histoires suspectes, et,
s'il lui prend fantaisie de les examiner de près, il reconnaît que toutes celles que l'on peut contrôler sont dé-
menties par des faits positifs, et que les autres pèchent
contre la plus simple vraisemblance.

Le premier amant attribué à Armande est l'abbé de
Richelieu, petit-neveu du grand cardinal; il était, en
effet, d'humeur galante, avec une préférence marquée
pour les comédiennes. Et voici comment se seraient
établies ses relations avec la femme de Molière : « Comme
il étoit libéral et que la demoiselle aimoit la dépense,
la chose fut bientôt conclue. Ils convinrent qu'il lui
donneroit quatre pistoles par jour sans ses habits et les
régals. L'abbé ne manquoit pas de lui envoyer tous les
matins par un page le gage de leur traité et de l'aller
voir toutes les après-midi. » Ce marché d'amour est
commode et simple ; mais, outre que l'on sait par les
contemporains les noms des principales amies de l'abbé

et que Mme Molière n'en est pas, il faut admettre, Molière et sa femme demeurant dans la même maison, ou bien que les allées et venues du page et de l'abbé ont passé inaperçues pour le mari, ou bien qu'il en a su le motif et les a tolérées : deux hypothèses également inadmissibles. Si maintenant nous consultons les dates, l'invraisemblance devient impossibilité. Armande s'était mariée le 20 février 1662, et le 19 janvier 1664 elle donnait un fils à Molière. Veut-on placer une intrigue galante entre ces deux époques? Ce serait faire commencer son inconduite de bien bonne heure. Quant à l'abbé, il part, dès le mois de mars 1664, avec l'expédition organisée pour défendre la Hongrie contre les Turcs et meurt à Venise le 9 janvier 1665. Cela n'empêche point *la Fameuse comédienne* de faire durer sa liaison avec Mme Molière jusqu'après les représentations de *la Princesse d'Élide*, à Chambord; or cette pièce ne fut jouée qu'après le départ de l'abbé, le 8 mai 1664, et à Versailles.

Une nouvelle et double aventure se serait greffée sur celle-là. Durant les représentations de *la Princesse*, « Armande devint folle du comte de Guiche, et le comte de Lauzun devint fou d'elle »; irritée des dédains du premier, elle se jeta résolument à la tête du second. Ici encore se présentent une impossibilité et une invraisemblance. Éloigné de la cour depuis 1663, à la suite d'un petit complot contre Mme de La Vallière, le comte de Guiche était ensuite parti pour la Pologne et se trouvait encore à Varsovie en mai 1664. Quant à Lauzun, on ne le trouve pas nommé parmi les personnages qui figuraient dans les fêtes où fut donnée *la Princesse d'Elide*; plusieurs, cependant, étaient à la fois moins qualifiés et moins en vue que lui. En outre, tout plein à ce moment de sa passion pour Mme de Monaco, il était peu désireux, sans doute, de se prêter aux caprices d'une comédienne aussi bruyante et encombrante que l'Armande représentée dans *la Fameuse comédienne*. Ainsi, la médisante ennemie a eu la main malheureuse ; entre les grands seigneurs célèbres à la cour par leurs aventures galantes, elle a choisi trois des plus connus, se disant que, dans la foule de leurs maîtresses, une de plus passerait sans difficulté ; mais elle savait mal ce monde-là, et son ignorance l'a trahie.

Bien que l'abbé de Richelieu soit en route pour la Hongrie, notre libelle le retient en scène, et pour lui faire jouer un fort vilain rôle. Furieux d'être abandonné par Armande, il aurait « fait apercevoir à Molière que le grand soin qu'il avoit de plaire au public lui ôtoit celui d'examiner la conduite de sa femme ; et que, pendant qu'il travailloit pour divertir tout le monde, tout le monde cherchoit à divertir sa femme ». Une grosse querelle conjugale suit naturellement cette confidence. Armande joue la comédie des larmes ; elle avoue son penchant pour Guiche, mais elle proteste que « tout le crime a été dans l'intention », ne dit mot de Lauzun, demande un pardon qu'elle obtient sans peine, et profite de la crédulité de son mari pour continuer ses intrigues « avec plus d'éclat que jamais ». Cette fois, elle y met une indifférence de cœur, une régularité et une âpreté au gain qui la rangent parmi les femmes galantes de profession. Elle prend une entremetteuse en titre, la Châteauneuf, et ne refuse aucun des nombreux amants que cette matrone lui présente, « pendant qu'elle fait languir une infinité de sots qui la croient d'une vertu sans exemple ». Ne voilà-t-il pas deux choses assez difficiles à concilier, « l'éclat » d'une vie galante et une cour d'amoureux transis ? Cependant Molière, averti de nouveau, se met dans une fureur violente et il menace

sa femme « de la faire enfermer ». Nouvelle scène de
cris et de larmes ; mais, au lieu de s'humilier une seconde fois, Armande le prend de haut, et exige une
séparation. En vain, sa famille, celle de Molière, leurs
amis communs essayent de l'apaiser : « Elle conçut dès
lors une aversion terrible pour son mari, elle le traita
avec le dernier mépris ; enfin elle porta les choses à
une telle extrémité que Molière, commençant à s'apercevoir de ses méchantes inclinations, consentit à la
rupture qu'elle demandoit incessamment depuis leur
querelle ; si bien que, sans arrêt du Parlement, ils de-
meurèrent d'accord qu'ils n'auroient plus d'habitude
ensemble. » Il y eut donc non pas séparation judiciaire,
mais séparation à l'amiable. D'autres témoignages s'accordant ici avec celui de *la Fameuse comédienne*, on
peut tenir le fait pour assuré.

Cette rupture ne sauroit être antérieure, ni au mois
d'avril 1665, car à cette époque Armande donnait à son
mari un second enfant, — une fille qui eut pour parrain
M. de Modène et pour marraine Madeleine Béjart, — ni
même, comme on le faisait remarquer tout récemment [1],
au mois d'octobre de la même année, où Molière
signait, avec sa femme, le bail d'une maison rue Saint-
Thomas-du-Louvre. Peu de temps après, Molière tom-
bait malade ; nous le savons par Robinet, qui annonce,
le 21 février 1666, sa guérison et sa rentrée au théâtre.
Si l'on admet que *le Misanthrope* reflète quelque chose
de l'état d'esprit du poète et de ses sentiments envers

1. A. Vitu, *l'Hôtel de Molière rue Saint-Thomas-du-Louvre*. —
On ne sauroit, toutefois, suivre M. Vitu jusqu'au bout, et conclure
avec lui de ce simple bail, que, d'octobre 1665 à octobre 1668,
Molière et sa femme habitèrent ensemble, ni, à plus forte raison,
que « leur intimité se resserrait » à ce moment même : un emmé-
nagement commun ne suffit pas à prévenir une rupture.

sa femme, la séparation peut être rapportée au moment
où cette pièce fut jouée, c'est-à-dire en juin 1666, ou, au
plus tard, vers le mois d'août de la même année, après
le Médecin malgré lui. On a vu que, dans les trois
pièces qui suivent celle-ci : *Mélicerte, le Sicilien* et
Amphitryon, Armande est laissée de côté : c'est Mlle de
Brie qui en obtient les beaux rôles ; ne serait-ce point
un effet du ressentiment de son mari, effet très naturel et d'autant plus pénible pour elle que jusqu'alors
elle avait eu dans les distributions une part plus flatteuse et plus large ?

Depuis ce moment ils ne se virent plus qu'au théâtre,
Armande restant à Paris avec sa mère et ses sœurs,
Molière passant ses rares loisirs dans une petite maison
de campagne qu'il avait louée à Auteuil. Un jour, il rêvait
tristement dans son jardin, lorsque, selon *la Fameuse
comédienne*, il reçut la visite de son ami Chapelle, et,
« comme il étoit alors dans une de ces plénitudes de
cœur si connues par les gens qui ont aimé », il s'épancha
dans une confidence que l'auteur du pamphlet prétend
reproduire tout au long et au vrai :

« Je suis né, disait-il, avec les dernières dispositions à la
tendresse ; et, comme j'ai cru que mes efforts pourroient lui
inspirer par l'habitude des sentiments que le temps ne
pourroit détruire, je n'ai rien oublié pour y parvenir. Comme
elle étoit jeune quand je l'épousai, je ne m'aperçus pas de
ses méchantes inclinations, et je me crus un peu moins malheureux que la plupart de ceux qui prennent de pareils
engagements. Aussi le mariage ne ralentit point mes empres-
sements ; mais je lui trouvai tant d'indifférence que je
commençai à m'apercevoir que toute ma précaution avoit été
inutile et que tout ce qu'elle sentoit pour moi étoit bien
éloigné de ce que j'aurois souhaité pour être heureux. Je me
tis à moi-même des reproches sur une délicatesse qui me

sembloit ridicule dans un mari, et j'attribuai à son humeur
ce qui étoit un effet de son peu de tendresse pour moi. Mais
je n'eus que trop de moyens pour m'apercevoir de mon
erreur; et la folle passion qu'elle eut, peu de temps.après,
pour le comte de Guiche, fit trop de bruit pour me laisser
dans cette tranquillité apparente. Je n'épargnai rien, à la
première connaissance que j'en eus, pour me vaincre, dans
l'impossibilité que je trouvai à la changer. Je me servis pour
cela de toutes les forces de mon esprit; j'appelai à mon
secours tout ce qui pouvoit contribuer à ma consolation; je
la considérai comme une personne de qui tout le mérite est
dans l'innocence, et que son infidélité rendoit sans charmes. Je pris dès lors la résolution de vivre avec elle comme
un homme qui a une femme coquette, et qui est bien per-
suadé, quoi qu'on puisse dire, que sa réputation ne dépend
point de la méchante conduite de son épouse. Mais j'eus le
chagrin de voir qu'une personne sans beauté, qui doit le
peu d'esprit qu'on lui trouve à l'éducation que je lui ai donnée, détruisoit, en un moment, toute ma philosophie. Sa présence me fit oublier mes résolutions, et les premières paroles
qu'elle me dit pour sa défense me laissèrent si convaincu
que mes soupçons étoient mal fondés, que je lui demandai
pardon d'avoir été si crédule.

« Cependant mes bontés ne l'ont point changée; et si vous
saviez ce que je souffre, vous auriez pitié de moi. Ma passion
est venue à un tel point qu'elle va jusques à entrer avec
compassion dans ses intérêts; et quand je considère combien
il m'est impossible de vaincre ce que je sens pour elle, je me
dis en même temps qu'elle a peut-être une même difficulté à
détruire le penchant qu'elle a d'être coquette, et je me
trouve plus dans la disposition de la plaindre que de la
blâmer. Vous me direz sans doute qu'il faut être père pour
aimer de cette manière; mais, pour moi, je crois qu'il n'y a
qu'une sorte d'amour, et que les gens qui n'ont point senti
de semblables délicatesses n'ont jamais véritablement aimé.
Toutes les choses du monde ont du rapport avec elle dans
mon cœur. Mon idée en est si fort occupée que je ne sais

rien en son absence qui me puisse divertir. Quand je la vois,
une émotion et des transports qu'on peut sentir, mais qu'on
ne sauroit dire, m'ôtent l'usage de la réflexion. Je n'ai plus
d'yeux pour ses défauts, il m'en reste seulement pour ce
qu'elle a d'aimable. N'est-ce pas là le dernier point de la
folie, et n'admirez-vous pas que tout ce que j'ai de raison ne
sert qu'à me faire connaître ma faiblesse sans en pouvoir
triompher ? »

Le passage est éloquent et une grande émotion s'en
dégage ; non seulement il ne part pas d'une plume ordinaire, mais je n'hésite pas à y voir, malgré quelques tournures languissantes et quelques faiblesses d'expression,
un des beaux morceaux de la prose française en sa plus
belle époque. Faut-il aller plus loin, et y reconnaître,
comme on le veut, l'esprit ou la main de Molière lui-
même, que ce soit un compte rendu écrit de souvenir
par Chapelle, ou une lettre adressée par Molière à son
ami [1], compte rendu ou lettre tombés dans les mains du
libelliste ? Il n'est besoin, ce semble, de recourir ni à
l'une ni à l'autre de ces deux hypothèses. Si l'on admet
que *la Fameuse comédienne*, malgré sa détestable inspiration, n'est pas l'œuvre du premier venu, mais d'une
actrice douée d'un talent de style naturel, le plus simple
serait d'admettre encore que ce morceau est aussi bien
son œuvre que tout le reste. Rompue à la pratique du
théâtre, elle combine certaines parties de son récit
comme autant de petites pièces ; ici, elle aura vu *la scène
à faire*, et la tirade pathétique à écrire. La situation n'est-
elle pas de celles qui inspirent et portent ? Soutenue
donc par le souvenir du *Misanthrope*, l'imagination
échauffée par les plaintes brûlantes d'Alceste, sa haine
contre Armande venant par-dessus ; elle a réussi la scène

1. Éd. Fournier, *le Roman de Molière*, I, 2.

et la tirade. Sauf en un point, toutefois, le rôle prêté à Chapelle. Épicurien insouciant, Chapelle n'en était pas moins sensible aux peines de ses amis ; il l'a prouvé en plusieurs circonstances. Or le langage qu'il tient dans la scène d'Auteuil est celui d'un fort vilain égoïste ; jamais confident ne joua son rôle de façon plus piteuse. Il ne comprend rien à la douleur de Molière, qui est obligé de lui dire : « Je vois bien que vous n'avez encore rien aimé ». La confession achevée, mal à l'aise, dérangé dans sa quiétude d'esprit, il se dérobe au plus vite : « Je vous avoue à mon tour que vous êtes plus à plaindre que je ne pensois ; mais il faut tout espérer du temps. Continuez cependant à faire vos efforts ; ils feront leur effet lorsque vous y penserez le moins. Pour moi je vais faire des vœux afin que vous soyez bientôt content. » C'est l'attitude et le langage de ce solennel imbécile de baron dans *On ne badine pas avec l'amour*, lorsqu'il répond aux supplications passionnées de la pauvre Camille : « Cela me jettera dans le désespoir pour tout le carnaval. Je serai vêtu de noir ; tenez-le pour assuré... Je vais m'enfermer pour m'abandonner à ma douleur » !

Quant aux accusations positives contre Armande semées çà et là dans les paroles de Molière, il serait vraiment trop naïf de les prendre pour autant de preuves ; que la conversation soit authentique ou supposée, l'auteur du libelle était dans son rôle en les introduisant dans le morceau si elle n'a fait que le copier, en les imaginant si elle est l'auteur du tout. Elle n'est pas la seule, du reste, que les souffrances conjugales de Molière aient heureusement inspiré ; le sujet est si pathétique et si facile ! Un écrivain de bien moindre valeur, Grimarest, a voulu avoir, lui aussi, sa conversation d'Auteuil, et, certainement, l'idée lui en est venue par la lecture de *la Fameuse comédienne*. Pour dissimuler son

imitation, il donne comme confidents à Molière le peintre
Mignard et le physicien Rohault, le premier son ami depuis Avignon, le second son camarade d'enfance, et il a
bien soin de faire observer que ces deux confidents sont
mieux choisis que Chapelle, « esprit supérieur et ré-
jouissant », mais « trop dissipé » pour être « un ami
consolant ». La précaution est maladroite et rend évidente l'emprunt qu'elle veut cacher. Au demeurant,
le morceau est bien venu ; écrivain diffus et languissant
d'ordinaire, le biographe de 1705 rencontre cette fois la
concision et l'énergie ; au fond, il développe la même
idée que *la Fameuse comédienne*, avec cette différence
toutefois qu'il s'abstient de lancer contre Armande aucune grosse accusation, car il la tient, lui, pour tout
à fait innocente.

Les consolations de l'amitié sont insuffisantes pour
adoucir des amertumes aussi douloureuses que celles
dont souffrait Molière. Seul, un autre amour peut les
rendre supportables, en attendant que l'on revienne au
premier. C'est Mlle de Brie qui aurait rempli auprès de
Molière ce rôle d'abnégation. Elle était aussi très belle,
mais douce et bonne. Molière la connaissait depuis Lyon,
où il l'avait enrôlée avec son mari, le La Rapière du
Dépit amoureux, le « grand maître tireur d'armes » du
Bourgeois gentilhomme, une sorte de bretteur borné,
mais aussi tolérant en matière conjugale que son camarade du Parc. Dans le *Misanthrope*, elle avait représenté Éliante, et, de même qu'Éliante eût volontiers
consolé Alceste des caprices de Célimène, de même
Mlle de Brie accueillit Molière rebuté par Armande. Mais
elle n'eut pas la pudique réserve d'Éliante, son intervention dans une passion troublée fut moins irréprochable ; enfin sa liaison avec Molière ne saurait leur
valoir à l'un et à l'autre une sympathie sans mélange.

Elle l'aimait avant son mariage avec Armande ; et, quoi qu'en dise l'auteur de *la Fameuse comédienne*, elle semble s'y être résignée facilement ; elle nous apparaît, en effet, comme très accommodante, sans rancune, admettant l'abandon ou le partage et ne tenant pas rigueur à qui lui revenait. Mais il est fâcheux pour Molière qu'une fois marié il n'ait pas pris à son égard une attitude nette et n'admettant aucune interprétation de nature à froisser Armande. Au lieu de cela, un an à peine après son mariage, on le voit habiter la même maison que son ancienne maîtresse. Si la femme légitime avait des torts, quelle arme pour elle ! Armande ne manqua donc pas, dans l'occasion, d'employer cette tactique, féminine entre toutes, qui consiste à attaquer au lieu de se défendre. Dans la grande querelle qui précéda la séparation de 1666, elle déclara bien haut « qu'elle ne pouvoit plus souffrir un homme qui avoit toujours conservé des liaisons particulières avec la de Brie, qui demeuroit dans leur maison et qui n'en étoit point sortie depuis leur mariage ». Elle exagérait sans doute un peu en précisant ainsi son grief ; Molière était alors trop épris de sa femme pour l'abandonner si tôt. Mais ne lui avait-il pas fourni lui-même cette triomphante réponse ? Et il paraît bien que, une fois rebuté, il acheva de lui donner raison en revenant à Mlle de Brie. C'était une maladresse, et ses amis ne le lui cachèrent pas. L'un d'eux, selon Grimarest, lui en faisait un jour le reproche, et, comme de raison, traitait fort mal Mlle de Brie ; elle n'avait, disait-il, ni vertu, ni esprit, ni beauté. Molière en convenait, mais en ajoutant : « Je suis accoutumé à ses défauts, et il faudroit que je prisse trop sur moi pour m'accommoder aux imperfections d'une autre ; je n'en ai ni le temps ni la patience ». Il y a bien des choses dans ce peu de mots : de la tristesse, de la rési-

gnation, le dédain amer de soi-même et d'autrui, peut-
être aussi cette espèce d'inconscience qui résulte de certains états d'esprit et de certaines situations. Molière était
un très grand homme, mais un homme, et qui avait ses
faiblesses ; il serait puéril de les nier et de l'absoudre en
tout et pour tout avec un parti pris d'admiration. Comédien, sa profession admettait alors bien des licences, et
il en prit sa part. Il ne faut donc pas chercher dans sa
conduite, ou plutôt y mettre les yeux fermés, une régularité bourgeoise qui n'y est pas et n'y saurait être. En
l'espèce, il commit ou une faute ou une maladresse, les
deux si l'on veut.

Faute ou maladresse, au surplus, la réconciliation
n'en fut pas empêchée. L'auteur de la *Fameuse comédienne* n'en parle pas : cela dérangerait sa thèse. Entre
temps, le libelle place une nouvelle intrigue d'Armande.
Durant les représentations de *Psyché*, au carnaval de
1671, elle se serait prise d'une passion violente pour le
très jeune Baron, qui faisait l'Amour, et ils auraient
continué leur rôle hors du théâtre. Cette liaison n'est
guère admissible ; non parce que Baron était tenu envers
Molière par les devoirs d'une reconnaissance filiale : ce
que l'on sait de cet insupportable fat, très dégagé de
préjugés comme tous les dons Juans, permet de penser
qu'une telle considération ne l'aurait pas retenu. Mais il
était encore bien jeune : il avait à peine dix-sept ans, et
Armande n'était pas assez âgée elle-même pour rechercher les passions d'adolescents : les Rosines ont passé
la trentaine lorsqu'elles font chanter la romance aux
Chérubins. De plus, il semble prouvé que Baron, traité
par Molière avec la plus grande bonté, eut au contraire
beaucoup à se plaindre d'Armande, qu'il dut même, rebuté par ses mauvais procédés, quitter la troupe pendant
quelque temps, et qu'il y rentra malgré elle, sur les

vives instances de Molière. Ce qui est certain, c'est que, aussitôt Molière mort, il s'empressa d'aller à l'Hôtel de Bourgogne, dans un moment où Armande, devenue chef de la troupe, aurait eu grand besoin de lui.

A côté de toutes ces intrigues apocryphes ou douteuses, plus répugnantes les unes que les autres, on est heureux de rencontrer non pas un amour, mais un hommage aussi pur qu'honorable pour Armande, et où son souvenir se trouve mêlé à celui du vieux Corneille. Modèle des époux et père de six enfants, l'auteur de tant de stances à Iris n'en aimait pas moins jouer auprès des reines de théâtre le rôle du don Guritan de *Ruy Blas* auprès de doña Maria de Neubourg. Il y avait quelque chose d'espagnol dans son âme comme dans son génie, et, lorsqu'il rencontrait un type de grâce charmante ou noble, il s'en faisait avec une galanterie fière l'admirateur et le servant. Ainsi à Rouen, en 1658, avec Mᴵˡᵉ du Parc ; mais, la comédienne, fort pratique en amour, à ce qu'il semble, n'ayant pas honoré le poète de l'accueil qui lui était dû, il avait rendu dédain pour dédain et composé ces admirables *Stances à une marquise*, qui tranchent d'une si éclatante manière avec les fades petits vers prodigués à cette époque par des rimeurs plus ou moins épris. Devenu l'ami de Molière, il offrit à sa jeune femme une admiration platonique, et il paraît bien qu'il exprimait ses propres sentiments pour Mᴵˡᵉ Molière lorsque, dans *Psyché*, il faisait parler à l'Amour le langage délicieusement précieux qui est dans toutes les mémoires :

> Des tendresses du sang peut-on être jaloux ?

disait Psyché ; et l'Amour répondait :

> Je le suis, ma Psyché, de toute la nature :
> Les rayons du soleil vous baisent trop souvent,

Vos cheveux souffrent trop les caresses du vent
Dès qu'il les flatte, j'en murmure;
L'air même que vous respirez
Avec trop de plaisir passe par votre bouche;
Et, sitôt que vous respirez,
Je ne sais quoi qui m'effarouche
Craint parmi vos soupirs des soupirs égarés.

Cette déclaration voilée ne suffit pas au poète; il voulut
écrire pour sa déesse une tragédie dont elle jouerait le
principal rôle et où il se représenterait lui-même sous
les traits d'un de ces vieillards amoureux qu'il dessinait
d'une touche si ferme. De là *Pulchérie*, qui, l'on ne sait
trop pourquoi, au lieu d'être jouée par la troupe de
Molière, parut sur le théâtre du Marais; pièce étrange,
languissante et froide dans l'ensemble, d'une donnée
qui fait un peu sourire, mais où se trouvent beaucoup de
beaux vers et un caractère original, le vieux sénateur
Martian, c'est-à-dire, nous apprend Fontenelle, Corneille lui-même. Le sentiment que l'Amour murmurait
avec une espérance passionnée, Martian le gronde avec
plus de mélancolie que de résignation; il met dans son
regret de ses jeunes années autant de force et de noblesse
que le chevalier romain Laberius exhalant devant César
sa plainte fameuse :

Moi qui me figurois que ma caducité
Près de la beauté même étoit en sûreté !
Je m'attachois sans crainte à servir la princesse,
Fier de mes cheveux blancs et fort de ma foiblesse;
Et, quand je ne pensois qu'à remplir mon devoir,
Je devenois amant sans m'en apercevoir.
Mon âme, de ce feu nonchalamment saisie,
Ne l'a point reconnu que par ma jalousie;
Tout ce qui l'approchoit vouloit me l'enlever,
Tout ce qui lui parloit cherchoit à m'en priver :
Je tremblois qu'à leurs yeux elle ne fût trop belle;
Je les haïssois tous comme plus dignes d'elle,
Et ne pouvois souffrir qu'on s'enrichît d'un bien
Que j'enviois à tous sans y prétendre rien.

Ces beaux vers durent charmer Armande et faire sourire Molière. Il serait imprudent de juger les comédiennes d'après les hommages poétiques qui leur sont
consacrés ; mais on sait gré à Armande d'avoir inspiré
celui-là et, au sortir de *la Fameuse comédienne*, on
est quelque peu dédommagé en retrouvant, grâce à Corneille, quelque chose d'elle dans l'idylle héroïque de
Psyché, dans une noble scène de *Pulchérie*.

La réconciliation de Molière et de sa femme était
peut-être chose faite lors de *Psyché* ; en tout cas, elle
n'eut pas lieu plus tard que la fin de 1671, entre *les
Fourberies de Scapin* et *la Comtesse d'Escarbagnas*.
Des amis communs, Chapelle et le marquis de Jonzac,
paraît-il, s'y étaient employés avec dévouement, et, si
elle n'est pas antérieure à *Psyché*, elle leur fut, sans
doute, rendue plus facile par une grave maladie que fit
Armande au mois de septembre 1671, pendant le plus
grand succès de la pièce. En pareil cas, les griefs les
plus légitimes s'oublient, les rancunes les plus tenaces
s'évanouissent ; et quelles joies attendries que celles de
ces réconciliations mouillées de larmes ! quel empire
ont sur un cœur toujours épris les grâces languissantes
de celle que l'on a failli perdre à jamais et dont la mort
pouvait rendre le ressentiment éternel [1] ! Vers le milieu
de l'année suivante, les deux époux allèrent habiter rue
de Richelieu. En s'éloignant de cette maison de la place
du Palais-Royal, où il avait longtemps vécu avec les
Béjart et Mlle de Brie, Molière voulait sans doute mettre
son foyer à l'abri des causes de discorde qui l'avaient
troublé. Cette fois, il prit toutes les mesures qui an-

1. Robinet tenait ses lecteurs au courant des diverses phases de la
maladie, et, à la fin, ne manquait pas de faire au bonheur de
l'époux une allusion trop gauloise pour être reproduite ici (lettres
des 26 septembre, 3 et 24 octobre 1671).

noncent une installation définitive. La demeure commode et vaste qu'il avait choisie, il s'efforça de la rendre
agréable à Armande : il y déploya un grand luxe, il y
porta des recherches et des attentions d'amoureux, combinant le choix de l'ameublement, la disposition des
tentures, l'harmonie des couleurs, la distribution des
pièces pour la commodité et l'agrément de sa femme.
Quelle différence avec le pauvre et froid petit logis
où nous avons vu mourir Madeleine Béjart! Il semble
qu'une seconde lune de miel suivit cette réconciliation,
et que le pauvre grand homme connut, du moins,
avant de mourir, quelques mois de bonheur intime et
de tranquillité. Le 15 septembre 1672, il devenait père
pour la troisième fois; il lui naissait un fils. Courte
joie : l'enfant ne vivait que onze jours, précédant son
père dans la tombe de quatre mois et demi. Cette réconciliation, en effet, si heureuse en elle-même, devait
être funeste à Molière, et l'on peut y voir une des causes
de sa mort prématurée. Atteint depuis longtemps d'une
grave maladie de poitrine, il avait dû se soumettre à un
régime sévère, ne vivant que de lait, gardant le silence
en dehors de la scène et confiné dans la solitude. Heureux, il se crut guéri, et, ne voulant pas imposer à sa
femme la triste société d'un valétudinaire, il se remit à
la viande, rouvrit sa maison, reprit son existence d'autrefois. Les suites de ce brusque changement furent une
aggravation rapide de son mal et une catastrophe fou-
droyante : on sait dans quelles circonstances, le 17 février 1673, il était surpris par la mort.

III

Conclusion sur la conduite d'Armande; dignité de son veuvage. — Elle se remarie avec Guérin d'Estriché; nécessité pour elle de ce second mariage; son affaire avec le président Lescot et la femme La Tourelle; le procès Guichard. — Dernières années.

Des témoignages que l'on vient de parcourir se dégage sur la conduite et le caractère d'Armande une opinion assez nette pour qu'il ne soit pas nécessaire de l'exposer longuement. C'était une femme très séduisante, mais, comme la plupart des coquettes, égoïste et d'esprit borné, quoique vif. Unie trop jeune à un mari trop âgé et d'une sensibilité très vive, elle le fit beaucoup souffrir par une humeur très différente de la sienne; mais elle dut souffrir autant que lui. C'était, il est vrai, un homme de génie; avec un jugement plus large, elle aurait rempli près de lui le beau rôle que bien des femmes surent prendre en pareil cas, celui de l'abnégation et du dévouement. Mais elle n'avait rien de ce qu'il faut pour cela; elle voulait vivre pour elle-même. De là des froissements continuels, une irritation croissante, et bientôt la vie commune insupportable. Peut-on dire, cependant, que Molière ne rencontra près d'elle qu'indifférence? Il serait imprudent de l'affirmer. On trouve, en effet, dans cet *Élomire hypocondre*, qui n'est pas plus suspect de partialité envers elle qu'envers son mari, une scène que l'on n'a pas assez remarquée et qui donne à penser. Le Boulanger de Chalussay représente Molière tourmenté par ces souffrances imaginaires aussi douloureuses que les maladies les plus certaines et se livrant aux accès de colère futile et violente si communs en pareil cas. Sa femme est près de lui et

s'efforce à le calmer; sincèrement affligée de l'état où
elle le voit, elle le raisonne comme un enfant; si Chalussay lui prête quelques duretés de parole, c'est qu'il
en veut à tout ce qui touche Molière et qu'il tient à ne
pas représenter sous un aspect trop sympathique la
femme de son ennemi. Il semble, cependant, qu'il ne
puisse, malgré qu'il en ait, s'empêcher de lui conserver
un peu du rôle qu'elle avait dans la réalité.

Reste la conduite. En somme, tout ce que les contemporains d'Armande ont écrit contre elle se trouve faux si
on l'examine d'un peu près; à plus forte raison ce
qu'une admiration mal entendue pour Molière a fait
imaginer depuis. Mais prétendre qu'elle fut une épouse
irréprochable serait aussi hasardeux qu'affirmer son inconduite. Il n'y a pas, dit-on, de fumée sans feu, et ici
la fumée est particulièrement épaisse et noire. Le mieux
est de garder une réserve fort sage en pareil cas et de
ne pas plus affirmer pour elle que contre elle. D'autant
plus que l'on courrait le risque de se laisser entraîner
par un courant très sensible depuis déjà quelques
années. On a si longtemps et si fort déclamé contre
Armande qu'une réaction se dessine nettement en sa
faveur; elle a ses chevaliers qui prétendent nous imposer, la lance sur la gorge, l'aveu de notre erreur à son
égard; ils la tiennent immaculée et veulent que, bon
gré mal gré, nous soyons de leur avis. C'est trop demander [1]. On peut, tout au plus, admettre comme l'expres-

---

1. Outre Bazin et MM. Bonnassies, Livet, Vitu, qui, tout en
montrant qu'elle a été calomniée, la défendent surtout par la réfutation précise des faits qu'on lui reproche, Armande a trouvé de
chevaleresques défenseurs qui préfèrent la critique sentimentale; un
des plus convaincus est M. Edouard Thierry dans sa notice sur *La
Grange et son registre* et ses *Documents sur le Malade imaginaire*
Un autre, M. Arsène Houssaye, plaide sa cause de façon assez
originale (*Molière, sa femme et sa fille*) : il la tient pour légère,

sion possible de la vérité ces paroles que Grimarest met
dans la bouche de Molière : « Cette femme, cent fois
plus raisonnable que je ne le suis, veut jouir agréablement de la vie ; elle va son chemin ; et, assurée par son
innocence, elle dédaigne de s'assujettir aux précautions
que je lui demande. Je prends cette négligence pour du
mépris ; je voudrois des marques d'amitié pour croire
que l'on en a pour moi, et que l'on eût plus de justesse
dans sa conduite pour que j'eusse l'esprit tranquille.
Mais ma femme, toujours égale et libre dans la sienne,
qui seroit exempte de tout soupçon pour tout autre
homme moins inquiet que je ne le suis, me laisse impitoyablement dans mes peines ; et, occupée seulement
du désir de plaire en général comme toutes les femmes,
sans avoir de dessein particulier, elle rit de ma foiblesse. » Il y a bien là un air d'arrangement, une insistance maladroite sur la parfaite innocence d'Armande,
qui compromettent la cause même que Grimarest veut
servir. Mais, en fait, il ne serait pas impossible que ce
passage traduisit l'opinion moyenne des contemporains
de Molière et que cette opinion fût conforme à la vérité.
Ainsi Molière aurait été malheureux surtout de n'être
pas aimé, jaloux, mais sans croire à l'infidélité de sa
femme, et Armande une coquette aimant plus les ma-
nèges de l'amour et les satisfactions de vanité qu'ils pro-
curent que l'amour lui-même. Si ce n'est point là un
caractère très sympathique, encore vaut-il mieux que
l'Armande de convention.

mais il l'excuse en faisant observer que la vertu des femmes est
chose trop conventionnelle pour qu'on y attache grande importance.
— A propos du présent travail, je me suis vu moi-même enrôlé
parmi les *Armandistes*, comme on les appelle, par M. Jules Lemaître (*Journal des Débats*, 18 janvier 1886) et M. Francisque Sarcey
(*le Temps*, 25 janvier) ; au lecteur de juger jusqu'à quel point je
mérite de prendre place en cette galante compagnie.

Du reste, une fois veuve, il semble qu'elle comprit tout à coup la perte qu'elle avait faite et s'efforça de réparer son erreur dans la mesure du possible. Elle porta dignement le deuil de son mari, elle assura le respect de sa mémoire, elle contribua grandement à empêcher la ruine du théâtre qu'il avait fondé, et lorsque enfin elle put songer à elle-même, elle sut, quoi qu'on en ait dit, concilier ce qu'elle devait au grand nom qu'elle avait partagé avec son droit d'arranger son existence à sa guise.

On sait les tristes incidents qui marquèrent les funérailles de Molière. Frappé d'une mort presque subite, il n'avait pu faire la renonciation dont l'Église s'assurait toujours avant d'accorder aux comédiens la sépulture religieuse. Il est certain que les souvenirs de *Tartuffe* et de *Don Juan* furent pour beaucoup, d'abord, dans le refus du curé de Saint-Eustache, puis dans la mauvaise grâce de l'archevèque à exécuter la volonté de Louis XIV; mais, en somme, le prélat comme le curé ne faisaient qu'appliquer une règle strictement suivie en pareil cas. La veuve de Molière eut donc à vaincre des résistances d'autant plus fortes qu'elles s'appuyaient sur une prescription formelle et sur une antipathie particulière inspirée au clergé par le défunt. Il faut lui tenir compte de la douleur sincère dont elle donna les marques, de la noblesse de son attitude, de son énergie. Accompagnée du curé d'Auteuil, elle courut à Saint-Germain se jeter aux pieds du roi; elle supplia, mais avec fierté, avec courage. Non contente de s'écrier : « Quoi! l'on refuse la sépulture à un homme qui, dans la Grèce, eût mérité des autels ! » elle ne craignit pas de dire que, « si son mari étoit criminel, ses crimes avoient été autorisés par Sa Majesté même ». C'était logique, mais hardi. Avec ce tact qui était une de ses qualités royales,

Louis XIV fit respecter à la fois sa dignité, celle de l'archevêque Harlay de Chanvalon, fort méprisable comme homme, mais, en somme, son archevêque de Paris, et la justice due à Molière : il congédia la veuve en disant que l'affaire ne dépendait pas de lui et il manda au prélat « qu'il fit en sorte d'éviter l'éclat et le scandale[1] ». Le soir des funérailles, la foule s'amassait devant la maison mortuaire, non sans doute, comme on le dit habituellement, pour insulter le cercueil : les Parisiens n'étaient déjà plus de grands rigoristes ; Molière les avait beaucoup amusés ; enfin, ils sont presque toujours respectueux devant la mort. Il est à croire qu'ils obéissaient ce soir-là à des sentiments assez mêlés : leur curiosité très vive pour tout ce qui touche au théâtre, la sympathie, enfin et surtout leur éternel esprit badaud. Grimarest donne clairement à entendre que cette affluence de populaire était inoffensive et que, si la veuve en fut épouvantée, c'est qu'elle, « ne pouvoit pénétrer son intention ». Dans l'incertitude, Armande employa un moyen infaillible de tourner à la bienveillance déclarée des dispositions douteuses : elle fit répandre par les fenêtres un millier de livres, « en priant avec des termes si touchants le peuple amassé de donner des prières à son mari, qu'il n'y eut personne de ces gens-là qui ne priât Dieu de tout son cœur ». Sur la tombe elle fit placer une large pierre, et, deux ou trois ans après, durant un hiver rigoureux, on y alluma par son ordre un grand feu, auquel vinrent se chauffer les pauvres du quartier. Symbole touchant du génie de Molière ; la veuve ne voulait qu'honorer la mémoire de son mari par un acte de bienfaisance, mais la postérité a bien le droit de voir l'allé-

1. Sur l'hostilité du clergé parisien à l'égard de Molière mort, voyez ci-après, chapitre VI, 2.

gorie qui se dégage de cet acte. Ce foyer de chaleur, accessible à tous, et qui semble sortir de la tombe même du poète, n'est-ce pas l'image de son génie, cet autre foyer de raison, de poésie et de gaieté ?

Malgré le coup terrible qui la frappait, la troupe ne fit relâche que six jours ; il n'y avait pas de temps à perdre si elle voulait prouver son intention de survivre. L'enterrement de Molière avait eu lieu dans la nuit du 21 février ;- le 24, La Grange, devenu le chef de la troupe, affichait *le Misanthrope*, et Armande remontait sur la scène pour jouer Célimène ; le 3 mars, elle repre- nait Angélique du *Malade imaginaire*, véritable torture pour la malheureuse qui éprouvait réellement la dou- leur de son rôle, lorsque, au troisième acte, elle se jetait toute en larmes aux pieds d'Argan contrefaisant le mort, et que l'image de Molière lui apparaissait avec une réalité funèbre sous les traits de La Thorillière grimé à la ressemblance de celui qu'il remplaçait. On lui a durement reproché cette promptitude, et bien à tort ; il n'y a là que dévouement méritoire aux devoirs de son état et aux intérêts de ses camarades. Dans une circonstance pareille, Molière n'agit pas autrement : son père fut enterré le 27 février 1669, et la veille comme le lendemain il jouait le rôle d'Orgon dans *Tartuffe*. La troupe aurait pu se joindre immédiatement à l'Hôtel de Bourgogne ; le roi le souhaitait et l'Hôtel n'eût pas mieux demandé à ce moment que d'accueillir le Palais- Royal : une longue rivalité aurait ainsi pris fin. Mais, accepter cette réunion, n'était-ce pas, de la part des camarades de Molière, manquer de respect à la mémoire de leur chef, auquel les « grands comédiens » avaient fait une guerre acharnée? S'il devait un jour y avoir réunion, il fallait non pas que l'Hôtel absorbât la troupe de Molière, mais qu'il fût absorbé par elle, qu'il y eût

là pour les camarades de Montfleury et de Villiers dé-
faite et non victoire. La Grange et Armande parvinrent
à réaliser ce projet ; avec Louis XIV et Colbert, ils furent
vraiment les fondateurs de la Comédie-Française. Il n'y
a pas lieu, pour le moment, de raconter en détail par
quels moyens : la part de La Grange y fut trop considérable.
Il faudrait donc mêler à l'histoire d'Armande trop de
faits qui regardent plutôt son camarade et que l'on trouvera dans le chapitre suivant. Mais on verra que, comme
lui, elle s'y dévoua tout entière ; qu'elle y engagea une
grosse part de sa fortune ; qu'elle y déploya une activité
méritoire, car, Molière nous l'a dit, elle était naturellement nonchalante. Elle aussi triomphait, lorsqu'une
lettre de cachet du 21 octobre 1680 ordonna qu'il n'y
aurait plus à Paris qu'un seul théâtre français, le sien.

A cette date, un grand événement avait eu lieu dans
l'existence d'Armande : depuis le mois de mai 1677, elle
avait échangé le nom glorieux de Molière contre celui,
beaucoup plus modeste, de son camarade François Guérin d'Estriché. On lui a reproché ce second mariage
avec beaucoup de sévérité, même de son temps. Une
épigramme courut :

> Elle avoit un mari d'esprit, qu'elle aimoit peu,
> Elle en prend un de chair, qu'elle aime davantage.

Mais c'est de nos jours surtout que l'on s'est montré
impitoyable pour elle. Au risque, cependant, de contrister
les âmes délicates, je déclare que je n'ai pas le courage de
la blâmer à mon tour ; je me sens incapable de répéter
avec conviction les invectives éloquentes dont cette infidélité à la mémoire du grand homme est ordinairement
l'objet. La veuve de Molière se remarier ! On dirait vraiment qu'elle a commis un crime, ou plutôt un sacrilège ;

car, depuis tantôt un siècle, Molière est passé dieu. Il
faut pourtant tenir compte, en ceci comme en toutes
choses, de la différence des temps et des idées. Dans les
années qui suivirent sa mort, Molière n'était pas encore
regardé comme le génie prodigieux que nous voyons en
lui. Sauf pour quelques-uns, comme Boileau, qui mesu-
raient toute l'étendue de cette perte, ce n'était qu'un
très amusant comédien, qu'un excellent auteur, dont on
regrettait la mort prématurée, mais dont on ne songeait
nullement à faire l'apothéose. Quant à sa veuve, elle ne
songeait pas davantage à faire d'elle-même une relique.
Elle était jeune encore, plus belle que jamais ; elle n'a-
vait pas été heureuse dans son premier mariage ; la vie
lui devait un dédommagement. Ce dédommagement
s'offrit à elle sous les espèces d'un fort honnête homme,
bien fait, estimé dans son art[1] ; pourquoi aurait-elle joué
sans conviction le rôle d'une Andromaque inconsolable ?
Soyons indulgents pour elle, en raison même de cette
délicatesse morale et de ces scrupules qui nous hono-
rent et qui lui manquaient.

D'autant plus qu'elle avait bien besoin d'un homme
pour la protéger et mettre fin par sa seule présence à une
situation des plus pénibles. Depuis son veuvage, en effet,
elle se trouvait en butte à des attaques multipliées. Outre
le soin de ses affaires, ses intérêts dans l'exploitation du
théâtre, sa situation jalousée dans la troupe, elle avait

---

1. Il était d'usage jusqu'à ces derniers temps de traiter fort mal
ce pauvre Guérin, en s'appuyant sur la *Fameuse comédienne*, diri-
gée contre lui aussi bien que contre sa femme. M. Éd. Thierry
(*La Grange et son registre*) estime que c'est là calomnie pure et,
bien qu'il n'ait pas fait du personnage une étude complète, il semble avoir raison. — Je dois ajouter que le mariage d'Armande et
de Guérin ne fit, sans doute, que régulariser une situation antérieure
à la cérémonie : la *Fameuse comédienne* le dit, et, ce qui est plus
probable, le contrat leur donne à tous deux le même domicile :
« cour du Palais, paroisse de la basse Sainte-Chapelle ».

ou de très graves ennuis. Ç'avait été d'abord son affaire
avec un président au Parlement de Grenoble, M. de Lescot. Magistrat galant et coureur, ce Lescot était par surcroît emporté, brutal, capable de toutes les maladresses.
Il s'était déjà compromis dans de fâcheuses aventures ; à
la suite d'une escapade nocturne, on l'avait trouvé roué
de coups et laissé pour mort sur le pavé de Paris. Si l'on
en avait fait d'abord un conseiller, puis un président,
c'était surtout en considération de son père, qui avait
intercédé pour lui auprès du chancelier Séguier[1]. Le naturel l'emporta sur la gravité de sa charge. Très épris
d'Armande, mais n'osant se déclarer directement, il se
servit d'une entremetteuse, la Ledoux. Par une rencontre singulière, celle-ci avait à sa disposition une
femme La Tourelle, qui ressemblait à s'y méprendre à
Mlle Molière et qui en profitait d'une façon très lucrative
dans l'exercice de son métier, se faisant passer auprès
des naïfs ou des ignorants pour la brillante comédienne
de la rue Guénégaud. Facilement abusé par les deux
femmes, Lescot profita quelque temps en secret de sa
prétendue bonne fortune ; il suivait assidûment les représentations d'Armande, mais il gardait sur le théâtre
une réserve que La Tourelle lui avait expressément or-
donnée. Un soir il n'y tient pas, s'introduit dans la
loge d'Armande et se permet des familiarités. Elle s'indigne, il s'emporte ; dans un collier qu'elle portait, il
croit en reconnaître un dont il avait fait présent à La
Tourelle et il le lui arrache ; la garde arrive au bruit et
il est arrêté. Une information judiciaire suivit naturellement, et un arrêt du Parlement de Paris, en date du
17 octobre 1675, condamna le président à faire amende
honorable devant témoins à Mlle Molière, et les femmes

1. Ch.-L. Livet, édition de *la Fameuse comédienne*, notes.

Ledoux et La Tourelle à être « fustigées, nues, de verges, au-devant de la principale porte du Châtelet et devant la maison de Mlle Molière ; ce fait, bannies pour trois ans de Paris ». On est frappé de l'étrange ressemblance que présente cette affaire avec celle du *Collier*, qui, en 1785, compromit le nom de Marie-Antoinette dans un scandale si retentissant. Les mêmes rôles sont repris à cent dix ans de distance; celui d'Armande par la reine, celui de l'entremetteuse Ledoux par la comtesse de La Motte, celui de la femme La Tourelle par la demoiselle Oliva, enfin celui du président Lescot par le cardinal de Rohan. Et, pour que rien ne manque au parallèle, de même que la reine fut salie par un infâme libelle de Mme de La Motte, Armande eut à subir *la Fameuse comédienne* [1].

Moins d'un an après éclatait un nouveau scandale, plus pénible encore pour la veuve de Molière, le procès Guichard. Ce fut le 16 juillet 1675 que l'ennemi de Lulli lança le factum où elle était si maltraitée. J'ai assez parlé du personnage pour qu'il ne soit pas utile de le présenter à nouveau [2]. Mais les imputations infamantes que nous connaissons déjà n'étaient qu'une faible partie des injures dont il couvrait Armande. Il est impossible de transcrire au long le passage qui la concerne ; quelques lignes feront juger du reste : « La Molière, disait-il,

---

1. De pareilles confusions n'ont jamais été rares ; avant l'affaire d'Armande, un roman de Des Marets, *Arsiane*, publié en 1632, et cité par M. Livet dans *le Moliériste* d'octobre 1881, en raconte une toute semblable. Ai-je besoin de rappeler certains scandales qui ont fait grand bruit de nos jours, et où se trouvaient mêlés des noms de comédiennes, dont quelques-unes, tout à fait innocentes en ce cas, avaient d'effrontés sosies ? Aussi ne puis-je, avec M. Loiseleur (*Molière, nouvelles controverses*, VI), voir une preuve contre Armande dans l'idée qu'avait eue la Ledoux d'exploiter son nom avec un galant de province. Une comédienne fût-elle une Lucrèce, ceux qui la disent accessible trouvent toujours de crédules auditeurs.

2. Ci-dessus, chapitre II, 1.

est infâme de droit et de fait », c'est-à-dire par sa profession et son inconduite; « avant que d'être mariée, elle a toujours vécu dans une prostitution universelle; pendant qu'elle a été mariée, elle a toujours vécu dans un adultère public; enfin, qui dit la Molière dit la plus infâme de toutes les infâmes ». L'exagération même de ces injures leur enlève jusqu'à l'apparence du sérieux, d'autant plus que Guichard traite avec la même violence de calomnies sans preuves tous ceux dont il redoute le témoignage. Il était très protégé, semble-t-il, en raison de sa charge d'intendant des bâtiments de Monsieur; mais d'abord, il n'y eut pas moyen de lui épargner les conséquences de sa male rage. L'accusation d'empoisonnement qui pesait sur lui fut reconnue fondée, et, le 27 février 1676, il s'entendit condamner au blâme, à l'amende honorable, à 4 000 livres de dommages-intérêts et 200 livres d'amende; les imprimeurs de son factum devaient être appréhendés au corps et poursuivis. On remarquera la sévérité avec laquelle la justice frappait à deux reprises deux accusateurs d'Armande. Si elle eût été la femme absolument décriée que disent ses ennemis, aurait-elle obtenu réparation aussi complète [1]?

On trouvera sans doute que les ennuis suscités à la malheureuse femme par ces deux affaires suffisaient, avec le soin de son théâtre et l'exercice de sa profession, pour l'absorber tout entière et lui enlever tout désir de suivre des intrigues galantes. Aussi n'y a-t-il pas lieu

[1]. Complétant et rectifiant les renseignements déjà donnés par M. Livet, M. Loiseleur (*Molière, nouvelles controverses*, IV) fait observer que, sur appel de Guichard et par arrêt du 12 avril 1677, la sentence du 27 février 1676 fut mise à néant; il en conclut que l'affaire tournait ainsi à la confusion d'Armande. On peut voir dans ce second jugement le résultat des hautes protections acquises à Guichard, et, en tout cas, il ne prouve rien contre Armande, qui n'était pas directement en cause.

de discuter celles que *la Fameuse comédienne* lui
prête encore à la même époque. Pouvait-elle, ainsi
tourmentée, calomniée, surchargée d'embarras de tout
genre, ne pas désirer un protecteur et un appui? Peut-
on, sa situation une fois connue, ne pas reconnaître que
la nécessité d'un second mariage s'imposait à elle? Ce
qui prouve bien que, dans le premier, tous les torts n'é-
taient pas de son côté, c'est que, devenue la femme de
Guérin, elle vécut parfaitement heureuse et que sa conduite ne donna plus lieu à aucun bruit fâcheux. L'auteur de *la Fameuse comédienne*, lui-même, est obligé
de le reconnaître ; il s'empresse naturellement d'expliquer cette sagesse à sa façon en disant qu'Armande avait
trouvé cette fois un maître impérieux et dur ; mais les
témoignages désintéressés s'accordent à représenter
Guérin comme un excellent homme. Il faut ajouter à
l'honneur de l'un et de l'autre que, dans leur ménage,
la mémoire de Molière fut entourée non seulement de
« respect », mais de « vénération ». Ce sont les propres
termes qu'employait, en parlant du premier mari de sa
mère, un fils né de leur mariage : en 1698, à peine âgé
de vingt ans, ce jeune homme avait imaginé d'achever
et de mettre en vers libres la *Mélicerte* de Molière, et
c'est dans la préface de ce travail bien inutile qu'il s'exprimait de cette façon.

Depuis lors, Armande continua sans incidents sa carrière de comédienne, jusqu'à ce qu'elle prît sa retraite,
en 1694, à la clôture de Pâques. Le bonheur qu'elle
trouvait dans sa nouvelle famille, et aussi la noncha-
lance naturelle que nous lui connaissons par Molière,
l'avaient détachée peu à peu de son art ; elle n'avait
encore que cinquante-deux ans, et elle aurait pu briller longtemps encore, à une époque où les comédiennes,
même les ingénues et les grandes coquettes, s'éterni-

saient volontiers dans leur emploi, car, dans un théâtre
où un public constant les voyait chaque jour, il ne s'a-
percevait pas qu'elles vieillissaient. Mais elle s'attachait
de plus en plus à son intérieur, où elle vivait très retirée, au fils qu'elle avait eu de Guérin, enfin à une riante
maison des champs qu'elle possédait à Meudon et où
elle passait tout le temps que lui laissait le théâtre[1].
Cette maison existe encore, au n° 11 de la rue des
Pierres, à peu près telle qu'Armande l'a laissée, avec
sa porte à plein cintre et ses pavillons dans le style du
temps, comme aussi le jardin avec ses allées géomé-
triques, ses charmilles et son berceau de vigne. Elle
mourut à Paris, rue de Touraine, le 30 novembre 1700,
âgée de cinquante-huit ans[2]. Son acte de décès, ne fait,
naturellement, aucune mention de Molière, dont elle
ne portait plus le nom : elle n'en reste pas moins pour
la postérité, en dépit de ce brave Guérin, la veuve de
Molière, celle qui a vécu onze ans près de lui, l'interprète et l'inspiratrice de ses chefs-d'œuvre. Elle le
fit souffrir, mais la souffrance est une part de l'inspiration, et, peut-être, sans elle, n'aurions-nous pas *le Misanthrope*.

1. Elle avait toujours aimé la campagne, semble-t-il, et à Paris
elle essayait de s'en donner l'illusion : le 16 août 1673, prenant à
bail de M° Claude Butin, avocat en Parlement, « une maison sise rue
de Seine, appelée l'hôtel d'Arras », elle se faisait attribuer le droit,
dans l'acte de location, « de faire dépaver en quelques endroits des
cours, pour y pouvoir planter et avoir de la verdure ».
2. M. A. Houssaye décrit en détail cette maison dans *Molière, sa
femme et sa fille.*

CHAPITRE IV

CHARLES VARLET DE LA GRANGE

S'il fallait en croire l'optimiste et naïf Chappuzeau, l'auteur du *Théâtre françois*, il n'y aurait jamais eu non seulement artistes plus parfaits, mais grands seigneurs plus magnifiques et, en même temps, bourgeois plus réguliers que les comédiens sous Louis XIV. Il les montre exempts de jalousie, presque d'amour-propre, combinant leurs efforts avec l'unique souci des plaisirs du public et de l'honneur de la troupe, se prodiguant mutuellement les égards d'une politesse cérémonieuse, généreux et sans morgue avec les auteurs, enfin et surtout de mœurs irréprochables, ou peu s'en faut, les femmes aussi bien que les hommes. Tous ces éloges mettent en défiance : on se dit que les comédiens ont mérité rarement d'être peints avec des couleurs aussi flatteuses ; à deine si ceux de nos jours, qui ont, comme l'on sait, entièrement rompu avec l'antique bohème, seraient dignes de cette admiration sans réserve. Et, en effet, lorsque, pour sortir des généralités, on consulte d'autres témoins que Chappuzeau, trop intéressé à se faire bien

venir des comédiens et qui, peut-être, n'écrivait que sur
commande, les faits viennent en foule rompre l'harmonie idéale vantée par le complaisant panégyriste.
Dans la seule troupe de Molière, on n'est pas si parfait
que cela ; elle compose même un groupe assez mêlé.
Madeleine Béjart a toutes les qualités féminines et mas-
culines que l'on voudra, sauf la chasteté ; son frère
Louis est un belliqueux personnage, ami des rixes
bruyantes et cité, à ce titre, dans les rapports de police ;
de Brie, un bretteur stupide ; Mlle de Brie, sa femme,
une très accommodante personne ; du Parc, un modèle
de mari philosophe; Mlle du Parc, une brillante et volage
amoureuse ; joueur et ivrogne, coureur et endetté, Brécourt a la main trop prompte et tue non seulement un
sanglier devant Louis XIV, mais un cocher récalcitrant.
Pris en corps, nous verrons que ces « étranges animaux », comme les appelle Molière, n'étaient pas toujours faciles à conduire[1].

Gardons-nous donc de leur attribuer, comme une
règle, des vertus bourgeoises qui ne pouvaient exister
parmi eux qu'à l'état d'exceptions. Je me hâte d'ajouter
que ces exceptions existent, et assez nombreuses. Pour
rester toujours dans la troupe de Molière, Beauval était
le modèle des époux ; sa femme une aigre, mais ver-
tueuse matrone. Doux et pieux, du Croisy menait une

1. Sur les mœurs des comédiens de Paris aux deux derniers
siècles, voyez surtout les divers recueils de M. Émile Campardon,
tous composés de pièces authentiques tirées des Archives nationales,
procès-verbaux de police, informations judiciaires, actes notariés,
etc.: *Documents inédits sur J.-B. Poquelin Molière*, 1871, *Nouvelles
pièces sur Molière et sur quelques comédiens de sa troupe*, 1876,
les Comédiens du roi de la troupe française, 1879, *les Comédiens
du roi de la troupe italienne*, 1880. Jamais chercheur n'a produit,
en si peu de temps, sur l'histoire de nos anciens théâtres, un si
grand nombre de pièces et d'un si vif intérêt.

existence très régulière, et, dans le village où il se re-
tira après avoir quitté le théâtre, il sut inspirer à son
curé une telle affection, que le digne pasteur n'eut pas
le courage de l'enterrer lui-même et délégua ce soin à
un confrère. La Grange, enfin, a mérité tous les éloges
que l'on peut accorder à un parfait honnête homme et à
un excellent comédien ; les contemporains le décorent
à l'envi d'épithètes flatteuses. A ce titre, il sollicite
déjà l'attention ; mais il offre de plus cet intérêt qu'il
fut, après Molière, l'âme de sa compagnie ; qu'il en a
écrit l'histoire, sans s'en douter, et avec une exactitude
d'autant plus grande ; qu'il a donné la première édition
complète et soignée des œuvres de Molière ; enfin qu'il a
contribué de tout son pouvoir à la fondation de la Comédie-Française. Il ne s'agit pas de raconter sa vie :
M. Édouard Thierry a rempli cette tâche dans une étude,
rai modèle d'information précise et d'élégance, qui
ouvre le *Registre de La Grange*, publié lui-même avec
un soin et un luxe dignes de la Comédie-Française[1]. Il
n'y a donc qu'à profiter des recherches de M. Thierry, à
feuilleter le registre et à relire le théâtre de Molière
pour se faire une opinion personnelle sur le caractère et
le talent de ce rare comédien.

1. *Registre de La Grange* (1658-1685), *précédé d'une notice biogra-
phique, publié par les soins de la Comédie-Française, janvier* 1876 ;
Ed. Thierry, *Charles Varlet de La Grange et son registre,* 1876,
tirage à part de la notice, suivi du *Dossier de La Grange*

I

Charles Varlet, qui, selon l'usage du temps, augmenta son nom, en montant sur les planches, d'un pseudo-nyme à tournure nobiliaire et, du nom de sa mère, se fit appeler le sieur de La Grange, n'avait point fait par-tie en province de la troupe de Molière. Il n'y entra qu'à Pâques 1659, juste à temps pour recueillir l'héri-tage du jeune premier Joseph Béjart, mort au mois de mai suivant, et prendre possession des rôles de Lélie dans *l'Étourdi* et d'Éraste dans *le Dépit amoureux* ; le 18 novembre, il créait dans *les Précieuses ridicules* celui qui porte son propre nom. Il est donc nécessaire de recourir aux conjectures pour remplir l'intervalle compris entre ce début et la première jeunesse du co-médien. On veut, et c'est assez vraisemblable, qu'il soit né à Amiens, vers 1640, d'un « capitaine du château de Nanteuil [1] », Hector Varlet, et de Marie de La Grange, sa femme ; il aurait donc eu tout au plus vingt ans lors-qu'il devint le camarade de Molière. Selon Diderot, trois motifs seulement « chaussent aux comédiens le socque ou le cothurne », savoir « le défaut d'éducation, la mi-sère et le libertinage », car le théâtre , dit-il, « est une

---

1. Il s'agit probablement de Nanteuil-le-Haudouin, entre Paris et Soissons, où se trouvait avant la Révolution un magnifique château qui appartint successivement aux Schomberg, aux d'Estrées, aux Condé et dont le « capitaine » pouvait bien n'être qu'un simple concierge, comme le Flamand de *Turcaret*, nommé par son maître » capitaine-concierge de la porte de Guibray, à Falaise ».

ressource, jamais un choix ». De ces trois motifs, admettons pour La Grange les deux premiers, le troisième lui étant, comme on le verra, aussi étranger que possible, et joignons-y la vocation, dont l'auteur du *Paradoxe sur le comédien* aurait pu tenir compte. Resté orphelin de bonne heure, avec un frère et une sœur, et à peu près dépouillé de son patrimoine par un tuteur infidèle, il entra dans une troupe de campagne avec son frère Achille, sieur de Verneuil[1] comme il était lui-même sieur de La Grange ; enfin, présent à Paris pendant le carême de 1659, à l'époque de l'année où se faisaient les engagements de comédiens, il profita des changements survenus dans la troupe de Monsieur, pour y entrer en même temps que du Croisy et sa femme, Jodelet et son frère L'Espy, au moment où en sortaient du Fresne et le couple du Parc.

Si la troupe de Molière était « stable », plusieurs de ses membres ne gardaient à leur chef qu'une fidélité relative : ils le quittaient pour lui revenir, après des fugues plus ou moins longues à l'Hôtel de Bourgogne ou au Marais. La Grange, au contraire, modèle de constance et de suite, se trouva fixé dès le premier jour ; la troupe où il entrait, le chef qu'il se donnait, l'emploi dont il prenait possession, il leur resta attaché jusqu'à sa mort. Amoureux il était au début, amoureux il était encore à la fin, et, durant les trente-deux ans de sa carrière théâtrale, tous les rôles de son emploi écrits par Molière, il

1. Verneuil fut de ces comédiens qui purent avoir leur valeur, mais ne laissèrent aucune trace dans l'histoire dramatique de leur temps. Il ne joua pas avec Molière, mais il était dans la troupe du Marais lorsqu'elle fut absorbée, en 1673, par celle de Mlle Molière ; alors seulement il redevint le camarade de son frère. Il fut mis à la retraite, d'office, en 1684. — Quant à la sœur de La Grange et de Verneuil, elle entra en religion et mourut en 1685, aux Filles Sainte-Marie de la Visitation.

les incarna et les tint, selon leur esprit, sans y ajouter ou y retrancher, à la hauteur de tous. D'autres comédiens ne peuvent être qu'eux-mêmes et portent leur nature dans tous leurs rôles ; de gré ou de force, ils les réduisent ou les étendent à la mesure de leur talent ; ils s'en servent au lieu de les servir. Rien de pareil avec La Grange : conservant aux siens leur caractère propre, ou plutôt s'adaptant avec souplesse au caractère de chacun il les marqua d'une empreinte qui était, chaque fois, une preuve de son intelligence et de sa consciencieuse fidélité à la pensée de Molière. C'est peu de chose à, l'abord, et une mince création, peu digne d'un chef d'emploi, que son rôle dans *les Précieuses ridicules.* Ce personnage de condition moyenne, qui apparaît dans la première scène d'un petit acte pour ne reparaître que dans un dénouement de farce italienne, cet amoureux rebuté que l'on ne voit même pas en présence de sa maîtresse et qui se venge en la mystifiant par procuration, nos jeunes premiers le dédaignent aujourd'hui et laissent le rôle, raccourci encore par de maladroites coupures, à des débutants ou à des utilités. Il n'en est pas moins le premier type de cette riche galerie d'amoureux qui décore le théâtre de Molière, et il contient en germe ce qu'ils développeront de vérité nouvelle ; c'est le premier crayon de « l'honnête homme » amoureux, tel que le comprenaient les contemporains du poète et tel qu'on le trouve fixé sous un aspect définitif dans l'Alceste du *Misanthrope,* comme dans le Clitandre des *Femmes savantes.* Très différents en apparence, ces deux personnages sont deux faces d'un même caractère ; entre les deux et autour d'eux, la gradation est complète, et l'on s'éloigne de l'amoureux traditionnel par un effort toujours plus grand vers l'observation directe des mœurs contemporaines.

L'amoureux de théâtre dans la première moitié du dix-septième siècle! On se rappelle le spirituel portrait qu'a fait Théophile Gautier[1] de ce personnage conventionnel par excellence, toujours taillé sur le même patron, immuable dans ses sentiments, son langage, son costume, son nom même : le Léandre en un mot. Comédies héroïques ou pastorales, de mœurs ou d'intrigue, aucune ne saurait se passer de lui ; il est là, toujours là, avec sa figure régulière et fade, l'œil humide, l'incarnat sur la joue, la chevelure bouclée tombant sur le col de dentelle, l'éperon d'or sonnant à la botte, et l'épée relevant le manteau. Dans cette jolie tête à peine deux ou trois idées, et sur cette bouche en cœur deux ou trois phrases qui reviennent toujours, retournées en cent manières selon les lois du jargon à la mode : éloges d'une beauté semblable à la sienne, serments de fidélité, plaintes des tourments qu'il endure et qu'un regard, un mot, peuvent guérir, invectives contre les parents et les rivaux, comparaisons de son cœur et de celui de sa maîtresse avec la flamme et le roc, la canicule et l'hiver, le brasier et le bloc de glace. Il mène une existence étrange, où se confondent le dédain absolu et le souci fiévreux des réalités de la vie : ni faim, ni soif, pas d'autres repas que des festins improvisés, l'or tantôt prodigué à pleines mains, tantôt absent et laborieusement cherché. Un courage à toute épreuve, cela va de soi, et de terribles aventures : duels, enlèvements, longues attentes dans la nuit, courses à franc étrier; le tout sans que le héros froisse une de ses dentelles ou dérange une boucle de sa chevelure. Enfin, la souveraineté de l'amour proclamée très haut ou tacitement admise, le dédain des lois sociales et des droits de la famille ; et, comme suprême inconsé-

1. *Le Capitaine Fracasse*, chapitres I et V.

quence, beaucôup de chasteté, une vertu très solide des
deux parts, car elle résiste aux traverses, aux dépits, à
l'infidélité même.

Voilà, ce semble, un type ridicule à force d'invraisemblance. Gardons-nous, cependant, de le trop dédai-
gner : un caractère qui dure longtemps au théâtre et sert
de moule à un grand nombre de personnages, a toujours sa raison d'être et sa part de vérité. Entre Hardy et
Scarron, celui-là représenta jusqu'à un certain point
l'état des mœurs et la manière d'entendre l'amour, et il
n'était pas si usé que Regnard n'ait encore pu le reprendre, trente ans après la mort de Molière. En attendant,
les mœurs avaient changé, et, avec elles, les formes
extérieures de l'amour. Le mérite de Molière fut de le
comprendre et d'adapter le caractère de l'amoureux à la
galanterie nouvelle. Par un de ces accords familiers au
génie et qui font les créateurs, il devina par l'observation les préférences de ses contemporains et offrit à leur
sympathie un idéal conforme à l'état de leur âme. De là
ces jeunes premiers, l'une des grandes nouveautés de
son théâtre, de plus en plus précisés et accentués à
mesure que le génie du poète se développe. Valère, dans
l'École des maris, tient encore d'assez près à ses devanciers du temps de Louis XIII ; et, à ce titre, il tend la
main, par-dessus un demi-siècle, à cet Éraste des *Folies
amoureuses*, qui lui empruntera ses jeux de scène tradi-
tionnels, le souple et gracieux manège propre à duper
également Sganarelle et Albert, qui croient tenir leur
pupille, tandis qu'elle se laisse baiser la main par l'amoureux manœuvrant derrière le barbon. En revanche,
Éraste des *Fâcheux* est bien un contemporain de
Louis XIV, un hôte de Saint-Germain ou de Fontaine-
bleau, par l'élégante sûreté de son langage, la politesse
qui tempère ses impatiences, son attitude d'homme bien

né en face des sots, des fats et des pédants qui le persé-
cutent. Les rôles de ce genre, où l'habitude sociale tient
plus de place que le caractère, sont de ceux qui font le
mieux juger la différence des temps et des manières.
Que l'on imagine le même sujet transporté dans notre
société contemporaine ; que l'on nous présente, par
exemple, un homme du meilleur monde, en l'an 1883,
épiant un rendez-vous avec une femme à la mode et
assiégé par des « gêneurs » ; on frémit à la pensée de ce
qu'exigerait la vérité pour reproduire son langage au
naturel. Moins mûr et moins formé, comme aussi plus
voisin de la classe bourgeoise, Horace de l'*École des
femmes* pourra devenir un parfait courtisan, mais il ne
l'est pas encore. Simple jouvenceau, il représente le premier éveil de la jeunesse et de l'amour jetés, pour leurs
débuts, dans une intrigue amusante. Étourdi, exubérant,
prompt aux confidences, d'une cruauté aussi inconsciente
que celle de son Agnès, il marque cependant une étape
décisive vers l'observation directe ; si, par la sincérité de
ses sentiments, il est d'une vérité très générale, c'est
bien par un rival ainsi fait que tel gros bourgeois
de Paris se put voir enlever sa pupille aux environs
de 1662.

Puis les grands chefs-d'œuvre se succèdent, et l'amoureux, étroitement mêlé aux sujets, se présente avec un
relief de plus en plus marqué. Dans le héros du *Don
Juan*, ce type effrayant de « grand seigneur méchant
homme », qui foule aux pieds, avec une perversité froide
la morale éternelle comme les lois de son époque, c'est
bien encore l'amour du dix-septième siècle, parlant un
langage capable d'être compris par les femmes de ce
temps-là ; et si le nom du grand séducteur est espagnol,
il n'a pu prendre qu'en France et à Paris son costume,
ses habitudes, ses créanciers et son valet. Adraste, du

Sicilien, c'est le duc de Guise ou le comte de Modène, Guiche ou Lauzun, déployant en pays étranger, aux yeux éblouis d'une grande dame de Naples ou de Palerme, la légèreté spirituelle et la grâce complimenteuse de leur nation ; aussi ravis peut-être de jouer un bon tour à un solennel hidalgo que de faire une conquête difficile et digne de la peine qu'elle coûte. Valère du *Tartuffe*, c'est, avec un souvenir charmant du *Dépit amoureux*, l'honnête homme tirant un pauvre homme des griffes d'un redoutable coquin. Derrière Jupiter d'*Amphitryon* ne semble-t-il pas voir Louis XIV lui-même en bonne. fortune, jaloux comme un dieu seul peut l'être et levant es scrupules d'une Montespan[1]? Viennent ensuite Clitandre, de *George Dandin*, un séducteur encore, mais point trop méchant, pour qui tromper un sot et profiter des rancunes d'une coquette mésalliée sont un plaisir auquel on ne résiste pas ; Éraste, de *Monsieur de Pourceaugnac*, un Parisien futé, qui se venge avec une impitoyable malice d'un provincial importun ; Cléonte, du *Bourgeois gentilhomme*, représentant de cette haute bourgeoisie qui fut, autant que la noblesse, l'honneur et la force du siècle de Louis XIV, probe et franc, avec la juste fierté de ce qu'il est, sans l'envie de ce qu'il n'est pas, satisfait du « rang assez passable » qu'il tient dans le monde, devant sa fière et virile attitude à « l'honneur de six ans de service », mais conservant assez de jeunesse de cœur pour jouer une dernière fois la scène du *Dépit amoureux* ; le vicomte de *la Comtesse d'Escarbagnas*, un homme d'esprit qui couvre d'une fausse cour, rendue à la veuve très prétentieuse et très mûre d'un hobereau de province, un manège plus sérieux et

---

1. Je ne veux pas dire par là qu'*Amphitryon* soit une allusion directe aux amours de Louis XIV et de Mᵐᵉ de Montespan ; sur cette question délicate, voyez ci-après, chapitre v, 3.

plus digne de lui. Voici enfin Clitandre des *Femmes savantes*, qui résume avec éclat les traits divers de tous ses prédécesseurs : élévation de sentiments, passion respectueuse, élégance de manières, bonne grâce de langage. Jeté dans la plus difficile situation où se puisse trouver un amoureux, il s'y meut avec l'aisance du courtisan, et renverse, comme en se jouant, les obstacles accumulés autour de lui. Dans la famille où il veut entrer, il doit venir à bout des plus redoutables hostilités ; il se voit obligé de dire en face à une femme longtemps aimée qu'il ne l'aime plus, et, terrible affront, de la refuser lorsqu'elle s'offre elle-même ; il doit, sans violence de langage, en observant la réserve qui s'impose dans la maison d'autrui, écraser de son mépris un rival entouré et soutenu par trois femmes idolâtres. Enfin, pour que rien ne manque à son triomphe et à la sympathie qu'il inspire, le dénouement lui fournit l'occasion de montrer la qualité morale que nous estimons le plus chez un amoureux de théâtre, un parfait désintéressement.

A côté de ces types essentiels, il en est d'autres, moins accusés, mais bien vrais eux aussi, et répandant leur variété sur les intrigues qu'ils animent. De ce nombre sont Clitandre, de *l'Amour médecin*, qui montre un visage riant et jeune sous le noir bonnet des Diafoirus et des Purgon ; Léandre, du *Médecin malgré lui*, qui sait plaire sous le costume encore plus maussade de M. Fleurant ; Cléante, du *Malade imaginaire*, autre porteur de déguisement, mais d'un déguisement gracieux, celui de maître à chanter, et qui fait éclater dans la triste chambre d'Argan, parmi l'odeur fade des tisanes et des remèdes, la chanson joyeuse de l'amour. Enfin, dans *les Fourberies de Scapin*, un dernier Léandre, l'amant de la rieuse Zerbinette, un gracieux

étourneau, frère aîné, lui aussi, d'un héros de Regnard,
le chevalier Ménechme.

Intelligence, instinct de son art, moyens physiques,
application laborieuse, La Grange avait tout ce qu'on
peut souhaiter à un acteur pour remplir de tels rôles,
si divers dans un même emploi. En rapprochant les représentations qui nous restent de lui dans les estampes
des éditions de Molière, celles notamment de *l'École
des maris* dans l'édition originale de 1661 et de *Don
Juan* dans l'édition collective de 1682, on le voit de
taille moyenne et bien prise, la tournure élégante, les
traits réguliers, le sourire fin ; mais rien du bellâtre,
rien du fade Léandre de l'ancien théâtre. On se rappelle,
d'autre part, le portrait à la plume, si curieux et si complet, que l'auteur des *Entretiens galants* faisait de lui
en même temps que de Mlle Molière, sa partenaire habituelle. A propos du *Bourgeois gentilhomme*, il louait
avec enthousiasme sa bonne mine, la richesse et le
goût de ses costumes, sa tenue en scène, enfin le charme
de sa voix. Que n'avons-nous un semblable compte
rendu de toutes les créations faites par La Grange ! Ce
serait, avec un excellent commentaire du théâtre de
Molière, la meilleure analyse des différents types d'a-
moureux comique au dix-septième siècle. On aura
remarqué, en effet, qu'ils y sont tous, ou presque tous.
Or, depuis que la Comédie-Française existe, la plupart
des acteurs qui ont tenu l'emploi de jeune premier se
sont classés en deux catégories : les *grands* et les *petits*
amoureux. Cantonnés dans l'une ou l'autre par les bor-
nes de leur talent, ils ont presque tous essayé d'en sortir, et de passer du petit au grand ou du grand au petit.
Ambition très naturelle ; mais il est sans exemple qu'ils
n'aient pas été remis à leur vraie place par le résultat
de leurs efforts. Cette nécessité de nature n'a pas cessé

de se vérifier de nos jours : tel nous paraît réaliser l'idéal du rôle dans Horace de *l'École des Femmes*, Dorante du *Menteur*, tout le répertoire de Marivaux et de Musset, qui se montre insuffisant dans Alceste, don Juan, le comte Almaviva. La Grange, au contraire, parcourut avec un succès égal toute la gamme de l'amour, divin et princier, noble et bourgeois.

Si l'on veut le voir travaillant sous la direction de son maître, il faut ouvrir cet *Impromptu de Versailles* qui nous apprend tant de choses sur Molière directeur et chacun de ses comédiens [1]. Ce qui frappe dès le début, c'est le contraste de l'attitude de La Grange avec celle de ses camarades. Ceux-ci ont beau aimer et respecter leur chef, ils n'en sont pas moins comédiens, c'est-à-dire de tous les êtres les moins disciplinés. Plein de ses prétentions, chacun d'eux les étale avec un égoïsme naïf, et chicane sur ce qu'on lui demande, tandis que le pauvre Molière s'épuise à vaincre leurs mauvaises volontés. Les femmes, surtout, ne tarissent pas de récriminations. Or, dans ce groupe turbulent, La Grange est réservé et discret, homme de sens et de mesure. Molière veut faire jouer une pièce qui n'est pas sue, et ses acteurs de protester à l'envi : ils n'auraient pas tout à fait tort, n'était la nécessité de satisfaire la cour et le roi. « J'en voudrois être quitte pour dix pistoles ! » clame le bon du Croisy. « Et moi pour vingt coups de fouet », enchérit Brécourt. La Grange, lui, dégageant ce qu'il y a de légitime dans ces résistances, s'est contenté d'observer doucement : « Le moyen de jouer ce qu'on ne sait pas ! » Les criailleries apaisées, Molière indique à chacun le caractère de son personnage. Avec La Grange il juge d'abord toute explication inutile :

1. Voyez encore ci-après chapitre VI, 4.

« Pour vous, je n'ai rien à vous dire ». Cependant, une fois la répétition commencée, il lui rappelle, à lui aussi,. le mouvement de la scène : « Souvenez-vous bien de venir comme je vous l'ai dit, là, avec cet air qu'on nomme le bel air, ». etc. Et à la première réplique il l'interrompt pour corriger une intonation fausse : « Mon Dieu ! ce n'est point là le ton d'un marquis ; il faut le prendre un peu plus haut. Recommencez donc. » La Grange obéit, docilement, et, cette fois, c'est bien. Encore les indications de Molière ont-elles plutôt pour but, en l'espèce, d'ajouter à l'effet du rôle que de rectifier chez l'acteur une erreur d'interprétation, car *l'Impromptu* n'est pas une simple répétition, mais une vraie pièce jouée devant le public. La Grange fait un « marquis ridicule » ; Molière en profite pour dessiner plaisamment le personnage. Il le montre « peignant sa perruque et grondant une petite chanson entre ses dents » ; il parodie « la manière de parler particulière que la plupart de ces messieurs affectent pour se distinguer du commun » ; sous prétexte de dégager le théâtre, il raille leur importance bruyante : « Rangez-vous donc, vous autres, car il faut du terrain à deux marquis, et ils ne sont pas gens à tenir leur personne dans un petit espace ».

Ce n'est pas la seule fois, du reste, que, jeune premier habitué à charmer plutôt qu'à faire rire, La Grange ait joué un personnage purement comique. Dans *la Critique de l'École des femmes* il faisait peut-être le marquis [1], ce type du fat de cour, le plus complet de tous

---

1. C'est, du moins, l'avis d'Aimé Martin, qui ne donne aucune preuve à l'appui de cette attribution ; aussi Eugène Despois, s'appuyant sur un passage, assez obscur, à vrai dire, de la *Vengeance des marquis* par de Visé, et sur une distribution des rôles datée de 1685, donne-t-il le marquis à Molière et le chevalier Dorante à La Grange.

ceux qu'a dessinés Molière. C'est un vrai caractère, ce marquis, étudié avec un soin visible; on y voit, définitivement fixés, le langage et les manières de toute une catégorie d'originaux qui se copiaient en enchérissant les uns sur les autres, comme ont fait toujours les êtres de ce genre aux diverses époques de la société française. Leur imperturbable assurance se concilie avec une parfaite nullité; pas une idée qui leur appartienne en propre; leur bagout n'est que phrases toutes faites : « Je la trouve détestable, morbleu ! du dernier détestable, ce qu'on appelle détestable »; ou jugements répétés d'après quelque autre sot, oracle de leur coterie mondaine : « Dorilas, contre qui j'étois, a été de mon avis ». Ils y joignent les « turlupinades » : « Y a-t-il assez de pommes en Normandie pour tarte à la crème ? » Quand ils croient tenir un mot plaisant, ils ne le lâchent plus, se débarrassent d'une objection sérieuse par une pirouette, coupent la parole à leur contradicteur et l'empêchent de répondre, etc. Personnages amusants, mais bien difficiles à rendre, car une grande partie de leur comique consiste en des effets de voix et de costume, des jeux de physionomie; caricatures de l'élégance et de la mode, ils exigent chez l'acteur une élégance naturelle qu'il lui suffit d'exagérer pour la rendre plaisante, mais qu'il ne saurait créer si la nature la lui a refusée. Pour La Grange, il n'avait qu'à se parodier lui-même. Aussi Molière lui confiera-t-il, dans *le Misanthrope*, le rôle du petit marquis Acaste, qui est, autant qu'Oronte, l'homme au sonnet, la gaieté de ce chef-d'œuvre d'une couleur chaude, mais un peu sombre.

Les rôles que nous venons de parcourir, La Grange en retint le plus grand nombre jusqu'au bout de sa carrière. C'est dire qu'il conserva toujours cette sorte de jeunesse apparente, indispensable à un jeune premier,

et que rien ne remplace au théâtre, pas même la vraie.
S'il en abandonna quelques-uns pour en prendre de plus
marqués, ce n'était nullement que ses moyens eussent
baissé, mais, au contraire, parce qu'ils avaient gagné en
étendue et lui permettaient d'aborder, les personnages
de haut comique créés à l'origine par Molière lui-même.
Dans le relevé général de ses rôles, dressé après sa mort
pour être distribué à nouveau, on voit qu'il avait conservé Lélie de *l'Étourdi*, Éraste du *Dépit amoureux*,
Horace de *l'École des femmes*, don Juan, Adraste du
Sicilien, Clitandre de *George Dandin* et des *Femmes
savantes*, etc.; mais il jouait en même temps Alceste
du *Misanthrope*, Tartuffe, M. Jourdain, Argan du *Malade imaginaire*, et cela dans une troupe nombreuse où
ne manquaient ni les jeunes gens ni les grands premiers
rôles. On aura une idée complète de son talent lorsqu'on
saura que, pendant longtemps, il tint aussi les premiers
emplois tragiques et ne les abandonna tout à fait qu'entre
1673 et 1680, après que la jonction de l'ancienne troupe
de Molière avec celles du Marais et de l'Hôtel de Bourgogne lui eut permis de ne plus se prodiguer autant.

II

Organisation du théâtre de Molière ; La Grange y remplit les fonctions de trésorier et d'orateur ; l'annonce, l'affiche ; éloquence et
habilité de La Grange.

La Comédie-Française mise à part, nos théâtres contemporains n'ont rien conservé de l'ancienne organisation
administrative sur laquelle s'étaient modelées pendant
près de deux siècles les anciennes troupes parisiennes.

Chacun d'eux n'est plus qu'une exploitation gérée, à ses risques et périls, par un entrepreneur dramatique, engageant des comédiens qu'il paye et sur lesquels il exerce, au moins en principe, une autorité absolue. Au contraire, des origines de l'Hôtel de Bourgogne à la Révolution, un groupe d'acteurs jouant sur la même scène formait véritablement une compagnie, c'est-à-dire une association de personnes s'administrant elles-mêmes et directement intéressées à la prospérité de l'œuvre commune. Tout s'y réglait après délibération de la troupe ou en vertu de pouvoirs confiés par elle à l'un de ses membres. Même après que les gentilshommes de la chambre se furent attribué sur les troupes subventionnées une part d'autorité considérable, elles ne cessèrent pas de former de véritables sociétés à participation directe, maîtresses de leur régime intérieur et de leur budget. Outre son droit de vote dans les assemblées de la compagnie, chaque acteur exerçait, par délégation de ses camarades, perpétuellement ou à tour de rôle, les divers emplois nécessaires au bon fonctionnement de l'entreprise. Tel était trésorier, tel secrétaire; tel autre contrôleur, c'est-à-dire assistant et surveillant du secrétaire et du trésorier, tel orateur. Tel, enfin, cumulait plusieurs de ces emplois; ainsi La Grange, qui remplit longtemps les fonctions de secrétaire, de trésorier et d'orateur [1].

De ces trois charges, la dernière était, sans contredit, la plus importante. De nos jours, il arrive parfois, assez rarement, que le public parisien s'entende haranguer au cours d'une représentation, pour lui faire accepter un changement imprévu dans le spectacle, solliciter son

1. Voyez, outre l'indispensable Chappuzeau, J. Bonnassies, *La Comédie-Française, histoire administrative* (1658-1757), 1874.

indulgence, ou nommer l'auteur d'une pièce nouvelle.
Encore, de ces sortes d'annonces, toujours très courtes,
la dernière est-elle la seule, en dehors de la Comédie-
Française, qui soit faite par un acteur ; les autres sont
confiées d'habitude à un employé de la troupe, « le ré-
gisseur parlant au public ». Si parfois, en province,
celui-ci est en même temps acteur et employé, ce cumul
tient plutôt à des raisons d'économie qu'à une imitation
des anciens usages. Enfin, c'est encore en province, et
là seulement, que l'annonce peut devenir une harangue
développée ou même un dialogue, assez confus et tu-
multueux, avec le public. Autrefois, au contraire, nous
apprend Chappuzeau, à l'issue de chaque représentation,
l'orateur faisait un petit discours en trois points : « Il
rendoit grâces au public de son attention favorable, il
lui annonçoit la pièce qui devoit suivre et il l'invitoit à
la venir voir par quelques éloges qu'il lui donnoit. »
Assez souvent, ce discours était le fruit d'une soigneuse
préparation et tirait à conséquence par son étendue
comme par son objet. C'était quand le roi, ou un prince
du sang, ou un personnage de marque honorait la représentation de sa présence ; à la clôture annuelle de la semaine sainte et à la réouverture après Pâques ; enfin,
« quand il falloit annoncer une pièce nouvelle qu'il étoit
besoin de vanter », ou pour promettre « de loin » des
pièces nouvelles, ce qui « tenoit le monde en haleine et
faisoit voir le mérite de la troupe, pour laquelle on s'ef-
forçoit de travailler ». Pendant longtemps on attacha
des deux parts une grande importance à ce discours :
« Quand l'orateur venoit annoncer, continue Chappuzeau, toute l'assemblée prêtoit un très grand silence, et
son compliment court et bien tourné étoit quelquefois
écouté avec autant de plaisir qu'en avoit donné la comédie ; il produisoit chaque jour quelque trait nouveau

qui réveilloit l'auditeur et marquoit la fécondité de son
esprit. »

L'orateur était chargé, en outre, de rédiger l'affiche ;
et celle-ci n'était pas, comme aujourd'hui, une sèche
nomenclature n'indiquant, sous la date du jour, que le
titre de la pièce avec la distribution des rôles, mais un
second petit discours, une sorte d'appel au public, aussi
engageant que possible dans sa brièveté : « Elle entre-
tenoit le lecteur de la nombreuse assemblée du jour
précédent, du mérite de la pièce qui devoit suivre et de
la nécessité de pourvoir aux loges de bonne heure, surtout lorsque la pièce étoit nouvelle et que le grand
monde y couroit. » Un très petit nombre de ces affiches
sont venues jusqu'à nous, et il n'en est aucune que l'on
puisse, avec certitude, attribuer à La Grange. En voici
une, cependant, où il mit peut-être la main[1]. Horrible-
ment mutilée, restituée aussi péniblement qu'une inscription antique (encore a-t-il fallu renoncer à remplir
trois lignes sur six), elle date des débuts de la troupe de
Molière à Paris, entre 1658 et 1660 : « Les Comédiens
de Monsieur, frère unique du roi. — Nous ne vous
donnerons pas une mauvaise nouvelle en vous apprenant
que (lacune) nous représenterons l'Héritier ridicule ou
la Dame intéressée de Monsieur Scarron (lacune), avec
Gorgibus dans le sac (lacune). Vous aurez sujet d'être
satisfaits. — C'est au Petit-Bourbon à deux heures. » Il
est difficile, le genre admis, d'être plus concis et plus
simple. Cette autre est intacte, mais son style assez

1. Cette affiche, trouvée par M. Ernest Deseille, archiviste de
Boulogne-sur-Mer, a été acquise pour les archives de l'Opéra, avec
trois autres, aussi maltraitées, provenant une de l'Hôtel de Bourgogne, et deux du théâtre du Marais. Toutes quatre ont été restituées
et étudiées par M. Charles Nuitter, archiviste de l'Opéra, dans le
Moliériste de juillet 1880.

différent fait ressortir, par·comparaison, la modestie de
la première : « LES COMÉDIENS DE SON ALTESSE SÉRÉ-
NISSIME MONSEIGNEUR LE PRINCE. — Nous ne pouvons
pas mieux faire connaître l'envie que nous avons de
plaire à tout le beau grand monde, dont tous les jours
nous sommes honorés de la présence, qu'en leur donnant, aujourd'hui 16 novembre, une magnifique représentation de l'incomparable *Eudoxe*, de M. de Scudéry.
La vertu de cette grande princesse est si approuvée
qu'elle doit servir d'exemple à toutes les dames et les
obliger de venir à sa représentation, dont sans doute
elles emporteront une satisfaction entière. Ensuite vous
aurez la comédie du *Cocu imaginaire*, qui vaudra seule
la pièce de vingt sols. En attendant le grand *Sertorius*.
— C'est au lieu ordinaire, à trois heures précises [1]. »

Quant aux « annonces », il est certain que toutes ne
se valaient pas. Plus d'une, selon la proverbiale et pittoresque comparaison, était « comme l'épée de Mithridate,
longue et plate ». Cependant, parmi les orateurs en titre
de nos anciens théâtres, plusieurs s'étaient fait une réputation d'éloquence. Ainsi Bellerose [2], Floridor et Hau-
teroche à l'Hôtel, Mondory, Dorgemont et La Roque
au Marais. Quant à Molière, on devine ce que pouvaient être ses harangues. Si plusieurs anecdotes suspectes lui prêtent, en qualité d'orateur, des mots qu'il

---

1. Signalée aussi par M. Nuitter, cette affiche a été publiée dans
le Moliériste de mai 1886. La troupe est celle du prince de Condé,
dont M. H. Chardon a raconté l'histoire dans *la Troupe du Roman
comique dévoilée* ; M. G. Monval conjecture qu'elle était alors à
Dijon et que la date indiquée est le 16 novembre 1662. — La bibliothèque de l'Arsenal possède une autre affiche de comédiens de
campagne, « la Troupe choisie », rédigée dans le même goût.

2. Voyez une annonce prêtée à Bellerose dans *la Comédie des
comédiens* de Gougenot. Elle est assez diffuse, mais on·ne peut
rendre Bellerose responsable de l'éloquence que Gougenot lui
prête.

n'a certainement pas prononcés, il est impossible que, défenseur de ses propres pièces, si attaquées, il n'ait pas trouvé souvent l'allusion mordante, le trait vibrant, qui, faisaient le lendemain le tour de Paris. Cependant, dès 1664, sans abandonner tout à fait l'annonce, il en remit le soin à La Grange. Composer, faire répéter et jouer ses pièces, sans parler des ennuis de tout genre dont il était assailli, c'était assez pour qu'il désirât se décharger sur un auxiliaire sûr de cette part de son fardeau. On peut supposer aussi, en adoptant une ingénieuse conjecture de M. Édouard Thierry[1], que cet abandon avait une autre cause : la prudence. De véritables dialogues s'engageaient alors entre l'orateur et le public; ils jouaient l'un avec l'autre, et, grâce aux haines attentives qui veillaient autour du poète, un mot trop vif, une riposte peu respectueuse des puissances, partis de la scène ou de la salle, pouvaient, à certains jours, être colportés, envenimés, tournés au détriment, et peut-être à la perte du poète et de son théâtre. Molière l'aurait compris. Quoi qu'il en soit, il n'eut pas à regretter son choix. Lorsque, la pièce finie, La Grange s'avançait, « l'air libre et dégagé », conservant un juste milieu entre l'excès d'assurance et la modestie trop humble, la bienveillance du public venait, en quelque sorte, au-devant de lui : « Sans l'ouïr parler, écrit Chappuzeau, sa personne plaît beaucoup » ; s'il parle, comme il a « beaucoup de feu et de hardiesse », il « régale » véritablement l'assemblée. Aussi a-t-on pu[2] lui attri-

1. Éd. Thierry, *Quatre mois du Théâtre Molière*, s. d.
2. Éd. Thierry, *La Grange et son registre*. M. Thierry s'avance trop en attribuant *Ragotin* à La Fontaine; peut-être le fabuliste y eut-il une part, comme dans d'autres pièces de Champmeslé, quoique celle-ci soit d'une insigne platitude, mais Champmeslé en fut certainement l'auteur principal; c'est lui seul que La Grange nomme en cette qualité.

buer les vers du *Ragotin*, de Champmeslé, où il est
question de cet acteur

> Si jeune, si bien fait, qui déclame si bien,
> Qu'on aime tant, et qui, quand la pièce est finie,
> Vient toujours saluer toute la compagnie
> Et faire un compliment.

Dans plusieurs circonstances fort délicates, les compliments de La Grange furent assez remarqués pour que
le *Mercure* se crût obligé de les reproduire. Ainsi à la
mórt presque soudaine de la reine Marie-Thérèse. La
nouvelle de l'événement surprit les comédiens, le 30 juillet 1683, au moment où ils terminaient le prologue de
la Toison d'Or, de Corneille. Triste ironie de la destinée : cette pièce, que l'on venait de remonter avec un
grand luxe de mise en scène, avait été composée en
1660, à l'occasion du mariage de Louis XIV avec l'in-
fante d'Espagne. Et tandis que, dans la salle Guénégaud,
la Paix récitait, en l'honneur de la reine, des vers pleins
d'espérance, que « l'Hyménée paraissoit, couronné de
fleurs, portant en sa main droite un dard semé de lis et
de roses, et en la gauche le portrait de la reine peint sur
son bouclier », on commençait dans les églises de Paris
les prières de quarante heures pour le salut de la reine
déjà morte et depuis longtemps délaissée. L'antithèse
entre la fiction du théâtre et la réalité était par trop lu-
gubre. Que faire, cependant? Continuer la représentation
était impossible; rendre l'argent et renvoyer le public,
sans lui dire pourquoi, eût provoqué un tumulte invo-
lontairement scandaleux; enfin, annoncer la nouvelle
à haute voix dans un lieu de plaisir, n'était-ce pas manquer de respect à l'auguste défunte? La Grange sauva la
situation : « Celui qui a coutume d'annoncer, raconte le
Mercure, ne voulut point faire savoir sur un théâtre la

mort de la reine à une grande assemblée, et dit seulement que le malheur qui venoit d'arriver étoit cause que l'on ne poursuivroit pas la représentation de la pièce. Chacun se demanda l'un à l'autre de quel malheur il vouloit parler; et une dame, qui étoit dans une loge, l'ayant appris de ce même acteur, fit un si grand cri, que tous ceux qui l'entendirent, en ayant été émus, apprirent bientôt cette fâcheuse nouvelle et mêlèrent leur douleur à celle de cette dame. » Douleur de convenance, imaginée ou exagérée par l'officieux narrateur : oubliée dans son isolement, Marie-Thérèse était à peu près aussi indifférente au peuple de Paris qu'à son mari et à la cour. Le moyen employé par La Grange n'en est pas moins ingénieux; profiter ainsi de la présence dans la salle d'une personne connue, et lui jeter à demi-voix la nouvelle qu'on ne peut dire tout haut, atteste un homme de coup d'œil et de prompte décision. Aussi valut-il à La Grange les félicitations de la cour.

Trois ans après, en septembre 1686, même tact dans une circonstance qui non seulement n'avait plus rien de funèbre, mais où une sorte d'ironie joyeuse se dégageait de la représentation même, par un singulier rapport entre la pièce et une partie des spectateurs. Louis XIV avait reçu cette fameuse ambassade de Siam qui excita une si vive curiosité, et dont la réception ne fut pas sans quelque analogie avec les « turqueries » du *Bourgeois gentilhomme*. On conduisit, naturellement, les ambassadeurs à la salle Guénégaud, et on leur donna ce même *Bourgeois gentilhomme*, sans aucune intention de les mystifier, peut-être même avec l'espoir que, dans cette pièce-là, du moins, ils comprendraient quelque chose. Mais, avec la tournure d'esprit d'un public parisien, était-il possible que la ressemblance lointaine de ces étrangers avec les fantoches bouffons du divertissement

n'excitât pas le sourire? Des deux côtés, même luxe
étrange de costume, mêmes simagrées, même jargon. La
représentation dut être particulièrement gaie; quant au
compliment obligatoire, il est à croire qu'on l'attendait
avec curiosité : comment l'orateur allait-il concilier une
impression qu'il éprouvait certainement lui-même, avec
la réserve de son emploi? La Grange fut parfait de convenance, avec une pointe d'inoffensive ironie courant
comme un sourire à travers les formules respectueuses
et le sérieux officiel : « Jamais, dit-il, les comédiens
n'avoient eu l'avantage de voir chez eux des personnes
dont la qualité, dans toutes ses circonstances, eût plus
attiré d'admiration ». Mais, insinuait-il, « il eût été à
souhaiter pour la troupe qu'un peu d'habitude de la
langue française leur eût rendu la pièce intelligible,
afin qu'ils en eussent pu sentir la beauté; ajoutant aussitôt : « ce qui leur auroit mieux fait comprendre le zèle
avec lequel les comédiens s'étoient portés à leur donner
quelque plaisir ». Il terminait par une invitation discrète à revenir. Tout le monde fut enchanté, y compris
les ambassadeurs, et, à la sortie, pour montrer, avec sa
satisfaction, que la langue française ne lui était pas si
étrangère, leur chef dit à La Grange, qui jouait Dorante :
« Je vous remercie, monsieur le marquis ». Aussi revin-
rent-ils deux fois, préférant la comédie à l'opéra. Nouveau
compliment de La Grange, qui joignit à l'expression de sa
gratitude celle d'une véritable fierté patriotique, envelop-
pée dans une délicate flatterie : « Il les remercia de ce que
la troupe avoit été la première et la dernière honorée de leur
présence, et marqua la joie qu'ils devoient avoir de remporter une réputation si universelle, et d'avoir plu dans
une cour qui sert de modèle à toutes les autres, et où
l'on a bientôt fait de découvrir le faux mérite. »

Si, dans les circonstances de ce genre, le rôle d'ora-

teur exigeait de rares qualités, il n'avait, au demeurant,
rien que d'agréable pour celui qui en était capable.
D'autres fois, au contraire, et assez souvent, il exigeait
autre chose que de l'éloquence : il y fallait vraiment
payer de sa personne et faire preuve de courage. Comparé au public du dix-septième siècle, celui de nos
jours est d'une docilité moutonnière, même en province,
où le parterre et la *loge infernale* s'amusent encore à
soulever des tumultes de mauvais goût. Quelle différence
avec les salles d'autrefois ! Même au Palais-Royal, le
public s'inquiétait peu que le chef de la troupe réunît
en sa personne une admirable trinité de talents ; les représentations étaient souvent bruyantes jusqu'au désordre. C'étaient, d'abord, les militaires de la maison
du roi qui s'arrogeaient le privilège d'entrer sans payer,
malgré les ordonnances toujours renouvelées pour leur
imposer le droit commun ; dans l'occasion, ils péné-
traient dans la salle, l'épée à la main, et tuaient le por-
tier assez osé pour leur disputer le passage. Puis les
valets et les pages, qui se permettaient force gentillesses,
comme de jeter sur la scène des pierres et « le gros
bout d'une pipe à fumer », ou de couper la parole aux
acteurs « par des hurlements, chansons dérisionnaires
et frappements de pieds contre les ais de l'enclos où
sont les joueurs d'instruments ». Enfin, sans parler des
ennemis personnels du poète, auteurs ou comédiens,
des originaux raillés, les gens de qualité étalaient, des
deux côtés du théâtre, leurs grâces insolentes, parfois
excités par une ivresse de bon ton. L'orateur devait, dans
l'occasion, tenir tête à tous. Or La Grange, plus que
tout autre, plus que Molière lui-même, était l'homme
de cette tâche difficile. Outre qu'on n'avait contre lui
aucune des causes d'animosité qu'excitait Molière, il
réunissait un ensemble de qualités qui exercent sur le

public une séduction assurée : politesse, douceur, élégance d'honnête homme et de jeune premier ; et, si le
public est impitoyable au comédien qu'il n'aime pas, on
sait jusqu'où peut aller, je ne dis pas son enthousiasme,
mais son idolâtrie pour celui qui a su conquérir ses
bonnes grâces. De plus, en présence d'un véritable danger, La Grange était plein de décision et de sang-froid.
Un après-midi de novembre 1691, un capitaine au régiment de Champagne, le sieur Sallo, ivre, et accompagné de quelques amis dans le même état, veut entrer
sans billet et blesse grièvement d'un coup d'épée un
exempt du lieutenant-criminel. Une fois dans la salle, il
fait un tel vacarme, que La Grange doit interrompre les
acteurs, venir à la rampe et demander au public s'il
veut que la représentation suive son cours. On répond de continuer. Mais à peine les acteurs ont-ils
repris la scène, que le capitaine entre en fureur, leur
ordonne de se taire, les menace de les tuer à coups
de pistolet, arrache les chandelles de la rampe et les
leur jette à la tête ; finalement, il les met en fuite. La
Grange paraît alors pour la seconde fois ; sans s'inquiéter du forcené, il présente au public les excuses
de ses camarades pour leur retraite involontaire, puis
« il demande si quelqu'un est mécontent et si on se
plaint de la troupe ». On lui crie que non, on l'applau-
dit, et les acteurs reparaissent. Sallo tire alors l'épée,
saute sur le théâtre, chasse les acteurs, lance des coups
au hasard à travers les décors, enfonce le plafond pour
couper les lustres de l'avant-scène, crie des extrava-
gances, blasphème, dit qu'il se moque, ou l'équivalent,
du roi et de ses ordonnances, etc. Troisième apparition
de La Grange, toujours aussi calme ; il passe devant
Sallo, sans avoir l'air de soupçonner sa présence et déclare qu'on va rendre l'argent. Cela fait, il s'occupe du

capitaine, qui s'est engagé dans le couloir des loges, et par une manœuvre habile il le fait reculer jusqu'à un petit escalier sans issue, où le concierge du théâtre s'empresse de l'enfermer [1].

III

On est aujourd'hui prodigue d'épithètes enthousiastes envers le *Paradoxe sur le comédien* de Diderot. La plupart de ceux qui le rencontrent sur leur chemin se croient obligés de marquer au passage leur admiration pour ce livre « génial »; il est, à les entendre, plein d'idées, hardies en leur temps, mais devenues du nôtre des vérités indiscutables. Dans ce mince dialogue on prétend trouver le dernier mot, ou peu s'en faut, sur l'art du comédien. Il serait plus juste d'y voir simplement ce que l'auteur y a voulu mettre, un paradoxe, et un paradoxe qui tient plutôt de la gageure poussée jusqu'au bout que du désir de remplacer une erreur banale par une vérité neuve. Non seulement la pensée de Diderot n'y est pas toujours claire, mais elle est, en plusieurs passages, franchement inintelligible; avec un faux air de dialectique serrée, le fil du raisonnement casse plu-

1. Enquête de police publiée par M. Em. Campardon, dans les *Comédiens du roi de la troupe française*, appendice, VI. — On peut suivre aisément les péripéties de l'affaire sur le plan de l'ancienne Comédie-Française contenu dans le supplément de l'*Encyclopédie théâtrale*, extraite elle-même de l'Encyclopédie de d'Alembert et Diderot.

sieurs fois. On y trouve assurément, comme toujours chez Diderot, force vérités de détail, de fines remarques, des anecdotes curieuses, des passages éloquents, d'autres d'une ironie mordante ; on y trouve aussi le hasard de pensée et d'expression non moins commun chez Diderot, du fatras, enfin une intrépidité de bonne opinion attestée par l'éloge convaincu et trois ou quatre fois repris du *Père de famille*. Le tout pour établir les trois propositions suivantes : « C'est l'extrême sensibilité qui fait les acteurs médiocres ; c'est la sensibilité médiocre qui fait la multitude des mauvais acteurs ; et c'est le manque absolu de sensibilité qui prépare les acteurs sublimes. » Il n'y a qu'à feuilleter la *Galerie du Théâtre-Français* et les *Anecdotes dramatiques* pour constater la fausseté de ces trois prétendus axiomes. La sensibilité au théâtre se concilie aussi bien avec le génie qu'avec la médiocrité. Tel acteur excellent n'éprouvera aucune émotion et se moquera de celle qu'il excite, tel autre ne parviendra jamais à surmonter l'émotion chaque fois renouvelée que lui cause un rôle pathétique. L'étude du talent et du caractère de La Grange fournirait des preuves nouvelles contre le fameux paradoxe. La Grange avait beaucoup de sensibilité : on en aura bientôt la preuve. Mais cette sensibilité ne l'empêchait pas de faire sortir de ses rôles leur plein effet ; il en était assez maître pour la gouverner en tout et toujours. D'autre part, aussi bien que le paradoxe de Diderot, il dément cette autre erreur, accréditée surtout par un drame bien connu d'Alexandre Dumas père, *Kean ou Désordre et Génie*, qu'aux rôles de feu il faut des âmes semblables à ces rôles, que, des passions qu'il traduit, l'acteur doit connaître par expérience le plus grand nombre possible, surtout l'amour, enfin qu'il a le droit d'accumuler des expériences dont l'art profitera. On accorde, tout au plus, que pour jouer les Atrides, Néron et Macbeth, il n'est pas indispensable de pratiquer l'inceste, le parricide et l'assassinat.

Et d'abord, ce charmant amoureux, cet orateur plein de ressources, cet homme de résolution et de courage, était en même temps un homme d'intérieur et de famille, réglé dans ses mœurs et dans sa conduite, un comptable épris des chiffres, des affaires en ordre[1] et des écritures bien tenues. On sait combien de jeunes premiers, à toutes les époques de notre histoire dramatique, se sont fait gloire de leurs conquêtes, même après que l'âge semblait les ranger parmi les invalides de l'amour. Il suffira de rappeler un camarade de La Grange, ce Baron, type accompli du bellâtre, du fat et de l'homme à bonnes fortunes, celui qu'un contemporain, Tralage, appelait « le satyre ordinaire des jolies femmes ». Il en est d'autres, au contraire, qui, fixés de bonne heure, furent des époux modèles et ne firent parler d'eux que par leurs succès dramatiques. La Grange est du nombre de ceux-ci. Il ne se maria qu'en 1672, à trente-deux ans ; mais, si dans les années qui précédèrent il eut, lui aussi, ses aventures galantes, il était discret, qualité rare en ce genre de commerce, et elles ne firent aucun bruit.

Celle qu'il choisit pour femme, sa camarade Marie Ragueneau, familièrement appelée Mlle Marotte, bien qu'elle s'intitulât Mlle de l'Estang, ne semblait guère destinée à cette union. C'était la fille d'un pâtissier mauvais poète, dont une passion malheureuse pour les vers et le théâtre fit, après l'avoir ruiné, un moucheur de chandelles

---

1. On voit, par le registre, que La Grange avait des économies en entrant dans la troupe de Molière, et il devait laisser en mourant 100 000 écus de bien.

dans la troupe provinciale de Molière[1]. Elle avait un an de plus que son mari, peu de beauté, semble-t-il, et aucune dot. Ancienne femme de chambre (c'est-à-dire, en style de théâtre, élève et suivante) de Mlle de Brie, elle n'avait pas appris grand'chose à cette bonne école. Molière ne lui confia, dans ses pièces, que des rôles de pure figuration, comme Marotte des *Précieuses ridicules* et Aglaure de *Psyché*, ou des personnages d'un comique marqué, comme l'héroïne de *la Comtesse d'Escarbagnas*. Non seulement, après plus de douze ans, elle ne faisait pas officiellement partie de la troupe, mais c'était à peine une pensionnaire, presque une gagiste. Elle ne fut vraiment admise qu'après son mariage, en considération des services de son mari, et à demi-part ; on la réduisit à quart de part après la réunion de 1680, et il fallut les justes réclamations de La Grange pour que l'autre quart lui fût rendu. En 1679 Thomas Corneille, voulant mettre quelques lignes aimables pour elle dans un rôle de *la Devineresse*, qui lui était confié, ne trouvait à en dire que ceci : « Je sais que je ne suis pas une beauté achevée, mais je m'en console. J'ai quelque agrément, un peu d'esprit, des manières assez enjouées, et je crois qu'avec cela on peut faire figure dans le monde. » Aux petits rôles qu'elle attrapait deci, delà, elle joignait les fonctions de « préposée à la recette », ce qui suppose des aptitudes financières ; et peut-être cela contribua-t-il à séduire La Grange, qui en avait de très marquées[2]. En

1. Digne du *Roman comique*, l'histoire du pâtissier Ragueneau est un des plus amusants épisodes de la vie des comédiens d'autrefois ; d'Assoucy la raconte avec agrément au chapitre XII de ses *Aventures*.
2. D'après M. G. Monval (*le Moliériste*, septembre 1886), ce ne serait point la future de La Grange, mais sa mère, qui aurait rempli les fonctions de préposée à la recette.

tout cas, ce mariage était entièrement à l'avantage de
l'épousée, y compris le contrat; aussi, selon la juste
remarque de M. Édouard Thierry, Marie Ragueneau
comparut-elle devant le notaire avec un cortège triom-
phal de parents et d'amis, tandis que La Grange se présentait modestement accompagné de son frère Verneuil
et d'un seul ami, Pierre de La Barre, « ordinaire de la
musique du roi ». De plus, on ne peut s'empêcher de
remarquer que, mariée depuis huit mois à peine, elle
rendait La Grange père de deux petites filles, qui ne vé-
curent pas. Peut-être n'y eut-il là qu'un accident; peut-
être aussi les deux époux ne firent-ils que consacrer une
situation antérieure au mariage; en ce cas, La Grange,
honnête homme en toutes choses, se serait empressé de
réparer une erreur amoureuse. Mᶫᶫᵉ de La Grange se
montra-t-elle du moins reconnaissante du choix de son
mari ? L'auteur de *la Fameuse comédienne*, vraie har-
pie qui salit tout ce qu'elle touche, termine son pamphlet
par une série d'épigrammes, où se trouve celle-ci à
l'adresse de Marie Ragueneau :

> Si, n'ayant qu'un amant, on peut passer pour sage,
> Elle est assez femme de bien,
> Mais elle en auroit davantage
> Si l'on vouloit l'aimer pour rien.

En revanche, Tralage la comprend, avec son mari, au
nombre des comédiens qui « vivaient bien, régulièrement et même chrétiennement ». Quoi qu'il en soit,
pas plus après son mariage qu'avant, que sa femme ait
été modeste ou coquette, fidèle ou volage, La Grange ne
fit parler de lui; il ne fournit pas la moindre contribu-
tion à la chronique scandaleuse d'une troupe où les
vertus faciles étaient en nombre; sa vie privée fut celle
d'un brave homme, d'une probité et d'une fidélité bour-

geoise, également attaché à sa famille et à son théâtre.

En dehors de ses services comme acteur, cet attachement à la troupe est attesté par le fameux registre qui
a rendu son nom presque populaire et qui renferme sans
interruption l'histoire du théâtre durant vingt-six ans,
du 28 avril 1659 au 1er septembre 1685[1]. On cite parfois
ce registre comme le livre officiel des recettes et des
dépenses de la troupe, tenu pour elle et en son nom.
C'est une erreur : ce qu'on appelle le *Registre de La
Grange* est un simple *livre de raison,* comme en avaient
nos pères, c'est-à-dire un journal personnel où le propriétaire consignait ce dont il désirait fixer pour lui-
même le souvenir. Livre d'un comédien ami des
chiffres, celui-ci est rempli par la notation de tous les
événements qui intéressent le théâtre dont le propriétaire fait partie et sont le tissu même de sa propre existence : constitution de la troupe, son état au début de
chaque année théâtrale, premières représentations, composition du spectacle de chaque jour, visites à la cour ou
chez les particuliers, recettes, dépenses, aumônes, parts
de chaque acteur, etc.; il renferme, de plus, intercalée
entre ces renseignements d'intérêt général, la mention
de beaucoup d'événements personnels au seul propriétaire : maladies, mariages, décès des membres de sa
famille ; parfois des réflexions sur ces divers événements,
d'ordre général ou privé. La seule chose qui soit tout à
fait absente du registre, c'est la mention des événements

1. Tous les biographes de Molière, depuis Taschereau, et, à la
suite de ce dernier, tous les historiens de la Comédie-Française,
ont abondamment puisé dans le registre de La Grange. Outre la
notice de M. Éd. Thierry, ce registre a été l'objet d'études plus ou
moins détaillées; je citerai notamment Éd. Fournier, *Molière
d'après le Registre de La Grange,* à la suite du *Roman de Molière,*
et E. Despois, *le Registre de La Grange,* dans la *Revue politique et
littéraire* du 18 mars 1876.

publics : on dirait que l'auteur, sujet respectueux dans
une monarchie absolue, estime que ce ne sont point là
ses affaires et qu'il y aurait même intrusion coupable à
s'en occuper. Il ne fait exception que dans le cas où ces
événements ont eu leur contre-coup sur la vie du théâtre,
par exemple en interrompant les représentations.

A lui seul, du reste, le titre du registre ne devrait
laisser aucun doute sur son véritable caractère ; l'auteur
a écrit sur la couverture de ce petit in-4°, recouvert de
simple parchemin : *Extrait des recettes et des affaires
de la Comédie depuis Pâques de l'année* 1659, *appartenant au sieur de La Grange, l'un des comédiens du
roi.* Ce n'est là qu'un résumé des grands registres du
théâtre, les registres officiels ; mais pour la période la
plus intéressante, celle qui va de 1658 à 1673, il en remplace pour nous la plus grande partie, car de ces grands
registres il ne reste plus que trois, deux tenus par La
Thorillière, un par Hubert, et qui ne comprennent que
deux ans et demi sur quatorze. Pour les années posté-
rieures à 1673, la série des grands registres est complète ;
mais celui de La Grange, qui s'y réfère plusieurs fois,
contient plus d'un détail intéressant qu'ils ne donnent
pas. Au demeurant, il n'a pas du tout la physionomie d'un
livre de comptes officiel ; ainsi, le plus souvent, on n'y
trouve, pour les recettes et les dépenses, que les totaux
sans le détail des additions qui les ont fournis. En outre,
on voit aisément qu'il n'a pas été, bien s'en faut, tenu
au jour le jour sans interruption. Les différences de
l'encre et de l'écriture montrent par places que, lorsque
La Grange en avait le loisir, il le mettait chaque soir au
courant ; mais leur ressemblance pendant des pages entières montre aussi qu'il dut souvent revenir en arrière
et rédiger d'un seul trait des mois, et peut-être des
années. De là quelques menues erreurs ; de là ce que

M. Édouard Thierry appelle « le présent trop tôt instruit des faits du lendemain », et certains résumés embrassant des périodes assez longues. Comme exemple de ces derniers, on peut citer toute la période antérieure à 1661, évidemment écrite après coup. Il semble que, la troupe de Molière s'affermissant chaque jour, le roi lui témoignant une préférence de plus en plus marquée, le génie de son chef promettant une longue suite de chefs-d'œuvre, La Grange ait eu la conscience qu'il se préparait en elle quelque chose de considérable et dont il valait la peine de noter les progrès. Il voulut donc en écrire la chronique, et, pour être complet, remonta jusqu'à l'origine. Enfin, nous avons, depuis quelques mois seulement, la preuve décisive que le registre était bien la propriété de celui qui l'a rédigé. Il résulte, en effet, d'une série de documents retrouvés par l'archiviste de la Comédie-Française, M. Georges Monval [1], qu'en 1785 il n'était pas encore sorti de la famille de La Grange ; offert à la Comédie, il fut acheté pour la somme de 240 livres, le 5 septembre de cette année-là. Depuis il connut des vicissitudes fort dangereuses pour sa conservation : on le prêtait, et, en une seule fois, de 1790 à 1818, il resta vingt-huit ans hors du théâtre. A partir de cette dernière date, cependant, on commence à en comprendre l'inappréciable valeur, et les historiens de Molière se mettent à l'étudier avec soin. Cela n'empêcha pas, dit-on, un ministre du second empire de l'emprunter une dernière fois et de le laisser toute une année exposé comme curiosité sur la table de son salon. Il ne court plus aujourd'hui de ces risques : enfermé dans une armoire spéciale, il n'est communiqué qu'à bon escient et ne sort jamais du cabinet de l'archiviste.

1. L'*Origine du Registre de La Grange*, dans *le Moliériste* d'avril 1885.

Ce n'est pas, précisément, l'œuvre d'un calligraphe,
mais celle d'un homme doué, comme l'on dit, d'une
« belle main », écrivant posément, d'une écriture le
plus souvent large et haute, parfois plus fine et plus
serrée, toujours très lisible. Beaucoup de propreté : on
n'y trouve qu'un très petit nombre de taches, dont une
large coulée de bougie tombée du flambeau qui éclairait
l'écrivain et quatre ou cinq traces de pâtés d'encre, enlevés d'un coup de langue à la façon des écoliers. Presque
pas de ratures, de grattages ni de surcharges : lorsque
l'auteur n'est pas sûr d'un fait, — nom, titre ou chiffre,
— il laisse un blanc et le remplit par la suite, ou bien il
complète par une « manchette » inscrite en marge le
contenu de la page même. Ce qui achève de lui donner
une physionomie tout à fait intime, ce sont les signes
allégoriques dont il est rempli. Ces signes, le plus souvent coloriés, sont au nombre de douze, que M. Édouard
Thierry définit de cette manière : le losange, le losange
avec un support, la croix, l'anneau écartelé, l'anneau
mi-parti, l'anneau avec une croix au centre, les deux
anneaux concentriques, les perles (ou les zéros) traversées
de quatre points rayonnants, le carré long, enfin les zéros
barrés d'un trait horizontal. Quant à leur signification,
le losange, teinté de noir ou de rouge-brique, marque
les événements malheureux : maladies, morts, procès,
persécutions, traverses de tout genre, comme, par
exemple, l'expulsion du Petit-Bourbon ; la croix protège
les naissances ; l'anneau, surtout teinté de bleu, constate
ou souhaite le bonheur présent ou à venir : visites rému-
nératrices, mariages, installation au Palais-Royal ; mi-
parti noir et bleu, il caractérise les victoires incertaines,
comme la première représentation du *Tartuffe* ; les perles
radiées accompagnent les succès francs et symbolisent
peut-être les chandelles de la rampe, l'illumination du

succès définitif. Il s'en faut, cependant, que ces significations soient très nettes et toujours constantes; avec le temps, La Grange les modifie; parfois même il semble ne pas s'y reconnaître très bien lui-même et prendre les unes pour les autres. Tels qu'ils sont, ces signes contribuent à marquer d'une physionomie originale et le registre et son auteur. La Grange tient son registre comme d'autres collectionnent, tournent, peignent ou pêchent à la ligne, et, chez lui comme chez les autres, ce goût est l'indice d'une nature honnête et parfaitement équilibrée; au milieu des tracas et des complications de la vie, ces êtres privilégiés ont trouvé, avec une diversion salutaire, un délassement certain, un coin de poésie. Mais quel contraste, pour l'homme qui nous occupe, entre ce passe-temps et sa profession, les préoccupations fiévreuses qui la remplissent d'ordinaire et les idées qu'elle éveille! La représentation finie, Mlles de Brie et du Parc vont à leurs amours, Molière à ses travaux et à ses souffrances, Louis Béjart et de Brie à leurs querelles, Brécourt à sa bouteille, Baron à ses bonnes fortunes. La Grange, qui vient de berner Arnolphe et de conquérir Agnès, de discuter sentiment avec la précieuse Armande et de persifler Trissotin, La Grange emporte sous son bras le gros registre de la troupe, s'enferme, se déshabille, et, dans le grand silence du théâtre tout à l'heure si bruyant, tire de son tiroir son registre à lui, sa plume, son pinceau, et se met à faire des additions, des anneaux et des losanges.

Ce registre est tellement une œuvre personnelle qu'à le feuilleter on pénètre vite dans la connaissance intime de celui qui le tenait : rien ne nous échappe de son caractère et de ses goûts. D'abord, il n'y a pas, chez ce comédien, trace de *cabotinage*, de cette vanité absorbante qui tire tout à elle et se subordonne tout. La

Grange ne parle jamais des services nombreux et divers
qu'il rend à la troupe ; il faut les deviner par la nature
des faits eux-mêmes. S'il prête de l'argent à ses camarades
au début de l'installation au Palais-Royal, s'il intervient,
comme représentant ou conseil, dans toutes leurs affaires d'intérêt, il ne songe pas une seule fois, je ne dis
pas à grossir, mais à marquer l'importance de ce qu'il a
fait ; il se contente de l'indiquer simplement, brièvement, comme chose naturelle et normale. Une ou deux
fois il se trouve en discussion avec la troupe dans une
affaire où, autant que nous en puissions juger, le bon
droit était de son côté. Il écrit simplement : « Je n'ai
voulu consentir jusques à ce jour d'hui que pour termi-
ner tous différends et entretenir paix et amitié dans la
troupe. J'ai acquiescé à la pluralité. » Une autre fois il
réclame contre une injustice doublement criante, d'a-
bord parce qu'elle diminuait de moitié la part de Mlle de
La Grange sans qu'elle eût démérité, et ensuite parce
qu'elle méconnaissait, par contre-coup, les services ex-
ceptionnels que lui-même rendait au théâtre : il ne se
plaint même pas dans son registre, et c'est par une pièce
officielle que nous connaissons sa réclamation. On a vu
le soin et le luxe qu'il portait dans la composition de
ses costumes. Comme plusieurs avaient été commandés
« pour les plaisirs du roi », il avait reçu 2 000 livres
de gratification. C'était juste la moitié de sa dépense. Il
se contente de le marquer en ces termes : « Comme ce
que le roi donnoit n'étoit pas-suffisant pour la dépense
qu'il falloit faire, lesdits habits m'ont coûté plus de deux
mille autres livres. » Et c'est tout. Que de comédiens
n'eussent pas manqué cette occasion unique d'opposer
leur propre magnificence à la parcimonie de Louis XIV !
Pour ses affaires personnelles, son mariage, la naissance
de ses enfants, ses maladies, la mort des siens, une men-

tion précise et courte du fait : « Ici je tombai malade
d'une fièvre continue double tierce et j'eus deux rechu-
tes. Je fus deux mois sans jouer. M. Du Croisy prit mon
rôle d'Éraste. » Une seule fois il laisse entrevoir son
sentiment intime sur un événement de cette nature, non
par. une réflexion, mais par la simple omission d'un
signe. Lorsque la mère de sa femme vient à mourir, il
note strictement le fait sans dessiner le losange noir qui
accompagne chez lui les décès. On devine par là, et par
là seulement, que Marie Ragueneau lui avait apporté en
mariage une belle-mère désagréable.

Il est aussi discret sur ses camarades que sur lui-
même : leurs affaires personnelles, intrigues ou querelles, rivalités ou zizanies, il ne les critique jamais. Cependant il sait voir et juger avec autant de bon sens que
de finesse ; on devine qu'il n'est jamais dupe, à certaines façons de dire, irréprochables en elles-mêmes, mais
où son opinion sur certains actes se laisse voir par cela
seul qu'il les enregistre. Un jour, Armande avait eu un
de ces caprices de jolie femme auxquels elle se livrait si
volontiers. La Grange écrit : « M{ᴸᴸᵉ} de Molière ne voulut
pas jouer ». Une autre fois c'est M{ᴸᴸᵉ} de Brie qui fait
manquer le spectacle : « M{ᴸᴸᵉ} de Brie fit la malade ».
Même clairvoyance et même finesse pour les choses du
dehors, dont il ne parle, je l'ai dit, que dans leur rapport plus ou moins direct avec le théâtre. En voici deux
exemples réunis dans une même page du registre. Un
jour, le marquis de Richelieu fait venir la troupe en visite. En apparence, c'est pour donner la comédie aux
filles d'honneur de la reine ; en réalité, c'est pour l'offrir à la seule M{ᴸᴸᵉ} d'Argencourt, sa maîtresse, qui est du
nombre. La Grange écrit : « M. le marquis de Richelieu
arrêta la troupe pour jouer *l'École des maris* devant les
filles de la reine, *entre lesquelles étoit M{ᴸᴸᵉ} de La Motte*

d'Argencourt ». On sait la générosité de Fouquet envers
tous ceux qui contribuaient à ses plaisirs; elle contras-
tait avec la parcimonie de certains, grands seigneurs,
des princes du sang eux-mêmes, qui payaient chiche-
ment, se mettaient en retard, parfois même ne payaient
pas du tout. Aussi, après une visite au château de Vaux,
La Grange fait-il à Fouquet les honneurs d'un caractère
spécial, aussi gros que sa munificence, et il écrit :
« Monsieur le surintendant donna 1 500 livres ». Mazarin, mourant, désire voir *les Précieuses ridicules*,
alors dans leur nouveauté. Voici le compte rendu de la
représentation : « *L'Étourdi* et *les Précieuses* au Louvre, chez son Éminence M. le cardinal de Mazarin, qui
étoit malade dans sa chaise. Le roi vit la comédie debout,
incognito, appuyé sur le dossier de ladite chaise de S. E.
Nota que le roi vit la comédie incognito et qu'il rentroit
de temps en temps dans un grand cabinet. Sa Majesté
gratifia la troupe de trois mille livres. » On ne saurait
marquer plus brièvement et d'une manière plus frappante l'attitude de petit garçon que Louis XIV conserva
quelque temps devant son vieux ministre.

La Grange ne se permet même pas de juger les
mauvais procédés des gens ; aucune épithète malson-
nante à leur adresse ; mais, ici encore, à la seule façon
dont il note le fait, son opinion se devine. On sait comment Racine, faisant apprendre en même temps son
Alexandre par la troupe du Palais-Royal et par celle de
l'Hôtel de Bourgogne, à l'insu l'une de l'autre, laissa
Molière donner la première représentation, puis, au
bout de quatorze jours, ne se trouvant pas assez bien
joué au Palais-Royal, se fit afficher à l'Hôtel. La Grange
raconte ainsi l'incident : « La troupe fut surprise que la
même pièce d'*Alexandre* fût jouée sur le théâtre de
l'Hôtel de Bourgogne. Comme la chose s'étoit faite de

complot avec M. Racine, la troupe ne crut pas devoir les
parts d'auteur audit M. Racine, qui en usoit si mal que
d'avoir donné et fait apprendre la pièce aux autres comédiens. » Quelque temps après, Racine enlève à Molière
Mlle du Parc : « Mlle du Parc a quitté la troupe, écrit La
Grange, et a passé à l'Hôtel de Bourgogne, où elle a joué
Andromaque de M. Racine ».

Par la nature même du registre, les notes qui le composent sont très courtes. La plupart se bornent à une
date, un titre et un chiffre, quelques-unes ont deux ou
trois lignes, un très petit nombre s'étendent jusqu'à une
ou deux pages, trois au plus. Parmi les plus détaillées,
il en est deux justement fameuses, celles où sont racon-
tées l'expulsion du Petit-Bourbon et la mort de Molière.
Ce sont là, en effet, deux événements d'une importance
capitale, et qui mettaient en jeu les deux sentiments les
plus chers au cœur de La Grange, son attachement à son
théâtre et son affection pour son chef. L'émotion a donc
triomphé de sa réserve habituelle; elle l'a fait parler
avec une effusion relative, d'abord pour attester que
« tous les acteurs aimoient le sieur Molière, leur chef »,
parce qu'il « joignoit à un mérite et une capacité extraordinaire une honnêteté et une manière engageante qui
les obligea tous à lui protester qu'ils vouloient courir sa
fortune », ensuite pour raconter avec une exacte précision dans quelle circonstance s'est produite « la perte ir-
réparable ». Il n'y a pas lieu, assurément, d'attribuer
une valeur littéraire au registre et d'y chercher un style;
c'est un document d'un grand prix, mais rien que cela,
et l'auteur lui-même n'a pas songé un seul instant à faire
œuvre d'écrivain. Mais on est frappé de l'aisance avec
laquelle La Grange manie la plume lorsqu'il se donne
un peu de champ. De plus, toutes les qualités de l'écrivain qui viennent du caractère, il les a : ses façons de

dire sont nettes et franches comme sa pensée, mesurées,
discrètes et courtoises comme son *habitude* tout entière.
Enfin, s'il ne s'inquiète en rien de polir sa phrase, s'il
ne s'interdit aucune des négligences de l'homme qui
écrit pour lui seul, cette phrase n'en a pas moins une
élégance et une souplesse très dignes d'attention.

IV

Comment la troupe de Molière parvint à lui survivre; fusion des
trois troupes de Paris et fondation de la Comédie-Française;
part qu'y prit La Grange. — Influence de La Grange dans la nouvelle
troupe. — Il publie, avec Vinot, la première édition complète des
œuvres de Molière; les manuscrits de Molière. — Mort de La
Grange; ses successeurs à la Comédie-Française.

Il en est de la Comédie-Française comme de la plupart des institutions qui ont un long passé : une légende
commode exagère ou simplifie leur histoire vraie. Dater
de 1658, ou même de 1680, avoir traversé la Révolution
et durer encore, n'est pas chose banale dans notre pays.
Le respect que nous inspire une pareille exception nous
fait supposer que, dès le début, la Comédie n'eut qu'à se
laisser vivre. On peut résumer à peu près de la manière
suivante l'opinion moyenne sur son existence aux deux
derniers siècles. Molière arrive à Paris; son génie
charme Louis XIV, qui s'empresse d'accorder sa protection au poète et à son théâtre. Il meurt; le pouvoir
royal continue cette tutelle à sa troupe, et elle s'augmente successivement des comédiens du Marais et de
l'Hôtel de Bourgogne, qui s'empressent d'aller où pleu-
vent les faveurs. Par cette fusion des trois théâtres, la
Comédie-Française se trouve constituée et devient une
véritable institution d'État. Lorsque, après la Révolution,

qui l'a troublée sans la détruire, elle est réorganisée par
le fameux décret de Moscou, Napoléon Ier ne fait que
renouer pour elle une tradition à peine interrompue. Il
s'en faut, et de beaucoup, que les choses se soient passées avec cette simplicité. Par cela même qu'elle a duré,
la Comédie-Française a connu bien des vicissitudes ;
loin de s'être faite toute seule, elle est le résultat de
longs et patients efforts. Bien plus, il est certain que
ses fondateurs, Molière comme Louis XIV, La Grange
comme Armande Béjart, ne soupçonnaient guère l'importance qu'elle devait prendre. C'est encore une vérité
dont l'histoire offre de nombreux exemples : les institutions les plus solides ne sont pas celles qui, sorties en un
jour du cerveau d'un seul homme, sont demeurées semblables à la pensée de leur fondateur. Plus souvent, au
contraire, ce qui doit grandir ne résulte d'aucune idée
préconçue, a des commencements très modestes, et reçoit toute sa force du temps, des circonstances de beaucoup d'efforts obscurs. Ce fut le cas pour la Comédie-
Française. Lorsque Molière débutait à Paris, son ambition était toute à l'œuvre présente ; et lorsque Louis XIV
lui accordait une salle, une pension, et l'appelait à sa
cour avec une préférence marquée, il se servait, tout
simplement, pour ses plaisirs et l'éclat de ses fêtes, du
comédien le plus amusant de Paris. De même, lorsque,
Molière mort, sa veuve et La Grange se trouvèrent à la
tête de son théâtre, on peut être assuré que leurs premiers efforts eurent pour unique objet la nécessité de
vivre. Assurément, en repoussant à ce moment-là un
premier projet de fusion avec l'Hôtel, ils se rappelaient
l'un et l'autre la guerre acharnée faite à Molière par les
« grands comédiens » ; il leur répugnait de passer à
l'ennemi. Mais ce n'est pas du premier jour que l'ambition de les supplanter put leur venir : elle dut naître et

se développer dans leur esprit à mesure que les circonstances purent leur suggérer ce dessein.

Après une semaine donnée au deuil, la troupe du
Palais-Royal reprenait ses représentations, le 24 février 1673, et, tant bien que mal, traversait le carême. La
clôture annuelle de Pâques arrive ; pendant les vacances'
l'Hôtel de Bourgogne travaille la troupe, et, à la rentrée,
les défections éclatent : quatre des meilleurs acteurs,
Baron en tête, la quittent pour l'Hôtel. Bientôt ceux qui
restent se trouvent jetés à la rue : Lulli a obtenu du roi
la salle du Palais-Royal pour y installer l'Opéra. Il avait,
cependant, de grandes obligations à Molière, qui l'avait
pris, encore obscur, pour collaborateur, et, trois ans
auparavant, lui avait prêté 11 000 livres ; mais le Florentin était le moins scrupuleux des hommes, un « ténébreux coquin », disait Boileau [1]. La situation semblait
désespérée pour La Grange et Armande ; plus forte que
leurs résolutions, la nécessité les mettait à la merci de
l'Hôtel. Cette réunion dont ils n'avaient pas voulu deux
mois plus tôt, les voilà maintenant obligés de la solliciter :
on la leur refuse, et avec dureté. Par bonheur, il se trouvait rue Guénégaud une belle salle de spectacle, avec le
plus complet matériel du temps, installée par le marquis
de Sourdéac et M. de Champeron. De concert avec son
beau-frère Boudet, curateur de la fortune de Molière et
tuteur de sa fille mineure, Armande exige de Lulli le
remboursement des 11 000 livres qu'il doit à la succession de son mari, et, le 23 mai 1673, c'est-à-dire le lendemain du jour où elle a fait acquitter sa créance, devan-
çant les comédiens du Marais, qui avaient, eux aussi,
des vues sur la salle Guénégaud, elle achète à Sourdéac
et à Champeron la rétrocession de leur bail et tout leur

1. Voyez ci-après chapitre v, 4.

matériel, moyennant la somme de 30 000 livres, dont
14 000 payées comptant; et le reste transformé en une
participation de Sourdéac et de Champeron aux bénéfices
de l'entreprise nouvelle. Si les comédiens du Marais
avaient jeté les yeux sur le théâtre Guénégaud, c'est
qu'ils se trouvaient, eux aussi, dans un grand embarras;
le centre de la vie parisienne s'étant déplacé, ils se mor-
fondaient dans leur salle vide. Devancés, ils perdaient
leur dernière chance de salut : le 23 juin, une ordonnance de Colbert les réunissait à la troupe de Molière,
et, le 9 juillet, celle-ci, augmentée de ces utiles recrues,
commençait ses représentations rue Guénégaud. L'examen du registre de La Grange ne laisse aucun doute sur
la part qu'il prit à cette série de négociations : accord
avec Boudet, association avec Sourdéac et Champeron,
fusion avec le Marais, on voit ou on devine sa main partout. Il ne se met jamais en avant et ne se vante de rien,
mais il agit avec son activité et sa discrétion habituelles.
Ainsi, de concert avec la veuve de son maître, en face de
l'Hôtel de Bourgogne et de Lulli, il ressuscitait, pour
leur faire à tous deux une rude concurrence, la troupe à
demi morte de Molière.

Cependant, si l'on était assuré de vivre, les jours d'é-
preuve n'étaient point finis. En partie renouvelée, la
troupe n'avait plus la cohésion d'autrefois. Comédiens
du Marais et associés affichaient des prétentions gênan-
tes ; les femmes, surtout, jalousaient Mlle Molière, qui,
à la possession des plus beaux rôles, joignait la qualité
de directrice du théâtre, sans l'énergie nécessaire pour
imposer sa volonté. Bientôt un long procès éclate avec
Sourdéac et Champeron, qui prétendent s'ingérer dans
le choix des pièces nouvelles, sèment la discorde dans la
troupe, et, chose plus grave, tentent de mettre la main
sur le bureau de la recette. Heureusement ils le perdent,

et sortent de la société. Reste la rivalité de l'Hôtel de Bourgogne. On la paralyse par un coup de maître en lui prenant sa grande tragédienne, Mlle Champmeslé ; avec une rare abnégation, Armande cède la *vedette* à l'illustre recrue et prend modestement la seconde place sur le tableau de la troupe. La mort de La Thorillière achève de désorganiser les grands comédiens, et le roi, considérant leur état précaire, décide, par lettre de cachet du 21 octobre 1680, qu'ils feront leur jonction avec l'Hôtel Guénégaud. Enfin, le but visé par La Grange et Armande est atteint ; l'ancienne troupe de Molière reste seule debout, fortifiée par la ruine des deux autres théâtres parisiens ; la Comédie-Française est fondée. Ici encore, dans les procès engagés, la réunion avec l'Hôtel, la formation laborieuse de la troupe définitive, La Grange avait tout conduit.

Son dernier grand effort eut lieu en 1687, lorsque, sur un ordre du lieutenant de police La Reynie, la troupe fut obligée d'abandonner la rue Guénégaud. La correspondance de Racine et de Boileau nous apprend les causes de cette expulsion et nous tient au courant des vicissitudes par lesquelles passèrent les pauvres comédiens. Le 8 août, Racine écrivait à Boileau, qui soignait tristement à Bourbon sa gorge malade :

La nouvelle qui fait ici le plus de bruit, c'est l'embarras des comédiens, qui sont obligés de déloger de la rue Guénégaud, à cause que Messieurs de Sorbonne, en acceptant le collège des Quatre-Nations, ont demandé, pour première condition, qu'on les éloignât de ce collège. Ils ont déjà marchandé des places dans cinq ou six endroits ; mais, partout où ils vont, c'est merveille d'entendre comme les curés crient. Le curé de Saint-Germain-l'Auxerrois a déjà obtenu qu'ils ne seroient point à l'Hôtel de Sourdis, parce que, de leur théâtre, on auroit entendu tout à plein les orgues, et de

l'église on auroit ·entendu parfaitement bien les violons.
Enfin, ils en sont à la rue de Savoie, dans la paroisse Saint-
André. Le curé a été aussi au Roi lui représenter qu'il n'y
a tantôt plus, dans sa paroisse, que des aubergistes et des
coquetiers; si les comédiens y viennent, que son église sera
déserte. Les grands Augustins ont aussi été au Roi, et le père
Lembrochons, provincial, a porté la parole. Mais on dit que
les comédiens ont dit à Sa Majesté que les mêmes Augustins,
qui ne veulent point les avoir pour voisins, sont fort assidus
spectateurs de la comédie, et qu'ils ont même voulu vendre
à la troupe des maisons qui leur appartiennent, dans la rue
d'Anjou, pour y bâtir un théâtre, et que le marché seroit déjà
conclu si le lieu eût été plus commode. M. de Louvois a ordonné à M. de La Chapelle de lui envoyer le plan du lieu où
ils veulent bâtir dans la rue de Savoie : ainsi on attend ce
que M. de Louvois décidera. Cependant l'alarme est grande
dans le quartier; tous les bourgeois, qui sont gens de Palais
trouvant fort étrange qu'on vienne leur embarrasser leurs
rues. M. Billard surtout, qui se trouvera vis-à-vis de la porte
du parterre, crie fort haut; et quand on lui a voulu dire qu'il
en auroit plus de commodité pour s'aller divertir quelquefois, il a répondu fort tragiquement : « Je ne veux point me
divertir. »

    L'austère M. Billard en fut quitte pour la peur. Les
comédiens, en effet, sont rebutés rue de Savoie; ils tâ-
tent le terrain rue Montorgueil, mais le curé de Saint-
Eustache crie encore plus fort que M. Billard : il a déjà
derrière son église, à l'Hôtel de Bourgogne, les comé
diens italiens; devant, au Palais-Royal, l'opéra de Lulli :
va-t-on lui infliger une troisième troupe? Il aura donc,
à lui seul, tous les théâtres de Paris sur sa paroisse! Et
les comédiens d'engager, un peu partout, de nouveaux
. pourparlers, tandis que l'on suit leurs démarches avec
une curiosité ironique : « S'il y a quelque malheur dont
on se puisse réjouir, répond Boileau, c'est, à mon avis, ·

de celui des comédiens. Si on continue à les traiter
comme on fait, il faudra qu'ils s'aillent établir entre la
Villette et la porte Saint-Martin : encore ne sais-je s'ils
n'auront point sur les bras le curé de Saint-Laurent. »
Il faut dire, pour l'intelligence de cette boutade, et d'une
autre qui va venir aggraver celle-ci, que, près de La Villette et du faubourg Saint-Martin, se trouvait déjà, au
dix-septième siècle, un dépôt des boues et immondices
de Paris. Racine n'est pas en reste d'ironie, mais la
sienne est moins grosse. Il écrit le 24 août : « Les comédiens, qui vous font si peu de pitié, sont pourtant
toujours sur le pavé, et je crains comme vous qu'ils ne
soient obligés d'aller s'établir auprès des vignes de feu
M. votre père. Ce seroit un digne théâtre pour les œuvres
de M. Pradon. » On le voit, au bout de dix ans, le poète
ulcéré de *Phèdre* ne pardonnait point, quoique converti,
à son triste rival, et, oubliant que l'on jouait toujours
ses propres pièces dans la troupe de La Grange et de
Mlle Molière, oubliant qu'il y avait aussi Mlle Champmeslé parmi ces pauvres comédiens errant à travers
Paris, il englobait dans sa rancune le théâtre tout entier. Ce souvenir de Pradon a déridé Boileau ; il taquine
son ami sur cette rancune persistante et fait une allusion
discrète à la Champmeslé ; au demeurant, même ru-
desse pour les comédiens : « Dites-moi, monsieur, ré-
pond-il, supposé qu'ils aillent habiter où je vous ai dit,
croyez-vous qu'ils boivent du vin du cru? Ce ne seroit
pas une mauvaise pénitence à proposer à M. de Champmeslé pour tant de bouteilles de vin de Champagne qu'il
a bues, *vous savez aux dépens de qui.* Vous avez raison
de dire qu'ils auront là un merveilleux théâtre pour
jouer les pièces de M. Pradon ; et d'ailleurs ils y auront
une commodité, c'est que, quand le souffleur aura oublié
d'apporter la copie de ses ouvrages, il en trouvera infail-

liblement une bonne partie dans les précieux dépôts
qu'on apporte tous les matins en cet endroit. » A-t-on
remarqué combien les plus honnêtes gens du dix-septième siècle aiment ce genre de grosse plaisanterie?
Avec les femmes et leurs malices ils ont, dans les plus
numiliantes nécessités de notre nature, la maladie et
son cortège maussade, les ordonnances de M. Purgon et
l'instrument de M. Fleurant, un thème favori, inépuisable ; Molière surtout en a trop usé, et, pour en sortir,
il faut descendre jusqu'au milieu du siècle suivant.

    Enfin, après un an de vaines démarches, la Comédie
parvient à trouver un emplacement rue Neuvé-des-
Fossés-Saint-Germain-des-Prés : elle achète, le 8 mars
1688, le jeu de paume de l'Étoile et se met à y bâtir. Il
lui en coûta près de 200 000 livres, somme énorme pour
le temps, et qui greva son budget pour de longues années. Emprunt, constitution des intérêts et de l'amortis-
sement, conduite des travaux, installation, c'est encore
La Grange qui pourvoit à tout, ou, du moins, prend la
direction de tout, comme en témoigne un autre registre
de sa main, non publié, celui-là, que conservent les archives de la Comédie-Française, et où se retrouve, avec
une remarquable entente des affaires, sa modestie habituelle. Voici comment, par exemple, il s'excuse de n'a-
voir pu payer de sa personne en un moment où, les
travaux déjà commencés, un nouvel obstacle surgissait
par l'opposition du curé de Saint-Sulpice, qui « se dé-
chaînoit d'une manière qui ne lui étoit pas avantageuse ».
Seignelay a mandé les comédiens à ce propos, et La
Grange écrit : « Nous passâmes une méchante nuit et
avec bien de l'inquiétude. Le lendemain, à sept heures
du matin, M. Le Comte et Raisin allèrent recevoir ses
ordres (j'étois malade). » Le curé en fut pour son déchaînement, et, le 18 avril 1689, la Comédie commençait ses

représentations dans la nouvelle salle, où elle devait rester jusqu'en 1770, pour de là se transporter aux Tuileries, puis dans le théâtre devenu l'Odéon, et enfin s'établir dans celui où elle est encore [1].

La récompense de ce zèle à toute épreuve fut, pour La Grange, une autorité toujours grandissante sur ses camarades, une sympathie et un respect affectueux de la part de tous, sans qu'il ait jamais songé à en profiter dans un intérêt personnel. Du pouvoir il ne voulut que les charges sans les avantages ; il ne prit aucun titre particulier, il ne fit pas augmenter sa part. C'est à lui que sont adressés les ordres de la cour, et ils sont rédigés avec une politesse particulière ; c'est lui qui sert d'intermédiaire à la compagnie avec les représentants de l'autorité royale : l'intendant des Menus-Plaisirs, la dauphine, les gentilshommes de la chambre. Éclatait-il, entre ses camarades, une de ces disputes si fréquentes dans ces milieux de vanités irritables, c'est lui qui était chargé de réconcilier les adversaires. Au mois de décembre 1690, Poisson et Raisin se prennent de querelle en pleine assemblée. Sur les instances faites auprès d'eux, ils consentent à un arbitrage et signent la déclaration suivante : « Nous remettons à la Compagnie nos intérêts et tous nos ressentiments que nous avons l'un contre l'autre, et promettons d'exécuter ce que la Compagnie trouvera à propos pour nous accommoder et entretenir paix et amitié entre nous. » La Comédie examine donc l'affaire et rédige ce procès-verbal :

Ces deux messieurs seront amenés dans la grande salle d'assemblée, chacun par une porte différente, où, étant en

1. Sur ces diverses pérégrinations, voyez J. Bonnassies, *Notice historique sur les anciens bâtiments de la Comédie-Française*, 1868.

présence l'un de l'autre, M. de La Grange leur prononcera
ces paroles en présence de la Compagnie : « Messieurs, nous
avons examiné tout ce qui s'est dit et passé dans votre démêlé, jusqu'aux moindres circonstances; nous avons jugé à
propos de n'en point rappeler ici le détail, persuadés que
nous sommes qu'il est des plus avantageux pour l'un et l'autre
d'ensevelir de pareils démêlés dans un oubli perpétuel. Vous
avez remis vos intérêts entre nos mains · nous vous disons,
comme arbitres, d'oublier pour toujours tout ce qui s'est passé,
et nous vous prions, comme camarades, de vous rendre réciproquement votre estime, vous assurant que la Compagnie
gardera le souvenir de la déférence que vous avez eue pour
elle. Il ne nous reste plus, messieurs, qu'à vous dire, en arbitres, de vous embrasser en notre présence pour confirmer
l'accommodement. »

Suivent les signatures des sociétaires et, en tête, celle
de La Grange. Ces deux pièces décorent présentement,
encadrées et en belle place, le cabinet de l'archiviste à la
Comédie-Française. Elles n'en sont ni le moindre ornement, ni la moindre curiosité. On trouverait malaisément, en effet, une marque plus frappante de cette
solennité que messieurs de la Comédie introduisaient
volontiers dans leurs actes publics ou privés, avec un
sentiment de la mise en scène qui n'est pas pour étonner de leur part : la rencontre de Mazarin et de don
Louis de Haro, dans l'île de la Conférence, ne fut pas
l'objet d'un protocole plus soigneusement étudié. D'autre
part, la Comédie a bien fait d'orner, comme d'un titre
d'honneur, ce sanctuaire de son histoire, avec un acte
attestant d'une manière si éloquente l'estime que les
camarades de La Grange professaient pour lui. Bientôt elle va donner comme pendant à ce procès-verbal
l'unique signature de Molière qu'elle possède et qu'elle
doit à une libéralité récente de M. Alexandre Dumas.

Cette signature se trouve au bas d'un contrat passé entre le comédien Mouchaingre, Molière et Rollet, — le procureur Rollet dont parle Boileau, — à l'avantage du eune Baron. Unique et précieux assemblage de noms et de choses : liberté de mœurs du tripot comique, majesté particulière d'une institution d'État qui est un théâtre, Molière pris sur le fait dans l'exercice de sa bienfaisance habituelle, La Grange qui continue son œuvre, Baron qui prolongera si longtemps la tradition de Molière et de La Grange, le souvenir de Boileau personnifié par un des noms qu'il a voués à un ridicule éternel, tout cela dans deux petits cadres. N'est-ce pas le cas, ou jamais, de reprendre une expression chère au grand siècle et de dire que c'est là un spectacle fait à souhait pour le plaisir des yeux [1] ?

La troupe du Palais-Royal sauvée, la Comédie-Française fondée par la réunion de 1680, La Grange n'avait plus qu'un dernier devoir à remplir envers la mémoire de Molière, c'était de publier une édition définitive des œuvres de son maître. Personne autant que lui n'était désigné pour cette tâche. Il avait joué sous la direction et aux côtés de l'auteur ; il connaissait, avec la tradition scénique de ces chefs-d'œuvre, le travail journalier qui les avait amenés à leur forme définitive. Par surcroît, à cette expérience de comédien il joignait le goût d'un lettré ; il avait des livres, en effet, assez bien choisis et en assez grand nombre pour qu'il en ait été fait à sa mort une vente qui attira l'attention des biblio-

1. Réflexion faite, ce n'est pas dans le cabinet de l'archiviste que le contrat Molière-Rollet a été placé, mais au foyer des artistes, au-dessous du portrait de Molière par Mignard, dont il est parlé ci-après, chapitre VI, 1, à côté de la constitution, par le roi, en date du 24 août 1682, d'une pension de 12 000 livres à « la troupe de ses comédiens françois ».

philes du temps. Et ces livres n'étaient pas objet de
luxe ou de vanité ; leur propriétaire les lisait et les an-
notait, à preuve un Corneille sur lequel il avait écrit
de sa main une pensée de Saint-Évremond. C'est donc
La Grange qu'Armande désigna lorsque, en 1682, à la
sollicitation des trois libraires alors en renom, Thierry,
Trabouillet et l'inévitable Barbin, elle résolut de publier la première édition des œuvres complètes de son
mari.

Molière avait conçu lui-même le dessein d'un recueil
de ce genre. Le 18 mai 1671 il avait pris, pour l'ensemble de ses pièces, un privilège où nous lisons ceci :
« Plusieurs desdites pièces ont été réimprimées en vertu
de lettres obtenues par surprise en notre grande chan-
cellerie, sans en avoir consentement, dans lesquelles
réimpressions il s'est fait quantité de fautes qui blessent
la réputation de l'auteur ; ce qui l'a obligé de revoir et
corriger tous ses ouvrages pour les donner au public
dans leur dernière perfection». L'auteur du *Misanthrope*
et du *Tartuffe* avait donc fini par sentir la valeur de ses
chefs-d'œuvre, il ne fut pas toujours si indifférent à
leur publication qu'on le dit ordinairement, et il ne tint
pas à lui de donner, comme le firent Corneille et Racine,
une édition complète qui fût son testament littéraire [1].
On ne regrettera jamais assez qu'il n'ait pu imiter
l'exemple de ses deux illustres contemporains. Plus que
personne, en effet, il devait tenir à cette revision suprême. La nécessité de composer vite, de rimer à bride
abattue, avait toujours pesé sur lui ; il sentait bien que,
dans toutes ses pièces, il y avait de l'à-peu-près, et il en
souffrait. Ne sait-on pas que le désir, le regret de la perfection l'avait tourmenté toute sa vie ? Un jour Boileau

---

1. Voyez ci-après chapitre VI, 4.

lisait devant lui lés beaux vers qui terminent la deuxième
satire :

> Mais un esprit sublime. en vain veut s'élever
> A ce degré parfait qu'il tâche de trouver ;
> Et, toujours mécontent de ce qu'il vient de faire,
> Il plait à tout le monde, et ne sauroit se plaire.

Molière se leva, et saisissant la main de son ami :
« Voilà la plus belle vérité que vous ayez jamais dite. Je
ne suis pas du nombre de ces esprits sublimes dont vous
parlez ; mais, tel que je suis, je n'ai rien fait en ma vie
dont je sois véritablement content. » Quelques années
de plus, et, grâce à cette modestie, si touchante chez un
tel homme, La Bruyère et Fénelon, Vauvenargues et
M. Scherer n'auraient pas eu à exercer leur sévérité.

La Grange fit, dans la mesure du possible, ce que
Molière n'avait pu faire lui-même ; mais avec sa réserve habituelle il ne voulut pas être nommé : l'édition
est anonyme. Outre les pièces déjà publiées en 1673
dans les éditions séparées ou collectives, il en restait
six tout à fait inédites : *Don Garcie*, *Don Juan*, *Mélicerte*, *l'Impromptu de Versailles*, *les Amants magnifiques* et *la Comtesse d'Escarbagnas*. Il faut donc qu'Armande ait remis à La Grange les manuscrits de ces
pièces ; mais il est très probable qu'elle lui livra, en
outre, ceux de toutes les autres. Pour mener à bien la
publication, La Grange prit des collaborateurs. Mais
lesquels ? Deux noms sont mis en avant, ceux de Marcel
et de Vinot, tout à fait inconnus l'un et l'autre. S'il y a
eu un Marcel, auteur d'une très plate comédie, le *Mariage sans mariage*, et aussi d'un madrigal et de deux
épitaphes à la louange de Molière, quelle apparence
que l'on ait été choisir, pour l'associer à une telle
œuvre, un aussi obscur et médiocre écrivain ? On

veut que ce Marcel ait été, en outre, comédien ; comédien très obscur, en tout cas, car l'histoire dramatique
du temps est muette sur son compte. Vinot n'est pas
mieux connu. Tralage dit de lui que c'était un « ami
intime de Molière et qui savoit par cœur tous ses oùvra-
ges ». D'après une conjecture discrète de M. Edouard
Thierry, il aurait été comédien, lui aussi ; mais le bibliophile Jacob, après en avoir fait un « composeur de
sauces », voit en lui un *curieux*, un amateur d'estampes ; aussi, dans le travail commun, se serait-il spécialement chargé de diriger la gravure des planches.
M. Thierry s'appuie sur quelques vers très obscurs de
Boursault, où Vinot est cité à côté de Jodelet et de Mascarille, c'est-à-dire de Molière ; mais, dans les mêmes
vers, il est aussi parlé d'Aristote, de Lucain, de Scipion[1]. Ami de Molière, nous dit Tralage, et, par
suite, de La Grange, Vinot n'aurait-il pu, d'après ces
divers indices, être un riche bourgeois lettré, jouant,
toutes proportions gardées des deux parts, auprès de
La Grange et de Molière, le rôle d'un Scipion ou d'un
Lélius ?

Mais, jusqu'à plus ample renseignement, tout cela
n'est que conjecture peu satisfaisante ; il n'y a que La
Grange à qui la concordance des témoignages permette
de conserver le mérite de l'édition. Elle lui fait grand
honneur dans toutes ses parties : biographie de Molière
en forme de préface, établissement du texte, illustra-

---

1. Voici ces vers, tirés du *Médecin volant*, 1661 ; c'est Crispin
qui parle aux « illustres » de tous les temps :

> Robert Vinot, Scipion l'Africain,
> Jodelet, Mascarille, Aristote, Lucain,
> Médecins de César, assassins d'Alexandre,
> Venez voir un Phénix qu'a produit votre cendre.

tions. La préface, d'abord, est écrite avec une telle sûreté de plume que l'on serait tenté de l'attribuer à un
véritable homme de lettres. Mais, pour le fond, la concordance est parfaite entre les renseignements qu'elle
donne et ceux que contient le registre ; il en est même
qui ne pouvaient venir que du seul auteur de celui-ci,
car en 1682 il était seul à les connaître encore : ainsi
le souvenir, assurément très fidèle, du compliment
habile et modeste que prononça Molière lorsqu'il
fut admis pour la première fois à jouer devant
Louis XIV. Certaines phrases ou tournures de phrases
se retrouvent dans l'un et dans l'autre ; des deux
côtés, c'est là même discrétion, la même *habitude*
morale, qui révèle un honnête homme et un homme
de cœur. Cette préface dit tout ce qu'il importait alors
de savoir sur Molière, la vaine curiosité mise à part ; en
même temps, elle tait ce qui ne regarde pas le public,
avec un parti pris assez remarquable pour que Bazin ait
pu écrire : « Là, et presque nulle part ailleurs, se trouvent encore aujourd'hui les seuls renseignements que
l'on puisse accepter, les seuls, et cette conjecture est
sérieuse, que Molière ait voulu laisser au public ».
Enfin, elle respire une indépendance d'esprit et une
sûreté de jugement bien rares, de tout temps, chez ceux
qui ont parlé de Molière. L'admiration y est sincère et
profonde ; elle y inspire, du grand comique, un portrait
achevé, complet et sobre. Mais aucun excès dans l'éloge,
de justes réserves même ; on y avoue « que toutes ses
pièces n'ont pas d'égales beautés », et on l'explique
par la nécessité où il était « d'assujettir son génie à des
sujets qu'on lui prescrivoit et de travailler avec une
grande précipitation » ; on reconnaît que ses dénoûments
sont faibles, mais on a commencé par dire que, « dans
ses moindres pièces, il y a des traits qui n'ont pu partir

que de la main d'un grand maître », et que « *le Misan-thrope*, *le Tartuffe* et *les Femmes savantes* sont des chefs-d'œuvre, qu'on ne sauroit assez admirer ». La vraie critique de la postérité ne parle pas autrement.

Pour le texte, il n'est pas malaisé de voir qu'il a été établi avec de grands soins, malgré les fautes d'impression qui le déparent. Mais, au dix-septième siècle, on n'avait pas toujours les imprimeurs que l'on voulait ; les auteurs les plus soigneux ne pouvaient les empêcher de faire à leur tête, Corneille, par exemple, très attentif aux questions d'orthographe, très soucieux de la correction, et qui se plaint avec amertume de l'indocilité des siens. Les manuscrits de Molière sous les yeux, les éditeurs firent disparaître les altérations de tout genre que les œuvres imprimées avaient subies ; ainsi pour *le Malade imaginaire*, qu'ils disent expressément « corrigé sur l'original de l'auteur de toutes les fausses additions et suppositions de scènes faites dans les éditions précédentes ». Grâce à l'expérience de La Grange, ils y joignirent de nombreuses indications scéniques, qui sont encore d'un grand secours, pour la lecture comme pour la représentation. Il y a donc d'assez nombreuses différences entre les éditions originales et celle de 1682 ; mais, quoi qu'on ait pu dire, ces différences sont presque toujours à l'avantage de Molière. Sans doute, l'une ne dispense pas de recourir aux autres, mais elle les contrôle toujours et les corrige souvent. Dans une seule pièce, *Don Juan*, La Grange trahit la pensée de l'auteur, et bien malgré lui. Les hardiesses de plusieurs scènes, celle du pauvre en particulier, effrayèrent la censure, qui exigea des suppressions, et, comme le tirage était déjà fait, on cartonna les exemplaires. Heureusement, il y en eut un qui évita cette mutilation ; retenu par le lieutenant de police La Reynie, soigneusement

conservé par lui, et arrivé par les ventes ou les hérita-
ges dans d'illustres bibliothèques, il a permis de rétablir les passages condamnés [1]. Les gravures, enfin, dues
à Brissart et Sauvé, un dessinateur et un graveur très
obscurs, complètent heureusement le travail de La
Grange. Ce ne sont pas, il s'en faut, des œuvres d'art
de premier ordre ; d'un dessin lourd et sans finesse,
d'une perspective souvent enfantine, gravées d'une pointe
tantôt molle, tantôt forcée, elles auraient peu de valeur
en elles-mêmes si elles ne donnaient sur les costumes,
la position des personnages, leurs attitudes, la mise en
scène, en un mot, des indications que l'on chercherait
vainement ailleurs. Elles traduisent avec une exactitude
évidente la façon dont on jouait Molière en 1682, et l'on
était encore, à cette date, si rapproché de la création,
que la tradition avait dû se conserver presque intacte.
A ce point de vue, on n'étudiera jamais trop ces estampes.

L'édition publiée, que devinrent les manuscrits qui
avaient servi à l'établir ? On sait trop bien qu'ils sont
entièrement perdus pour nous ; à moins de découvertes
tout à fait improbables, nous n'aurons jamais une seule
page entièrement écrite par Molière : quelques signatures et deux courtes quittances, voilà tout ce qui reste
de sa main [2]. Pendant longtemps la veuve de La Grange

1. Il résulte d'une lettre écrite par le libraire Thierry à un
de ses clients de province, et citée par B. Fillon (*le Blason de
Molière*), que Boileau et plusieurs autres amis de Molière préparè-
rent, quatre ans après La Grange, en 1686, une édition des œuvres
du poète en deux volumes in-folio, mais, ajoute Thierry, « il n'y a
eu d'imprimé que la préface et la vie de l'auteur ; après quoi, les
épreuves envoyées à l'approbation, il y a été si fort retranché, que
M. Boileau et les autres amis du défunt, qui y ont travaillé, n'ont
voulu entendre à continuer. Il a été en plus fait difficulté sur le
privilège. »
2. Voyez ci-dessus chapitre I, 2.

fut rendue responsable de cette perte : les papiers de Molière, non réclamés par Armande, seraient restés en la
possession de La Grange et, à sa mort, auraient été ven-
dus et dispersés avec sa bibliothèque. Cette légende est
inadmissible : d'abord parce que Bordelon, un bibliophile, présent à cette vente, où il acheta le Corneille
annoté dont il est question plus haut, ne dit mot de
ces papiers, dont la présence aurait certainement piqué
au vif sa curiosité : l'homme qui, à cette date, achetait,
par goût des autographes, quelques lignes de La Grange,
aurait-il résisté à la tentation d'acquérir un manuscrit
de Molière ? Il résulte, en outre, de la préface mise
en 1699, sept ans après la mort de La Grange, par Guérin d'Estriché le fils, en tête de *Myrtil et Mélicerte* ver-
sifiés, qu'à cette date « les papiers de Molière », resti-
tués à Armande, se trouvaient encore en possession de
celle-ci. Il faut donc admettre que ces papiers ont eu le
sort commun de tant d'autres ; nous n'avons presque
rien de ceux de Corneille et de Racine, de Regnard et
de Marivaux, et on ne sait pas davantage comment ils
se sont perdus.

La Grange ne survécut que dix ans à l'édition de 1682,
quatre à l'établissement de la Comédie-Française dans
la rue des Fossés-Saint-Germain. Les circonstances de
sa mort, survenue le 1er mars 1692, sont restées obscures,
pour ne pas dire mystérieuses. Il ne fit pas de maladie,
car, pendant le mois de février précédent, il avait joué
dix-huit fois. Fut-il frappé de mort subite ? mit-il lui-
même fin à sa vie ? Les deux hypothèses sont également
admissibles. Bien qu'il ait reçu la sépulture religieuse, en
plein jour, à midi, dans le cimetière de l'église Saint-
André-des-Arcs, il semble que l'autorité ecclésiastique
souleva d'abord quelques difficultés. Le *Mercure* prit la
peine de démentir cette opposition. L'aurait-il fait si le

bruit n en avait pas couru; et ne savons-nous pas ce que
valent souvent les démentis de ce genre? D'autre part,
La Grange venait de marier sa fille Manon avec un avocat
au parlement, M. de Trocou-Musnier, et il paraît que la
jeune femme était tombée aux mains d'un brutal. En ce
cas, il serait mort du chagrin de la voir malheureuse ou
se serait tué lui-même sous le coup de ce chagrin.
« Plus de mille personnes, nous apprend le *Mercure*,
suivirent son convoi, tout Paris ayant dit, lorsque le
bruit de sa mort se fut répandu, que *c'étoit un honnête*
homme. »

Je disais, au début de cette étude, que, par ses qualités d'homme privé, La Grange avait été une exception
parmi les comédiens de son temps; j'ajouterai que celles
de son esprit et de son caractère n'ont jamais été communes, dans aucune profession. C'est déjà un grand
honneur pour la carrière dramatique, non seulement de
n'avoir pas gêné chez lui le développement de ces qualités, mais encore de leur avoir fourni une matière si
appropriée que l'on dirait qu'il était exactement fait
pour cette carrière et elle pour lui. En un temps où le
préjugé pesait encore de tout son poids sur les comédiens, malgré les ordonnances de réhabilitation, La
Grange montra que l'on pouvait admirablement jouer la
comédie et pratiquer toutes les vertus de l'honnête
homme, aux deux sens du mot : le sens mondain de son
temps et le sens simple et grave du nôtre. Aujourd'hui
nous tombons peut-être dans un excès contraire à celui
du dix-septième siècle; si, pour quelques bonnes âmes,
le comédien est toujours un bohème et un réprouvé,
on applique généralement au monde des théâtres deux
façons de juger un peu contradictoires. D'un côté, nous
avons pour tout ce qui s'y fait une grande tolérance morale; de l'autre, nous trouvons légitime que, sans cesser

de vivre à leur manière, les comédiens prétendent à tous
les avantages sociaux, à toutes les distinctions réser-
vées pendant longtemps aux vertus bourgeoises et aux
professions classées. Le moyen d'échapper à cette contradiction serait peut-être de considérer que bohème et
théâtre ne sont pas plus forcément synonymes que
théâtre et vertu, mais que, si théâtre et vertu sont difficiles à concilier, ceux qui les concilient ont beaucoup
de mérite, qu'il faut leur en tenir grand compte et qu'il
n'y a rien à leur refuser. La Grange est assurément, de
tous les comédiens, celui dont l'exemple a le plus fait
pour acheminer l'opinion vers un revirement d'autant
plus complet qu'il tombe quelquefois dans l'excès, mais
d'autant plus légitime qu'il n'est au fond que l'exagération d'une idée juste. Molière avait paré la profession
dramatique de l'auréole du génie ; La Grange y joignit le
doux reflet d'un beau talent et d'un beau caractère. A
eux deux ils forment un groupe qui symbolise cette Comédie-Française fondée par l'un, sauvée par l'autre, et
dont nous sommes justement fiers, car elle honore toujours l'esprit français et elle est une des rares institutions de la vieille France qui restent debout, au milieu
de tant de ruines, victorieuses des hommes et du
temps.

Si Molière est bien mort, s'il n'a plus paru après lui
de comédiens écrivant des chefs-d'œuvre comparables
aux siens, on peut dire, en revanche, que l'esprit de La
Grange et beaucoup de ses qualités vivent toujours dans
la maison de Molière. D'abord, la plupart de ses successeurs aiment comme lui leur théâtre ; plusieurs n'ont
jamais voulu le quitter et, préférant la gloire à l'argent,
lui ont sacrifié de gros avantages ; tous en parlent avec
respect, ont conscience du prestige qu'ils en reçoivent,
et ceux qui le quittent se font honneur de lui avoir ap-

partenu. Il en est même que l'on pourrait nommer et
qui ont imité ou imitent encore La Grange soit par leur
courage aux heures difficiles et leur dévouement au salut
de la « Compagnie», soit par la nature de leur talent,
leur manière d'être, toutes leurs habitudes. On a publié
le registre de La Grange; on a publié aussi le journal
d'un sociétaire de la Comédie-Française qui a traversé,
en portant la fortune de la maison, des jours plus difficiles encore que ceux qui suivirent l'expulsion du Palais-
Royal [1]. La Grange, chassé par Lulli, abandonné par
Louis XIV et par ses camarades, ne désespérait pas du
théâtre de Molière et, en lui trouvant une scène et des
acteurs, lui rendait la protection royale; son émule allait à l'étranger lui gagner de quoi remplir ses engagements en attendant la reprise de la vie nationale. Et
dans cet exode il se montrait administrateur aussi habile, aussi soigneux, aussi probe que son devancier;
avec beaucoup d'énergie et de ténacité, un peu de ru-
desse et de misanthropie, il arrivait au même résultat
que La Grange avec sa souplesse, sa courtoisie et son
optimisme : sauver la maison. Comme La Grange, enfin,
il s'est fait un titre d'honneur par son journal, presque
sans y penser; et plus tard, lorsque notre temps sera
devenu à son tour le passé lointain de la Comédie, on
consultera son carnet de voyage comme on consulte le
livre de raison laissé par La Grange.

Un autre tient une partie des rôles de La Grange, est,
comme lui, un parfait amoureux et, comme lui, prolonge au delà du vraisemblable la souplesse de son talent, la fraîcheur de sa voix et l'apparente jeunesse de
sa personne. Il est, lui aussi, de relations aimables,

---

1. *Voyage de* 1871; *journal inédit de Edmond Got,* dans *la
Comédie-Française à Londres,* publiée par M. G. d'Heylli, 1880.

attentif, mesuré dans ses paroles et dans ses actes ; s'il
aime la renommée, il ne recherche pas le bruit et ne
fait pas mettre dans la gazette le compte rendu de ses
aventures, s'il en a, de ses voyages, car il ne voyage pas,
de la façon dont il mange, se meuble, s'habille et s'entretient avec ses amis ; le théâtre quitté, il vit d'une
calme existence de bourgeois. Il est soigneux de sa personne, comme devait l'être La Grange ; il se surveille et
s'économise ; il a une hygiène raisonnée qu'il suit avec
rigueur et qui profite à la santé de son talent comme à
celle de sa peronne. Enfin, lui aussi a le goût de l'écriture et tient un journal où il note, paraît-il, les rôles
qu'il joue, leur succès, peut-être le sien propre, ce qui
le distinguerait de La Grange, bref tous les faits de la
vie du théâtre qui ont rapport avec son emploi [1]. Si donc
La Grange revenait au monde, il pourrait en toute sécurité entrer à sa chère Comédie-Française ; peut-être
ferait-il observer, avec sa discrétion habituelle, que,
de son temps, on jouait un peu plus le répertoire, mais
il trouverait que, somme toute, on y suit les bonnes traditions, car ces traditions sont les siennes.

1. Ceci était écrit avant la retraite de M. Delaunay.

CHAPITRE V

MOLIÈRE ET LOUIS XIV

Il en est des relations de Molière avec Louis XIV comme de certains faits de sa vie privée : elles soulèvent d'ardentes controverses, et ici le parti pris est d'autant plus tenace et la passion plus aigre que la politique s'en mêle. Selon que les critiques penchent à gauche ou à droite, ils sacrifient le roi au poëte ou le poëte au roi ; ce que les uns admirent le plus dans le génie de Molière, c'est la merveilleuse vitalité dont il fit preuve en se développant sous un pouvoir absolu, et, dans le caractère de l'homme, cette fierté plébéienne que ne put entamer l'humiliante protection d'un despote ; les autres donnent à entendre que, si Louis XIV n'a point écrit *le Misanthrope* et *Tartuffe*, ils n'eussent pas été possibles sans lui. Depuis une trentaine d'années, cette dernière thèse a perdu beaucoup de terrain au profit de la thèse contraire. Entre tous les tenants de celle-ci, il suffira de citer un illustre historien et un critique de valeur, Michelet et Despois. Le premier n'a pas consacré moins de quatre chapitres à Molière dans le treizième volume de son *Histoire de France*, et ces chapitres sont les plus aventureux de ce volume, où surabondent les conjectures hardies. Ils forment un vrai drame, très roman-

tique, avec les violences de couleur, les élans lyriques,
la psychologie divinatrice, l'opposition du sinistre et du
bouffon qui sont les règles du genre. On dirait le sce-
nario d'un nouveau *Roi s'amuse* : Molière y devient un
Triboulet de génie, dont le rire cache des sanglots,
Louis XIV un François Ier sans grâce, indiquant au
poète ceux qu'il doit insulter. Dialecticien ironique, nullement porté au lyrisme, Despois ne tombe pas dans ces
exagérations ; ce qu'il prend à la thèse commune, il l'a-
dapte à ses habitudes d'esprit. Dans un premier travail,
publié un an après le rétablissement de l'empire, il
déclare nulle l'influence de Louis XIV, qui porte ainsi
la peine du coup d'État. Vingt ans après, lorsqu'il reprend
le même sujet, le second empire est tombé : de là une
détente notable dans les sentiments de l'écrivain [1]. Il ne
fait plus de la littérature d'allusion, ce qui est d'ordinaire une pauvre littérature, et depuis son premier travail il a étudié son sujet de très près : rien de tel pour
atténuer un parti pris. Cependant il lui reste toujours
quelque chose du sien. Il ne voudrait pas reconnaître
trop expressément qu'il fut heureux pour Molière de vivre
sous Louis XIV et d'avoir accès à sa cour, mais il accorde
que la protection du roi envers le poète fut « véritablement spontanée et méritoire » ; et si, dans un livre
d'ensemble sur le théâtre au temps de Louis XIV, il ne
traite pas à fond un sujet « qui, dit-il, par son importance, comme par les discussions de détail qu'il soulève,

1. *Des influences royales en littérature, Louis XIV,* dans la *Revue
des Deux Mondes* du 15 juin 1853, réimprimé dans *les Lettres et la
liberté,* 1865 ; *la Légende de l'En-cas de nuit,* dans *le Théâtre-Français sous Louis XIV,* 1874. Pour ce dernier travail, il y a ceci d'assez
piquant, que, dans une première esquisse publiée par la *Revue des
cours littéraires* du 7 mai 1870, il est encore assez dédaigneux pour
Louis XIV ; il ne devient tout à fait impartial que dans la rédaction
définitive.

mériterait d'être traité à part», il le débarrasse de certaines légendes dont le lieu commun abusait beaucoup trop.

Entre les deux thèses se placent diverses appréciations plus équitables. C'est d'abord, dans l'*Histoire de la littérature française* de M. Nisard, un chapitre où l'influence de Louis XIV sur les écrivains de son temps, sur Molière en particulier, donne lieu à un éloquent plaidoyer ; quelques arguments y sentent l'avocat, mais l'ensemble défie la contradiction. Plus tard, dans la grande édition de Molière poursuivie par M. Paul Mesnard, de nombreuses discussions, inspirées par un bon sens très ferme, ne laissent dans l'ombre aucun côté de la question. Récemment M. F. Brunetière indiquait la solution du problème avec son habituelle sûreté de vues[1]. Si j'aborde ce sujet à mon tour, c'est pour fortifier par une discussion complète des conclusions qui me semblent acquises au débat, estimant, du reste, que l'on peut être de son temps et parler de Louis XIV comme de Molière, sans autre souci que celui de la vérité.

1

Que Louis XIV, dès l'arrivée de Molière a Paris, lui témoigne une préférence marquée ; son intervention au sujet des *Précieuses ridicules*. — Liberté laissée à Molière dans la querelle de l'*École des femmes* ; l'*Impromptu de Versailles* commandé à Molière ; il est pensionné comme écrivain. — Le roi parrain du premier-né de Molière. — *Tartuffe* et ses causes ; ajournement de la pièce. — *Don Juan*. — Louis XIV pensionne la troupe de Molière et lui permet de prendre le titre de *Troupe du roi*.

Critiques de droite ou de gauche, respectueux des hiérarchies consacrées ou désireux de les retourner, la

1. *Études critiques sur l'histoire de la littérature française*, 1880.

plupart sont tombés dans une erreur trop commune : ils
n'ont pas assez tenu compte de la chronologie ; ils ont vu
et présenté les choses dans un tableau d'ensemble, facile
à embrasser d'un coup d'œil, pour le lecteur comme
pour eux-mêmes. On dirait, à les entendre, que, du
jour où le roi vit le poète-comédien, il se fit une opinion,
s'y tint et y conforma tous ses actes. Il est rare, cependant, que, dans les relations de tout genre, les choses
se passent ainsi. Le temps et les circonstances, plutôt
qu'un sentiment spontané, leur impriment peu à peu
un caractère qu'elles ne sauraient avoir dès le premier
jour. Entre le Molière débutant au Louvre par la représentation d'une tragédie où il ne fut sans doute pas très
bon, jointe à une petite farce qui n'était pas le dernier
mot du génie comique, et le Molière mourant après
quinze années de fréquentation à la cour et dix chefs-
d'œuvre, il y a une grande différence, comme aussi
entre le Molière qui écrit docilement des divertissements
à la Benserade et celui qui insiste pour faire jouer *Tartuffe*. Et que de choses, très opposées, réunies dans le
même homme ! Il est un de ces « valets intérieurs »,
dont parle Saint-Simon, parmi lesquels le roi « se com-
muniquoit le plus particulièrement », mais il est aussi
comédien, ce qui fait de lui un être à part dans une société très régulière ; non pas acteur tragique, ce qui
revêt un homme d'une certaine majesté, mais comique,
souvent bouffon ; enfin, il est écrivain, et très en vue.
De là, par la nature des choses, toute une gradation et
bien des nuances dans la faveur que put lui témoigner
Louis XIV, surtout si l'on se rappelle ce que dit le même Saint-Simon de la manière dont le roi savait marquer
et proportionner cette faveur : « Il rendit tout précieux
par le choix et la majesté, à qui la rareté et la brièveté
de ses paroles ajoutoit beaucoup. Il en étoit de même

de toutes les attentions et les distinctions, et dès préférences qu'il donnoit dans leurs proportions. » Jamais
homme ne se conduisit en cela d'une manière « si fort
mesurée, si fort par degrés, ni qui distinguât mieux le
mérite, le rang », en un mot, tous les « étages divers ».
Il est donc nécessaire de ne pas perdre de vue ces
diverses considérations et d'observer comme lui ces
« degrés » et ces « étages ».

. Au point de vue chronologique, d'abord, on distingue
aisément dans la carrière de Molière trois périodes de
faveur : l'une de préparation, entre *les Précieuses ridicules* et *la Critique de l'École des femmes* ; l'autre
d'apogée entre *l'Impromptu de Versailles* et *la Comtesse d'Escarbagnas* ; la troisième, de déclin entre *les
Femmes savantes* et *le Malade imaginaire*. On sait
comment les choses se passèrent au début. En arrivant
à Paris, Molière, adopté par Monsieur, obtient de donner
une représentation devant la cour, et le 24 octobre 1658
il représente au Louvre *Nicomède*, avec *le Docteur
amoureux*, une de ces farces à l'italienne dont il avait
si longtemps « régalé les provinces ». Il faisait le docteur, et, dit la notice de 1682, « la manière dont il s'ac-
quitta de ce personnage le mit dans une si grande estime
que Sa Majesté donna des ordres pour établir sa troupe
à Paris ; la salle du Petit-Bourbon lui fut accordée ». Il
ne faut ni déprécier ni exagérer ce premier acte de
bienveillance, mais le prendre à sa juste valeur, qui est
considérable. Que l'on suppose une erreur du roi sur le
talent de ces nouveaux comédiens, ou simplement une
approbation indifférente, la carrière de Molière est grandement entravée, peut-être arrêtée. Entre la troupe de
l'Hôtel de Bourgogne et celle du Marais, sans autre répertoire propre que *l'Étourdi, le Dépit amoureux* et
quelques farces, inférieure dans la tragédie, qui est le

genre à la mode, y a-t-il une place suffisante pour la troupe de Monsieur? Forcera-t-elle l'attention du public, si lente à éveiller, si difficile à retenir? On peut en douter. Désignée, au contraire, à l'intérêt parisien par le goût du roi, elle peut compter sur une série de représentations fructueuses; le génie de son chef fera le reste. Et, de fait, les choses se passent de la sorte. On se porte en foule au Petit-Bourbon; *l'Étourdi* et *le Dépit amoureux* ont un grand succès et, en six mois, produisent 1 400 livres de part à chaque acteur.

Le roi ne se contente pas de loger la nouvelle troupe : il a l'œil sur elle et lui témoigne à plusieurs reprises sa prédilection. Du mois d'octobre 1658 au mois d'avril 1659, les renseignements journaliers nous font défaut, car La Grange ne tient pas encore son registre; mais, à peine l'a-t-il ouvert, que nous voyons les « visites » à la cour se succéder rapidement. C'est d'abord, pendant les fêtes de Pâques, une représentation du *Dépit amoureux* au château de Chilly, dont le propriétaire donne un régal au roi ; aussitôt après, le 29 avril, la troupe est appelée au Louvre pour jouer *les Visionnaires* de Desmarets de Saint-Sorlin, preuve notable du goût de Louis XIV pour les comédiens du Petit-Bourbon, car la pièce n'est pas une nouveauté : elle date de 1637 et l'Hôtel de Bourgogne eût tout aussi bien pu la lui jouer. Le 6 mai elle est mandée à Vincennes pour *Don Japhet d'Arménie*, donné par Scarron à l'Hôtel six ans auparavant; le 11, au Louvre, encore pour *l'Étourdi*; le 19, pour *Gros-René écolier* et *le Médecin volant*. Jusqu'au mois de juillet de l'année suivante, il n'y a plus de visites; mais cette longue interruption s'explique par les graves événements qui éloignaient le roi de Paris. Il était allé d'abord à Lyon voir la princesse de Savoie, qui lui fut un moment destinée en mariage. C'était ensuite un long

voyage à travers la Provence, la Guyenne et le Languedoc, au terme duquel, le 9 juin 1660, il épousait
Marie-Thérèse à Saint-Jean-de-Luz. Même à cette distance, et si occupé d'objets autrement importants, il
n'oubliait pas nos comédiens. Le 18 novembre 1659,
Molière avait fait représenter *les Précieuses ridicules*,
et la pièce excitait grand émoi dans les coteries mondaines; Somaize nous apprend que les précieuses, sen-
tant la force du coup, « intéressèrent les galants à prendre
leur parti » et qu'un « alcôviste de qualité interdit la
pièce pour quelques jours ». Le roi se la fit envoyer,
l'approuva et leva l'interdiction, montrant par là qu'il
ne goûtait guère les raffinements prétentieux mis à
la mode par l'Hôtel de Rambouillet et laissant prévoir
que, dans l'avenir, sa protection ne manquerait pas au
poète lorsque se produiraient, avec des œuvres de plus
haute portée, des attaques plus sérieuses. Le 26 août 1660
il faisait son entrée solennelle à Paris avec la jeune
reine, mais il n'avait pas attendu jusque-là pour rappeler la troupe de Molière devant lui : le 29 juillet, étant
encore à Vincennes, où il se reposait des fatigues du
voyage, il demandait *l'Étourdi*, pour lequel il avait décidément un goût marqué, et ces mêmes *Précieuses ridicules*, qu'il tenait à voir représentées, après les avoir
lues. Deux jours après, le 31 juillet, il se faisait jouer
le Dépit amoureux et *Sganarelle*, autre nouveauté, donnée en mai; le 7 août, *Sanche Panse*, vieille comédie
de Guérin du Bouscal, et une *Pallas*; le 21, *l'Héritier
ridicule* de Scarron et *Sganarelle* pour la seconde fois.
Enfin, la cour une fois installée au Louvre, Molière y
donnait, le 4 septembre, *Huon de Bordeaux*[1]. Le

---

1. J'ai inutilement cherché la *Pallas* et *Huon de Bordeaux* dans
les divers catalogues dramatiques, et je ne puis en donner les
noms d'auteurs.

lecteur voudra bien excuser cette longue série de dates ; elle en dit plus que toutes les considérations.

A la fin de cette même année 1660, la protection royale trouve à s'excercer d'une manière décisive envers la troupe de Molière, et elle n'y manque pas. Le 11 octobre, sans ordres du roi ni avertissement préalable donné aux comédiens, l'intendant des bâtiments, M. de Ratabon, se met à démolir la salle du Petit-Bourbon pour faire place nette à la future colonnade du Louvre. Molière, fort surpris, va se plaindre au roi, qui lui accorde aussitôt le plus beau théâtre de Paris, celui du Palais-Royal, et donne à l'intendant « un ordre exprès » d'y faire les réparations nécessaires. En attendant, comme la troupe était obligée d'interrompre ses représentations publiques, il ne la faisait pas venir au Louvre moins de six fois et lui donnait une gratification de 6000 livres. Naturellement, la faveur royale entraîne celle de la cour ; Molière est appelé dans les plus notables maisons de Paris, chez Fouquet, chez les maréchaux d'Aumont et de La Meilleraie, chez les ducs de Roquelaure et de Mercœur, chez le comte de Vaillac, etc.

On sait le goût malheureux de Molière pour la tragédie [1]. On ne peut dire qu'il y ait été encouragé par Louis XIV, car jusqu'ici *Nicomède* a été la seule représentation tragique par lui donnée devant le roi ; tout le reste est comédies ou farces. Mais il ne lui suffisait pas de jouer médiocrement les tragédies des autres ; peut-être en aurait-il composé lui-même, si le public ne l'en eût détourné obstinément, — à preuve une *Thébaïde* qu'il aurait donnée en province, avec accompagnement de pommes cuites, et *Don Garcie de Navarre,* comédie

---

1. Voyez ci-après chapitre VI, 4.

héroïque du genre le plus relevé. Il trouva le roi moins sévère que le public · tandis que *Don Garcie* n'obtenait à la ville que sept représentations il en avait quatre à la cour, chiffre très considérable, en tenant compte de la proportion habituelle. Heureusement Molière suivit l'avis du public et revint à la comédie par un chef-d'œuvre, *l'École des maris*, que, non seulement le roi fit jouer devant lui, mais qu'il alla voir, semble-t-il, au Palais-Royal. Dans la pièce suivante, *les Fâcheux*, le roi faisait au poète l'honneur de collaborer avec lui. On connaît l'anecdote; au sortir de la première représentation, Louis XIV lui dit, en désignant le grand veneur, M. de Soyecourt, fort galant homme, mais narrateur impitoyable : « Voilà un grand original que tu n'as pas encore copié. » En vingt-quatre heures, la scène du chasseur était faite, et jouée devant la cour à la seconde représentation.

Un an après *les Fâcheux*, Molière donnait *l'École des femmes*. Il était à Paris depuis quatre ans et, sauf *Don Garcie de Navarre*, il n'avait eu que des succès; aussi que d'ennemis aux aguets n'attendant qu'une occasion favorable pour l'écraser, s'il se pouvait : comédiens des deux troupes rivales, auteurs jaloux, critiques pédants, précieuses ridicules, maris malheureux, partisans des vieux usages ! *L'École des femmes* sembla leur fournir cette occasion et ils donnèrent avec un merveilleux ensemble. Vite l'Hôtel de Bourgogne commande à Boursault *le Portrait du peintre*, M. Lysidas va répétant que les comédies de Molière « ne sont pas proprement des comédies et qu'il y a une grande différence de toutes ces bagatelles à la beauté des pièces sérieuses », que *l'École des femmes*, en particulier, fait hausser les épaules à « ceux qui possèdent Aristote et Horace »; les précieuses déclarent que la pudeur est « visiblement blessée » par l'interrogatoire d'Agnès ; les marquis « ne sauraient digérer *le potage* et *la tarte à la crème* ». Donneau de Visé[1] s'empresse de souffler sur ce beau feu et, dans ses *Nouvelles nouvelles*, raille les gens de qualité de leur patience à l'égard de l'impertinent poète : « Ils ne veulent rire qu'à leurs dépens, ils veulent que l'on fasse voir leurs défauts en public, ils sont les plus dociles du monde, ils auroient été bons du temps qu'on faisoit pénitence à la porte des temples, puisque, loin de se fâcher de ce qu'on publie leurs sottises, ils s'en glorifient. » Par une suprême habileté, les ennemis de Molière s'efforcent d'intéresser à leur cause une des plus redoutables puissances du temps, les dévots, en leur montrant qu'ils sont visés, eux aussi : « Le sermon et les maximes ne sont-ils pas des choses ridicules et qui choquent même le respect que l'on doit à nos mystères ? » On dirait vraiment que le fameux couplet de Beaumarchais sur la calomnie est une allusion directe à ce « *chorus* universel de haine et de proscription ». Mais, cette fois, celui qui servait de but aux calomniateurs était couvert par une volonté plus puissante que toutes les jalousies : au plus fort des clameurs déchaînées, le roi marquait sa protection à Molière en lui accordant une pension de 1 000 livres, et le poète, ripostant d'un seul coup à toutes ces attaques diverses, lançait *la Critique de l'École des femmes*.

Peut-être n'a-t-on pas assez fait ressortir l'importance exceptionnelle que les circonstances donnaient à cette faveur. On s'attache plutôt à en diminuer le prix par la

---

1. Plusieurs des écrits que l'on va voir, publiés à la suite de *l'École des femmes*, ont été attribués au comédien de Villiers, notamment par Paul Lacroix et M. V. Fournel. En les rapportant à Donneau de Visé, j'adopte l'opinion de M. P. Mesnard dans sa notice sur *l'École des femmes*.

comparaison et l'on s'indigne de voir Molière, sur la liste
où il figure, évalué au même taux qu'un Leclerc ou un
Boyer, moitié moins qu'un Ménage, trois fois moins
qu'un Chapelain. On trouve aussi que le traiter « d'excellent poète comique », c'est le qualifier sèchement,
alors que la même épithète est accordée aux mêmes
Leclerc et Boyer, que Desmarets de Saint-Sorlin se
trouve intitulé « le plus fertile auteur et doué de la plus
belle imagination qui ait jamais été », et Chapelain « le
plus grand poète français, et du plus solide jugement ».
Mais c'est le cas, ou jamais, de tenir compte de l'époque
et du moment. Somme toute, si l'on considère l'opinion
moyenne du public d'alors sur les trente-trois écrivains
compris dans la liste, les ouvrages qu'ils avaient publiés,
le point de leur carrière où ils étaient parvenus, leur
importance sociale, on trouvera que cette liste n'était
pas si mal dressée. On ne peut demander à un gouvernement qui se mêle de protéger les lettres, même à un
gouvernement absolu, de devancer les jugements de
l'avenir; tout ce qu'il peut faire, c'est de répondre à peu
près au sentiment de ceux qu'il gouverne. Or, en 1663,
Leclerc et Boyer étaient vraiment des écrivains considérables; Chapelain, malgré *la Pucelle*, n'avait perdu
qu'une part de sa renommée et, quant à la solidité du
jugement, c'était chez lui une qualité très réelle. On
peut même tenir pour certain que, si nous nous étonnons aujourd'hui de voir ces auteurs figurer à côté de
Molière, le public d'alors et eux-mêmes furent aussi
étonnés de voir Molière figurer à côté d'eux : un bouffon, auteur de quelques grosses farces et de deux ou
trois comédies mal intriguées, mis au rang des hommes
de lettres les plus considérables! En l'inscrivant sur sa
première liste de pensions, Louis XIV heurtait le préjugé plus directement encore que ne l'eût fait Napo-

léon Ier en comprenant Talma parmi les premiers membres de la Légion d'honneur.

Les ennemis du poète n'osèrent pas s'indigner tout
haut contre le roi, mais, profitant de *la Critique de
l'École des femmes*, ils se dédommagèrent par un redoublement d'attaques contre Molière. De Visé reprenait la
plume et lançait *Zélinde ou la véritable Critique de
l'École des femmes* ; il s'efforçait encore d'ameuter les
courtisans en les inquiétant pour l'avenir : « N'est-ce
pas une chose étrange que des gens de qualité souffrent
que l'on les joue en plein théâtre et qu'ils aillent admirer les portraits de leurs actions les plus ridicules, afin
de donner de la réputation au fameux Élomire, et de
l'obliger à les peindre une autre fois avec des traits plus
forts et de plus vives couleurs? » Un incident qui nous
paraît aujourd'hui d'une tristesse navrante prouve que
ce genre de reproches porta coup. La Feuillade, plat
courtisan, chez lequel l'esprit et le caractère n'étaient
pas, bien s'en faut, à la hauteur du courage, s'en allait
répétant ce fameux *tarte à la crème*, qu'il n'avait peut-
être pas inventé, mais qu'il avait fait sien : « *Tarte à la
crème !* bon Dieu ! avec du sens commun, peut-on soutenir une pièce où l'on ait mis *tarte à la crème* ? » Molière fit assez de fond sur la protection du roi pour
recueillir le mot et le mettre dans la bouche du marquis
de *la Critique* ; peut-être ignorait-il qu'il atteignait par
là un puissant personnage, et voulait-il simplement distribuer le ridicule entre tous ceux qui avaient répété une
sottise. Quoi qu'il en soit, La Feuillade, rencontrant un
jour le poète, qui s'inclinait devant lui, lui saisit la tête
en disant : « *Tarte à la crème*, Molière, *tarte à la
crème* », et il lui frotta si durement le visage contre les
boutons de son habit qu'il le mit tout en sang. A la nouvelle de cette insulte, le roi témoigna une vive indigna-

tion et fit au duc de sévères remontrances[1]. De Visé, lui,
trouve le trait charmant : « Je crois qu'Élomire ne mettra jamais sa perruque sans se ressouvenir qu'il ne fait
pas bon jouer les princes, et qu'ils ne sont pas si insensibles que les marquis turlupins. »

Une qualité que l'on n'a jamais refusée à Louis XIV,
c'est de vouloir bien ce qu'il voulait. Il la montra pleinement à l'égard de Molière. Non seulement le poète
obtint toute liberté pour la riposte, mais il reçut l'ordre
de rendre coup pour coup. De là cet *Impromptu de Ver-*
sailles, dont la hardiesse nous étonne aujourd'hui, mais
qui fut vraiment ordonné. Molière le marque jusqu'à
trois fois et en termes exprès : « Le moyen de m'en défendre, quand un roi l'a commandé », observe-t-il lui-
même; et il fait dire par Madeleine Béjart : « On vous a
commandé de travailler sur le sujet de la critique qu'on
a faite contre vous »; par La Thorillière : « Vous jouez
une pièce nouvelle aujourd'hui ? — Oui, monsieur. —
C'est le roi qui vous la fait faire ? — Oui, monsieur. »
Aussi s'en donne-t-il à cœur joie, et chacun a son
compte, précieuses, grands comédiens, beaux esprits,
les marquis surtout : « Le marquis aujourd'hui est le
plaisant de la comédie, et comme dans toutes les comé-

1. C'est Bruzen de la Martinière qui a raconté cette anecdote en
1725; il dit la tenir d'un témoin oculaire, aussi préféré-je sa ver-
sion à celle-ci, recueillie par un conseiller au Parlement de Dijon,
Philibert de Lamare, moins authentique, quoique datée de 1673,
mais bien significative encore. La Feuillade aurait conçu le dessein
« de faire assassiner Molière », et aurait dit au roi, au petit coucher : « Sire, Votre Majesté se pourroit-elle passer de Molière ? »
Et le roi, « qui savoit le mal que le comte vouloit au comédien, »
aurait répondu : « La Feuillade, je vous entends bien; je vous
demande la grâce de Molière ». On s'indigne du tour indifférent de
cette réponse; dite sur un certain ton, elle me sembleraif plutôt une
sauvegarde pour Molière et une leçon pour La Feuillade; c'est bien,
du reste, ce que semble y avoir vu le contemporain qui rapporte le
propos.

dies anciennes on voit toujours un valet bouffon qui fait
rire les auditeurs, de même, dans toutes nos pièces de
maintenant, il faut toujours un marquis ridicule qui di-
vertisse la compagnie. » Les ennemis de Molière n'en
reviennent pas d'étonnement, mais ils ne perdent pas
courage. Les comédiens jouent *l'Impromptu de l'Hôtel
de Condé*; l'inévitable de Visé rentre en lice avec *la
Vengeance des marquis*, et, ressassant son éternelle
antienne, il dit aux gens de cour que leur tolérance
pour Molière est une lâcheté ; les prenant par leur faible,
il leur annonce que les femmes ne veulent déjà plus
d'eux : « Une jeune fille disoit que l'on lui vouloit faire
épouser un marquis, mais que, depuis qu'elle les avoit
vu jouer, elle n'en vouloit point. » Dans une *Lettre sur
les affaires du théâtre*, il ne craint pas d'intéresser le
roi lui-même dans la querelle ; avec un mélange d'effronterie et de timidité, il donne à entendre que le prince
est solidaire de ses courtisans, et que les attaquer c'est
l'attaquer lui-même : « Il ne suffit pas de garder le respect que nous devons au demi-dieu qui nous gouverne,
il faut épargner ceux qui ont le glorieux avantage de l'approcher et ne pas jouer ceux qu'il honore d'une estime
particulière. Je tremble pour cet auteur quand je lui
entends dire en plein théâtre que ces illustres doivent à
la comédie prendre la place des valets. Quoi ! traiter si
mal l'appui et l'ornement de l'État ! avoir tant de mépris
pour des personnes qui ont tant de fois, et si généreuse-
ment, exposé leur vie pour la gloire de leur prince ! J'ai
peine à croire ce que mes yeux ont vu et mes oreilles
ont ouï. »

La perfidie était adroite, mais elle resta sans effet. Il
fallait chercher autre chose. Le grief si désiré, le crime
capital, on crut le trouver dans la vie privée de Molière.
Il s'était marié deux ans auparavant, et des bruits vagues

couraient sur ce mariage. Sœur de Madeleine Béjart, qu'il aurait pu avoir comme maîtresse, sa jeune femme aurait pu, par son âge, être la fille de sa sœur et de son mari. La haine excelle à exploiter les situations de ce genre; d'une possibilité à une supposition il n'y a qu'un pas, et si l'on pouvait présenter cette supposition comme une certitude! Un comédien de l'Hôtel de Bourgogne, Montfleury, l'essaya et remit à Louis XIV une requête dans laquelle il accusait Molière d'avoir épousé sa propre fille [1]. On sait la réponse du roi à cette abominable méchanceté : le 28 février 1664 il tenait sur les fonts, avec Madame, le premier-né de Molière. Louis XIV, a-t-on fait remarquer pour diminuer l'importance de cet acte, accordait souvent la même faveur aux gens de son entourage. Dans le cas présent, si ordinaire que l'acte fût en lui-même, il empruntait aux circonstances une signification unique. La démarche de Montfleury était connue dans le public, puisque Racine en parle dans sa correspondance; elle mettait en jeu la justice du roi, son respect des lois divines et humaines; et le roi répondait, d'une façon à la fois éclatante et discrète, en tenant sur les fonts le prétendu fils de l'inceste; il attestait ainsi la tranquille conviction où il était lui-même de l'innocence des parents; il en répondait devant ses sujets et devant Dieu.

On ne s'étonnera point que de cette guerre, où l'on n'avait rien épargné en sa personne, ni le poète, ni le comédien, ni le mari, ni le père, il soit resté à l'auteur de *l'École des femmes* un fond d'amertume et un désir de vengeance complète. Ses ennemis pouvaient se ramener à deux grandes catégories : les jaloux et les hypocrites. Il avait écrasé les premiers; les se-

1. Voyez ci-dessus chapitre II, 1.

conds, plus redoutables, n'étaient pas de ceux que l'on abat d'un coup. En l'accusant de profaner les choses saintes, ils avaient éveillé son attention sur le danger des « armes sacrées » entre des mains haineuses et violentes. A ce reproche il n'avait d'abord répondu que par une allusion rapide; ne jugeant peut-être pas le moment favorable pour s'engager à fond, il attendait. Mais je ne serais pas éloigné de croire qu'il fallût chercher dans la querelle de *l'École des femmes* le point de départ de *Tartuffe*. Bien d'autres considérations, qui ne pouvaient échapper à un observateur doublé d'un courtisan très désireux de plaire, se réunissaient pour fortifier chez lui un semblable projet de pièce. Appuyée sur un pouvoir qui tenait d'elle en partie sa raison d'être et son droit, très forte à la cour, grâce à la piété de la reine mère et à la cabale du père Ferrier, la religion était partout dans l'état, et avec elle les moyens d'en abuser. A la ville, grâce à Mmes de Richelieu et d'Albret, de Guénégaud et de Lamoignon, il y avait, dans le monde aristocratique et parlementaire, nombre de salons dévots, plus occupés d'intrigues que de bonnes œuvres. La direction des consciences n'avait pas encore pris le développement que La Bruyère devait signaler à la fin du siècle, mais elle offrait déjà ses abus et ses dangers. Les querelles religieuses troublaient profondément la société; jésuites et jansénistes étaient aux prises. Tout cela importunait Louis XIV; comme chef d'État, il détestait les désordres de tout genre; jeune et d'humeur galante, il n'entendait pas, si respectueux qu'il fût de la religion, que l'humeur austère de la cabale entreprît sur ses plaisirs, et elle se hasardait quelquefois à les contrarier. Quant à Molière, il était de sa nature plus porté à voir les dangers d'une trop grande ferveur religieuse qu'à ressentir la crainte

de blesser la religion elle-même en frappant l'hypocrisie. Donc, lorsque le moment lui parut bon pour s'attaquer à des adversaires redoutables entre tous, le
12 mai 1664, durant les fêtes de Versailles, il représenta devant le roi les trois premiers actes de *Tartuffe*.

Il est inutile de retracer à la suite de quelles vicissitudes la pièce, achevée dès le mois de novembre 1664,
ne prit définitivement l'affiche du Palais-Royal que le
5 février 1669. Il suffira de dire que, dès le premier jour,
les dévots vrais ou faux en sentirent le danger, et, bien
que le roi eût témoigné son contentement, en obtinrent
l'interdiction; interdiction provisoire sur laquelle le roi
— il le dit expressément à Molière — se proposait de
revenir. Cette attitude de Louis XIV a été jugée de
façons très différentes. Napoléon Ier trouvait le roi trop
libéral : « Si la pièce eût été faite de mon temps, disait-
il, je n'en aurais pas permis la représentation. » D'autres ne lui pardonnent pas d'avoir imposé à un tel
chef-d'œuvre une attente de cinq ans. Ne peut-on pas
conclure de ces opinions diverses que Louis XIV agit
assez sagement? Le danger dénoncé par Molière ne lui
semblait pas compenser les inconvénients qu'il y avait à
le proclamer si haut. Il devait tenir compte des colères
du clergé, des remontrances du président Lamoignon,
des répugnances de sa mère, et, à des disputes religieuses déjà très vives, il ne voulait pas donner un
nouvel aliment. Il fit donc passer avant son goût personnel ce qu'il croyait être l'intérêt de la religion et de
la paix publique; et, lorsque en 1669 il leva la défense,
c'est que, à cette date, la pièce lui semblait décidément
avoir plus d'avantages que d'inconvénients.

En attendant, il fit beaucoup pour atténuer la déception de Molière, calmer son impatience, le protéger
contre le redoublement d'attaques soulevé par la pre-

mière nouvelle de *Tartuffe*. Un curé de Paris, Pierre
Roullé, ouvrit le feu, non par une comédie, cela s'entend, mais par une plainte passionnée, directement
adressée au roi. Contre Molière, ce « démon vêtu de
chair et habillé en homme, le plus signalé impie et li-
bertin qui fût jamais dans les siècles passés », il récla-
mait « le dernier supplice exemplaire et public, le feu
avant-coureur de celui de l'enfer ». Le roi fit savoir à
Roullé qu'il voyait ce déchaînement de très mauvais
œil, et il l'engagea si nettement à se tenir tranquille,
que le curé prit soin de s'excuser en protestant de la
pureté de ses intentions. En même temps il adressait
à Molière quelques-unes de ces paroles pleines de sens
et de bonne grâce, qu'il trouvait toujours dans l'occasion, et qui étaient regardées alors comme la plus insigne faveur. C'est Molière lui-même qui nous l'apprend :
« Bien que, dit-il, ce m'ait été un coup sensible que la
suppression de cet ouvrage, mon malheur pourtant étoit
adouci par la manière dont Votre Majesté s'étoit expli-
quée sur ce sujet ; et j'ai cru, Sire, qu'elle m'ôtoit tout
lieu de me plaindre, ayant eu la bonté de déclarer
qu'elle ne trouvoit rien à dire dans cette comédie qu'elle
me défendoit de produire en public. » Le roi faisait
plus : il autorisait les lectures privées de la pièce, et
dans une très large mesure. On put donc entendre *Tartuffe* chez une grande dame amie de Port-Royal, —
Mᵐᵉ de Longueville peut-être, ou Mᵐᵉ de Sablé, — chez
l'académicien Habert de Montmor, chez Ninon de Lenclos, un peu partout, à en croire Boileau, qui montre
Molière allant de dîner en dîner réciter la pièce interdite et d'autant plus désirée. Il y eut assez de ces lectures pour qu'une bonne part de la société parisienne
pût les entendre. Il y eut même de vraies représentations
devant des cercles fermés, ainsi à Villers-Cotterets pour

Monsieur, au Raincy et à Chantilly pour le prince de
Condé. Le 5 août 1667, Molière, interprétant, ce semble,
avec beaucoup de liberté quelques paroles bienveillantes que le roi lui aurait dites en partant pour l'armée, prend sur lui d'afficher *Tartuffe*, et l'on devine
avec quel empressement le public se porte au Palais-
Royal. Vite le président Lamoignon interdit une seconde représentation, et l'archevêque de Paris, Har-
douin de Péréfixe, lance un mandement par lequel il
défend « de représenter, lire ou entendre réciter ladite
comédie, soit publiquement, soit en particulier, sous
quelque nom et quelque prétexte que çe soit, sous peine
d'excommunication ». Ainsi Molière provoquait, en l'absence du roi, les rigueurs des deux plus hautes autorités de Paris, scandale retentissant, dont tout autre
que lui eût subi la peine. Le roi ne lui en témoigna
aucune mauvaise humeur ; il ne leva pas sur-le-champ
l'interdiction du président, mais elle ne l'empêcha pas,
non plus que le mandement de l'archevêque, d'accorder
à la pièce une autorisation définitive moins d'un an et
demi après.

Entre-temps, au mois d'août 1665, Molière avait risqué une autre pièce, *Don Juan*, qui redoublait l'hostilité et les clameurs. On y voit d'ordinaire la continuation
de la guerre engagée dans *Tartuffe*; j'y verrais plutôt
une manœuvre de Molière pour détourner en partie
l'assaut de ses adversaires. En effet, ceux qu'il visait
cette fois, c'étaient, avant tout, les incrédules, ou,
comme on disait alors, « les libertins ». Depuis la
Fronde et ses secousses morales il y avait dans la société polie et à la cour beaucoup d'athées, et « de toutes
sortes d'athées », selon Nicole ; les uns s'en tenant au
scepticisme, les autres allant jusqu'à la négation formelle ; les uns conservant du christianisme la discipline

morale ou mêlant aux pratiques épicuriennes une certaine dose d'esprit stoïcien, les autres débauchés sans
scrupules ou même renouvelant les infamies contre nature de l'antiquité ; tous, du reste, également odieux au
roi, pour leur indépendance d'esprit ou la licence de
leurs mœurs. De ce groupe, encore prudent et caché,
sortiront les roués de la Régence, lorsque l'affaiblisse-
ment général des croyances et l'exemple venu de haut
permettront à la dépravation de tout oser [1]. En person-
nifiant dans le héros de *Don Juan* l'athée et le débau-
ché, Molière espérait à la fois plaire à Louis XIV et désarmer les vrais dévots. Mais, entraîné par sa rancune,
et aussi par la logique du sujet, il fit de *Don Juan* un
hypocrite et lui mit dans la bouche la grande tirade du
cinquième acte. Il ne réussit donc qu'à joindre de nouveaux ennemis à ceux qu'il avait déjà ; en vain faisait-il
défendre la foi religieuse par Sganarelle, de même qu'il
avait confié à Cléante la défense de la vraie dévotion :
on trouvait que c'était là un avocat sans autorité ou
même assez compromettant.

Dévots vrais ou faux ne s'y trompèrent pas, et les adversaires de *Tartuffe* furent aussi ceux de *Don Juan*.
Un sieur de Rochemont se montra plus haineux encore
que le curé Pierre Roullé, quoique en meilleur style :
« C'est trahir visiblement la cause de Dieu, s'écriait-il,
de se taire dans une occasion où sa gloire est ouvertement attaquée ; où la foi est exposée aux insultes
d'un bouffon qui fait commerce de ses mystères et
qui en prostitue la sainteté ; où un athée, foudroyé
en apparence, foudroie, en effet, et renverse tous

---

1. Plusieurs fois signalé par Sainte-Beuve, ce groupe mériterait
une étude complète ; elle avait été commencée par un jeune
professeur, mort prématurément, René Grousset ; voyez ses *Œuvres
posthumes*, publiées par R. Doumic et P. Imbart de la Tour, 1886.

les fondements de la religion, à la face du Louvre, dans
la maison d'un prince chrétien, sous le règne du plus
grand et du plus religieux monarque du monde. » Lui
aussi invoquait le bras séculier contre le sacrilège et
demandait sa mort avec un grand luxe d'érudition
historique : « Auguste fit mourir un bouffon qui avoit
fait raillerie de Jupiter et défendit aux femmes d'assister à ses comédies, plus modestes que celles de Molière ;
Théodose condamna aux bêtes des farceurs qui tournoient
en dérision nos cérémonies ; et néanmoins cela n'appro-
che point de l'emportement qui paroît en cette pièce ; et
il seroit difficile d'ajouter quelque chose à tant de crimes
dont elle est remplie. » Il terminait en adressant au roi
un appel qui ressemblait à une menace : « Nous avons
tout sujet d'espérer que ce même bras, qui est l'appui de
la religion, abattra tout à fait ce monstre et confondra à
jamais son insolence. L'injure qui est faite à Dieu re-
jaillit sur la face des rois, qui sont ses lieutenants et ses
images ; et le trône des rois n'est affermi que par celui
de Dieu. Les déluges, la peste et la famine sont les
suites que traîne après soi l'athéisme ; et, quand il est
question de le punir, le ciel ramasse tous les fléaux de
sa colère pour en rendre le châtiment plus exemplaire.»
Quelle fut la réponse du roi si directement mis en cause ?
Le pamphlet de Rochemont avait été lancé au mois d'a-
vril, et le 14 août Louis XIV, demandant à Monsieur la
troupe de Molière, lui attribuait une pension de 6 000
livres et lui permettait de prendre le titre si envié de
Troupe de roi. Les amis de Molière ne manquèrent pas
de faire sonner bien haut cette marque de faveur très
considérable en tout temps, décisive à cette heure. L'un
d'eux, répondant à Rochemont, lui disait avec une ironie
joyeuse : « Le roi vient enfin de connoître que Molière
est vraiment diabolique, que diabolique est son cerveau

et que c'est un diable incarné ; et, pour le punir comme il le mérite, il vient d'ajouter une nouvelle pension à celle qu'il lui faisoit l'honneur de lui donner comme auteur, lui ayant donné cette seconde, et à toute sa troupe, comme à ses comédiens. » Il n'en restait pas moins que *Don Juan* excitait, lui aussi, des alarmes, feintes chez quelques-uns, sincères chez beaucoup. Louis XIV voulut tenir la balance égale, et, tout en consolant Molière, rassurer les croyants contristés : la pièce quitta l'affiche en plein succès, après quinze représentations, très probablement sur un désir du roi, et elle ne fut pas imprimée, bien que Molière eût pris un privilège.

II

Apogée de la faveur de Molière. — Estime que Louis XIV fait de lui et caractère de cette estime. — La légende de l'*En-cas de nuit.* — Sentiments de Molière à l'égard de Louis XIV. — Autorisation de jouer *Tartuffe.* — Qu'*Amphitryon* n'est pas une allusion aux amours de Louis XIV et de Mme de Montespan. — Le dénouement de *Tartuffe.*

Malgré l'interdiction persistante de *Tartuffe* et l'arrêt de *Don Juan*, l'adoption de la troupe de Molière par le roi marque l'apogée de faveur dont je parlais au début de cette étude, et l'on peut apprécier dès maintenant le caractère de cette faveur.

Il faut d'abord tenir compte de l'état de l'opinion à l'égard de Molière : sa profession et le caractère de ses œuvres mettaient, aux yeux des contemporains, une différence notable entre les autres poètes et lui. Si notre temps possédait un Molière, le poète-comédien irait de pair, dans toutes les relations sociales, avec ce que la littérature compte de plus distingué. Les puissances s'honoreraient de lui faire accueil, et la société polic le rechercherait, avec ce double attrait qui la porte vers la littérature et l'art, mais qui lui inspire une curiosité si vive pour tout ce qui touche au théâtre. Au dix-septième siècle, l'acteur pouvait être admis à la familiarité, mais il était exclu du respect. L'acteur comique surtout, celui qui excitait le rire, souvent le plus gros, l'enfariné aux joyeuses grimaces, ne prétendait pas à un certain degré d'estime sociale. Il en était des œuvres comme de l'auteur. A ce point de vue encore, nous avons fait des progrès vers une appréciation plus équitable ; malgré la hiérarchie des genres, nous admettons qu'à une certaine hauteur il n'y a que des égaux parmi les écrivains, il n'y a plus de rangs. Ces rangs existaient au temps de Molière, et il le sentait si bien que, dans *la Critique de l'École des femmes*, il protestait contre celui que l'on donnait à ses pièces et saisissait l'occasion d'établir entre la comédie et la tragédie un parallèle tout à l'avantage de la première.

Louis XIV avait beaucoup de bon sens et un jugement très sûr, mais si, en bien des choses, il créa l'esprit de son temps, en beaucoup d'autres il ne fit que l'adopter et le suivre, en lui donnant un caractère souverain de justesse et de dignité. En ce qui touche Molière, il s'en tint, semble-t-il, à l'opinion générale sur les comédiens et sur les auteurs. On a justement remarqué que l'on ne trouve dans ses rapports avec lui rien de semblable à ce que nous offre la biographie de Boileau ou de Racine. Pour Boileau, il avait plus que de l'estime ; c'était une véritable affection, tolérante dans l'occasion, attentive, délicate. De toutes les louanges qu'on lui prodiguait, celles du satirique lui étaient les plus agréables ; lorsque le poète faisait une cure aux eaux de Bourbon, il s'inquiétait de sa santé ; il lui passait son intraitable droiture de sens poétique, son jansénisme, ses sorties intempestives contre Scarron ; il lui disait lorsqu'il quitta la cour : « Souvenez-vous que j'ai toujours à vous donner une heure par semaine quand vous voudrez venir ». Mêmes sentiments pour Racine, qui entrait encore plus avant dans la familiarité royale, avait un appartement à Versailles, était de tous les Marlys, et, durant une maladie du roi, couchait dans sa chambre et lui lisait Plutarque. Mais, dit-on, Molière était valet de chambre du roi, et cette charge lui permettait d'approcher souvent de Louis XIV. A y regarder de près, ce n'est là qu'une conjecture peu vraisemblable. D'abord, bien que la notice de 1682 nous dise que Molière, reçu dès son bas âge en survivance de la charge paternelle, la remplit exactement jusqu'à sa mort, nous savons que Poquelin père l'en avait dépossédé en 1654 au profit d'un frère puîné, qu'il en reprit lui-même les fonctions en 1660 et qu'il les conserva probablement toujours. Admettons, cependant, que le père se contentât d'exercer lui-même la partie de ces fonctions qui lui convenait le mieux, savoir la fabrication et la garde des meubles du roi, deux choses dont Molière n'avait certainement pas le loisir de s'acquitter, et qu'il laissât le reste à son fils. Ce reste consistait uniquement à faire le lit du roi avec les valets de chambre : à moins d'admettre que Louis XIV demeurait là pendant qu'on faisait son lit, on ne voit pas comment cet office pouvait mettre Molière en rapport direct avec la personne royale. Si le poète tint à porter le titre de tapissier valet de chambre, c'est uniquement pour les avantages moraux, très considérables d'ailleurs, qu'il en retirait.

Ce titre n'en est pas moins la cause indirecte d'une légende fameuse, celle de l'*En-cas de nuit*, dont on use et abuse encore, bien que Despois en ait montré à deux reprises l'invraisemblance. Elle fut racontée pour la première fois en 1823, cent cinquante ans après la mort de Molière, par un auteur des plus sujets à caution, Mme Campan [1], qui disait la tenir de son beau-père, lequel l'aurait apprise lui-même de « M. Lafosse, médecin ordinaire de Louis XIV ». *L'État de la France* porte, en effet, le nom d'un « sieur de La Fosse », non pas « médecin ordinaire », mais simple « chirurgien servant par quartier » : on n'ignore pas que le propre des faiseurs d'histoire est de s'assurer par à peu près un garant, qui n'est généralement plus là pour les démentir. D'après M. Lafosse ou de La Fosse donc, les valets de chambre du roi, blessés de voir Molière s'asseoir à leur table, l'y recevaient assez mal, et le roi, instruit du fait, aurait un beau matin, à son lever, tenu ce langage au poète : «On dit que vous faites maigre chère ici, Molière, et que les officiers de ma chambre ne vous trouvent pas fait pour manger avec eux. Vous avez peut-être faim ; moi-même je m'éveille avec un très bon appétit : mettez-vous à cette table et qu'on me serve mon en-cas de nuit. » Puis, faisant introduire les entrées familières, c'est-à-dire les plus hauts personnages de la cour, il aurait ajouté, en servant une aile de poulet à son convive : « Vous me voyez occupé de faire manger Molière, que mes valets de chambre ne trouvent pas assez bonne compagnie pour eux ». Outre que cette bourgeoise familiarité de langage ne sent guère son Louis XIV, il y a dans le caractère de la scène une affectation théâtrale, un goût de *cabotinage* qui dénoncent l'arrangement. Quant au fait en lui-même, Despois observe avec raison que c'eût été là une infraction inouïe à l'étiquette et

---

1. Voyez, sur la confiance que mérite d'ordinaire Mme Campan, le travail récent de M. J. Flammermont, dans le *Bulletin de la Faculté des lettres de Poitiers*, février et mars 1886.

qu'elle eût frappé les contemporains ; or ils n'en souf-
flent mot, alors qu'ils s'étendent complaisamment sur
les moindres bontés du roi. D'autre part, Saint-Simon
dit en termes exprès : « Ailleurs qu'à l'armée, le roi n'a
jamais mangé avec aucun homme, en quelque cas que
ç'ait été, non pas même avec aucuns princes du sang,
qui n'y ont mangé qu'à leurs festins de noces, quand le
roi les a voulu faire. » A ces arguments on peut en
ajouter un autre, tiré des fonctions mêmes de Molière et
qui tranche la question par une impossibilité. *L'État de
la France* nous apprend que les valets de chambre proprement dits, c'est-à-dire ceux qui assistaient le roi à
son lever et à son coucher, avaient seuls « bouche à la
cour », c'est-à-dire le droit de s'asseoir à une table ser-
vie pour eux dans le palais ; quant aux valets de chambre
tapissiers, ils recevaient leur nourriture en aliments non
accommodés ou en argent. Molière n'eut donc pas à
manger avec les orgueilleux convives dont parle Mᵐᵉ Campan, et l'anecdote perd ainsi son point de départ [1].

1. Il n'est pas difficile de supposer le motif qui a introduit cette
anecdote dans des mémoires sans aucun rapport avec elle. Ancienne femme de chambre de Marie-Antoinette et très vaniteuse,
Mᵐᵉ Campan s'efforce en toute chose de relever l'importance de ses
fonctions. Or pouvait-il y avoir rien de plus honorable pour elle
qu'une confraternité avec Molière ? D'autre part, ancienne institu-
trice, elle avait le goût des anecdotes sur les grands hommes, et
celle-ci était un très bel exemple historique. On peut donc tenir pour
assuré qu'elle conta souvent à ses élèves de Saint-Germain et d'Ecouen
celle qui réunissait dans un même beau trait Louis XIV, Molière et
un peu Mᵐᵉ Campan. Je verrais volontiers le point de départ de
son invention dans une autre anecdote, très acceptable celle-ci,
recueillie pour la première fois en 1732 par Titon du Tillet dans son
Parnasse françois et reproduite en 1773 par Bret, dans une édition de Molière très répandue au dix-huitième siècle. Un jour un
valet de chambre refusait de faire le lit du roi avec le poète-
comédien, lorsque Bellocq, valet de chambre, lui aussi, et poète,
dit à Molière : « Monsieur de Molière, vous voulez bien que j'aie
l'honneur de faire avec vous le lit du roi ? »

Avant la réfutation de Despois, cette anecdote n'avait
pas donné matière à moins de trois tableaux, signés de
noms illustres ou connus : Ingres, Gérôme, Vetter [1]. Ils
sont très instructifs par la manière dont ils traduisent,
sur les rapports du poète et du roi, une opinion qu'ils
ont eux-mêmes contribué à répandre après s'en être
inspirés. Popularisés par l'exposition publique, la gravure et la photographie, ils pourraient porter comme
devise le mot de La Bruyère : « Je rends au public ce
qu'il m'a prêté. » Tous trois nous offrent un Louis XIV
posant pour l'histoire et faisant à ses courtisans humi-
liés une conférence que Molière écoute avec résignation
chez l'un, avec stupéfaction chez l'autre, avec majesté
chez le troisième ; ici le poète s'assied timidement sur
le bord de sa chaise, là il affecte le sérieux de l'homme
qu'on décore, ailleurs il représente le Génie, comme
pourrait faire un comédien dans un à-propos. Chacun
d'eux s'efforce d'accentuer par quelque détail facile à
saisir le caractère de la scène. L'un, trompé par le titre
de valet de chambre dont il savait Molière revêtu, lui a
mis sur le dos la casaque rayée de Ruy-Blas ; de plus,
il a représenté à gauche de sa composition, bien détaché
et en pleine lumière, un évêque de haute taille et fort
laid, dont le poing crispé marque la fureur. L'autre,
venu plus tard, désireux de faire preuve d'invention,
mais tenant à cet évêque, le place à l'extrême droite
avec une attitude plus significative encore : l'air contrit,
à demi caché, comme pour fuir la vue du scandale, il

---

1. Le tableau de Ingres, peint pour l'impératrice Eugénie, a disparu, dans l'incendie des Tuileries, en mai 1871 ; la Comédie-
Française en possède un carton, offert par l'auteur aux sociétaires
en 1857 et placé au foyer des artistes. Celui de M. Gérôme,
exposé au Salon de 1863, est, je crois, sorti de France ; celui de
M. Vetter, exposé au Salon de 1864, se trouve au musée du Luxem-
bourg, sous le numéro 250.

semble implorer la pitié de Dieu pour l'aveuglement du roi. Si les moins versés dans la biographie de Molière ne comprennent pas de la sorte que l'auteur de *Tartuffe* était médiocrement apprécié par les gens d'Église, ce ne sera vraiment pas la faute de nos peintres. On oublie, dans ces allusions trop faciles, que ni Péréfixe, ni Roquette, — ni même l'auteur des *Maximes sur la comédie,* — n'avaient à la cour ces attitudes de fanatiques ou de pieds-plats; ces évêques étaient de grands seigneurs, et, lorsqu'ils avaient du dépit, ils ne le donnaient pas en spectacle.

Admettons toutefois que Mme Campan se soit contentée de broder sur un fait vrai et de prêter à Louis XIV l'éloquence dont elle était capable. On pourrait, par comparaison, rétablir le vrai caractère de la scène, car il n'est pas sans exemple que Louis XIV, à table, ait honoré un comédien d'une attention bienveillante. Le biographe de Scaramouche, qui écrivait en 1695, n'a pas manqué de transmettre à la postérité ce fait, que son héros eut l'honneur, non pas de manger, mais de boire avec Louis XIV : « Le roi, dit-il, ayant un jour aperçu Scaramouche à son dîner, voulut bien prendre la peine de lui verser à boire, de sa propre main, d'un vin étranger, pour voir s'il était bon gourmet. » Scaramouche remercia par ce lazzi, qu'il ne manquerait pas de dire à son boulanger que le plus grand roi du monde lui avait versé à boire, et le roi, « comprenant par ce discours que l'honneur qu'il avoit fait à Scaramouche ne lui donnoit pas du pain », augmenta aussitôt sa pension de 100 pistoles. Voilà un Louis XIV plus vraisemblable ; et, toute différence gardée entre Molière et Scaramouche — quoique, je le répète, les contemporains n'aient pas toujours fait cette différence, — on le verrait mieux dans une attitude pareille à l'égard de Molière

que dans le commérage de Mme Campan. Au début, surtout, qu'était-ce que Molière aux yeux de Louis XIV?
Un nouveau Scaramouche, élève et rival de l'autre,
moins grossier, plus recommandable de mœurs, mais,
comme l'autre, se donnant corps et âme à son métier.
Sans doute, il était homme de lettres, en ce sens qu'il
écrivait ses pièces et que Scaramouche se contentait
d'improviser les siennes ; mais ils avaient même inspiration, même genre de talent, l'un plus italien, l'autre
plus français. Il ne serait pas impossible que le roi, dans
l'occasion, eût témoigné à tous deux cette sorte de familiarité dont les très hauts personnages sont quelquefois
prodigues envers les petites gens qui servent leurs plaisirs, d'autant plus dédaigneuse, au fond, qu'elle est plus
accueillante. On aura remarqué plus haut le mot de
Louis XIV à Molière, après *les Fâcheux* : « Voilà un
grand original que tu n'as pas encore copié ». Si le propos royal a été exactement recueilli, je verrais volontiers dans ce tutoiement une indication précieuse du ton
que le roi prenait en pareil cas. Un peu plus serait impossible ; les idées du dix-septième siècle n'admettaient
pas de scènes semblables à celles que nous contaient
naguère deux romanciers : ici, l'héritier présomptif d'un
grand empire choquant son verre, avec une politesse
d'égal, contre celui d'un roi d'opérette ; là, un prince
authentique rajustant la perruque d'un pitre et discutant
avec lui sur les mérites comparés de la république et de
la monarchie.

Cependant, à mesure que Molière avançait dans sa
carrière, il est certain que l'estime de lui faite par le
roi dut gagner en sérieux. Jusqu'aux *Fâcheux* on pouvait ne voir en lui que l'émule de Scaramouche ; après
l'École des femmes, c'était déjà un comédien d'un autre
ordre ; après *Tartuffe* et *Don Juan,* le *Misanthrope* et

l'Avare, il est impossible que Louis XIV, sans séparer
ce qui était inséparable, le comédien et l'auteur, n'ait
pas ressenti pour ce dernier quelque chose du respect
qu'inspire le génie, de la sympathie qui va droit-à un
grand esprit et à un grand cœur se montrant à travers
des créations dramatiques. De là, chez le roi, un ensemble de sentiments où se mêlaient la chaleur d'âme
qu'excite l'admiration, l'épanouissement qui suit le rire,
la reconnaissance envers celui qui nous procure ces
deux plaisirs ; enfin, le désir de se l'attacher et de lui
rendre facile l'exercice de son art en lui accordant
toute la liberté possible dans une cour et sous un pouvoir absolu.

Le goût particulier de Louis XIV pour un genre de
divertissement où Molière le servit à souhait vint bientôt
se joindre à ces diverses causes de protection. Ce divertissement était le ballet, qui, très en faveur depuis
Henri IV, tenait à la cour, avec les carrousels, la place
des tournois et des joutes, et permettait au jeune roi
de faire briller son grand air et son élégance, son
adresse et sa vigueur. Entre 1651 et 1660 un poète de
troisième ordre, mais doué de la souplesse et de l'agrément nécessaires pour marier la poésie à la musique et
à la danse, Benserade, fut le grand compositeur des
ballets royaux. Il porta le genre à sa perfection, et l'on a
pu dire de lui qu'il fut vraiment ce que furent Molière
dans la comédie, Corneille dans la tragédie, La Fontaine
dans la fable, un inventeur et un maître [1]. Mais il n'est
invention qui ne s'épuise à la longue, surtout dans un
domaine aussi restreint. En 1661 surgissait pour Benserade la redoutable rivalité de Molière, qui, voyant où se

1. V. Fournel, *Histoire du ballet de cour*, dans *les Contemporains de Molière*, t. II, 1866.

portaient les préférences royales, s'exerçait aux divertissements à la mode en mêlant des intermèdes de ballet
aux *Fâcheux*, et, en 1664, éclipsant Benserade par un
double coup de maître, faisait sortir du ballet un genre
nouveau, la comédie-ballet, où il mêlait ce que le roi
aimait le plus à ce qu'il était sûr de faire lui-même
excellemment. Louis XIV goûta beaucoup l'innovation,
et les comédies-ballets, composées par Molière avec la
collaboration musicale de Lulli, se succédèrent rapidement. En 1665 Molière donne l'*Amour médecin*; en
1666 il impose sa collaboration à Benserade et fait
entrer dans le *Ballet des Muses*, réglé par celui-ci,
Mélicerte et *la Pastorale comique*; en 1669 il fait seul
Monsieur de Pourceaugnac; en 1670, *les Amants magnifiques* et *le Bourgeois gentilhomme*; en 1671 il
applique le même mélange à la tragédie, et, avec Corneille, donne *Psyché*; la même année il esquisse *la
Comtesse d'Escarbagnas* pour *le Ballet des ballets*. Dès
1669 Benserade se voyait forcé de quitter la partie et,
resté maître de la place, Molière remplissait l'attente
du roi, qui lui indiquait lui-même des sujets; ainsi *les
Amants magnifiques* et *le Ballet des ballets*.

Cette participation si directe aux plaisirs royaux se
traduisait nécessairement, pour Molière, par d'abondants
profits. On sait que Louis XIV, magnifique dans ses
fêtes, n'était nullement prodigue, et, quoiqu'il dépensât
beaucoup, savait compter. Mais avec Molière il faisait
grandement les choses, et l'on trouve à chaque page,
dans le registre de La Grange, la preuve de ses munifi-
cences. Pour n'en citer qu'un exemple, les représentations de *la Princesse d'Élide*, accompagnée des *Fâcheux*
et du *Mariage forcé*, soit un service de huit jours, valu-
rent 4 000 livres à la troupe et 2000 à son chef. Souvent
répétées, ces gratifications expliquent le chiffre, relati-

vement assez bas, de 6 000 et 7 000 livres, que ne dépassa point la pension accordée à la troupe de Molière,
tandis que l'Hôtel de Bourgogne avait 12 000 livres et la
troupe italienne 15000. Par les chiffres proportionnés
de ces pensions, Louis XIV tenait compte de l'ancienneté
de l'Hôtel et du délaissement relatif où il le tenait,
comme aussi, pour les Italiens, de la situation d'une
troupe étrangère, appelée à Paris, et qui n'y aurait pu
subsister sans une aide considérable [1].

Si l'histoire des pièces de Molière nous donne assez
de renseignements pour nous faire une opinion sur la
conduite de Louis XIV à son égard, ces pièces elles-
mêmes nous en donnent de très complets sur les sentiments du poète à l'égard de Louis XIV ; elles achèvent
aussi de nous instruire sur sa situation à la cour. Et
d'abord, leur lecture, même superficielle, ruine l'hypothèse fantaisiste d'après laquelle l'auteur du *Misanthrope* aurait été, dans un siècle monarchique et à la
cour d'un despote, un précurseur, une âme républi-
caine, « un jacobin achevé », disait Camille Desmoulins,
mal à l'aise dans une atmosphère de servitude, et gardant en lui-même comme un foyer de libre pensée que
nulle contrainte ne pouvait éteindre. Molière pensait, à
l'égard de Louis XIV, comme l'immense majorité de ses
contemporains ; il le tenait pour le plus grand roi du
présent et du passé, l'incarnation de la grandeur française, et, l'approchant de près, il le trouvait noble avec
bonne grâce, magnifique sans mauvais goût, majestueux
vec aisance. En effet, la partie du règne qu'il lui fut
donné de connaître est pure de fautes et d'excès ; il ne
vit ni ce degré suprême d'orgueil et d'égoïsme où l'adu-

---

1. Sur ces subventions et leurs chiffres divers, voyez G. Monval,
les Théâtres subventionnés, 1879.

lation porta peu à peu Louis XIV, ni les fastueuses folies
de Versailles, ni les guerres inconsidérées, ni la misère
succédant aux fautes du dedans et du dehors. Il vit, au
contraire, l'ordre et la prospérité remplaçant le désarroi
universel de la Fronde, la cour la plus brillante que
le monde ait connue, de grands artistes et de grands
écrivains formant comme une éclatante parure à la
royauté; au dehors, la victoire et le respect. Pouvait-il,
comme Français, être mécontent du présent et désirer
un meilleur avenir? Pouvait-il, comme comédien, désirer une protection plus active?

La manière dont il parle du roi et de lui-même ne
laisse aucune place à l'incertitude. Non qu'il motive ses
éloges comme Boileau et célèbre la gloire du roi en la
décrivant; une seule fois il prend texte d'un événement
déterminé, et compose sur la première conquête de la
Franche-Comté un sonnet assez médiocre. En tant que
poète comique, dans ses « divertissements » et ses
intermèdes il se contente d'employer les formules de
flatterie propres aux ballets; et, tout ce qu'on peut dire
de ces vers de circonstance, c'est que, très faibles de
facture, car ils ont été écrits très vite, ils conservent
une certaine mesure dans l'adulation : une seule fois,
dans *le Malade imaginaire*, il a forcé la note; mais, on
le verra, ce n'était pas sans motif. Ses éloges ne tirent
à conséquence que lorsqu'il parle en son propre nom ou
de ce qui le regarde; alors ils sont d'un vrai poète et
respirent la sincérité. En 1663 la pension qu'il a reçue
lui fournit matière à un spirituel tableau de la cour, à un
charmant portrait de Louis XIV. Qui ne connaît ces derniers vers du *Remerciement au roi* :

> Dès que vous ouvrirez la bouche
> Pour lui parler de grâce et de bienfaits,
> Il comprendra d'abord ce que vous voudrez dire.

Et se mettant doucement à sourire,
D'un air qui sur les cœurs fait un charmant effet,
Il passera comme un trait,
Et cela doit vous suffire :
Voilà votre compliment fait.

A leur grâce et à leur finesse, on dirait du La Fontaine, n'était une franchise et une liberté de touche qui sentent bien leur Molière et annoncent déjà le délicieux poète d'*Amphitryon*. Trois ans après, dans *Mélicerte*, il traite le même sujet par allusion et, faisant parler un berger de pastorale héroïque, il mêle heureusement l'aisance familière et l'admiration respectueuse dans ce brillant couplet :

Ce ne sont que seigneurs, qui, des pieds à la tête,
Sont brillants et parés comme au jour d'une fête;
Ils surprennent la vue, et nos prés au printemps
Avec toutes leurs fleurs sont bien moins éclatants.
Pour le Prince, entre tous sans peine on le remarque,
Et, d'une stade au loin, il sent son grand monarque;
Dans toute sa personne il a je ne sais quoi
Qui fait d'abord juger que c'est un maître roi.
Il le fait d'une grâce à nulle autre seconde;
Et cela sans mentir lui sied le mieux du monde.
On ne croiroit jamais comme de toute part
Toute sa cour s'empresse à chercher son regard;
Ce sont autour de lui confusions plaisantes,
Et l'on diroit d'un tas de mouches reluisantes
Qui suivent en tous lieux un doux rayon de miel.

Dans son poème sur la grande fresque de son ami Mignard, *la Gloire du Val-de-Grâce*, où il montre lui-meme, avec une grande souplesse de poète descriptif, une si juste connaissance de la peinture et un si vif sentiment de l'art, une visite royale lui permet de vanter, chez leur maître commun, « ce goût délicat, qui décide sans erreur et loue avec prudence ». Et tout cela n'est pas flatterie, mais l'expression de la vérité même. Il n'y

a pour contrôler Molière qu'à consulter Saint-Simon,
qui connut, non pas la radieuse jeunesse de Louis XIV,
mais sa maturité déjà sombre et sa vieillesse attristée.
Chez l'un et chez l'autre, ce sont les mêmes éloges de la
naute mine et du grand air du roi, de son bon sens, de
sa justesse d'expression dans l'éloge, avec cette seule
différence que le charme souverain auquel Molière s'a-
bandonne, Saint-Simon le subit avec mauvaise humeur.

Sur son rôle auprès de ce maître si majestueux, à la
fois, et si aimable, et sa place dans cette cour, Molière
nous donne encore des renseignements très précis. A la
façon dont il parle de lui-même, il se montre exempt de
toute mauvaise humeur; rien, chez lui, de cette aigreur
de déclassé que La Bruyère sera le premier, au dix-
septième siècle, à ressentir et à exprimer. Nous voudrions même parfois lui voir un peu moins de satisfaction,
comme dans ce rôle du « plaisant » Clitidas, des *Amants
magnifiques*, où il semble bien, selon la remarque de
M. Paul Mesnard, s'être représenté de parti pris. Une
querelle avec un envieux, l'astrologue Anaxarque, lui
permet de définir les droits, les limites, les dangers de
son emploi : « Avec tout le respect, madame, que je
vous dois, dit Anaxarque à la princesse Aristione, il y a
une chose qui est fàcheuse dans votre cour, que tout le
monde y prenne la liberté de parler, et que le plus honnête homme y soit exposé aux railleries du premier
méchant plaisant ». Clitidas relève le trait et le retourne
contre celui qui l'a lancé : « Vous en parlez bien à votre
aise, et le métier de plaisant n'est pas comme celui d'astrologue. Bien mentir et bien plaisanter sont deux choses
bien différentes, et il est bien plus facile de tromper les
gens que de les faire rire ». Mais, comme s'il craignait
d'en avoir trop dit, il s'avertit lui-même sur les dangers
de la franchise, et se rappelle au sentiment de sa situa-

tion : « Paix! impertinent que vous êtes. Ne savez-vous
pas bien que l'astrologie est une affaire d'état, et qu'il
ne faut point toucher à cette corde-là? Je vous l'ai dit
plus d'une fois, vous vous émancipez trop, et vous prenez de certaines libertés qui vous joueront un mauvais
tour; je vous en avertis : vous verrez qu'un de ces jours
on vous donnera du pied au c... et qu'on vous chassera
comme un faquin. Taisez-vous, si vous êtes sage. » Le
bouffon s'empresse de rajuster son masque un moment
soulevé, mais il nous a permis d'apercevoir le visage
sérieux qui se cachait sous une apparence grotesque.
Avec nos idées modernes, nous voudrions voir ce visage
un peu plus triste et nous trouvons que l'acteur avilit ici
le grand écrivain; sachons gré à Molière, cependant, en
comparant certains passages de ses œuvres aux modernes
tirades à la Chatterton, de la modestie avec laquelle il
parle de lui-même. Il disait au roi, en lui dédiant *les
Fâcheux* : « Ceux qui sont nés en un rang élevé peuvent se proposer l'honneur de servir Votre Majesté dans
les grands emplois; mais, pour moi, toute la gloire où
je puis aspirer, c'est de la réjouir. Je borne là l'ambition
de mes souhaits; et je crois qu'en quelque façon ce n'est
pas être inutile à la France que de contribuer en quelque chose au divertissement de son roi. » Derrière cette
pensée, qui se retrouve dans la dédicace de *la Critique
de l'École des femmes* à la reine mère et dans le second
placet pour *Tartuffe*, on ne saurait voir la moindre rancune contre ceux qui se sont donné la peine de naître.
La manière dont il définit, dans *l'Impromptu de Versailles*, le rôle d'obéissance et de dévoûment que lui
imposait sa profession, achève de nous éclairer : « Nous
ne devons jamais nous regarder dans ce que les rois
désirent de nous; nous ne sommes que pour leur plaire,
et, lorsqu'ils nous ordonnent quelque chose, c'est à nous

de profiter vite de l'envie où ils sont ». Dans cette cour,
où tout le monde était courtisan, Molière le fut à sa façon, et il ne pouvait pas ne pas l'être.

Courtisan sans platitude, du reste, qui se redresse au
besoin et parle avec fierté. S'agit-il de défendre son *Tartuffe* interdit, il le fait d'un tel style, qu'il faut lui savoir
gré d'avoir tenu un pareil langage, au roi de l'avoir
souffert. Il ne s'excuse pas du sujet dangereux qu'il a
choisi; son premier mot est pour invoquer son « devoir »
de poëte comique « d'attaquer par des peintures ridicules
les vices de son siècle »; en dévoilant « les friponneries
couvertes des faux monnoyeurs en dévotion », il croit
rendre un grand service à tous les honnêtes gens du
royaume. Il ne saurait rester sous le coup des calomnies
auxquelles il est en butte, et il laisse entendre que le
seul moyen de le justifier, c'est d'autoriser sa pièce : « Je
ne dirai point, Sire, ce que j'avois à demander pour ma
réputation, et pour justifier à tout le monde l'innocence
de mon ouvrage; les rois éclairés comme vous n'ont pas
besoin qu'on leur marque ce qu'on souhaite; ils voient,
comme Dieu, ce qu'il nous faut, et savent mieux que
nous ce qu'ils nous doivent accorder ». Cette comparaison de Louis XIV avec Dieu nous paraît choquante; mais
reportons-nous aux idées du temps : avec la croyance
au droit divin, rappeler au roi qu'il était le représentant de Dieu sur la terre, n'était-ce pas lui rappeler
en même temps son devoir de faire justice? Cependant
l'interdiction se prolonge, et Molière présente un second placet. Cette fois, il est à bout de patience, et
dans ses paroles vibre une colère contenue : « Dans
l'état où je me vois, où trouver, Sire, une protection
qu'au lieu où je la viens chercher? Et qui puis-je solli-
ter contre l'autorité de la puissance qui m'accable, que
la source de la puissance et de l'autorité, que le juste

dispensateur des ordres absolus, que le souverain juge
et le maître de toutes choses ? » Il dénonce donc l'arbitraire du président Lamoignon, les intrigues menées par la gent dévote sous le couvert d'un nom res-
pecté ; il réclame justice contre la justice et conclut en
laissant entendre qu'il renonce à écrire si satisfaction ne
lui est pas donnée : « J'attends avec respect l'arrêt que
Votre Majesté daignera prononcer sur cette matière ;
mais il est très assuré, Sire, qu'il ne faut plus que je
songe à faire de comédie si les tartuffes ont l'avantage,
qu'ils prendront droit par là de me persécuter plus que
jamais, et voudront trouver à redire aux choses les plus
innocentes qui pourront sortir de ma plume ». La seconde
partie de la phrase atténue quelque peu la première ;
celle-ci n'en reste pas moins hardie, et il fallait que
Molière, pour parler de la sorte, fût bien sûr de la bienveillance du roi. On chercherait inutilement au dix-
septième siècle une autre requête où la dignité de celui
qui parle et le respect de celui à qui il parle soient unis
à autant de vigueur ; peut-être même ne la trouverait-on
pas de nos jours.

Nous savons que, malgré les placets, *Tartuffe* resta
près de cinq ans éloigné de la scène. Le chagrin de ce
retard, l'abattement qui suit l'ardeur de la lutte, l'amer
dépit de voir ses ennemis triompher, atteignirent la
santé du poète : du 6 août au 25 septembre 1667, c'est-
à-dire pendant sept semaines, son théâtre resta fermé.
Bazin suppose que dans cette retraite il faut voir aussi
la mise à exécution de la menace indiquée dans le second placet : puisque le roi abandonnait Molière, Molière
abandonnait son art et cessait de travailler aux plaisirs
du roi. Enfin l'interdiction fut levée, et *Tartuffe* reparut,
au mois de février 1669, pour ne plus quitter la scène.
Dans l'intervalle, le 13 janvier 1668, Molière donnait

Amphitryon, et l'on croit, dès la première scène, y surprendre la plainte personnelle du poète. Deux vers, notamment, sur « la moindre faveur d'un coup d'œil caressant, qui nous rengage de plus belle », seraient une allusion à une promesse royale de laisser bientôt jouer *Tartuffe*. Cette conjecture est acceptable, car la date d'*Amphitryon* concorde assez bien avec celle des diverses démarches de Molière : c'est le 8 août 1667 qu'il adresse au roi le second placet; il tombe malade aussitôt après, rouvre son théâtre le 25 septembre sur une bonne parole du roi et se met à une nouvelle pièce. Il importe, cependant, de remarquer que la plainte de Sosie, toute en situation, est exactement imitée de Plaute; et aussi que, dans le *Sicilien*, un an avant *Amphitryon*, Hali, esclave d'un simple gentilhomme, parlait exactement comme Sosie. Le plus simple serait peut-être de ne voir dans ces deux rôles que le langage naturel d'un emploi et d'une situation.

Mais on a été beaucoup plus loin dans l'hypothèse. Rœderer, le rancunier défenseur de la société précieuse, et Michelet après lui, ont tiré grand parti de la coïncidence d'*Amphitryon* avec les premières amours du roi et de Mme de Montespan. La verve convulsive de Michelet développe éloquemment ce thème, que la célébration poétique du double adultère aurait payé l'autorisation de jouer *Tartuffe*. M. Paul Mesnard établit, au contraire, combien est improbable cet avilissement du génie de Molière par lui-même et par le roi. D'abord, Louis XIV n'en était pas encore à étaler ses amours; il les cachait avec Mme de Montespan, comme il les avait cachées avec Mlle de La Vallière; sa tranquille effronterie dans l'adultère ne viendra que plus tard. En outre, quel étrange plaisir eût-il pu trouver à proposer sa passion aux rires de la cour et de la ville? Molière, de son

côté, n'était pas assez imprudent pour risquer sans ordres une pareille indiscrétion. Enfin les dates achèvent
de démentir l'hypothèse. L'intrigue royale avait commencé à Avesnes entre le 9 et le 14 juin 1667 ; elle
resta quelque temps secrète, ne fut à demi ébruitée qu'à
Compiègne vers le milieu de juillet et vraiment connue
de tous qu'en septembre, au plus tôt. Comme la première représentation d'*Amphitryon* eut lieu le 13 janvier suivant, il faut admettre, si le projet n'en est pas
antérieur à l'intrigue, que trois mois auraient suffi
à Molière pour concevoir, écrire et mettre en scène une
comédie qui n'est pas une simple succession de morceaux
détachés et depuis longtemps en réserve, comme *les
Fâcheux*, une facile improvisation en prose comme
l'Amour médecin, mais un poème visiblement composé
à loisir. Il vaut mieux admettre que Molière ne céda, en
écrivant *Amphitryon* après une période de décourage-
ment, qu'au désir d'emprunter un sujet agréable et très
scénique à ce même Plaute, auquel il devait bientôt
emprunter *l'Avare*, et qui, lui, ne faisait certainement
aucune allusion aux amours de Louis XIV.

Dernière hypothèse au sujet d'*Amphitryon* et de
Tartuffe, qui touche moins que la précédente à la dignité de Louis XIV et à l'honneur de Molière, mais dont
il importe, cependant, de montrer l'invraisemblance.
C'est encore Michelet qui l'a mise en circulation. « Un
peu avant de tenter le coup suprême d'*Amphitryon*,
dit-il, Molière cousit à *Tartuffe*, complet en trois actes
et plus fort ainsi, deux actes qui font une autre pièce
pour l'apothéose du roi. » Ceci est encore en contradiction avec les dates et les faits : le 12 mai 1664, Molière
jouait les trois premiers actes de *Tartuffe* devant le roi,
et, le 29 novembre suivant, la pièce, « parfaite, entière
et achevée en cinq actes », était représentée devant

Condé. Ce ne fut donc pas à la suite d'une longue résistance et pour la vaincre par la flatterie que Molière fa-
briqua deux actes postiches. D'autre part, dire que la
pièce est complète et plus forte en trois actes, c'est supposer pour les besoins de la cause un *Tartuffe* tout différent de celui que nous connaissons. Dans celui-ci, rien
n'est terminé à la fin du troisième acte ; tout commence,
au contraire, car jusqu'ici le nœud de l'action est à
peine indiqué par la déclaration de Tartuffe à Elmire ; le
caractère du héros principal reste à moitié dans l'ombre ; on n'a eu ni la scène de Cléante et de Tartuffe, ni
celle de Tartuffe, Elmire et Orgon, qui amène la plus
hardie des situations et le plus fort des coups de théâtre.
Quant au dénoûment, s'il est tout à la gloire de Louis XIV,
en quoi la flatterie y est-elle si grosse ? Le roi était-il
donc incapable d'une intervention pareille, et, lui montrer la confiance que l'on avait en sa haute justice, n'é-
tait-ce pas lui donner un conseil d'équité ? Sans doute
la donation faite par Orgon à Tartuffe ne saurait être
prise au sérieux ; mais, si elle amène en partie le dénoù-
ment, elle n'est pas seule à rendre indispensable l'intervention du roi : il y a aussi la trahison, autrement grave,
de Tartuffe livrant les papiers d'un criminel d'État ami
d'Orgon ; un acte de clémence royale pouvait seul en
détruire l'effet. La venue de l'exempt est donc justifiée,
car, sans lui, la situation est sans issue. Quant à l'éloge
de Louis XIV, qu'on l'examine en détail, et l'on verra
qu'à cette époque chacun des vers qui le composent était
une vérité .

1. Cette question de *Tartuffe* est la plus importante de celles
que soulèvent les rapports de Molière et de Louis XIV ; on la trouvera exposée, avec le plus grand détail, dans la notice de M. P.
Mesnard. Outre l'hypothèse de Michelet, deux ont été proposées
dans ces derniers temps : l'une, qui me paraît inadmissible, par

II

Influence de la faveur royale sur la direction du génie de Molière.
— La peinture des mœurs de cour; combinaison, dans les comédies de Molière, de l'esprit bourgeois et de l'esprit de cour. —
— Les comédies-ballets. — Si Molière perdit quelque chose à
écrire pour le roi et la cour.

Il n'y eut donc, dans les éloges de Louis XIV faits par
Molière, qu'imitation nécessaire d'un usage universel,
expression de sentiments sincères, moyens scéniques à
la fois très naturels et très forts. Admettons, cependant,
que le poète y ait un peu plus abondé que ne l'exigeaient
la reconnaissance et les besoins de sa comédie. Ce n'é-
tait pas acheter trop cher les avantages que lui valait la
faveur royale. Je me suis efforcé de montrer qu'en adoptant Molière dès le premier jour, Louis XIV l'imposait
à ses contemporains, et que sa protection, toujours
active et présente, l'empêcha seule d'être écrasé. Si La
Fontaine disait : « C'est mon homme! » après *les Fâcheux*; si Boileau écrivait, après *l'École des femmes*,
ces stances où respire un souffle de jeunesse et d'enthousiasme assez rare chez le satirique, combien d'autres criaient : « Sus ! » On a vu quelles hostilités rencontrait dans l'entourage du roi le peintre des marquis,
à quels traitements il était en butte. Des mauvais vou-
loirs moins dangereux, mais significatifs, se produisaient
aussi : l'officieuse *Gazette de France*, dans ses comptes
rendus des fêtes royales, toujours contrôlés, souvent
communiqués, évitait de prononcer le nom du poète ou

M. Louis Lacour, *le Tartuffe par ordre de Louis XIV*, 1877 ; l'autre,
moins absolue, quoique contestable encore, mais soutenue avec
verve, par M. Constant Coquelin, *Tartuffe*, 1884.

le désignait de très mauvaise grâce. Mais, en toute circonstance, la protection de Louis XIV intervenait pour le couvrir, l'aider, le consoler, et toujours dans la juste mesure, sans excès ni caprice. Plusieurs fois, par quelques paroles bienveillantes, le roi changea un insuccès ou un demi-succès en succès franc. Après *le Bourgeois gentilhomme* il n'avait pas exprimé son approbation habituelle, et les courtisans en profitaient pour « mettre Molière en morceaux ». A la seconde représentation il dit au poète : « Je ne vous ai point parlé de votre pièce, parce que j'ai appréhendé d'être séduit par la manière dont elle avait été représentée ; mais, en vérité, Molière, vous n'avez encore rien fait qui m'ait plus diverti, et votre pièce est excellente. » Aussitôt Molière « reprend haleine », et les courtisans « tout d'une voix répètent tant bien que mal ce que le roi venoit de dire ». Le même fait se reproduit aux *Femmes savantes* : « Sa Majesté dit à Molière que, la première fois, elle avoit dans l'esprit autre chose qui l'avoit empêchée d'observer sa pièce, mais qu'elle étoit très bonne, et qu'elle lui avoit fait beaucoup de plaisir. » C'est Grimarest qui raconte ces deux anecdotes, mais il n'y a aucune raison sérieuse de les rejeter, sauf, peut-être, un ou deux détails : écrivant en 1705, du vivant du roi, il ne se fût pas hasardé à les imaginer de tout point.

Les effets indirects de cette bienveillance furent aussi considérables que son action directe. En ouvrant sa cour à Molière, et en l'y retenant, Louis XIV lui permettait d'y compléter l'éducation de son génie. Je l'ai dit plus haut [1], ce génie, de nature populaire et bourgeoise, n'était pas sans quelque grossièreté native ; il fallait ici, avec l'influence de la tradition classique, celle de la so-

[1] Voyez chapitre I, 4.

ciété polie, et, cette dernière, Molière la trouvait à la
cour de Louis XIV telle qu'il pouvait la supporter, car
les raffinements quintessenciés de l'Hôtel de Rambouillet l'eussent mis en fuite. Pour voir ce que la cour lui a
fourni, il suffit de parcourir la liste de ses pièces : *Don
Juan, le Misanthrope, Amphitryon*, pour ne prendre
que dans les grands chefs-d'œuvre, viennent de là, et,
dans plusieurs autres, *Tartuffe, le Bourgeois gentil
homme, les Femmes savantes*, si le fond est bourgeois,
combien d'éléments, et d'importance capitale, sont empruntés à la cour ! Or, cette cour, si différente de la cour
licencieuse de Henri IV, de la cour morne de Louis XIII,
était, comme le sera Versailles, une création de Louis XIV.
Certes on n'y trouvait pas la vertu rigide ; mais, outre
que rien ne serait plus stérile pour un poète comique,
la vertu est une chose et, la vie mondaine en est une
autre. L'élégance y était bien un peu pompeuse, et la
délicatesse compatible avec une certaine brutalité, mais
cette pompe était un excès inévitable, et cette grossièreté un reste du passé qui allait s'atténuant de plus en
plus.

Ainsi ouvert à Molière, ce milieu lui offrait la plus
riche galerie d'originaux, le choix le plus abondant de
travers et de vices. C'est un lieu commun de dire que la
vie de cour efface toute originalité, en substituant aux
saillies de caractère et d'humeur un vernis uniforme de
modération factice et d'élégance conventionnelle. Sans
défendre un genre de vie qui n'est certainement pas
l'idéal de l'activité humaine, on peut trouver que l'histoire de la littérature nous montre tout le contraire. Les
côtés superficiels des courtisans et la manière dont beaucoup d'entre eux, êtres de pure imitation, se modèlent
sur un type uniforme, sont des apparences trompeuses.
Il y a parmi eux de telles différences de **caractère et de**

conduite, les éternelles passions humaines y revêtent
des formes si diverses, que les observateurs n'ont jamais
cessé d'étudier les cours et qu'elles ont donné matière
aux plus riches galeries de portraits. Pour ne pas sortir
du dix-septième siècle, il suffira de citer les *Mémoires
de Saint-Simon* et les *Lettres de Mme de Sévigné*. Dans
Molière lui-même, marquis ridicules et hommes de cour
sensés : Mascarille des *Précieuses* et le chevalier de *la
Critique*, don Juan et Alceste, Adraste du *Sicilien*, et
Clitandre de *George Dandin*, Dorante du *Bourgeois
gentilhomme*, et Clitandre des *Femmes savantes*, n'ont
de commun que leurs plumes et leurs dentelles, leurs
broderies et leurs canons ; au demeurant, tout diffère en
eux, sentiments et idées, qualités et défauts. Pouvait-il
en être autrement? L'élite, non seulement de la noblesse,
mais de toutes les classes, était appelée et accueillie
autour de Louis XIV ; de leurs rivalités ou de leur
accord, de leur harmonie ou de leurs contrastes résul-
taient un mouvement d'idées, des conflits de passion,
un développement de tout l'être moral faits à souhaits
pour l'observateur.

Mais, dit-on, si, comme peintre, Molière a profité de
la cour, il y a fait provision de mépris pour ses modèles ;
son honnêteté et sa droiture y furent en révolte continuelle contre la bassesse triomphante et la nullité dorée.
Il faut s'entendre, et ne pas regarder comme une déclaration de principes les colères d'Alceste, inspirées surtout par « la nature humaine ». Ce que Molière n'aimait pas et ne pouvait pas aimer à la cour, c'étaient « ces
messieurs du bel air », c'est-à-dire les jeunes gens à la
mode, espèce qui a toujours existé et fut partout insupportable. A chaque époque de la société polie elle change
de costume, de manières et de jargon ; mais le fond
de sottise et de vanité, l'instinct de singerie, le goût des

riens, les vices de cœur et les défauts d'esprit restent les mêmes, à la ville comme à la cour, dans les républiques comme dans les monarchies. De très bonne heure, dans *les Fâcheux*, Molière la raille, et dans *la Critique de l'École des femmes* il lui déclare nettement la guerre. Il ne peut souffrir « cette douzaine de messieurs qui déshonorent l'esprit de cour par leurs manières extravagantes, et font croire parmi le peuple que les courtisans se ressemblent tous ». — « Je les dauberai tant en toutes rencontres, ajoute-t-il, qu'à la fin ils se rendront sages. » Il n'y manque pas ; à preuve *l'Impromptu de Versailles*, dont la majeure partie est pour eux ; *Don Juan*, qui démasque la plus dangereuse variété de l'espèce ; *le Bourgeois gentilhomme*, qui montre le chevalier d'antichambre devenu chevalier d'industrie. On n'en saurait douter, c'est avec l'assentiment du roi, peut-être sur son ordre, qu'il les harcelait ainsi. En effet, ils étaient encore plus antipathiques à Louis XIV qu'à Molière. Leurs prétentions et leur futilité ne pouvaient que déplaire à un prince qui était, avant tout, un esprit juste et sérieux. S'ils coquetaient avec la femme du poète et dénigraient ses pièces, ils osèrent assez longtemps traverser les desseins du roi, croiser leurs intrigues avec les siennes, voire le railler, insinuant que c'était une assez pauvre tête. Le respect universel et l'humble soumission ne vinrent que plus tard. En attendant, de 1662 à 1668, Louis XIV eut plusieurs fois à se défendre contre les hardiesses ou les irrévérences de ceux dont les plus en vue s'appelaient Vardes et Lauzun, Guiche et Gramont, dont l'un, le chevalier de Lorraine, était un franc scélérat, capable de tout, plus dégagé de scrupules que don Juan lui-même [1].

1. Les écrits du temps, mémoires, correspondances ou pamphlets, sont pleins à ce sujet de détails curieux que l'on trouvera, habile-

Mais avec quel soin Molière les distingue de la vraie
cour, celle dont il ne pouvait méconnaître, avec l'urba-
nité, la sûreté de jugement et de goût, résultat de cette
vie de société où chacun profite de tous, où toute supériorité est mise en lumière et sert de règle par l'émula-
tion! Dans la *Critique* il a bien soin de dire quel cas
il fait de ce jugement et de ce goût; c'est pour la cour
qu'il écrit, et non pour les pédants : « La grande épreuve
de toutes les comédies, c'est le jugement de la cour;
c'est son goût qu'il faut étudier pour trouver l'art de
réussir; il n'y a point de lieu où les décisions soient si
justes; et, sans mettre en ligne de compte tous les gens
savants qui y sont, du simple bon sens naturel et du
commerce de tout le beau monde on s'y fait une manière d'esprit qui, sans comparaison, juge plus sûrement
des choses que tout le savoir enrouillé des pédants. » Car
il a ceux-ci en horreur; il ne trouve chez eux qu'hostilité ou faux goût, jalousie féroce ou parti pris de cénacle.
Il ne peut souffrir leurs coteries, fondées sur l'admiration
mutuelle et le dénigrement des profanes. Son vrai public, c'est donc la cour, qu'il mettra une fois encore en
parallèle avec les pédants, au quatrième acte des *Femmes
savantes*, et, avec elle, la bourgeoisie parisienne, ces
marchands de la rue Saint-Denis, ces procureurs et ces
notaires dont parle *Zélinde*, qui « aiment fort la comédie
et vont ordinairement aux premières représentations de
toutes les pièces », ce parterre de *la Critique*, qui « se
laisse prendre aux choses et n'a ni prévention aveugle,
ni complaisance affectée, ni délicatesse ridicule ». Aux
deux éléments qui composent ce public, courtisans et
bourgeois, il donne tour à tour, ou dans la même pièce,
ce qui convient le mieux aux préférences de chacun :

ment réunis et contrôlés les uns par les autres, dans le beau livre de
M. J. Lair, *Louise de La Vallière et la jeunesse de Louis XIV*, 1881.

I. — 19

les gens de cour trouvent plaisir à voir ce qui se passe chez Harpagon ou chez M. Jourdain ; les bourgeois ne se plaisent pas moins à connaître, par Clitandre et le chevalier, Acaste et Célimène, ce monde supérieur dont l'accès leur est interdit.

Mais il est une partie assez considérable du théâtre de Molière, fort goûtée de la cour, commandée par le roi, et que l'on reproche souvent au roi et à la cour, surtout au roi : les comédies-ballets. Qui en parcourt aujourd'hui les entrées et les divertissements? Qui a lu jusqu'au bout *la Princesse d'Élide* et *les Amants magnifiques?* Ces œuvres de circonstance n'ont-elles pas enlevé à Molière un temps qu'il aurait consacré à des œuvres plus dignes de lui? Enfin, par leurs exigences spéciales, n'ont-elles point détourné vers les simples effets de spectacle des œuvres qui s'annonçaient comme comédies d'observation? Ces reproches sont spécieux et méritent d'être discutés. Il y a dans les comédies-ballets de Molière trop de ces invitations à l'amour prodiguées alors par les poètes, bien que Louis XIV n'eût pas besoin d'y être excité, trop de ce que Boileau appelle avec raison des « lieux communs de morale lubrique ». *La Princesse d'Élide*, notamment, peut être regardée comme la célébration allégorique des amours, encore mystérieuses, de Louis XIV et de M\ulde de La Vallière. Bien plus, dès la première scène du premier intermède il s'y trouve un conseil trop général, et trop bien entendu de cette cour, où chacun s'autorisait de l'exemple royal :

> Que l'amour à vos yeux offre un choix agréable ;
> Jeunes beautés, laissez-vous enflammer ;
> Moquez-vous d'affecter un orgueil indomptable,
> Dont on vous dit qu'il est beau de s'armer :
> Dans l'âge où l'on est aimable,
> Rien n'est si beau que d'aimer.

Quant à Louis XIV, il pouvait prendre pour lui les con_
seils adressés au prince d'Ithaque par cet étrange gouverneur, le vieil Arbate, qui professait, en matière
amoureuse, de tout autres théories que Mentor, son suc-
cesseur dans l'emploi :

> Moi, vous blâmer, Seigneur, des tendres mouvements
> Où je vois qu'aujourd'hui penchent vos sentiments !
> Le chagrin des vieux jours ne peut aigrir mon âme
> Contre les doux transports de l'amoureuse flamme;
> Et, bien que mon sort touche à ses derniers soleils,
> Je dirai que l'amour sied bien à vos pareils,
> Que ce tribut qu'on rend aux traits d'un beau visage
> De la beauté d'une âme est un clair témoignage,
> Et qu'il est malaisé que, sans être amoureux,
> Un jeune prince soit et grand et généreux.

Il ne s'ensuit pas, néanmoins, que tout soit fâcheux
ou fade dans les comédies-ballets de Molière, et
Prudhomme n'avançait qu'une jolie sottise en disant
que le poète, forcé d'y louer Louis XIV, les faisait
« mauvais et détestables à plaisir », car « la liberté lui
sortait par tous les pores ». Plusieurs furent un spectacle charmant pour les contemporains, et, si ce spectacle est trop coûteux et trop compliqué pour que nous
puissions nous l'offrir souvent, n'envions pas à Louis XIV
et à ses contemporains le plaisir qu'ils y trouvèrent.
En 1880 la Comédie-Française nous rendait *le Bour-*
geois gentilhomme avec la mise en scène du temps, et
c'était une sensation délicieuse que ce retour vers un
passé déjà si lointain, ce séjour de quelques heures dans
une société à jamais disparue[1]. Enfin, cette part de

1. « Lentement, doucement, comme du fond d'un rêve, dont
l'ensemble décoratif, dont les costumes, dont la musique même
du Florentin entretiennent l'illusion, c'est toute une société disparue,
c'est tout un monde évanoui qui se lève, des couleurs effacées qui
se ravivent, et, tandis que l'attention déroutée, distraite, indécise,

l'œuvre de Molière souffre du voisinage des chefs-
d'œuvre francs et simples, mais il y a bien des choses
qui mériteraient plus que l'attention : ainsi *Psyché*, si
supérieure aux meilleurs opéras du temps, *les Amants*
magnifiques, vrai modèle de la féerie, où la littérature,
loin de perdre tous ses droits, comme il est arrivé depuis, conserve sa juste place, tout en fournissant aux
décorateurs les prétextes les plus ingénieux. Çà et là de
charmants détails, tantôt dans le corps même de la
pièce, comme le dormeur Lyciscas, Moron et son ours
de la *Princesse d'Élide*, Myrtil et son moineau de
Mélicerte, tantôt dans les divertissements, comme *le*
Ballet des nations, qui suit *le Bourgeois gentilhomme*,
et l'intermède de Polichinelle et des archers, entre
le premier et le second acte du *Malade imaginaire*.
Dans ces passe-temps dont il s'amusait tout le premier,
Molière déploie une verve enivrée d'elle-même, une
fantaisie d'autant plus agréable à rencontrer qu'elle est
plus rare de son temps.

Enfin, accordons tout ce que l'on voudra : les comédies-ballets sont un genre faux, où le génie d'un grand
écrivain était mal à l'aise; c'est pour répondre aux exigences de ce genre que *Monsieur de Pourceaugnac*
tourne à la bouffonnerie, que *le Bourgeois gentilhomme*,
si heureusement commencé, finit en mascarade, que *la*
Comtesse d'Escarbagnas est à peine esquissée; elles
sont le prix auquel Molière dut payer la protection de
Louis XIV. Oui, mais, en revanche, quels chefs-d'œuvre

va de la scène à la salle et de la salle à la scène; flotte en effleu-
rant tout et ne se fixe à rien, il passe dans l'esprit comme de vagues images du grand règne, de la cour de Chambord et de Saint-
Germain, du plus majestueux des souverains, et du plus somptueux,
du plus coûteux, du plus rare et du plus complet des divertissements. » (F. Brunetière, *De l'interprétation du répertoire comique*,
dans la *Revue des Deux Mondes* du 1er novembre 1880.)

nous devons à ces sacrifices partiels et à la faveur qui
en fut la suite ! Grâce à elle, le poète put choisir ses autres sujets, ces grands sujets, dont la hardiesse nous
étonne aujourd'hui. On connaît le mot de Piron, qui
avait, comme Diderot, l'enthousiasme familier et
bruyant : « Ah ! mon ami, s'écriait-il au sortir d'une
représentation de *Tartuffe*, ah ! mon ami, si *Tartuffe*
n'était pas fait, il ne se ferait jamais ! » Dire, au contraire, que les préférences de Louis XIV ont fait perdre
à Molière un temps précieux en le détournant d'objets
dignes de lui, et que, sans *Mélicerte* et *les Amants
magnifiques*, nous aurions un plus grand nombre de
Misanthropes, c'est vraiment supposer au génie du poète
une fécondité surnaturelle. Si l'on songe, en effet, que sa
carrière parisienne ne comprend pas quatorze années ;
que, dans cet espace de temps, il a écrit vingt-quatre
pièces, dont huit en cinq actes, et neuf en vers ; que,
parmi ces vingt-quatre pièces, quinze au moins ont été
 librement traitées, sans mélange de ballets ou sans
souffrir de ce mélange ; que sept de ces pièces sans musique, *l'École des maris*, *l'École des femmes*, *Tartuffe*,
le Misanthrope, *Amphitryon*, *l'Avare*, *les Femmes savantes*, méritent d'être rangées, comme disent La Grange
et Vinot, parmi ces « chefs-d'œuvre qu'on ne sauroit
assez admirer », on admettra difficilement que la nécessité de travailler aux ballets de cour ait restreint le
moins du monde le nombre d'œuvres maîtresses que
Molière pouvait produire. S'il n'eût pas composé de ceux-
là, peut-être se fût-il simplement reposé dans l'intervalle
de celles-ci : on n'écrit pas deux ou trois *Misanthropes* en
douze mois. Et, s'il est mort à cinquante ans, Louis XIV
n'est vraiment pas responsable de cette fin prématurée.

IV

Lorsque l'on dépend d'un homme, si juste et si
bienveillant qu'il puisse être, il suffit d'un caprice
pour qu'il retire d'un seul coup ce qu'il a donné lentement. Comme Racine, Molière en fit l'expérience.
Pendant quatorze ans il avait bravé auteurs et comédiens, marquis et précieuses, parlement et clergé ;
mais on aurait pu croire qu'à la longue toutes ces
rancunes triompheraient de lui. Il n'en fut rien : la
défaveur lui vint du côté où il s'y attendait le moins,
par le fait d'un ami, depuis longtemps associé à son
art et aux bonnes grâces du roi, le musicien Lulli.
Leurs rapports dataient de 1664, où Lulli avait composé la musique du *Mariage forcé*, et depuis lors il
avait pris la même part à toutes les comédies-ballets
de Molière. Le public s'était donc habitué à unir dans
la même admiration le musicien et le poète ; et, si
Robinet nous étonne aujourd'hui en qualifiant de la
même manière « les deux grands Baptistes », il exprimait assez bien le sentiment de ses contemporains. Tel
que l'on connaît Lulli, ses relations avec Molière durent
être souvent orageuses. « L'homme de Florence »,
comme l'appelait La Fontaine,

Homme long à conter s'il en est un en France,

tourmentait impitoyablement par son despotisme ceux

qui travaillaient avec lui ; Quinault surtout en fit si bien
l'épreuve que les ennuis qu'il éprouva de la sorte forment une part considérable de sa biographie. Il était,
par surcroît, avide, sans conscience, capable de toutes
les friponneries. Il exaspéra La Fontaine, qui, sorti de
ses griffes, se soulageait en traduisant à son égard le
sentiment général :

> Chacun voudroit qu'il fût dans le sein d'Abraham.
>   Son architecte, et son libraire,
>   Et son voisin, et son compère,
>   Et son beau-père,
> Sa femme, ses enfants et tout le genre humain,
>   Petits et grands, dans leurs prières,
>   Disent le soir et le matin :
> Seigneur, par vos bontés pour nous si singulières,
>   Délivrez-nous du Florentin.

En attendant d'exprimer à son tour le même souhait,
Molière, s'il eut à se plaindre de Lulli, n'en laissa rien
paraître. Il ne voulut voir que les services de son associé, et, dans son caractère, que les côtés plaisants.
Lulli, en effet, était un maître bouffon, intarissable en
« trivelinades » et « pantalonnades » à l'italienne, qu'il
produisait à l'occasion sur le théâtre. En 1669, à Chambord, il se chargeait dans *Monsieur de Pourceaugnac*,
sous le nom de « il signor Chiacchiarone », du personnage d'un des deux médecins italiens, et, la longue lance
que l'on sait à la main, donnait de toute son ardeur
dans l'intermède qu'un contemporain appelle plaisamment « une course de bague » ; en 1670, dans *le Bourgeois gentilhomme*, il tenait le rôle du mufti et y
déployait une verve étourdissante. Molière, donc,
caressait par ses éloges la vanité du musicien. Dans la
préface de *l'Amour médecin* il faisait cette déclaration,
aussi flatteuse pour son collaborateur que modeste pour

lui-même : « Les airs et les symphonies de l'incomparable M. Lulli, mêlés à la beauté des voix et à l'adresse
des danseurs, donnent sans doute (à mes pièces) des
grâces dont elles ont toutes les peines du monde à se
passer. » Il l'admettait dans son intimité, et l'invitait à
ses réunions d'Auteuil, où il lui laissait prendre toutes
ses aises : « Baptiste, fais-nous rire », lui disait-il, à
la grande joie de ses convives, excepté le seul Boileau,
dont l'honnêteté grondeuse n'était pas désarmée par
ces grimaces[1]. Il ne s'en tint pas à ces bons rapports de
société : il obligea sérieusement le musicien, qui s'était
endetté en se faisant construire une très belle maison,
rue des Petits-Champs, et le 14 décembre 1670 il lui
prêtait 11 000 livres.

L'entente dura au moins un an encore après ce service rendu, car en décembre 1671 nous voyons Molière
et Lulli travailler ensemble au *Ballet des ballets*; mais
elle était certainement rompue en 1672, car à cette
date Molière, reprenant *le Mariage forcé*, renonçait à
la partition composée jadis par Lulli et en commandait
une nouvelle à un autre musicien, Charpentier. C'est
que, dans l'intervalle, Lulli s'était attaqué à Molière,
après tant d'autres, et lui avait joué plusieurs tours de
sa façon[2]. Depuis 1659 l'abbé Perrin était en posses-

---

1. On rapporte d'ordinaire à Lulli ces vers énergiques de l'épître
à Seignelay :

En vain, par sa grimace, un bouffon odieux
A table nous fait rire et divertit nos yeux,
Ses bons mots ont besoin de farine et de plâtre;
Prenez-le tête à tête, ôtez-lui son théâtre,
Ce n'est plus qu'un cœur bas, un coquin ténébreux;
Son visage essuyé n'a plus rien que d'affreux.

2. Je résume cette affaire d'après MM. Ed. Thierry, *Documents
sur le Malade imaginaire*, *Introduction*, et P. Mesnard, *Notice sur le
Malade imaginaire*, *Œuvres de Molière*, t. IX, mais je dois dire

sion d'un privilège de douze ans pour établir des académies de musique à Paris et dans plusieurs autres
villes du royaume; Lulli convoitait ce privilège et,
malgré les droits de Perrin et une possession de trois
ans, au mois de mars 1672 il en arrachait au roi la
révocation à son profit. Ce n'avait pas été sans peine ;
ni Louis XIV ni Colbert ne pouvaient se résoudre à
cette criante injustice, mais Perrault nous apprend que,
Lulli menaçant de tout quitter, « le roi dit à Colbert qu'il
ne pouvoit pas se passer de cet homme dans ses divertissements et qu'il falloit lui accorder ce qu'il demandoit ». Aux termes du nouveau privilège, il était défendu
à toutes personnes « de faire chanter aucune pièce
entière en France, soit en vers françois ou autres langues, sans la permission par écrit du sieur Lulli ». Ce
n'était pas encore assez pour le Florentin; quelques
jours après, le 14 avril, il obtenait une ordonnance dé-
fendant à tous comédiens « de se servir, dans leurs représentations, de musiciens au delà du nombre de six et
de violons ou joueurs d'instruments au delà du nombre de
douze, et recevoir dans ce nombre aucun des musiciens
et violons qui auront été arrêtés par ledit Lulli ». Ceci
atteignait directement Molière dans ses intérêts, car,
même à la ville, les pièces mêlées de chant et de danse
étaient une partie considérable de son répertoire. C'est
alors que, ne voulant plus avoir rien à démêler avec
Lulli, il fit pour *le Mariage forcé* ce qu'il aurait fait sans
doute pour toutes ses comédies-ballets, s'il en avait eu
le temps : il fit composer une autre partition. Aux habitudes égoïstes et jalouses de Lulli, on devine l'irritation

que, malgré la sûreté ordinaire de leurs travaux, elle reste assez
obscure. Elle sera probablement éclaircie dans une étude annoncée
de MM. Ch. Nuitter et E. Thoinan, *Recherches sur les origines de
l'Opéra français.*

qu'il dut en éprouver, d'autant plus que Charpentier
était pour lui un ennemi personnel. Une première fois
il avait réussi à s'en débarrasser : Charpentier étant
maître de chapelle de Monseigneur, Lulli avait obtenu
la réunion en une seule des trois chapelles du dauphin,
de la reine et du roi, ce qui, du même coup, lui valait
un monopole et supprimait la rivalité gênante de Charpentier. Voilà, cependant, qu'il le retrouvait sur son
chemin. Vite il recourt au roi et, le 20 septembre 1672,
obtient un nouveau privilège aggravant le premier. Cette
fois, en remontrant que ses airs, passés, présents et à
venir, sont « purement de son invention et de telle qualité que le moindre changement ou omission leur fait
perdre leur grâce naturelle », il obtient de faire éditer
par un imprimeur à lui non seulement les airs qu'il
fera, mais aussi « les vers, paroles, sujets, dessins et
ouvrages » sur lesquels ses anciens airs ont été faits. A
interpréter au pied de la lettre les termes de ce privilège, c'était une bonne partie des pièces de Molière que
Lulli confisquait à son profit. Il ne s'en tint pas là : qui
peut imprimer un texte comme sien est le maître de ce
texte ; aussi, le 16 novembre 1672, Lulli faisait-il représenter sur son théâtre *les Fêtes de l'Amour et de
Bacchus*, fabriquées par son homme lige Quinault avec
nombre de morceaux repris aux pièces de Molière.
Cette fois, voilà bien au complet le Florentin de La
Fontaine :

> C'est un paillard, c'est un mâtin,
>   Qui tout dévore,
> Happe tout, serre tout : il a triple gosier.
> Donnez-lui, fourrez-lui, le glout demande encore :
> Le roi même auroit peine à le rassasier.

Nous ne savons rien des démarches que Molière dut

faire auprès du roi ; mais il obtint sans doute la promesse verbale que le privilège de mars ne lui serait pas
appliqué dans toute sa rigueur, car, le 11 novembre, de-
vançant Lulli de trois jours, il reprenait *Psyché* avec la
partition de Lulli. Il ne tenait pas plus grand compte du
privilège d'avril, car il employait pour cette reprise le
même nombre de musiciens et de danseurs qu'auparavant. Singulier régime que celui du privilège ! Dans le
cas présent, l'arbitraire royal et le désir de contenter
deux rivaux faisaient que Lulli prenait le bien de Molière et Molière celui de Lulli.

Entre temps, Molière avait mis sur le chantier une
grande pièce, qu'il destinait au divertissement de la
cour pour le carnaval de 1673, comme le prouve le
texte imprimé après sa mort et qu'il n'eut pas le temps
de modifier : il disait expressément, dans le prologue,
que « le projet de cette comédie avait été fait pour dé-
lasser l'auguste monarque de ses glorieux travaux ». Et
comme si, au moment où il se mettait à l'œuvre, il avait
eu déjà vent des intrigues menées par Lulli, il s'était
jeté à corps perdu dans ces flatteries auxquelles
Louis XIV devenait de plus en plus sensible. Il faisait
convoquer par Flore la nature entière, les dieux cham-
pêtres, les bergères, les bergers, pour chanter la gloire
du roi. Et Tircis comparait Louis au torrent qui tout
emporte, Dorilas à la foudre ; tous deux le proclamaient
supérieur aux demi-dieux de la Grèce ; Pan et ses faunes
se désespéraient de ne pouvoir mettre au service de sa
gloire que de faibles chalumeaux, alors que la propre
lyre d'Apollon y suffirait à peine. Que pouvait, en effet,
le malheureux poète, en présence de la défaveur royale,
sinon suivre une mode qu'il n'avait point créée et abonder
lui-même dans le style de cantate et d'opéra ? Il va sans
dire que, s'il avait d'abord songé à Lulli pour composer

sa musique, il ne tarda pas à faire son deuil de la collaboration espérée ; il s'adresssa donc à Charpentier, qui
écrivit une partition assez heureuse pour qu'on l'ait
longtemps attribuée au Florentin.

Ce dernier espoir fut trompé : la pièce écrite pour lui,
le roi ne la demanda point, et, le carnaval approchant,
Molière se vit réduit à donner sur le théâtre du Palais-
Royal, le 10 février 1673, la première de ses comédies-
ballets qui n'ait pas été représentée d'original devant la
cour. Avec quel sentiment d'amer regret et de sourde
colère il subit cette déception, on le devine sans peine ;
M. Paul Mesnard rapporte même à cet état d'esprit les
paroles désespérées que, selon Grimarest, le poëte pro-
nonçait le jour de sa mort et où il ne nommait personne,
comme si le nom qu'il avait dans l'esprit était trop redoutable pour être prononcé : « Tant que ma vie a été
mêlée également de douleur et de plaisir, je me suis cru
heureux; mais aujourd'hui que je suis accablé de peines,
sans pouvoir compter sur aucun moment de satisfaction
et de douceur, je vois bien qu'il me faut quitter la partie. » Il mourut trop tôt pour que la faveur royale lui
revînt, mais il est permis de croire qu'elle lui serait re-
venue. On vient de voir, en effet, que Louis XIV, tout
en accordant à Lulli ce qu'il demandait, faisait une exception en faveur de Molière. Il est certain que, lorsque
le poète fut enlevé par une catastrophe soudaine, la balance penchait fortement en faveur de son rival ; mais
est-il sûr que, si Louis XIV avait consenti, malgré sa
répugnance, à sacrifier Perrin, il eût aussi sacrifié Molière? Il y aurait eu lutte plus ou moins longue, mais,
en fin de compte, le sentiment de la justice inné chez le
roi eût trouvé un terme moyen. Certes la mélomanie
dont Louis XIV se trouvait alors atteint est de tous les
engouements le plus exclusif, le plus aveugle et le plus

tenace ; mais, par cela même, sachons-lui gré d'avoir
quèlque peu défendu son poète contre l'avidité jalouse
de son musicien.

« Aussitôt que Molière fut mort, dit Grimarest, Baron
fut à Saint-Germain en informer le roi ; Sa Majesté en
fut touchée et daigna le témoigner. » Au sujet des funérailles du poète, le roi marqua ce bon vouloir posthume
avec une grande sùreté de bon sens et un juste sentiment de tous ses devoirs : il déclara qu'il n'avait pas à
substituer son autórité à celle de l'archevèque de Paris,
mais il fit dire au prélat « d'éviter l'éclat et le scandale ».
Comprit-il bien, cependant, lui qui aimait les lettres et
les considérait comme la plus noble parure de son règne,
l'ètendue de la perte que faisaient la France et lui-
même ? Il est permis d'en douter. Il demandait à l'auteur des admirables vers sur la mort de Molière quel
était le plus rare écrivain de son règne : « Sire, c'est
Molière », répondit Boileau. « Je ne le croyois pas », observa le roi, qui eut le bon goût et la modestie d'ajouter : « Mais vous vous y connaissez mieux que moi ».
Une autre fois il laissa voir, par un rapprochement si-
gnificatif, qu'il ne mettait pas Molière à son rang : « Il
n'y a pas un an, écrivait Grimarest en 1706, que le roi
eut occasion de dire qu'il ne remplaceroit jamais Molière et Lulli ». Pourtant, il finit par faire la différence,
à une époque où, le Florentin étant mort depuis longtemps, ses menaces ne pouvaient plus emporter la
balance. Dans ses dernières années, dit Saint-Simon, le
roi, ennuyé et dégoùté, allait rarement au spectacle ;
lorsqu'il consentait à y paraître, il n'assistait qu'à un
acte ou deux ; cependant, il faisait une exception en faveur des pièces de Molière et les voyait en entier. Quant
à la musique de Lulli, cette musique adulatrice qu'il
avait tant aimée, elle finit par lui sembler languissante,

et il renonça à la faire jouer durant ses repas. Alors,
nous apprend Dangeau, qui complète Saint-Simon de
façon bien curieuse, sa dernière distraction fut de se
faire représenter du Molière par ses musiciens, qu'il fit
vêtir de costumes de théâtre et qu'il dressa lui-même
avec assez de soin et de succès pour en faire d'excellents acteurs. Il trouvait, en effet, que, depuis Molière,
la tradition de ces chefs-d'œuvre s'était perdue et il prenait plaisir à la restituer. Ce passe-temps dura jusqu'à
sa mort, et du 21 décembre 1712 au 12 juillet 1715 il
y eut à la cour dix-neuf de ces représentations, comprenant dix pièces. Ainsi lui-même, pour parler comme
Boileau, sentait enfin « le prix de la muse éclipsée ».
Les admirateurs les plus exclusifs ne pourraient souhaiter réparation plus complète : Louis XIV ne voulant
plus que du Molière et s'en faisant lui-même le metteur
en scène, n'est-ce pas le comble du *moliérisme*?

CHAPITRE VI

MOLIÈRE;

L'HOMME ET LE COMÉDIEN

Autant peut-être que l'histoire de sa vie et la critique de ses œuvres, la personne de Molière a souffert de l'enthousiasme déclamatoire et de l'esprit d'à-peu-près. C'était inévitable : la tendance qui portait à mettre du romanesque dans toutes ses actions et à tout amplifier dans son génie, pouvait-elle l'épargner lui-même? En ceci comme dans le reste s'est donc formée une légende qui conduit à un double écueil, l'admiration béate ou le dénigrement par réaction, et qui pèse lourdement sur le sujet, car il faut la subir ou la combattre. Elle est d'autant plus fâcheuse, qu'au lieu d'embellir son objet, elle finirait, si l'on n'y prenait garde, par le rendre ridicule. On lui doit, en effet, un certain nombre de développements dans le genre de celui-ci : « Presque toutes les têtes de l'histoire ancienne ou moderne ont une analogie plus ou moins lointaine avec quelque race animale; Molière ne ressemble à aucun type de la création inférieure. Il est véritablement formé à l'image de Dieu, suivant le symbole de la Genèse. Et comme les Athé-

niens recommandaient à leurs femmes, afin qu'elles pro-
créassent de beaux enfants, d'orner leurs maisons avec
les statues des gladiateurs et des héros, de même on
pourrait conseiller aux matrones de notre temps de placer dans leurs alcôves le portrait de Molière. Les géné-
rations futures y gagneraient sans doute en beauté physique et morale [1]. » Voilà le ton. Il s'agirait d'un saint,
que la dévotion inspirée par une telle idée et parlant ce
langage passerait pour niaise; mais on s'étonne, puisqu'il s'agit de Molière, que le souvenir de Thomas Diafoirus et de ses « qualités pour le mariage et la propa-
gation » n'ait pas arrêté la plume qui se complaisait en
ces phrases étranges. Et pourtant, si l'exposition prolongée d'une idole excite l'impatience, c'est un bien vif
plaisir que de ressaisir l'habitude extérieure et l'être
moral d'un homme de génie. Rien n'empêche de se
donner ce plaisir avec Molière. On se plaint volontiers
de la pénurie des renseignements à son sujet, mais, en
remontant aux sources, on s'aperçoit vite que les contemporains du poète peuvent amplement satisfaire notre
curiosité. Amis ou ennemis, panégyristes ou pamphlé-
taires il n'y a qu'à les contrôler les uns par les autres,
et ils nous laissent voir Molière tel qu'il apparaissait aux
spectateurs de son théâtre et aux témoins de sa vie
privée. Le poète, enfin, a si souvent parlé de lui-même,
directement ou par allusion, volontairement ou d'une
manière inconsciente, qu'il suffirait à la rigueur de rap-
procher certains passages de ses œuvres pour le bien
connaître à ce point de vue [2].

1. Th. Thoré, *Salon de* 1847, introduction.
2. M. Charles Lenient a déjà traité ce sujet dans un travail de
courte étendue, mais d'une exacte critique : *Molière, son portrait
physique et moral*, publié par la *Revue politique et littéraire* du
16 mai 1874.

I

Et d'abord, Molière était-il grand ou petit, gras ou maigre, brun ou blond, beau ou laid? La réponse à cette question semble facile. Il y a un type de Molière que tout le monde connaît, car il a été répandu à profusion par tous les procédés possibles de reproduction artistique : taille assez haute, élégante et libre, grands yeux noirs, grand nez aux larges narines, grande bouche aux lèvres charnues, teint brun, poil châtain foncé, avec la petite moustache et l'ample perruque caractéristiques du siècle; et, malgré cette exagération de tous les traits, rien de déplaisant ni de vulgaire, une expression générale de force, de génie et de bonté. C'est dans le dernier quart du dix-huitième siècle que ce type fut fixé d'une façon définitive par Houdon, dans le buste qui décore aujourd'hui le foyer public de la Comédie-Française. Depuis lors, nos peintres et nos sculpteurs n'ont guère fait que le reproduire avec de légères variantes : on le retrouve dans le Molière placé par Ingres dans son *Apothéose d'Homère*, dans la statue sculptée par Seurre aîné pour la fontaine de la rue Richelieu, dans le *Molière mourant* de M. Allouard, qui est depuis peu au théâtre de l'Odéon, dans le *Molière jeune* exposé par M. Icard au Salon de cette année. Et, si des œuvres d'art on descend aux plus simples images : portraits des éditions courantes estampes populaires, bons points

I. — 20

d'école, etc., c'est toujours la répétition plus ou moins
lointaine du buste de Houdon que l'on a sous les yeux.
Ce Molière est à la fois si général et si présent au souvenir de tous, qu'il provoque des attributions très fan-
taisistes. On ne peut plus découvrir un portrait ancien,
à petites moustaches, à grands cheveux et à traits accentués, sans le baptiser aussitôt du nom de Molière : ainsi
la belle toile léguée par Ingres au musée de Montauban
et qui représente qui l'on voudra, sauf l'auteur du *Misanthrope*. Il n'est pas de galerie privée un peu notable
où ne figure quelque tableau ainsi dénommé, toujours
authentique, à en croire le propriétaire, et très supérieur comme ressemblance à tous les portraits connus.
Celle d'un ancien commandant du génie, H.-A. Soleirol,
mérite sous ce rapport une mention particulière ; on
n'y comptait pas moins de cent vingt-neuf peintures et
dessins consacrés à Molière, tous originaux, cela va de
soi : le digne commandant, proie sans défense pour les
brocanteurs, achetait tout ce qu'on lui apportait, adop-
tait toutes les attributions et en inventait lui-même au
besoin[1]. Presque aussi dénué de critique, quoique érudit
de profession, Paul Lacroix, se montrait cependant un
peu moins large : dans son *Iconographie moliéresque*,
il n'admettait, comme originaux, que vingt-cinq portraits
peints et neuf gravés.

Ce serait encore beaucoup ; mais deux critiques d'art
plus éclairés et moins enthousiastes, MM. Henri Lavoix

1. On peut voir sur cette collection, dont la vente fut un désastre, une note d'un bon juge, A. Mahérault, en tête de l'*Iconographie moliéresque*, de P. Lacroix, et l'amusant récit d'une visite qu'y fit M. Victor Fournel, *De Malherbe à Bossuet*, 1884,
ch. IV. Entre tous ses portraits, Soleirol en a fait lui-même gra
ver cinq, les plus importants à ses yeux, mais également fantai-
sistes, pour son ouvrage, d'ailleurs intéressant, *Molière et sa
troupe*, 1858.

et Émile Perrin[1], réduisent singulièrement le chiffre : le premier conclut qu'une dizaine de ces portraits peuvent être considérés comme documents ; deux seulement ont paru au second dignes d'une étude détaillée. Ces deux toiles élues se trouvent l'une à la Comédie-Française, dans le foyer des artistes, l'autre au château de Chantilly, dans la galerie de M. le duc d'Aumale. D'ordinaire on les attribue toutes deux à Mignard, qui, à partir de 1657, fut en relations d'amitié avec Molière ; M. Emile Perrin ne lui laisse que la première et revendique la seconde pour Sébastien Bourdon. Avec un peu moins d'éclectisme que M. Lavoix, un peu plus que M. Perrin, on pourrait joindre à ces deux toiles, qui sont des œuvres d'art de premier ordre : une estampe grossière, signée Simonin, dont la Bibliothèque nationale possède le seul exemplaire connu ; puis, le Molière compris dans un tableau anonyme, assez ordinaire, peint en 1670 et représentant *les Farceurs français et italiens depuis soixante ans*, qui appartient aussi à la Comédie-Française ; enfin, les figures très médiocres dessinées par Brissart et Sauvé pour l'édition de Molière publiée en 1682[2]. On aurait ainsi tous les éléments nécessaires

1. H. Lavoix, *les Portraits de Molière*, dans la *Gazette des Beaux-Arts* du 1er mars 1872 ; Ém. Perrin, *Deux portraits de Molière*, lecture faite dans la séance publique des cinq Académies, le 25 octobre 1883.

2. L'estampe de Simonin, reproduite à l'eau-forte par M. F. Hillemacher, 1869, se trouve en tête de l'*Iconographie moliéresque* de P. Lacroix ; M. A. Guillaumot fils l'a considérablement agrandie pour ses *Costumes de la Comédie-Française*, 1885. Les deux tableaux décrits par Ém. Perrin ont été si souvent gravés que je me contente de renvoyer là-dessus à l'*Iconographie moliéresque*. Sur le tableau des « farceurs », voyez notamment R. Delorme, *le Musée de la Comédie-Française*, 1878, A. Vitu, *Molière et les Italiens*, dans *le Moliériste* de novembre 1879, et le baron de Wismes, *Un portrait de Molière en Bretagne*, s. d. Dans les notes de son édition de *la Fameuse comédienne*, M.-Ch. L. Livet a étudié la suite de Brissart et Sauvé.

pour se faire une idée juste de la personne de Molière. Il est probable, en effet, que Simonin a dessiné son modèle d'après nature; le tableau des « farceurs » est trop exact dans l'ensemble pour ne l'être pas sur un détail essentiel; quant à Brissart et Sauvé, ils publièrent leur suite moins de dix ans après la mort de Molière, et divers indices laissent croire qu'ils l'avaient préparée de son vivant. On regrette de ne pouvoir plus joindre à cette liste le portrait du Louvre, qui inspirait à Michelet une si belle page descriptive, mais, longtemps classé sous le nom de Mignard, puis de Lebrun, puis de Lenain, il reste aujourd'hui sans attribution et pourrait bien n'être, lui aussi, qu'un Molière par à peu près [1].

Eh bien, je regrette de détruire une illusion chez ceux qui ne voient la beauté intellectuelle que complétée par la beauté physique, mais, comparaison faite de ces divers documents, je suis obligé de dire que Molière était laid. Non pas, bien entendu, d'une laideur déplaisante : des traits que le génie éclaire peuvent être irréguliers; la flamme intérieure leur donne une beauté d'ordre supérieur. Mais, le génie mis à part, tout, dans ce corps et ce visage, était le contraire de la régularité. D'abord, quoi qu'en dise Mlle Poisson — qui, en 1740, à près de soixante-quinze ans, traçait de mémoire le portrait d'un original vu par elle à sept ans, — Molière n'avait pas « la taille plus grande que petite », mais justement le contraire : il était plus petit que grand. Il suffit, pour s'en convaincre, de regarder le tableau des « farceurs », où sa stature, en tenant compte de la perspective, est sensiblement inférieure à celle des autres

---

1. Il n'est même plus au Louvre, bien qu'il figure toujours, sous le numéro 659, dans le *Catalogue de l'École française*, rédigé par M. Villot; il a été transporté au musée de Versailles, numéro 5053 du *Supplément au catalogue*, par M. le comte Clément de Ris.

personnages. De même dans les estampes de Brissart et
Sauvé, celles, notamment, du *Médecin malgré lui*, de
l'Avare et de *l'Impromptu de Versailles*. Le cou est
très court, la tête enfoncée dans les épaules; et cette
conformation, dont les ennemis de Molière, comme
Montfleury et Chalussay, n'ont pas manqué de tirer parti,
était assez frappante pour que le peintre n'ait pas cru
pouvoir la dissimuler tout à fait dans les portraits, évidemment flatteurs, de la Comédie-Française et de Chantilly. Le buste est massif et trapu, les jambes longues et
grêles. Sur ce corps sans harmonie une grosse tête, avec
un visage rond, des pommettes saillantes, des yeux petits et très écartés l'un de l'autre[1], un nez large à la racine et des narines dilatées, une grande bouche et des
lèvres épaisses, un menton fortement accusé, le teint
brun, la moustache et les cheveux presque noirs. On
comprend qu'un homme ainsi bâti n'ait jamais pu
s'imposer au public dans les amoureux tragiques; mais,
mieux fait et avec des traits plus fins, aurait-il pu réussir complètement dans la comédie et dans la farce? La
beauté l'y eût plus gêné que servi. D'autre part, si l'on
trouve ici la vérité choquante, c'est que, le plus souvent,
lorsque l'on songe à Molière, on ne considère que le
grand écrivain et pas du tout l'acteur, quoique la comédie jouée ait tenu autant de place dans son existence
que la comédie écrite; on ne veut voir l'auteur du *Misanthrope* que sous de nobles traits.

Je me suis constamment appliqué, au cours de ces
études, à tenir compte d'un élément d'appréciation trop
négligé d'ordinaire dans les études sur Molière, la chronologie. Nulle part il n'est plus nécessaire que dans le

1. Selon la remarque d'Ém..Perrin, cet écartement des yeux est
« caractéristique » dans les divers portraits de Molière.

sujet qui nous occupe. Si un homme offre plusieurs
aspects aux différentes époques de sa vie et, pour ainsi
dire, ne se ressemble pas à lui-même, selon qu'il est
jeune ou vieux, heureux ou malheureux, tranquille dans
son intérieur, ou façonné pour un rôle public, cela est
surtout vrai de Molière, qui fut tant de choses, successivement ou à la fois, et dont la carrière diffère tant vers
la fin de ce qu'elle fut au commencement. Il est impossible de nous l'imaginer dans toutes les phases de son
existence ; cependant, les portraits authentiques dont je
viens d'indiquer les principaux, nous le montrent avec
des manières d'être assez variées. Celui de la Comédie-
Française le représente dans un rôle de théâtre, et
un rôle tragique : César de *la Mort de Pompée*. Drapé
de pourpre, couronné de lauriers, le bâton de commandement à la main, il a cette expression solennelle que
prennent les comédiens dans les rôles de ce genre et
qu'il leur est bien difficile de ne pas exagérer un peu.
La tête est droite, la figure énergique, les yeux pleins
de flamme ; aussi peut-on conjecturer que cette toile a
été peinte lorsque le modèle était encore dans sa pleine
vigueur, entre 1660 et 1665 [1]. On peut rapporter à la
même époque l'estampe de Simonin, où rien non plus ne
trahit l'affaissement. Ici, par un contraste curieux avec
le portrait de Mignard, c'est l'acteur comique, le « farceur », que nous avons devant nous. En costume de
Sganarelle, c'est-à-dire sous un accoutrement burlesque,
qui tient du Scapin et du Scaramouche, le bonnet à la
main, la lèvre charbonnée d'une grosse moustache en

---

1. Plusieurs biographes de Mignard rapportent même ce portrait
à l'époque des premières relations du peintre et du poète, c'est-
à-dire à l'année 1657 ; Molière avait alors trente-cinq ans. La
physionomie me semble plutôt celle d'un homme qui atteint la
quarantaine.

parenthèse, il s'avance à la rampe pour haranguer le
public. Plus l'ombre, cette fois, de noblesse ou même
de sérieux : il s'incline dans une posture contournée, il
rit largement, il grimace. C'est encore l'acteur comique,
mais dans un rôle plus relevé, Arnolphe de *l'École des
femmes*, que nous offre le tableau « des farceurs », et
dans le repos, la détente qui suit la représentation, sans
les « roulements d'yeux extravagants » et les « larmes
niaises » qui viennent de « faire rire tout le monde ».
A l'époque où ce tableau fut peint, Molière était déjà
reconnu grand homme, et la gloire de l'écrivain accompagnait l'acteur dans les emplois les plus bouffons ; le
peintre n'a donc pas osé, semble-t-il, faire grimacer son
modèle à l'unisson des fantoches parmi lesquels il ne
pouvait se dispenser de le ranger, vu le sujet du tableau
et une partie des rôles créés par Molière. Avec le portrait de Chantilly, nous ne sommes plus en présence du
comédien, mais de l'homme privé, simplement vêtu
d'un costume d'intérieur ; quant à la physionomie, elle
est profondément triste ; l'œil languissant, le front ridé,
les joues creuses, le pli des lèvres dénotent la souffrance ; la tête semble plier sous le poids d'une irrémé-
diable fatigue. Cette toile ne peut avoir été peinte
qu'entre 1668 et 1672, lorsque la maladie dont souffrait
alors Molière et un labeur toujours plus écrasant avaient
ruiné ses forces et altéré profondément ses traits.

Mais, quelle que soit l'exactitude de ces divers portraits, le buste de Houdon conservera toujours le privilège de laisser dans l'esprit des lecteurs de Molière et
des spectateurs de ses pièces l'image qu'ils évoqueront
le plus volontiers. Il est certain que Houdon, avec sa
conscience habituelle, a eu devant les yeux deux au
moins des portraits que je viens de signaler ou les gravures qui en avaient été faites ; mais il s'est servi avec

une liberté créatrice des éléments qu'ils lui fournis-
saient. Il a allongé la figure, agrandi et rapproché les
yeux, aminci le nez et les lèvres, abaissé les épaules;
tout en conservant la force accentuée des traits, il les a
poussés de parti pris à la distinction et à la finesse. Cette
transformation nous a valu un chef-d'œuvre, et il y reste
assez du Molière authentique pour sauvegarder les droits
de la vérité. Les images consacrées par l'art aux grands
hommes n'ont qu'un but : compléter l'impression laissée
par leurs œuvres ; le buste de la Comédie-Française y
répond tout à fait; il est vraiment, selon l'heureuse
expression de M. Perrin, « le Molière de la postérité ».

II

A ces renseignements fournis par l'art, la littérature
en ajoute qui nous conservent non plus seulement l'extérieur immobile de Molière, mais sa façon de vivre dans
la société de son temps. De très bonne heure, ce qui
frappait le plus en lui, c'était son attitude d'observateur.
Une tradition bien connue rapporte qu'à Pézenas il s'en
allait, les jours de marché, s'installer dans la boutique
d'un barbier, et que, assis dans un grand fauteuil, il
écoutait, il regardait, tandis que bourgeois et manants,
gentilshommes campagnards et beaux de petite ville ba-
vardaient autour de lui. A Paris il conserve la même
habitude; on le rencontre souvent dans les boutiques où

fréquentent les gens du bel air, et, tandis qu'ils font leurs
emplettes, il ne les quitte pas de l'œil. Donneau de Visé,
dans sa comédie de *Zélinde*, fait ainsi parler un marchand de la rue Saint-Denis : « Élomire n'a pas dit une
parole. Je l'ai trouvé appuyé sur ma boutique, dans la
posture d'un homme qui rêve. Il avoit les yeux collés sur
trois ou quatre personnes de qualité qui marchandoient
des dentelles ; il paraissoit attentif à leurs discours, et il
sembloit par le mouvement de ses yeux qu'il regardoit
jusques au fond de leurs âmes pour y voir ce qu'elles ne
disoient pas ; je crois même qu'il avoit des tablettes, et
qu'à la faveur de son manteau il a écrit, sans être aperçu,
ce qu'elles ont dit de plus remarquable. — Peut-être,
fait observer un des interlocuteurs, peut-être que c'étoit
un crayon, et qu'il dessinoit leurs grimaces, pour les
faire représenter au naturel sur son théâtre. — S'il ne
les a dessinées sur ses tablettes, reprend l'autre, je ne
doute point qu'il ne les ait imprimées dans son imagination. C'est un dangereux personnage ; il y en a qui ne
vont point sans leurs mains, mais l'on peut dire de lui
qu'il ne va point sans ses yeux ni sans ses oreilles. »
Malgré l'intention satirique du morceau, malgré le sens
haineux de la phrase finale, où Molière est comparé aux
voleurs qu'il faut surveiller, l'original ainsi vu par l'auteur de *Zélinde* avait tant de relief, qu'il a suffi de le
crayonner d'une main assez lourde pour tracer un cro-
quis où éclate la vérité.

J'ai déjà dit quelles étroites relations Molière entretenait avec sa famille depuis son retour à Paris et ce
qu'il prit à ce milieu bourgeois. Pour deviner son attitude à la cour, il n'y a qu'à feuilleter ses pièces, à relire
surtout *le Remerciment au roi*. Au milieu de la troupe
dorée des courtisans, qui bruit et papillonne, il dissi-
mule ses inséparables tablettes, dessine ou prend des

notes, d'après le marquis qui peigne sa perruque en
grondant une petite chanson ; il saisit au vol la dispute
de deux fats qui se renvoient mutuellement aux comédies de Molière. Dans les « visites » de sa troupe chez
les grands seigneurs, tout en divertissant la noble assemblée, il observe ses manières, ses airs, ses façons de
dire ; avant et après la représentation, tandis qu'il reçoit
les ordres ou les compliments avec la docilité ou la modestie obligée, il observe encore. Cela ne lui suffit pas ;
il veut connaître ses modèles de façon plus intime et
plus libre. Il accepte donc leurs invitations, car, à cette
époque déjà, on est très friand dans le beau monde de
voir de près les hommes de lettres et les comédiens. Sur
ce point, l'auteur de *Zélinde* nous renseigne encore :
« A peine les personnes dont je vous viens de parler
étoient-elles sorties, que j'ai ouï la voix d'un homme qui
crioit à son cocher d'arrêter, et le maître, qui paraissoit
un homme de robe, a crié à Élomire : « Il faut que vous
veniez aujourd'hui dîner avec moi ; il y a bien à profiter : je traite trois ou quatre turlupins, et je suis assuré
que vous ne vous en retournerez pas sans remporter des
sujets pour deux ou trois comédies. Élomire est monté
en carrosse sans se faire prier. » Il n'est donc pas jusqu'à la société parlementaire, toute sérieuse et guin-
dée, qui ne cède au désir d'attirer l'homme à la mode.
Mais, une fois arrivés, il se peut bien que l'hôte de Molière soit déçu dans sa secrète espérance. Peut-être voulait-il, en réalité, l'offrir à ses convives ; Molière, lui, au
lieu de se donner en spectacle, entend profiter de celui
qu'on lui a promis ; il ne dit mot et raille, à l'occasion,
ceux dont il a trompé le petit calcul ; ainsi dans *la Critique de l'École des femmes*, par la bouche de la rieuse
Élise : « Vous connoissez l'homme et sa naturelle paresse
à soutenir la conversation. Climène l'avoit invité à sou-

per comme bel-esprit, et jamais il ne parut si sot parmi une demi-douzaine de gens à qui elle avoit fait fête de lui, et qui le regardoient avec de grands yeux comme une personne qui ne devoit pas être faite comme les autres. Ils pensoient tous qu'il étoit là pour défrayer la compagnie de bons mots; que chaque parole qui sortoit de sa bouche devoit être extraordinaire; qu'il devoit faire des impromptus sur tout ce qu'on disoit, et ne demander à boire qu'avec une pointe. Mais il les trompa fort par son silence. » Ce mutisme, cette attention continuelle, ce profond regard obstinément fixé, frappent tout le monde, et Boileau appelle son ami d'un nom qui doit lui rester, le Contemplateur. Chez lui, en effet, ce n'était pas une exception, mais une habitude voulue, pour se défendre des importunités mondaines. En parlant de « son habituelle paresse à soutenir la conversation », il dit vrai, et la notice de 1682 complète le renseignement en nous apprenant, ce dont nous nous serions bien un peu doutés, qu'il causait très agréablement quand il le voulait, mais qu'il se taisait à l'ordinaire, car il n'aimait causer qu'avec ceux qui lui plaisaient. Bien avant, Chappuzeau l'avait montré « d'une conversation si douce et si aisée, que les premiers de la cour et de la ville étaient ravis de l'entendre ».

De fait, celui qui, dans le Misanthrope, définit l'amitié avec une conviction si ferme, eut beaucoup d'amis, et qui comptent parmi les personnes les plus illustres, les plus spirituelles, les plus dignes d'estime de ce temps-là. Aussi justement que Boileau, il aurait pu opposer à la haine des envieux et au blâme des sots des suffrages flatteurs entre tous. Simple comédien de campagne, il entretient avec le prince de Conti, pendant trois ans, de 1653 à 1656, des relations dont le caractère est nettement défini par un témoignage longtemps négligé et ré-

cemment mis en lumière [1], celui du propre aumônier de
Conti, l'abbé de Voisin : le prince « conféroit souvent » avec le comédien, « et, lisant avec lui les plus
beaux endroits et les plus délicats des comédies tant anciennes que modernes, il prenoit plaisir à les lui faire
exprimer naïvement ». Il ne fallut rien moins que les
instances répétées de l'évêque d'Alet, Pavillon, pour
rompre ce commerce. Dans une catégorie sociale moins
élevée, moins bien haute encore, si l'on tient compte du
préjugé, Molière avait reçu le plus cordial accueil de
Pierre de Boissat, vice-bailli de Vienne en Dauphiné.
Membre de l'Académie française depuis la création,
Boissat n'était qu'un écrivain médiocre, mais il aimait
sincèrement les lettres, les arts, les artistes, et il mani-
festait ce goût avec une liberté d'esprit et une indépendance d'allures très méritoires de tout temps chez un
provincial : « Il vouloit, dit son biographe, que Molière
prît place à sa table ; il lui donnoit d'excellents repas et,
au contraire de certains fanatiques, ne le mettoit pas au
rang des impies et des scélérats, quoiqu'il fût excom-
munié ». Ce digne bailli nous fait entrevoir un coin de
la vieille France, où l'on vivait largement, avec bonne
humeur, sans rigorisme, heureux de saisir les occasions
trop rares de plaisir relevé. *Le Roman comique* ne
donne que la caricature de ces bons bourgeois accueil-
lant des comédiens de passage ; le même tableau est indiqué d'une touche plus vraie par le biographe du bailli-
académicien. Plus tard, à Paris, Molière a des amis de
toute sorte et dans tous les mondes. D'abord Chapelle,
l'incorrigible épicurien, qui l'emmène naturellement
dans un des nombreux cabarets où lui-même a ses han-

---

1. A. Huyot, *Molière et le prince de Conti*, dans *le Moliériste* de
juin 1886.

tises, ainsi *A la-Croix-de-Lorraine*, avec le comte de
Lignon, l'abbé du Broussin, des Barreaux, plusieurs autres ; et l'on boit si bien, qu'à la sortie, entre chien et
loup, on chante en chœur, Molière plus fort que les autres, car il est « en goguettes ». Cette liaison dura longtemps, très cordiale de part et d'autre. Molière eut bien
à se défendre contre un accès de vanité de Chapelle, qui
allait répétant que lui, Chapelle, avait fait le meilleur
des *Fâcheux*; il dut souvent chapitrer son ami, pour
lequel les parties de débauche n'étaient point des acci-
dents, mais une règle de conduite. Malgré tout, il n'y eut
entre eux ni brouille ni refroidissement : lorsque Chapelle quittait Paris pour aller passer quelques jours chez
des amis de campagne, il envoyait à Molière de succu-
lents pâtés, fabriqués exprès pour lui; dans l'occasion,
il se montrait sérieux et de bon conseil : c'est à Chapelle
que le mari d'Armande confie ses peines; c'est Chapelle
qui décide les deux époux, quelque temps séparés, à reprendre la vie commune.

Aux « parties » de *la Croix-de-Lorraine*, Molière pré-
férait sans doute ces réunions, moins nombreuses et
plus calmes, où se trouvaient avec lui Boileau, Racine
et La Fontaine. Les quatre poètes avaient de bonne
heure cédé au penchant qui, de tout temps, a porté les
écrivains et les artistes à se chercher. Boileau loua donc,
rue du Vieux-Colombier, un appartement où ils se réunissaient jusqu'à trois fois par semaine, pour converser
à loisir. Depuis qu'une exacte critique a examiné de près
les allusions contenues dans le début des *Amours de
Psyché*[1], on regrette de ne pouvoir plus reconnaître Molière parmi les quatre amis qui s'en vont écouter, dans

---

1. Louis Moland, édition des *Œuvres complètes* de *La Fontaine*,
t. VI et VII.

les jardins de Versailles, la lecture du poème nouveau ;
mais rien ne s'oppose à ce que l'on applique toujours
aux réunions tenues chez Boileau ce que dit La Fontaine
de « l'espèce de société » qui unissait les promeneurs de
Versailles : « La première chose qu'ils firent, ce fut de
bannir d'entre eux les conversations réglées, et tout ce
qui sent la conférence académique. Quand ils se trouvoient ensemble, et qu'ils avoient bien parlé de leurs
divertissements, si le hasard les faisoit tomber sur quelque point de science ou de belles-lettres, ils profitoient
de l'occasion : c'étoit toutefois sans s'arrêter trop longtemps à une même matière, voltigeant de propos en
autre, comme des abeilles qui rencontreroient en leur
chemin diverses sortes de fleurs. » On sait dans quelles
circonstances, au mois de décembre 1665, Molière et
Racine se brouillèrent; les quatre amis ne se trouvèrent
plus au complet chez Boileau, mais l'amitié de Molière
avec les trois autres survécut à la brouille, comme aussi
une estime réciproque entre Racine et lui. Boileau, surtout, trouva le moyen de rester également uni aux deux
poètes, séparés par les deux plus fortes causes de ressentiment qu'il y ait au monde : une rivalité amoureuse
et une antipathie de métier. Pour Molière, il le visitait
assidûment, lui lisait ses ouvrages, lui donnait et en recevait d'utiles conseils. Avec quelle émotion et quelle
éloquence, réunissant dans une même épître les deux
noms de Molière mort et de Racine survivant, il opéra
plus tard leur réconciliation posthume ! Lorsque paru-
rent *les Plaideurs*, Molière proclama l'excellence de la
pièce contestée ; quant à Racine, s'il jugeait mal *l'A-
vare*, il répondait à un complaisant qui croyait lui être
agréable en dépréciant *le Misanthrope* : « Il est impossible que Molière ait fait une mauvaise comédie: retour-
nez-y et examinez-la mieux ».

En dehors de ceux avec qui il était en guerre forcée
et comme naturelle, on ne trouve pas Molière moins sûr
de relations avec ses autres contemporains. Plusieurs
eurent des torts envers lui ; il est impossible de lui en
découvrir envers aucun. Dans *la Critique de l'École des
femmes*, il avait légèrement traité la tragédie, et le
grand Corneille, dit-on, avait reconnu la sienne propre
dans celle qui « se guinde sur les grands sentiments,
brave en vers la fortune, accuse les destins et dit des
injures aux dieux ». De là une vive irritation chez le
vieux poète, d'autant plus sensible aux allusions de ce
genre qu'il voyait la faveur s'éloigner de son théâtre.
Lorsque la fièvre de la bataille fut tombée, Molière
n'eut pas de peine à lui persuader que cette attaque ne
visait pas l'auteur du *Cid*, et par ses bons procédés il
effaça jusqu'au souvenir de la blessure. Lui-même, en
effet, jouait assidûment Corneille, il le prit pour collaborateur dans *Psyché*, il représenta d'original *Bérénice*
et *Attila*, en payant ces deux tristes pièces 2 000 livres
chacune ; et jamais encore droits d'auteur n'avaient
atteint ce chiffre. J'ai déjà dit ce qu'il avait fait pour
Lulli et comment « l'homme de Florence » le paya de
retour. Nous savons aussi comment il avait connu Mignard ; cette rencontre fut le point de départ d'une constante amitié. Molière donna la fille de Mignard pour
marraine à l'un de ses enfants ; Mignard peignit plusieurs
fois le portrait de Molière, et, lorsqu'il eut terminé la
fresque du Val-de-Grâce, Molière, non content de célébrer ce grand travail avec l'enthousiasme éclairé que
l'on sait, plaida courageusement auprès de Colbert la
cause de son ami, « mauvais courtisan », qui donnait
plus à l'étude qu'à « la visite » et n'aimait pas à « fati-
guer les portiers » des grands. Il avait un autre ami
intime, le physicien Rohault, et à tous deux « il se

livroit sans réserve ». Avec les autres il était « civil et honorable dans toutes ses actions », dit Chappuzeau, « parfaitement honnête homme », ajoute La Grange, qui s'y connaissait, « d'une droiture de cœur inviolable », répète Grimarest, sur le témoignage de Baron.

Enfin, si nous sortons du monde des lettres, des arts et de la science, où il est naturel 'que Molière ait eu ses principales relations, pour revenir à la haute société, nous y trouvons des amis de Molière, et de tout degré. Il était assidu chez Ninon de Lenclos, dont la liberté d'esprit le mettait à l'aise; il la consultait fréquemment et profitait beaucoup de ses avis, la tenant pour « la personne du monde sur laquelle le ridicule faisait la plus prompte impression». Il l'aurait eue pour collaboratrice dans la cérémonie du *Malade imaginaire*, composée, paraît-il, au cours d'un dîner qui comptait deux autres convives de marque, Boileau et Mme de la Sablière. Le même maréchal de Vivonne, dont Boileau mettait l'estime à si haut prix, était aussi l'ami de Molière, et Voltaire va jusqu'à dire qu'il « vécut avec lui comme Lélius avec Térence ». Enfin, le poète trouvait près du grand Condé protection, défense et cordial accueil. Lui-même nous a conservé la spirituelle réponse faite par le prince à Louis XIV, sur la sévérité des dévots pour *Tartuffe* et leur indulgence pour une pièce vraiment impie, *Scaramouche ermite*. Selon Grimarest, Condé « envoyoit chercher souvent Molière pour s'entretenir avec lui », et il lui aurait dit un jour : « Je vous prie, à toutes vos heures vides, de venir me trouver; faites-vous annoncer par un valet de chambre: je quitterai tout pour être à vous ». Il déclarait, en effet, ne s'ennuyer jamais avec un homme « dont la science et le jugement étoient inépuisables ». Louis XIV ayant tenu le même langage à Racine et à Boileau, on peut admettre

que le prince, obligé à moins de réserve que le roi, fut
aussi bienveillant pour Molière, et l'on aime à trouver
ainsi l'auteur du *Misanthrope* dans ce cortège de grands
écrivains qui font une si belle perspective autour du
grand Condé.

Après la vie mondaine de Molière et ses relations
d'amitié, tâchons de pénétrer jusqu'à sa vie intime et de
surprendre l'homme lui-même avec son caractère et son
humeur. De même que sa personne physique est généralement regardée comme un type de beauté, un lieu
commun déjà vieux le comble de toutes les vertus morales. Celui-ci a plus de raisons d'être et s'appuie sur des
autorités moins contestables que l'autre. Nous avons
déjà vu les éloges que La Grange, Chappuzeau et Grimarest donnent á ses qualités de cœur ; Grimarest confirme les siens par une quantité d'anecdotes dont plusieurs peuvent être apocryphes, mais dont le plus grand
nombre est vraisemblable ou se trouve confirmé par
ailleurs. D'autres lui rendent indirectement le même
témoignage ; ainsi l'auteur de *la Fameuse comédienne*,
dont la haine acharnée contre sa femme s'arrête devant
lui [1]. Ses admirateurs posthumes avaient donc beau jeu,
et ils n'ont pas manqué de s'espacer sur ce thème.
Chamfort, l'un des premiers, l'a développé dans son
Éloge de Molière ; depuis, c'est à qui le reprendra avec
une complaisance, une effusion, un luxe d'épithètes qui,
souvent, dépassent la mesure. Par là s'expliquent les
impatiences d'hommes d'esprit, agacés à la longue d'entendre dévider les litanies de Molière par des hagiogra-
phes béats. L'un d'eux ne serait même pas trop fâché que

1. Sauf un passage de ce pamphlet, qui attribue à Molière un
vice contre nature ; mais l'auteur parle de cela comme d'une chose
sans grande importance et semble vouloir discréditer Baron plutôt
que Molière.

Molière eût été un malhonnête homme : « Je l'aime, dit-il, tel qu'il est et même quel qu'il soit. J'entrevois dans sa vie intime de terribles défaillances ; c'était, comme tant d'autres, une pauvre créature impression-nable, sujette à la tyrannie des instincts et souvent en proie au hasard et à l'aventure. Homme, je l'aime pour sa faiblesse [1]. » Nul, on le voit, ne tient moins à par-tager le sentiment qu'inspirait au bonhomme Andrieux

L'accord d'un beau talent et d'un beau caractère.

J'avoue, pour ma part, conserver quelque chose du vieux préjugé, et ne pas sentir tout le charme du dilettantisme à la Baudelaire, qui trouve la perversité réjouissante et poétique ; car ceci encore est une affectation. Pour Molière, en particulier, il me plaît fort, après y avoir re-gardé, de ne trouver dans sa vie aucune des « terribles défaillances » entrevues par M. Jules Lemaître.

Ce que j'y vois, au contraire, avec la droiture dont j'ai essayé de donner des preuves, c'est assez de bonté et de bon sens pour que ces deux qualités fussent le fonds essentiel de sa nature. Cette bonté se marquait par l'exercice d'une charité active, variée, délicate. Je ne parle pas seulement des sommes assez fortes qu'il pré-levait sur les recettes de son théâtre et distribuait direc-tement ou par l'intermédiaire des religieux : c'était là une pratique générale chez les comédiens. Mais, en son propre et seul nom, « il donnoit aux pauvres avec plaisir et ne leur faisoit jamais des aumônes ordinaires ». En voici une preuve assez curieuse, si toutefois l'histoire n'a pas été imaginée en souvenir de la fameuse scène du pauvre, dans *Don Juan*. Il venait de jeter une pièce de

1. Jules Lemaître, *Journal des Débats* du 18 janvier 1886.

monnaie à un mendiant, lorsqu'il le voit courir après lui et lui présenter un louis d'or en disant qu'il y avait sans doute erreur : « Tiens, mon ami, lui dit-il, en voilà un autre ». Et il ajoutait : « Où la vertu va-t-elle se nicher ? » Une qualité commune chez les comédiens, c'est leur promptitude à secourir un camarade ; il la pratiquait, lui aussi, sans ostentation, sans éclat, avec une délicatesse qui en doublait le prix. On sait par Grimarest, auquel Baron, témoin du fait, l'avait conté, de quelle manière il accueillit ce Mignot, dit Mondorge, qu'il avait eu dans sa troupe provinciale et qui lui arrivait un jour dénué de tout : « Que croyez-vous que je lui doive donner ? » demandait-il à Baron, qui présentait la requête du malheureux. Baron opinant pour quatre pistoles : « Je vais les lui donner pour moi, dit Molière, mais en voilà vingt autres que je lui donnerai pour vous ; je veux qu'il connaisse que c'est à vous qu'il a l'obligation du service que je lui rends ». Aux vingt-quatre pistoles il joignit un très bel habit de théâtre, dans l'espoir que « le pauvre homme y trouveroit de la ressource pour sa profession » ; et, ce qui vaut mieux encore, « il assaisonna ce présent d'un bon accueil qu'il fit à Mondorge ». Puisqu'il s'agit de Baron, qui ne sait avec quel soin il dirigea l'éducation du jeune comédien, retiré par lui de chez un montreur de phénomènes ? Il avait la main ouverte et prêtait facilement de grosses ou de petites sommes aux débiteurs les plus variés, gros personnages, amis, petites gens : l'inventaire dressé après sa mort énumère parmi eux Lulli pour 11 000 livres ; Mlle de Brie, pour 830 ; Jean Ribou, son libraire, pour 700 ; Beauval et sa femme, pour 110 ; la Ravigotte, jardinière de sa maison d'Auteuil, pour autant, etc. J'ai déjà montré avec quelle générosité il secourut son père besogneux, de quel désintéressement il fit preuve à son égard. Plusieurs fois, dans ses pièces, comme *l'Ecole des maris* et *l'Avare, Tartuffe* et *les Femmes savantes*, il a laissé voir les mêmes qualités par la façon dont il emploie l'éternel ressort du théâtre et de la vie, l'argent, par la promptitude avec laquelle Valère et Clitandre mettent leur bourse et leur dévoûment à la disposition de leurs amis dans l'embarras. On devinerait par là, si on ne le savait d'ailleurs, que l'auteur de ces pièces était une âme libérale et haute.

Pour le bon sens, de même qu'il inspire sa façon de saisir et de montrer le ridicule, il se manifeste partout dans sa vie. En dépit de la résolution qui lui fit quitter la maison paternelle pour embrasser la plus aventureuse des carrières, en dépit du mariage qu'il contracta par amour, — ce sont là crises de vocation ou de passion très conciliables avec le jugement le plus net, — l'ensemble de sa carrière révèle beaucoup de bon sens uni à beaucoup d'habileté. Dans sa conduite avec ses ennemis, ses rivaux, ses protecteurs, les grands personnages, le roi, on voit un homme honnête et droit, mais souple et avisé. Il n'abandonne rien au hasard, combine tout pour l'effet le plus utile, et, jusque dans les démarches de simple politesse, on admire son adresse à porter l'effort sur les points essentiels. Prenez, par exemple, ses épîtres dédicatoires, dont il n'est pas prodigue, bien qu'elles fussent alors de règle : une seule, adressée à Monsieur, en tête de *l'École des maris*, est vraiment à regretter, car il y a forcé les deux règles du genre : l'humilité et la flatterie; en revanche, il y en a une, celle de *la Critique de l'École des femmes*, à la reine mère, qui est un chef-d'œuvre de tact et d'habileté. Spéculant sur la piété d'Anne d'Autriche, on le représentait comme un parodiste des choses saintes, on l'accusait de « lasser tous les jours la patience d'une grande reine, continuellement en peine de faire réformer ou supprimer ses ou-

vrages ». C'est à la même Anne d'Autriche qu'il dédie
sa défense, et de la sorte il se fait une alliée de celle
qu'on veut lui susciter comme ennemie. Sa manière de
se défendre dans *la Critique*, dans *l'Impromptu*, dans
les placets et la préface de *Tartuffe*, un peu partout à
l'occasion, est encore un modèle. Il se couvre en décou-
vrant l'adversaire, il s'engage à fond en se ménageant
toujours une retraite et des retours offensifs. S'il a de
l'impatience, il la maîtrise et n'en laisse paraître qu'un
frémissement de passion et de colère qui sont d'un puissant effet. Les arguments solides, topiques, il les présente avec une force qui les rend irrésistibles ; les points
faibles, il les masque habilement et évite tous les pièges
semés sur le terrain où il manœuvre. Partout une sûreté
de raisonnement qui sent son philosophe nourri de logique. Est-il toujours bien sincère, par exemple lorsqu'il
repousse avec énergie le reproche de faire des personna-
lités, lorsqu'il proteste de son respect pour la médecine, la religion, les puissances établies ? Ceci est une
autre affaire : j'aurai tout à l'heure à parler de ses sentiments religieux et de son opinion sur la médecine,
mais, je crois, s'il était bon royaliste, qu'envers les gens
constitués en dignité il ne péchait point par excès de
respect intérieur. Aussi, dans sa façon de discuter contre
ce qui l'inquiète ou le gêne, y a-t-il parfois un peu de
subtilité sophistique et de spécieux.

Pour sa morale et sa conception de la vie, c'est encore
son théâtre qui peut nous en donner la clef. Les auteurs
dramatiques, qu'ils le veuillent ou non, ne pratiquent
pas leur art comme chose purement objective ; ils y
mettent plus ou moins de leur âme. Le chœur, le prologue, quelque personnage secondaire étaient jadis les interprètes de leur philosophie ; les comiques modernes ont
les raisonneurs, dont tous ont usé, quelques-uns abusé.

Ceux de Molière, par la synthèse de leurs traits divers, représenteraient assez bien son propre caractère. Il n'est pas tout l'un ou tout l'autre, il n'avait pas le sang-froid de celui-ci, le parfait équilibre de celui-là, mais dans tous et chacun il a mis quelque chose de lui-même. Si donc on essaye de dégager leur commune physionomie morale, on leur trouve beaucoup de tolérance et d'indulgence pour les faiblesses de notre nature, la conviction que la vie est bonne en elle-même et qu'il faut en jouir, la croyance à la légitimité des instincts, tempérée par le sentiment délicat de l'honneur, le sens pratique, le goût de la grosse plaisanterie gauloise, la haine du chimérique et du faux en tout genre, de l'hypocrisie, du pédantisme, de toutes les formes de la sottise et de la fatuité, la passion de la franchise et du naturel. On a reconnu les traits essentiels de cette *morale des honnêtes gens* que Sainte-Beuve a définie dans *Port-Royal* avec une si pénétrante justesse. Les deux faces de cette morale, exagérées pour les besoins de l'antithèse et de l'effet comique, se présentent avec un puissant relief dans les deux héros du *Misanthrope*, Alceste et Philinte. Aucun d'eux n'a ni tout à fait tort ni tout à fait raison, mais il est peu d'idées de l'un et de l'autre qui ne puissent entrer, plus ou moins modifiées, dans la philosophie de Molière lui-même. On aura tous les éléments de celle-ci en interrogeant par surcroît ses valets et ses soubrettes, philosophes à leur manière, tantôt épicuriens, tantôt cyniques, mais dont l'exubérante gaîté ou la morale trop large reposent sur la même notion de la vie.

Dans tout cela, il faut le reconnaître, la pensée maîtresse du siècle, l'idée chrétienne, tient fort peu de place. Bien plus, prélats et moralistes ne se trompaient guère en voyant, je ne dis pas un indifférent, mais un ennemi dans l'homme qui écrivait *Don Juan* et *Tartuffe*.

Ce n'est pas le moment de discuter en détail l'inspiration de ces deux pièces, mais il faudrait quelque naïveté ou beaucoup de parti pris pour s'étonner des protestations qu'elles soulevèrent, et ne pas reconnaître qu'à leur point de vue de croyant et de prêtre, un Bourdaloue, même un Rochemont n'avaient pas tort de prendre alarme. Molière devait, dit-on, à Gassendi le point de départ de sa morale car, de sa métaphysique, il ne prit rien ou peu de chose. Mais, comme il arrive à ceux que leur originalité naturelle préserve d'être de purs disciples, il se forma surtout par la pratique de la vie; or, son existence, tant à Paris qu'en province, était-elle de nature à faire de lui un chrétien ou même un stoïcien? Il fut donc un épicurien, prenant de la vie tout ce qu'elle mettait à sa portée de désirable : amour et plaisir, richesse et gloire. Si l'on demande aux faits positifs des preuves de cet état moral, on n'a que l'embarras du choix : son goût pour Lucrèce, qu'il traduit, sa longue amitié avec Chapelle, ses relations avec l'incrédule des Barreaux et le sceptique La Mothe le Vayer. Il faisait comme eux sur les matières de foi, protestant de son respect pour elles, les réservant peut-être dans sa conscience, mais la conviction profonde, la direction intérieure, le recours toujours prêt, tout cela lui manquait. Il pratiquait, et, en mourant, demandait un prêtre avec instances. C'est, du moins, sa femme qui le dit dans la « requête à fin d'inhumation » qu'elle présentait à l'archevêque de Paris. Il se pourrait bien que, dans son vif désir d'obtenir des obsèques décentes, elle ait un peu exagéré. Mais, enfin, tenons pour vrai ce qu'elle avance : Molière s'était assuré d'un confesseur en titre, l'abbé Bernard, prêtre habitué de Saint-Germain-l'Auxerrois[1];

1. Nous avons peu de renseignements sur cet abbé Bernard,

il pratiquait, il faisait ses pâques. Agir autrement eût
été une grosse imprudence au dix-septième siècle pour
un homme très en vue, obligé de compter avec les puissances; et, s'il voulut mourir en règle avec l'Église, c'est
que, comme Gassendi, comme plusieurs autres du même
caractère, il tenait à finir convenablement. Mais n'allons
pas plus loin : les prêtres de Saint-Eustache manquèrent
à leur premier devoir en ne se rendant pas à son appel;
le curé de la paroisse et l'archevêque firent preuve d'une
mauvaise volonté où l'inintelligence avait autant de part
que l'observation des lois de l'Église, mais, franchement,
ni les uns ni les autres n'avaient tout à fait tort en refusant de voir en lui un chrétien [1].

Cherchant le bonheur en ce monde, l'épicurien demande à la vie tout ce qu'elle peut donner. Ce fut le cas
de Molière; il essaya d'arranger la sienne de façon à en

et c'est regrettable, car le personnage devait être intéressant. Il
était, semble-t-il, l'ami des comédiens du Palais-Royal, quelque
chose comme l'aumônier de la troupe : homme précieux, car ils
ne trouvaient pas facilement des confesseurs dans le clergé séculier : une lettre de Louis Riccoboni, le *Lélio* de la Comédie italienne, publiée par M. G. Monval dans *le Moliériste* d'avril 1885,
constate qu'en 1746 les comédiens étaient encore obligés de s'adres-
ser aux moines.

1. On n'est pas près de s'entendre sur cette question de la conduite du clergé à l'égard de Molière en particulier, et des comédiens en général. Elle a été rouverte récemment par M. Ch. Livet,
qui soutenait, dans *le Temps* du 2 octobre 1884, que l'Église n'a
jamais lancé contre les comédiens d'excommunication générale; au
contraire, M. A. Gazier, dans la *Revue critique* du 3 novembre, et
M. G. Monval, dans *le Moliériste* de décembre, prouvaient que l'ancienne doctrine du clergé de France a toujours rejeté les comédiens
de la communion des fidèles. La situation de Molière, frappé par la
mort en sortant du théâtre, devait plus qu'aucune autre provoquer les sévérités ecclésiastiques, car il y avait là un scandale
éclatant, unique. Déjà, dans *le Moliériste* de juin, M. L. Moland
avait émis l'avis que ses restes, inhumés en terre sainte par ordre
de Louis XIV, pourraient bien en avoir été enlevés clandestine-
ment. Cette discussion est résumée avec beaucoup de sens par M. J.
Loiseleur, *Molière, nouvelles controverses*. VIII et IX.

tirer la plus grande somme possible de bien-être et de
plaisir. D'abord il aimait la bonne chère : je n'en veux
d'autre preuve que les renseignements fournis par d'Assoucy sur son existence en province avec les Béjart : les
« sept ou huit plats », les « friands muscats »; célébrés
par le maître gourmand, cette chère plantureuse et délicate qui dure « six bons mois » ne pouvaient être une
exception. Qu'on lise, au quatrième acte du *Bourgeois
gentilhomme*, le menu décrit par Dorante; il y a là une
science, une précision de termes, une complaisance qui
dénotent le « bon gourmet », comme on disait alors. Un
renseignement donné par de Visé montre que Molière
aimait à recevoir et qu'il recevait bien : s'il acceptait
volontiers à dîner chez les gens du bel air pour les observer à loisir, « il rendait tous les repas qu'il recevait ».
Traiter de pareils hôtes lui eût été impossible sans
un train de maison luxueux; il avait donc mis la sienne
sur un grand pied, grâce aux profits de son théâtre. Grimarest lui attribue un revenu moyen de 30 000 livres,
chiffre énorme pour le temps et qu'il faut multiplier
par 5 pour évaluer ce qu'il représenterait de nos jours.
Il n'est, cependant, pas trop élevé, si l'on considère
qu'il touchait quatre parts d'acteur, parfois même jusqu'à cinq; or, dans les bonnes années, une part dans la
troupe du Palais-Royal allait de 4 000 à 5 500 livres.
Molière avait, en outre, sa pension comme « bel esprit »
et les gratifications royales. Aussi s'était-il meublé
comme un grand seigneur; en 1670 Chalussay décri-
vait avec une admiration envieuse les splendeurs au
milieu desquelles il vivait :

> Ces meubles précieux sous dé si beaux lambris,
> Ces lustres éclatants, ces cabinets de prix,
> Ces miroirs, ces tableaux, cette tapisserie
> Qui, seule, épuise l'art de la Savonnerie.

Les papiers de Molière, publiés par Eudore Soulié,
nous introduisent, en effet, dans une demeure vraiment
somptueuse. Son logement de la rue Richelieu ne comprend pas moins de deux étages, le premier et le second, avec quatre entresols et de vastes dépendances.
Dans les quatorze pièces qui le composent sont accumulés les beaux meubles, les verdures de Flandre, les
tapis de Turquie, les tableaux, des pendules de Raillard
et de Gavelle, les deux horlogers en renom, une profusion
d'argenterie, de bijoux, de linge, une batterie de cuisine
aussi complète que possible. Plusieurs détails décèlent
même le goût du *bibelot*, comme nous dirions aujour-
d'hui : ainsi « une grande coupe de porcelaine fine » et
soixante-huit pièces de cette porcelaine de Hollande —
« vases, urnes, buires » — dont on parait les cheminées
et les buffets. Si l'on ne retrouve pas dans sa maison
d'Auteuil le luxe de l'appartement de Paris, la recherche s'y montre encore. Grimarest était donc bien ren-
seigné lorsqu'il écrivait : « Il étoit très sensible au bien
qu'il pouvoit faire dire de tout ce qui le regardoit; ainsi
il ne négligeoit aucune occasion de tirer avantage dans
les choses communes comme dans le sérieux, et il n'é-
pargnoit pas la dépense pour se satisfaire. » Appelons
les choses par leur nom : avec un sentiment très vif du
charme que met dans la vie un entourage familier de
belles choses, Molière n'était pas exempt d'un certain
goût d'ostentation.

Au moment de sa mort il était servi par un domestique
assez nombreux pour une famille de trois personnes :
deux femmes, Renée Vannier, dite La Forest, servante
de cuisine, Catherine Lemoyne, fille de chambre, et
un valet, appelé Provençal, peut-être parce que Molière l'avait ramené de Provence. La Forest, la vieille
La Forest, est presque aussi populaire que son

maître, grâce à deux anecdotes, venant l'une de Boileau, l'autre de Grimarest. « Molière, dit Boileau, lui lisoit quelquefois ses comédies, et assuroit que, lorsque des endroits de plaisanterie ne l'avoient point frappée, il les corrigeoit, parce qu'il avoit plusieurs fois éprouvé, sur son théâtre, que ces endroits n'y réussissoient point » ; et Brossette ajoute qu'elle avait assez de sens littéraire pour ne pas confondre du Brécourt avec du Molière. Selon Grimarest, elle accompagnait son maître au théâtre, et elle y rendait quelques petits services, car le registre de La Grange porte un payement de 3 livres à son nom ; elle était dans la coulisse et riait aux éclats le jour où Molière, jouant le rôle de Sancho et attendant sur l'âne de rigueur le moment de paraître, fut obligé de brusquer son entrée, emporté par l'âne, qui savait mal son rôle. La première surtout de ces deux anecdotes a fait fortune ; outre qu'elle peut, comme l'a prouvé Alfred de Musset, être un thème à beaux vers, que, surtout, elle se prête à des considérations de haute littérature [1], elle donne lieu d'admirer l'attachement de Molière pour ses vieux domestiques et la bonhomie familière avec laquelle il les traitait. Remarquons, cependant, qu'il y eut chez lui plusieurs La Forest successives, dont l'une, de son vrai nom Louise Lefebvre, mourut en 1668 : suivant un usage qui n'est pas perdu, lorsqu'il changeait de cuisinière, il donnait à la nouvelle le nom de l'ancienne. Il est donc probable que celle dont il se servait pour faire

---

1. Et aussi à la peinture anecdotique : sans parler des estampes, il y a, au moins, trois tableaux sur ce sujet, par Buguet, 1812, Horace Vernet, 1822, M. E. Hillemacher, 1859. On a même pu voir, au Salon de cette année, un groupe en plâtre, par M. Carlus, de *Molière et sa servante*. Ceci passe la mesure ; voyez, à ce propos, les réflexions judicieuses de M. George Lafenestre dans la *Revue des Deux Mondes* du 1er juillet 1886.

l'épreuve de ses pièces devait moins cet honneur à l'ancienneté de ses services et à l'affection de son maître
qu'à un don de nature pour sentir le comique; comme
tant d'autres choses, Molière l'employait au bien de son
art. Quant à Provençal, il avait quelque mérite à le garder, car c'était un lourdaud, d'intelligence rudimen-
taire. Au demeurant, Grimarest nous montre le poète
fort impatient, fort exigeant, et cela avec une précision
si détaillée, qu'il est bien difficile de ne pas le croire. Un
jour que Provençal chaussait obstinément son maître à
l'envers, il recevait un coup de pied qui l'étendait par
terre; ce maître « étoit l'homme du monde qui se fesoit
le plus servir; il falloit l'habiller comme un grand seigneur, et il n'auroit pas arrangé les plis de sa cravate;
il étoit incommode par son exactitude et par son arrangement; il n'y avoit personne, quelque attention qu'il
eût, qui y pût répondre : une fenêtre ouverte ou fermée
un moment devant qu'il l'eût ordonné, le mettoit en con-
vulsion; il étoit petit dans ces occasions. Si on lui avoit
dérangé un livre, c'en étoit assez pour qu'il ne travaillât
de quinze jours. Il y avoit peu de domestiques qu'il ne
trouvât en défaut, et la vieille servante La Forest y étoit
prise aussi souvent que les autres, quoiqu'elle dût être
accoutumée à cette fatigante régularité que Molière exi-
geoit de tout le monde. Et même, il étoit prévenu que
c'étoit une vertu; de sorte que celui de ses amis qui
étoit le plus régulier et le plus arrangé étoit celui qu'il
estimoit le plus. » Là-dessus, un honnête biographe s'é-
tonne et s'indigne[1]; avec J.-B. Rousseau il y voit « trop
ouvertement le dessein de déshonorer Molière », et il
oppose à Grimarest l'autorité de Mlle Poisson, d'après

---

1. J. Taschereau, *Histoire de la vie et des ouvrages de Molière*,
1844.

laquelle Molière était « complaisant et doux ». Grimarest
n'avait pas d'aussi noirs desseins ; tout son livre témoigne, au contraire, d'intentions excellentes ; mais sa
plume est lourde, l'art des nuances lui manque ; il peut
dire vrai pour le fond des choses et ne pas bien choisir
ses mots. Admettons qu'un ou deux traits du passage
qu'on vient de lire soient grossis par maladresse, mais
tenons l'ensemble pour exact, et de l'éloge de Mlle Poisson, prenons que la bonté naturelle de Molière faisait
vite oublier ses accès de colère. Mais ceux-ci sont d'autant plus vraisemblables dans son intérieur, qu'il en
avait de terribles au dehors. Bazin a justement remarqué
que, s'il a subi de violentes attaques, il a lui-même usé
et abusé du droit de défense, que *l'Impromptu de Versailles* n'est pas précisément l'œuvre d'un homme sans
ressentiment, qu'il y a pris l'initiative de la satire personnelle contre ses rivaux de l'Hôtel de Bourgogne, qu'il
a traité le pauvre Boursault avec un mépris écrasant.
C'était un très honnête homme, mais il avait ses nerfs,
et faciles à exciter.

Le goût de l'ordre n'empêchait pas un certain laisser-
aller dans la conduite de ses affaires. On peut supposer
que jusqu'en 1672, à la mort de Madeleine Béjart, qui
était pour lui le meilleur des intendants, l'ordre régna
chez lui. Cependant, même sous cette administration, il
vivait au jour le jour, sans trop songer au lendemain.
L'actif de sa succession fut de 40 000 livres : c'est peu
pour un homme qui en gagnait annuellement 30 000.
S'il prêtait facilement, il empruntait de même, faisant
compte un peu partout : chez l'épicier, pour 115 livres ;
chez le rôtisseur, pour 392, etc.; il laissait 3 000 livres
de petites dettes, contre 1 771 d'argent comptant. Je veux
bien qu'une part de ces dettes, où figurent l'ébéniste et
le serrurier, le tapissier et le franger, fût motivée par

les dépenses d'une récente installation ; malgré tout, il est impossible de méconnaître qu'il balançait mal son actif et son passif. En fait d'ordre, Armande n'était pas femme à remplacer sa sœur Madeleine : elle tripotait dans les affaires de son mari ; ainsi, sur un prêt de 1 000 livres fait par Molière, elle s'en faisait rembourser 200, dont elle ne donnait pas quittance, et, sans doute, ne lui disait rien. Décidément, ce ménage de comédiens était bien un de ces ménages d'artistes comme on en voit encore quelques-uns.

Existence facile et large, luxe domestique, laisser-aller, ce n'est qu'une part du bonheur épicurien ; il y faut encore et surtout l'amour. Il ne manqua pas dans la vie de Molière. Sans parler de la passion qui lui fit épouser Armande Béjart, une série d'intrigues, successives ou simultanées, mais ininterrompues, occupa ses loisirs jusqu'à son mariage et en adoucit peut-être les ennuis. D'abord il semble résulter d'une lettre de Chapelle, qu'à son arrivée à Paris Molière entretenait un commerce galant avec une de ses comédiennes, Mlle Menou, et qu'il excitait par là de vives jalousies dans la troupe. Plus tard il est l'amant heureux ou malheureux de Mlle du Parc, que Racine lui enlève, et de Mlle de Brie, pourvues l'une et l'autre de maris philosophes. Mais ici encore, n'eussions-nous aucun renseignement positif, il suffirait de feuilleter ses œuvres pour deviner, à la place qu'il y donne à l'amour, celle que l'amour tint dans sa vie. Il était jaloux, et il peint toutes les sortes de jalousie, depuis celle qui caresse comme une flatterie, jusqu'à celle qui insulte et qui blesse. Dans *les Fâcheux* il institue sur elle toute une discussion théorique, et il en présente le pour et le contre avec une subtilité digne de l'Hôtel de Rambouillet. Il en fait le ressort et le sujet de deux pièces entières : l'une sérieuse,

Don Garcie de Navarre, l'autre grotesque, *Sganarelle.*
C'est encore de la jalousie qu'il s'inspire pour peindre
ces ravissantes scènes de brouille et de raccommo-
dement qui reviennent si souvent dans ses pièces. Il ef-
fleure même, dans *Amphitryon,* une forme assez particulière de jalousie, dont la littérature devait grandement
abuser plus tard, celle de l'amant à l'égard du mari.
Ailleurs, dans *l'École des femmes,* c'est la jalousie désespérée du vieillard rival d'un jeune homme. Toutes les
sortes d'amour lui portent bonheur ; il les exprime avec
une vérité suprême, soit en de petites scènes où l'action
se pose pour un moment, mais qui ne tiennent à l'intrigue que par un fil léger, ou dans des pièces entières,
inspirées de lui seul. Et toujours, à la sincérité, à l'effusion du poète, on devine qu'il n'y a point là développement heureux des lieux communs du théâtre, mais
expression de sentiments personnels. Nul moins que
lui n'est idéaliste et platonique. Les raffinements des
précieuses, leur prétention de réduire toute flamme

> à cette pureté
> Où du parfait amour réside la beauté,

tout cela lui paraît un ridicule défi à la nature. Il ne
perd jamais une occasion de célébrer l'amour simple et
complet, celui qu'inspire la bonne loi naturelle. A défaut de l'amour, il se contente du plaisir ; il y invite, il
y excite dans les vers qu'il mêle aux divertissements en
musique de ses pièces ; déjà saisi par la mort, il le chan-
tait encore dans un intermède du *Malade imaginaire.*

Au penchant vers l'amour et le plaisir il joignait ces
qualités affectueuses qui ne sont le privilège d'aucune
philosophie, mais que l'on rencontre souvent, elles aussi,
chez les épicuriens, car ils n'oublient pas de leur de-

mander un charme aussi vif que celui de l'amour, et il
leur manque, pour régler leurs attachements ou modérer leurs regrets, l'esprit de sacrifice et l'espoir d'une
vie future. Molière, lui, « était né avec les dernières dispositions à la tendresse », comme le lui fait dire l'auteur de *la Fameuse comédienne* dans la conversation
d'Auteuil. Cette tendresse se portait de préférence sur les
enfants, qu'il avait toujours beaucoup aimés, nous apprend le même contemporain. Le rôle de Louison, dans
le Malade imaginaire, où il fait parler une petite fille
avec un naturel si rare, prouve qu'il les connaissait bien,
et l'on devine l'affection qu'il portait aux siens par la
longue scène de *Psyché*, où le roi déplore d'avance la
perte de sa fille par une lamentation prolongée, parfois
déchirante :

> Le poison de l'envie et les traits de la haine
>   N'ont rien que ne puissent sans peine
>   Braver les résolutions
> D'une âme où la raison est un peu souveraine
>   Mais ce qui porte des rigueurs
>   A faire succomber les cœurs
>   Sous le poids des douleurs amères,
>   Ce sont, ce sont les rudes traits
>   De ces fatalités sévères
>   Qui nous enlèvent pour jamais
>   Les personnes qui nous sont chères.

Si le poète n'a pas laissé parler ici son propre cœur,
on ne voit pas trop en quoi le caractère du roi et le pé-
ril peu sérieux auquel s'est exposée sa fille peuvent expliquer ces réflexions, tandis qu'elles s'appliquent exactement à la situation de Molière lui-même, se disant
insensible « au poison de l'envie et aux traits de la
haine », mais sans défense contre la fatalité qui lui prend
ceux qu'il aime. Pour le roi, en vain l'on s'efforce à le

calmer ; il ne veut pas se taire, il ne veut pas se résigner
à la volonté des dieux :

> La consolation de mes sens abattus,
> Le doux espoir de ma vieillesse,
> Ils m'ôtent tout cela, ces dieux,
> Et tu veux que je n'aie aucun sujet de plainte,
> Sur cet affreux arrêt dont je souffre l'atteinte ?
> Ah ! leur pouvoir se joue avec trop de rigueur
> Des tendresses de notre cœur.
> Pour m'ôter leur présent, leur falloit-il attendre
> Que j'en eusse fait tout mon bien ?
> Ou plutôt, s'ils avoient dessein de le reprendre,
> N'eût-il pas été mieux de ne me donner rien ?

Six ans avant *Psyché,* au mois de septembre 1664, un
des amis de Molière, La Mothe Le Vayer, qui faisait profession de philosophie et de force d'âme, avait perdu un
fils de trente-cinq ans, homme d'une grande distinction,
et qui portait un vif attachement au poète. Celui-ci adressait donc au père un sonnet, accompagné d'une lettre de
consolation, où il lui disait : « Si je n'ai pas trouvé d'assez fortes raisons pour affranchir votre tendresse des
sévères leçons de la philosophie et pour vous obliger à
pleurer sans contrainte, il en faut accuser le peu d'éloquence d'un homme qui ne sauroit persuader ce qu'il
sait si bien faire. » M. Paul Mesnard conjecture qu'il
pourrait bien y avoir ici une allusion aux inquiétudes
éprouvées par Molière pour un fils, son premier-
né, qu'il perdit quelques semaines après. En effet, les
deux quatrains du sonnet reparaissent dans la plainte
de *Psyché.* Ainsi, le poète aurait bien vite éprouvé
lui-même la douleur qu'il consolait chez autrui, et, à
l'éloquence désespérée avec laquelle, six ans plus tard,
sans nécessité dramatique, il fait parler une infor-
tune semblable à la sienne, on devine la cruelle bles-

sure, toujours saignante, qu'il avait gardée au cœur.
Pour sa facilité à verser des larmes, il ne trouva que
trop matière à l'exercer. Durant les quinze ans de son
existence parisienne, la mort lui enlève ceux auxquels
l'unissent les liens les plus étroits d'amitié et de parenté : en 1659, son camarade Joseph Béjart ; en 1660,
son frère Jean Poquelin ; en 1664, son premier-né ; en
1665, sa sœur Madeleine Boudet ; en 1669, son père ;
en 1672, son amie Madeleine Béjart et un second fils.
Ces coups répétés et dont tous, sauf un, atteignaient des
enfants ou des personnes dans la force de l'âge, furent
certainement pour quelque chose dans la tristesse que
tous ses contemporains s'accordent à remarquer chez lui,
et qui complète sa physionomie morale.

III

La tristesse de Molière ; ses causes. — Maladies de Molière ; ses
attaques contre la médecine ; s'il était hypocondriaque.

Car il était triste, d'une tristesse silencieuse, assez
étonnante au premier abord chez un homme dont le métier était de faire rire, et qui frappait d'autant plus ses
contemporains. Sauf le souper à *la Croix-de-Lorraine*, aucune des nombreuses anecdotes dont il est l'objet ne le
laissent voir franchement gai ; il recherchait la solitude,
et, dès qu'il avait un peu de loisir, il s'en allait à sa
maison d'Auteuil. S'il y recevait quelquefois joyeuse
compagnie, s'il y donnait des soupers bruyants, c'était
pour le plaisir de ses amis plutôt que pour le sien propre, car, au moment où la fête s'animait trop, il se retirait dans sa chambre. On l'y trouvait plus souvent en la

compagnie de sa fille [1], ou seul et rêvant. Peu à peu, en
effet, son existence et ses travaux avaient accumulé en
lui une immense lassitude dont il soulageait le poids,
dès qu'il le pouvait, par le repos et le silence ; il faisait
rire les autres au prix de tant de peines qu'après avoir
répandu sa gaîté au dehors, il ne lui en restait plus pour
lui-même. Mais je crois qu'ici, comme ailleurs, il faut
tenir compte des époques différentes de sa vie. Je ne
vois pas du tout avec cette attitude le Molière jeune et
ardent qui court les grands chemins de Provence et de
Languedoc : on n'engendrait pas mélancolie à Pézenas,
dans la société des Béjart. Lorsqu'il revient à Paris, la
jeunesse est passée, et une nouvelle existence commence,
étonnamment laborieuse, chargée de soucis, tourmentée par les attaques de tout genre, l'ambition, les cha-

---

1. Jusqu'aux découvertes d'Eudore Soulié, on ne connaissait la
fille de Molière que par une tradition assez vague ; les actes authentiques ont permis de reconstituer son existence avec quelque
précision ; voyez à ce sujet les *Recherches sur Molière et sur sa
famille*, VI. Orpheline de son père à l'âge de huit ans, Esprit-
Madeleine Poquelin fut élevée sous la tutelle de sa mère et d'André
Boudet, remplacé en 1677 par Guérin d'Estriché, le second mari
d'Armande. A sa majorité, elle se brouilla avec sa mère, dont les
comptes de tutelle ne la satisfaisaient pas, et lui intenta même un
procès. Une fois maîtresse de sa fortune, elle vécut à part, et en
1705, à l'âge de quarante ans, elle épousa un gentilhomme de
bonne famille, mais pauvre, Claude de Rachel, sieur de Mon-
talant, qui en avait cinquante-neuf ; elle alla s'établir avec lui à Ar-
genteuil, dans une maison où elle s'entoura d'objets qui avaient
appartenu à son père, et y mourut, sans enfants, en 1723. Elle était,
disent les contemporains, médiocrement belle, mais grande, bien
faite, d'esprit cultivé et de conversation agréable ; les actes rédigés sous son inspiration montrent en elle un caractère très ferme,
avec un sens des affaires qui rappelle sa tante, Madeleine Béjart.
Ed. Fournier fit représenter, le 15 janvier 1863, au théâtre de l'O-
déon, une comédie en un acte et en vers, intitulée *la Fille de
Molière*; plus récemment, M. A. Houssaye, dans *Molière, sa femme
et sa fille*, a raconté l'histoire de Madeleine Poquelin, en y joignant des détails intéressants, empruntés à un écrit du temps,
négligé jusqu'à lui.

grins intimes. Alors l'humeur de l'homme change et, comme il arrive toujours, devient le reflet des événements.

Joignons à ces causes la morale épicurienne à laquelle il avait donné la direction de sa vie. Les voluptueux sont tristes, et l'on sait avec quelle sincérité douloureuse leur poète favori, Lucrèce, exprime l'amertume qui se dégage des plaisirs et les empoisonne. Molière ne fit pas exception à la règle. Plus il réunissait autour de lui les éléments du bonheur, plus le bonheur le fuyait. Un moment peut-être il avait pu le saisir, mais c'était, chose étrange, lorsque, dans une vie misérable, il tirait tout de lui-même, et que, pauvre comédien errant, malgré les mauvais jours et les déboires, il avait la jeunesse, l'espérance et l'avenir. De tout cela, rien ne lui restait plus ; il se sentait envahi par le désenchantement ; la vie ne lui semblait plus valoir la peine qu'elle coûtait. Jusqu'à l'exercice de son génie, qui l'enfonçait toujours plus avant dans la tristesse. Il y a deux espèces de rieurs, les rieurs gais et les rieurs mélancoliques. Les premiers, Aristophane, Plaute, Regnard, peuvent aller très loin dans la découverte des laideurs et des petitesses humaines, leur bonne humeur n'en est pas altérée : ils n'y voient que contradictions amusantes et les montrent telles qu'ils les voient ; le rire qu'ils excitent est sans arrière-pensée, et ils en prennent eux-mêmes leur part. Les seconds, comme Ménandre et Térence, embrassent du même coup d'œil la gaîté et la tristesse de ces contradictions. Obligés de viser au but de leur art, qui est le rire, ils ne nous montrent qu'une part de leurs découvertes, mais l'autre se devine, et il en reste quelque chose dans l'impression qu'ils nous laissent ; ils enfoncent dans notre esprit l'aiguillon qui les tourmente eux-mêmes, ils nous inspirent quelque chose de la pitié

qu'ils ont ressentie. Molière, plus qu'aucun autre, est de
ces derniers. Je n'essayerai point de refaire l'admirable
page de *Port-Royal*, où Sainte-Beuve a défini sa tristesse ; il me suffira de dire qu'ayant commencé par la
gaîté exubérante et sans arrière-pensée dans *l'Étourdi* et
le Dépit amoureux, il s'achemine peu à peu vers la
gaîté réfléchie et raisonneuse. La première inspire encore *les Précieuses ridicules* et *Sganarelle*, mais la
seconde s'y montre déjà, et elle devient prépondérante à
partir de *l'École des maris*. A mesure, en effet, que le
poète constate de plus près la vanité de toutes les passions, de toutes les institutions humaines, de l'amour et
du mariage, de la littérature et de la science, de l'autorité paternelle et de la religion, il creuse de plus en
plus *les dessous*, comme nous dirions aujourd'hui, sur
lesquels il construit son œuvre ; l'amertume croît dans
son âme et finit par déborder.

　Une dernière cause, toute physique, vint s'ajouter à
ces causes morales : il était malade, d'une maladie particulièrement douloureuse, et qui le faisait souffrir à la fois
dans son corps et dans son esprit. Les médecins disent
de *Don Quichotte* que c'est de la monomanie des gran-
deurs une description exacte et complète à laquelle un
aliéniste ne trouve rien à dire ; *le Malade imaginaire*
est la description non moins exacte d'une forme de
l'hypocondrie, et ils ne craignent pas de l'invoquer
comme modèle d'observation. Y a-t-il dans Argan
quelque chose de Molière lui-même? Avant de répondre à cette question, essayons de suivre à travers
son théâtre la gradation de ses sentiments sur la médecine et les médecins. Cinq de ses pièces, en effet, *Don
Juan*, *l'Amour médecin*, *le Médecin malgré lui*, *Monsieur de Pourceaugnac*, *le Malade imaginaire*, donnent une place étonnante à la maladie et à son cortège.

Dans la première, sans aucune nécessité d'intrigue ni d'action, sans que le caractère principal y soit le moins du monde intéressé, Molière fait de Sganarelle un médecin pour rire, à seule fin, semble-t-il, de pouvoir placer sur les médecins et la médecine une opinion trop nette pour n'être pas sérieuse et sincère. « Ils ne font rien, dit-il des uns, que recevoir la gloire des heureux succès; ils profitent du bonheur du malade et voient attribuer à leurs remèdes tout ce qui vient des faveurs du hasard et des forces de la nature.» Il dit de l'autre : « C'est une des grandes erreurs qui soient parmi les hommes. » Dans la seconde il est plein d'une telle rancune contre la médecine, que, pour la satisfaire, il sacrifie la vraisemblance. Après une peinture très vraie et toute en situation de l'indifférence et du charlatanisme des médecins d'alors, il met dans la bouche de l'un d'eux, M. Filerin, une déclaration vraiment cynique. Filerin blâme ses jeunes confrères, Tomès et Desfonandrès, de s'être injuriés, c'est-à-dire mutuellement discrédités, devant un client : « N'est-ce pas assez que les savants voient les contrariétés et les dissensions qui sont entre nos auteurs et nos anciens maîtres sans découvrir encore au peuple, par nos débats et nos querelles, la forfanterie de notre art? Puisque le ciel nous fait la grâce que depuis tant de siècles on demeure infatué de nous, ne désabusons point les hommes avec nos cabales extravagantes et profitons de leurs sottises le plus doucement que nous pourrons. Leur plus grand faible, c'est l'amour qu'ils ont pour la vie, et nous en profitons, nous autres, par notre pompeux galimatias. » Ce n'est plus là le langage de la comédie, où les caractères doivent se peindre d'une façon inconsciente, mais de la pure satire. Jamais un médecin n'a parlé ni ne parlera de la sorte; c'est Molière lui-même qui exprime sa propre pensée, et avec

insistance, avec acharnement, car la tirade est très
longue et je n'en donne que l'essentiel. Il faut que sa
rancune ait été bien forte pour lui faire commettre une
faute contre son art.

C'est qu'à ce moment il commençait à souffrir sérieusement, et la médecine n'avait pu le guérir, ni peut-
être le soulager. Elle n'avait pu le guérir, car, l'année
qui suivit *l'Amour médecin*, il fut assez gravement malade, et, au moment où il composa cette pièce, il devait
sentir déjà l'atteinte de sa maladie ; une de ces maladies
chroniques, dont les crises aiguës sont précédées et
suivies par de longues périodes de lente souffrance.
L'Amour médecin, en effet, est du 15 septembre 1665
et, six mois après, le 21 février 1666, Robinet nous
apprend que le poète avait failli mourir. Au mois d'avril
1667 il est encore «tout proche d'entrer dans la bière»;
il doit se mettre au régime exclusif du lait et rester deux
mois éloigné du théâtre. Que fait-il dans l'intervalle
de ces deux crises? une nouvelle pièce contre l'art menteur et ses adeptes, *le Médecin malgré lui*, dont la première représentation est du 6 août 1666. Cette fois, le naturel du poète comique reprend le dessus sur la rancune
de l'homme ; la pièce ne contient plus de profession de
foi invraisemblable ; elle est toute en action, et les traits
portent d'autant mieux. Les trois années qui suivent
marquent une période de trève dans cette guerre déclarée
à la médecine : non seulement Molière n'écrit rien contre
elle, mais dans la préface de *Tartuffe*, publiée en 1669,
il semble faire amende honorable : «La médecine est un
art profitable, dit-il, et chacun la révère comme une des
plus excellentes choses que nous ayons ». La même
année, il est au mieux avec un « fort honnête médecin,
dont il a l'honneur d'être le malade», car il sollicite pour
lui la faveur royale et plaisante agréablement sur ces

relations, aussi bien dans le placet lui-même que dans une conversation avec Louis XIV : « Que vous fait votre médecin? lui disait le roi. — Sire, répondait Molière, nous raisonnons ensemble, il m'ordonne des remèdes, je ne les fais point et je guéris. » Mais ces bons rapports ne durent pas, sinon avec ce médecin-là, du moins avec les autres. Le placet cité est du mois de février, et en septembre Molière reprend les armes avec *Monsieur de Pourceaugnac*. Cette fois encore, les coups sont terribles et portés de sang-froid : point de thèse, mais la médecine elle-même parlante et agissante. Enfin, dans sa dernière pièce, *le Malade imaginaire*, qu'il compose et joue avec la mort à ses côtés, c'est une ivresse de mépris et de dérision contre la médecine, les médecins et les malades; il revient au procédé brutal de *l'Amour médecin*, institue un débat sur la médecine, soutient contre elle une thèse, et en son propre nom, car il se nomme; pour cela il interrompt l'action par une interminable scène, où l'on est obligé de faire maintenant de larges coupures. Une dernière fois, la passion a mal servi le poète : pour un moment elle est parvenue à le rendre diffus et traînant.

De cette chronologie, de ces indications sur les maladies de Molière, de ces différences d'inspiration et de conduite dans ses pièces où la médecine entre pour quelque chose, on peut induire sans trop d'effort l'influence que le mal dont il souffrait exerça peu à peu sur son caractère. Que les médecins d'alors dussent nécessairement attirer l'attention d'un poète comique, c'est ce qu'a pleinement établi Maurice Raynaud, auteur compétent entre tous d'un excellent livre, *les Médecins au temps de Molière* [1]. Cependant, offraient-ils

_____

1. Depuis cet ouvrage, qui parut en 1862, les médecins ont beau-

matière à des attaques si répétées? Une pièce y suffisait,
semble-t-il, et il y en a cinq. Cet acharnement ne peut
s'expliquer que par des raisons personnelles au poëte.
Souvent malade, il demande la guérison aux médecins;
ils la lui promettent et ne peuvent la lui donner. De là
un premier accès d'irritation, qui coïnciderait avec *Don
Juan*. Son mal s'aggrave, et, bien qu'il ait jugé les gué-
risseurs du premier coup, il fait ce que les plus sceptiques font en pareil cas : il les appelle de nouveau, et les
plus considérables, les plus renommés. Alors il est à la
fois témoin et sujet d'une consultation semblable à celle
de *l'Amour médecin*. Refuse-t-il, du moins, de se soumettre à leurs ordonnances? Grimarest a beau prétendre,
sur un on-dit, qu'il se « servoit fort rarement des médecins
et n'avoit jamais été saigné », et lui-même, dans sa conversation avec le roi, qu'il ne fait pas de remèdes : nous
avons l'affirmation contraire et catégorique de Donneau
de Visé, réconcilié avec lui, qu'il « n'étoit pas convaincu lui-même de tout ce qu'il disoit contre les médecins », et que, « pendant une oppression, il se fit saigner
jusqu'à quatre fois en un jour ». Nous avons surtout cette
révélation, contenue dans l'inventaire de ses papiers,
qu'il occupait deux apothicaires, les sieurs Frapin et
Dupré, chez lesquels il faisait un compte de 187 livres.
Outre ses apothicaires, nous venons de voir qu'il s'était
muni depuis 1669 d'un médecin attitré, et Maurice Raynaud nous apprend quelle sorte d'homme était celui-ci. Il
s'appelait Mauvilain; frappé par la Faculté pour ses héré-
sies de doctrine, c'était un novateur, partisan des remèdes

coup écrit sur Molière; mais ils n'ont guère ajouté aux renseignements donnés par Maurice Raynaud. On trouvera dans la *Bibliographie moliéresque* et dans *le Moliériste* l'indication de leurs
travaux, parmi lesquels je me contenterai de citer un des plus récents, celui du docteur Nivelet, *Molière et Gui Patin*, 1880.

hardis, habile du reste, et beau parleur. Molière n'était
pas allé à lui du premier coup : il avait commencé par
les médecins officiels, ceux du roi et de la cour, puis,
voyant qu'ils ne pouvaient rien, il s'était adressé à un
autre, qui pensait et agissait tout autrement. N'est-ce
pas ainsi que de nos jours on va chez l'homéopathe?

Quant à la maladie dont il souffrait, il n'est pas facile
de la déterminer, et les médecins de notre temps qui
ont étudié le cas ne s'entendent guère plus à ce sujet que
leurs devanciers du dix-septième siècle : l'un conjecture
un anévrisme, un autre la phtisie. Ce qui est certain,
c'est que son mal siégeait dans la poitrine, qu'il avait
une toux continuelle, des oppressions, des extinctions
de voix, enfin que, par surcroît, il souffrait de l'estomac,
et, sur la fin de sa vie, ne pouvait plus se nourrir que de
lait. Ce qui paraît aussi certain, c'est que, à ces maux
physiques, vint se joindre une affection morale, l'hypocondrie. Je m'empresse de dire qu'on ne saurait comparer le cas de Molière à celui de Swift ou de Jean-
Jacques Rousseau, qui, à un moment de leur existence,
furent véritablement des fous, et mirent dans leurs
œuvres, surtout le second, quelque chose de leur folie.
Bien qu'elle soit du ressort des aliénistes, l'hypocondrie, disent-ils eux-mêmes, se concilie très bien avec
l'intégrité des facultés intellectuelles; il n'y a avec elle
ni lésion cérébrale ni dissociation des idées; elle consiste simplement dans un état d'anxiété douloureuse,
provoquée par une maladie réelle ou imaginaire, et qui
tourmente cruellement ses victimes, sans les frapper au
siège même de l'intelligence. Parmi ses causes, les maladies de l'estomac viennent en première ligne, puis
l'excès de sensibilité, les préoccupations morales, une
existence trop occupée. Toutes ne se trouvaient-elles pas
réunies chez Molière? L'hypocondriaque professe à l'é-

'gard de la médecine tantôt une confiance exagérée,
tantôt un scepticisme absolu ; assez souvent, il , commence par celle-là pour finir par celui-ci ; mais, sceptique ou confiant, il s'occupe beaucoup de médecine,
lit avec passion des ouvrages médicaux, recherche la
conversation des médecins. Après les médecins ordinaires, il lui faut les spécialistes, puis les faiseurs
de réclames, enfin les charlatans. Ces états divers de
la maladie, Molière semble bien les avoir tous par-
courus. Pour faire parler et agir les médecins comme il
l'a fait, il dut en voir de toutes sortes, comme aussi
pour disserter sur la médecine de son temps avec une
précision admirée par Maurice Raynaud, il faut qu'il
l'ait étudiée et de très près.

Ces médecins ne purent manquer de lui signaler,
outre ses maux physiques, le mal moral dont il souffrait.
Prit-il leur avis au sérieux ou s'en moqua-t-il ? En tout
cas, il était assez préoccupé de l'hypocondrie pour insti-
tuer dans *Monsieur de Pourceaugnac* une longue consultation où elle est décrite avec une complaisance singulière. Quant au *Malade imaginaire*, ce n'est, comme
nous l'avons vu tout à l'heure, que la description d'une
forme de l'hypocondrie qui n'était plus la sienne au moment où il écrivait sa pièce, mais par laquelle il avait
peut-être passé, l'hypocondrie confiante et docile. En ce
cas, il se serait vengé de sa crédulité d'autrefois en la
raillant : « Lorsqu'un médecin vous parle d'aider, de
secourir, de soulager la nature, de lui ôter ce qui lui
nuit et de lui donner ce qui lui manque, de la rétablir
et de la remettre dans une pleine facilité de ses fonctions, il vous dit justement le roman de la médecine.
Mais, quand vous en venez à la vérité et à l'expérience,
vous ne trouvez rien de tout cela ; et il en est comme de
ces beaux songes qui ne vous laissent au réveil que le

déplaisir de les avoir crus. » Maintenant « il a ses raisons pour ne point vouloir des remèdes, et il soutient
que cela n'est permis qu'aux gens vigoureux et robustes,
et qui ont des forces de reste pour porter les remèdes
avec la maladie; pour lui, il n'a justement de la force
que pour porter son mal. » Désespère-t-il, cependant?.
Non, car la confiance est tenace dans le cœur de l'homme
et du malade. Il compte sur la nature, il veut guérir :
« Quand on est malade, il ne faut que demeurer en repos. La nature, d'elle-même, quand nous la laissons
faire, se tire doucement du désordre où elle est tombée.
C'est notre inquiétude, c'est notre impatience qui gâte
tout : et presque tous les hommes meurent de leurs remèdes, et non pas de leurs maladies. » J'emprunte ces
divers passages à la scène du *Malade imaginaire*, où,
contrairement aux lois de son art, il se nomme et déclare tout haut ses propres sentiments.

Les conjectures tirées de ses œuvres sont fortifiées
par un pamphlet contemporain, très haineux, très vio-
lent, mais très bien informé, et où nous trouvons des
preuves positives. Je veux parler de cet *Élomire hypocondre ou les Médecins vengés*, publié en 1670 par Le
Boulanger de Chalussay, et auquel les biographes de
Molière ont fait tant d'emprunts, depuis que Maurice
Raynaud en a signalé le grand intérêt. Le titre de l'ouvrage est déjà un renseignement et l'on aurait d'autant
plus tort de négliger celui-ci que, pour le reste, l'auteur
se contente d'amplifier et d'enlaidir des faits vrais. Sur
le point particulier qui nous occupe, il ne fait, somme
toute, que répéter en le grossissant ce que nous apprend
Molière lui-même; si je ne l'analyse pas en détail, c'est
que, ce faisant, je serais obligé de répéter ce que j'ai
déjà dit d'après le poète et de raconter la même histoire:
maladie, convalescence relative, rechute, irritation du

malade, consultation demandée aux médecins en renom, recours aux spécialistes et enfin aux opérateurs du Pont-Neuf, l'Orviétan et Bary ; comme conséquence, idées fixes, caractère aigri, enfin hypocondrie défiante.

Je viens, pour un simple lettré, de « toucher une étrange matière ». Les aliénistes reconnaissent eux-mêmes, et nous prouvent à l'occasion, qu'il est souvent malaisé de constater sur un vivant certains états d'esprit ; à plus forte raison est-il dangereux pour un profane, sans autres moyens d'information que des rapprochements littéraires et un pamphlet, de mener à bien pareille enquête sur un homme mort depuis plus de deux siècles. Je m'y suis risqué, cependant, mais après avoir demandé l'avis des personnes compétentes ; je n'ai guère fait que développer leur sentiment et je leur en rapporterais volontiers la responsabilité si elles ne désiraient garder l'anonyme. Les médecins du dix-septième siècle n'avaient point pardonné à Molière ses rudes attaques, et il paraît bien qu'ils se vengèrent en le laissant « crever » sans secours [1]. Mais c'étaient des fanatiques et des sots ; ceux de nos jours, hommes d'esprit doucement sceptiques, ne lui gardent, disent-ils, aucune rancune d'avoir traité si mal leurs devanciers. Pourtant, seraient-ils insensibles à l'attrait de la savoureuse vengeance qui consisterait à faire passer pour légèrement fou l'homme qui s'est moqué de la médecine elle-même ? Je ne puis croire à tant de malice et je me décide à donner leur théorie pour ce qu'elle vaut.

1. La Grange et Vinot, préface de 1682 ; le père Baizé, ms. à la Bibliothèque de l'Arsenal, cité par P. Lacroix, *Iconographie mo-liéresque*, p. 305.

IV

Molière au théâtre; son goût malheureux et persistant pour la
tragédie; influence de ce goût sur ses œuvres. — Son talent dans
la comédie. — Sa troupe; comment il la conduisait. — Rapports
de Molière avec le public; la réclame. — Le point d'honneur
de Molière. — Influence que sa profession et son existence ont
exercée sur son génie.

S'il fallait en croire deux propos rapportés par Grimarest, il y aurait eu désaccord entre les goûts de Molière et la carrière qu'il suivait : « Ne me plaignez-vous
pas, disait-il un jour à Mignard et à Rohault, d'être
d'une profession si opposée à l'humeur que j'ai présentement? J'aime la vie tranquille ; et la mienne est agitée
par une infinité de détails communs et turbulents, sur
lesquels je n'avais pas compté, et auxquels il faut absolument que je me donne tout entier malgré moi. » Un
autre jour, consulté par un jeune homme qui voulait se
faire comédien, il l'en détournait avec force : « Notre
profession, disait-il, est la dernière ressource de ceux qui
ne sauroient mieux faire, ou des libertins qui veulent se
soustraire au travail ». Il lui remontrait donc que, monter sur le théâtre, ce serait « enfoncer le poignard dans
le cœur de ses parents », que lui-même « s'étoit toujours
reproché d'avoir donné ce déplaisir à sa famille », que,
« si c'étoit à recommencer, il ne choisiroit jamais cette
profession », car ses agréments sont trompeurs : elle n'est
qu'un triste esclavage aux plaisirs des grands, le monde
regarde les comédiens comme des gens perdus, etc.
Il ne faut pas tirer de la première de ces anecdotes
plus qu'elle ne contient : le mot *présentement* en fixe la
portée. Au moment où Molière s'exprime de la sorte, il

est très malheureux et commence une longue plainte
sur ses souffrances domestiques ; on ne s'étonne donc
pas que son métier lui apparaisse sous des couleurs
très sombres. Quant à la seconde, elle ne ferait que
confirmer cette vérité d'expérience, que, très rarement,
un homme mûr conseille à un jeune homme d'embrasser la carrière qu'il a lui-même suivie ; et il y a bien des
choses dans une habitude si générale : la confiance en
ses propres forces, la défiance de celles d'autrui, cette
amertume contre la destinée si commune entre quarante
et cinquante ans. On peut admettre que Molière, amené
par l'expérience à la philosophie de l'*Ecclésiaste*, avait
conçu dans ses heures de tristesse quelque mépris pour
son métier d'amuseur public et rêvé quelque autre emploi de son génie ; mais de pareils états d'esprit ne donnent point la véritable pensée d'un homme. Tout dé-
montre, au contraire, qu'il aimait passionnément son
art, qu'il l'exerçait avec bonheur, qu'il y rapportait toutes
ses pensées, qu'il s'y donnait corps et âme. Avant d'être
écrivain de génie, il était, il voulait être comédien excellent. Il eut toutes les qualités que sa profession exige
et aussi quelques-uns des défauts qu'elle provoque.

Il y trouva, cependant, dès ses débuts, une déception
cruelle et dont il ne prit jamais complètement son parti. Il
ne voyait pas alors, comme la perspective la plus atti-
rante du métier qu'il embrassait, la joie de représenter
un jour les Mascarille et les Sganarelle. En montant sur
les planches avec les Béjart, il avait eu bien soin de se
réserver l'emploi qui flatte le plus l'amour-propre des
comédiens, celui des « héros », c'est-à-dire les premiers
rôles tragiques ; peut-être même faut-il attribuer en partie
à cette erreur l'insuccès de *l'Illustre Théâtre* à Paris.
En province il s'obstine et n'est pas plus heureux : il
paraît qu'on le siffle à Limoges et qu'on lui lance des

pommes cuites à Bordeaux. Il se résigne alors à essayer
du comique, et on l'y trouve excellent; selon Chalussay,
la petite ville se pâme d'aise dès qu'il paraît. Cependant
il ne perd pas l'espoir de se faire applaudir dans le tragique; avant de rentrer à Paris, après douze ans de campagne, il étudie le répertoire des deux Corneille et,
comme pièce de début au Petit-Bourbon, il donne *Héra-
clius* : le jeu des pommes cuites recommence. Même
insuccès dans *Rodogune*, puis dans *le Cid*, puis dans
Pompée. Ce serait seulement après tous ces échecs qu'il
se serait résigné à revenir au comique, et les deux pièces
qu'il rapportait de province, *l'Étourdi* et *le Dépit amoureux*, lui auraient enfin valu le succès. Telle est la ver-
sion de ses ennemis, et elle ne manque pas de vraisemblance. Gardons-nous, toutefois, de la prendre au pied
de la lettre; Molière ne renonça jamais à la tragédie, et
il la joua jusqu'au bout.

Y était-il très bon? Nous pouvons en douter. D'abord
il n'avait guère le physique de l'emploi et, avec un tragédien, le public ne saurait prendre son parti de certaines disgrâces physiques. C'est là ce que n'ont jamais voulu comprendre quantité de comédiens que la
nature destine à faire rire. L'auteur de *la Comtesse
Romani* s'est amusé à incarner dans un type très vrai,
Filippopoli, ce genre d'aberration, capable de fausser les
meilleurs talents. Écoutez ce bout de conversation entre
Filippopoli et sa directrice : « Tu es un comique, lui
dit celle-ci, tu es même plus comique que tu ne le crois,
mon garçon ; je ne sais pas pourquoi tu as la rage de
jouer la tragédie. — Je sais ce que je peux faire, répond
l'autre; j'ai la larme! — On ne joue pas les tragiques
avec ton nez. — Mon nez ne regarde personne. — C'est
là ton erreur, il regarde tout le monde. » Pour Molière,
c'était toute sa personne qui chagrinait le public dans la

tragédie. En outre, il prétendait faire prévaloir un système à lui de déclamation tragique, et ce système est
assez contestable. Nous le connaissons par l'exposition
complaisante qu'il en a faite dans *l'Impromptu de Versailles* : il consistait essentiellement à « réciter le plus
naturellement qu'il est possible », au contraire du « ton
de démoniaque » qui était de règle à l'Hôtel de Bourgogne. On rapproche d'ordinaire de cette théorie celle
d'un autre grand poète-comédien, Shakespeare, qui, dans
Hamlet, expose, lui aussi, ses idées sur la récitation dramatique. On a tort, car les idées de l'acteur anglais sont
assez différentes. Shakespeare recommande, lui aussi, le
naturel, mais à ce conseil il en joint beaucoup d'autres
qui l'expliquent et le complètent; de plus, il ne parle
pas de la tragédie, mais du drame, ce qui est assez différent. Or, s'il faut du naturel dans la tragédie, il n'y saurait suffire ; très souvent, les sentiments qu'elle exprime
sont héroïques, grandioses, surhumains, c'est-à-dire tout
autre chose que simples; jouer simplement un tragique
comme Corneille ou Rotrou, c'est le trahir. On peut
donc croire qu'en traçant les règles d'une nouvelle
diction tragique, Molière, comme il arrive d'habitude
aux comédiens, faisait la théorie de son propre talent
et proposait comme modèle les qualités qu'il avait ou
croyait avoir.

S'il ne ménageait pas les railleries à ses rivaux, ceux-
ci les lui rendaient avec usure. Il y a dans *l'Impromptu
de l'Hôtel de Condé* un portrait de Molière tragédien, où
se trouve certainement une part de vérité. Tous les traits
essentiels qui y sont tournés en ridicule, le nez en l'air,
les yeux égarés, l'épaule en avant, « la tête sur le dos,
la perruque plus pleine de lauriers qu'un jambon de
Mayence », tout cela se reconnaît dans le portrait de la
Comédie-Française, d'autant plus aisément que le

peintre et le satirique ont tous deux représenté leur
modèle dans César, de *la Mort de Pompée*. Erreur qui
est bien d'un comédien, Molière avait choisi pour se
faire peindre celui de ses rôles où il était le plus contestable, mais qui, par son éclat extérieur, ses effets de
costume et d'attitude, l'illustration du personnage, flat-
tait le plus son amour-propre. Chalussay ne pouvait
manquer de reprendre la thèse de Montfleury ; il répète
les mêmes railleries, et, par surcroît, se moque avec
assez de verve de l'obstination malheureuse de son
ennemi à faire les amoureux tragiques :

> ... Si tu te voyois quand tu veux contrefaire
> Un amant dédaigné qui s'efforce de plaire ;
> Si tu voyois tes yeux hagards et de travers,
> Ta grande bouche ouverte, en prononçant un vers,
> Et ton col renversé sur tes larges épaules !...

Il le renvoie donc à sa destination naturelle, qui est de
« faquiniser ».

On remarquera que, dans tous les renseignements qui
nous parviennent de la sorte sur Molière tragédien, il
n'est rien dit de cette simplicité qu'il recommandait et
croyait réaliser lui-même. Au contraire, on lui reproche,
à lui aussi, d'être emphatique et criard ; cela prouverait
que la simplicité tragique est, comme je le disais tout
à l'heure, chose assez contestable, puisque celui-là
même qui en faisait profession cédait malgré lui à la
nature du genre et s'efforçait inutilement de se guinder
à sa hauteur.

Le résultat de ces échecs fut pour Molière ce qu'il est
d'habitude : beaucoup d'aigreur contre la tragédie, jointe
au désir d'aborder de biais un genre pour lequel il per-
sistait à se croire fait. C'est une double infirmité de
notre nature, d'abord de ne pouvoir prendre notre parti

de nos défauts, et aussi de déprécier ce qù'ils nous in-
terdisent; mais, au théâtre surtout, *le Renard et les
Raisins* sont une vérité. Lorsque, dans *la Critique de
l'École des femmes*, Molière instituait son fameux parallèle entre la cómédie et la tragédie, il y avait pas mal
de rancune dans le dédain qu'il affectait pour celle-ci.
J'attribuerais volontiers à la même cause la direction
donnée à plusieurs de ses pièces, dont le caractère n'est
pas très net, puisque, depuis le jour de leur apparition,
les critiques n'ont cessé de disputer à leur sujet : ainsi, ce
Misanthrope, qu'on n'admirera jamais trop, mais qu'on
ne comprendra jamais assez. Alceste doit-il faire rire,
doit-il faire pleurer, ou tous les deux à la fois? Soyons
francs, et reconnaissons que, si c'est là un chef-d'œuvre
de l'esprit humain, c'est un chef-d'œuvre obscur, comme
plusieurs autres chefs-d'œuvre; que, pour une pièce
comique, il excite un rire assez court et, pour une pièce
sérieuse, il déroute l'émotion ; que, malgré la scène du
sonnet et celle dès portraits, malgré les deux petits marquis, malgré Basque, il est un peu froid à la représentation ; que, si les lettrés l'applaudissent avec un enthousiasme réfléchi, le parterre est pour lui aussi tiède qu'au
premier jour. J'ai consulté à ce sujet plusieurs comédiens de beaucoup d'expérience, et tous me disaient en
leur langage que, hors Paris, cette pièce sur une affiche
est un « repoussoir ». A ce caractère incertain du *Misanthrope* nous pouvons attribuer, entre autres causes,
le désir chez Molière de se tailler lui-même un rôle
d'amoureux où il pùt déployer ses qualités méconnues,
se faire applaudir dans une action sérieuse, exciter un
frisson de terreur dans des scènes presque tragiques,
comme la grande explication du quatrième acte, où Alceste marche sur Célimène, la menace à la bouche et le
bras levé : conjecture d'autant plus vraisemblable, que

le Misanthrope est, en plusieurs endroits, une reprise de *Don Garcie de Navarre,* tentative avortée dans un genre à demi tragique. Est-ce à dire que l'on puisse voir *le Misanthrope* autre qu'il n'est et l'imaginer d'après une conception différente? Nous sommes trop heureux de l'avoir pour ne pas le prendre tel quel, en toute sincérité d'admiration. Je ne le critique donc pas ; j'essaye de l'expliquer en m'éclairant d'une notion sur le caractère et les tendances de son auteur, reconnaissant que cette notion est une des moindres dont il faille tenir compte, mais estimant que l'on aurait tort de la négliger tout à fait. Si le lecteur la trouvait acceptable, il pourrait l'appliquer à d'autres pièces de Molière, où l'élément sérieux est moins envahissant que dans *le Misanthrope,* mais où il prend sa place, assez contraire parfois à la nature même de la comédie.

La mauvaise humeur de Molière contre le genre où il ne pouvait réussir se manifeste encore chez lui d'une façon qui, elle aussi, est bien d'un comédien. Dans *la Critique de l'École des femmes* il se fait reprocher par le poète Lysidas de provoquer par ses pièces une « solitude effroyable aux grands ouvrages » ; le cœur de ce bon Lysidas « en saigne quelquefois », et il estime que « cela est honteux pour la France ». Les ennemis de Molière ne cessent de répéter ce grief[1] : à les entendre, il ruine, au profit du burlesque, le noble goût de la tragédie. Molière se contente de répondre, par la bouche d'Uranie : « C'est une étrange chose de vous autres, messieurs les poètes, que vous condamniez toujours les pièces où tout le monde court et ne disiez

1. Ces plaintes sont si détaillées et partent de tant de plumes différentes qu'il est impossible de citer même les principales; on les trouvera réunies par M. V. Fournel, *les Contemporains de Molière,* t. I, 1863, p. 253.

jamais du bien que de celles où personne ne va; vous
montrez pour les unes une haine invincible, et pour les
autres une tendresse qui n'est pas concevable ». Il n'admet, lui, qu'une poétique, celle de suivre le goût du
public, d'attirer l'affluence et de la retenir : « Je voudrois
bien savoir si la grande règle de toutes les règles n'est
pas de plaire et si une pièce de théâtre qui a attrapé
son but n'a pas suivi un bon chemin. Veut-on que tout
un public s'abuse sur ces sortes de choses et que chacun
n'y soit pas juge du plaisir qu'il y prend ? » Il ne démord
pas de cet argument; il le tourne et le retourne en trois
ou quatre façons : « Pourquoi fait-il de méchantes pièces
que tout Paris va voir, dit-il de lui-même dans *l'Im-*
promptu de Versailles? Que ne fait-il des comédies
comme celles de M. Lysidas? Il n'auroit personne contre
lui. » Ce qu'il y a de piquant, c'est qu'il reproche à ses
rivaux de l'Hôtel de raisonner de même : « Qu'il nous
rende toutes les injures qu'il voudra, leur fait-il dire,
pourvu que nous gagnions de l'argent ». Assurément,
l'argument a sa valeur, mais il n'est pas exempt de danger. Le comédien doit s'inquiéter, avant tout, de faire
venir le public chez lui, car, sans public, pas de théâtre;
mais il y a des qualités dans le plaisir, et le public pré-
férera souvent un mélodrame à une tragédie, une farce
à une comédie, une pantomime à une farce. Le but suprême de l'acteur, comme du poète, n'est donc pas de
suivre ces basses préférences, mais d'en triompher. C'est
bien là ce que faisait Molière; ou plutôt il conciliait
admirablement ses propres tendances de grand poète et
les préférences du public : il donnait *le Misanthrope* et
les Femmes savantes aux spectateurs qu'il avait attirés
avec *Sganarelle* et *le Médecin malgré lui*.

S'il fut mauvais acteur tragique, il excellait dans tous
les genres de comique, le plus élevé comme le plus bas.

Sous ce rapport; les témoignages de ses contemporains sont unanimes. Beaucoup, cependant, partent d'ennemis acharnés, qui n'ont aucunement l'intention de lui faire des compliments ou d'enregistrer ses succès, qui le dénigrent, au contraire, l'injurient, ne lui accordent que des éloges perfides, par exemple lorsqu'ils consentent à le reconnaître bon farceur, en ajoutant que c'est là son véritable emploi et qu'il aurait tort de vouloir s'élever plus haut. Mais, rapprochées les unes des autres, ces injures mêmes laissent échapper un involontaire aveu d'excellence [1]. De l'ensemble il résulte que Molière fut l'acteur comique le plus complet, à la fois laborieux et inspiré, devant beaucoup à la nature, encore plus à l'art, par-dessus tout interprète admirable de ses propres œuvres. Il parlait d'abord avec une **volubilité excessive**; des efforts qu'il fit pour la dominer. Il lui resta une sorte de « hocquet ou de tic de gorge ». Au demeurant, il faisait de sa personne tout ce qu'il voulait. Le médecin Jean Bernier, d'ailleurs fort en colère contre lui, ne peut s'empêcher de dire : « Il étoit encore meilleur acteur que bon auteur ; il avait, comme on dit, son visage dans ses mains ». De Visé n'est pas moins explicite : « Il étoit tout comédien, depuis les pieds jusqu'à la tête ; il sembloit qu'il eût plusieurs voix ; tout parloit en lui, et d'un pas, d'un sourire, d'un clin d'œil et d'un remuement de tête, il faisoit concevoir plus de choses que le plus grand parleur n'auroit pu dire en une heure ». A ces qualités supérieures il joignait des talents, qui, de nos jours, feraient la fortune de plusieurs acteurs. On devine bien, par *l'Impromptu de Versailles*, qu'il avait un grand talent d'imitation ; il le poussait très loin, puisque, pour contrefaire le gros Montfleury, « il soufflait,

---

1. A ce sujet encore, voyez V. Fournel, *les Contemporains de Molière*, t. I, p. 322.

il écumait, il avait trouvé le secret de rendre son visage
bouffi ». Il ne dédaignait pas jusqu'à ce comique de pantomime et de cirque, qui consiste tout entier en grimaces,
contorsions et cris bizarres ; on peut en juger par ces
quelques scènes de *la Princesse d'Élide*, où l'imitation
de l'écho, la scène de l'ours, la leçon de chant représentent le plus haut degré de la bouffonnerie sur le théâtre.
Avec quelques autres passages de ses œuvres, elles expliquent le reproche que lui adressaient quelques délicats, d'être un peu « grimacier ». Le souvenir de ses
plus grands succès se rattache, du reste, à ses rôles bouffons, très en dehors ; il faut lire, dans *Élomire hypocondre*, la description de la manière dont il jouait le
héros de *Sganarelle* et Mascarille de *l'Étourdi* ; il s'y
incarnait si bien que, selon la remarque de Bazin, ces
deux noms lui furent quelque temps des sobriquets
acceptés par le public et sous lesquels amis et ennemis
le désignaient communément. Pour ses grands rôles,
Arnolphe, Alceste, Harpagon, Sosie, M. Jourdain, Argan,
on regrette de n'avoir que les banales formules d'admiration prodiguées par Loret ou Robinet, mais elles sont
enthousiastes, exubérantes et traduisent visiblement le
cri public.

Il avait patiemment recueilli, en effet, tout ce que la
tradition comique devait aux Français et aux Italiens, et
il la joignait aux créations personnelles de son génie.
Dans sa jeunesse il avait vu jouer le trio de l'Hôtel de
Bourgogne, Gautier-Garguille, Gros-Guillaume et Turlupin ; en ses heures d'escapade il fut le spectateur,
peut-être l'auxiliaire de l'Orviétan et de Bary ; il vit
Guillot-Gorju, Braquette, Prosper ; il eut Jodelet pour
camarade. Mais surtout il fut toute sa vie l'élève et
l'ami du grand Scaramouche. Aussi écoutez ses ennemis : « Si vous voulez jouer *Élomire*, disait l'auteur

de *Zélinde*, il faudroit dépeindre un homme qui eût
dans son habillement quelque chose d'Arlequin, de Scaramouche, du docteur et de Trivelin, que Scaramouche
lui vînt redemander ses démarches, sa barbe et ses grimaces; et que les autres lui vinssent en même temps
demander ce qu'il prend d'eux dans son jeu et dans ses
habits ». Somaize, Chalussay parlent à peu près de
même, et Lacroix trouve le moyen d'enchérir : « Le
bourgeois se lassoit de ne voir que les postures et les
grimaces des Trivelins et de ne pas entendre ce qu'ils
disent; Molière est venu et les a copiés, Dieu sait comment! et aussitôt, à cause qu'il parle un peu françois,
on a crié : « Ah! l'habile homme! » Molière fit donc
pour son jeu ce qu'il faisait pour ses pièces, prenant
son bien où il le trouvait; et l'on s'explique, pour les
deux côtés de son génie, la comédie écrite et la comédie
jouée, que la jalousie, promptement éveillée par ses débuts, s'écriât : « On ne peut pas dire qu'il soit une source
vive, mais un bassin qui reçoit ses eaux d'ailleurs ».
Bonne fortune singulière pour le théâtre d'une nation :
au moment où, par l'entier développement de ses forces
vives et l'équilibre de toutes ses qualités, elle arrivait à
son apogée littéraire et social, il se trouvait un grand
comédien pour recueillir ce que toute une lignée de
« farceurs » nationaux et étrangers avait imaginé de
plus excellent, le fixer, le faire sien, et, créant lui-même
une tradition, faire entrer définitivement tout cela dans
le patrimoine dramatique de notre pays.

Car Molière, sans trop se douter peut-être de ce qu'il
préparait, donna rapidement à sa troupe la force nécessaire pour vivre, durer, s'imposer à la tutelle royale et
devenir une institution d'État. On cite d'habitude, pour
marquer la nature de ses rapports avec ses comédiens,
une phrase du registre de La Grange : « Tous les acteurs

aimoient le sieur Molière, leur chef, qui joignoit à un
mérite et à une capacité extraordinaire une honnêteté et
une manière engageante qui les obligea tous à lui protester qu'ils vouloient courir sa fortune et qu'ils ne le
quitteroient jamais, quelque proposition qu'on leur fît
et quelque avantage qu'ils pussent trouver ailleurs. »
Ceci se rapporte à l'expulsion de la troupe du Petit-
Bourbon, et il se peut bien, en effet, qu'à ce moment
tels fussent les sentiments de tous ses membres.
Mais La Grange, homme de convenance et de discrétion, ne revient plus sur ce chapitre ; il aurait eu
sans doute trop à dire. En regardant les choses de près,
on voit que, chez Molière, ces « manières engageantes »
se concilioient très bien avec un ton d'autorité et une
brusquerie pressante, rendus nécessaires par la tur-
bulence et l'indiscipline de ses comédiens. Lorsqu'il
s'adresse à eux, dans l'*Impromptu de Versailles*, écoutez de quel style il leur parle : « Je crois que je devien-
drai fou avec tous ces gens-là !... Têtebleu ! messieurs,
me voulez-vous faire enrager aujourd'hui ? Ah ! les
étranges animaux à conduire que des comédiens !...
Songeons à répéter, s'il vous plaît.... Or sus, com-
mençons.... Allons ! parlez.... Attendez ; il faut marquer
davantage tout cet endroit.... Bon ! voilà l'autre qui prend
le ton de marquis ! Vous ai-je pas dit que vous faites un
rôle où l'on doit parler naturellement ? » On dirait autant
de coups de fouet ou de bride pour maintenir un attelage
indocile ; la parole est saccadée, fiévreuse ; le geste et
l'allure devaient être à l'avenant. Aux récriminations il
répond par des coups de boutoir, il force les résistances
par des mots piquants : « Taisez-vous, ma femme, vous
êtes une bête ! » dit-il crûment à Armande. Mlle du Parc
reçoit avec mauvaise humeur « un rôle de façonnière »,
sous prétexte qu'elle n'est rien moins que cela : « Mon

Dieu! mademoiselle, répond Molière de façon que l'on
sente bien l'ironie, vous le jouerez mieux que vous
ne pensez; et c'est en quoi vous faites mieux voir que
vous êtes excellente comédienne, de bien représenter
un personnage qui est si contraire à votre humeur. Prenez bien garde à vous déhancher comme il faut et à
bien faire des manières. Cela vous contraindra un peu;
mais qu'y faire? Il faut parfois se faire violence. » De
même, çà et là, dans les conseils qu'il donne à ses acteurs
sur le caractère de leur rôle, il semble faire la satire de
leurs propres défauts.

Ses ennemis profitaient naturellement, pour le peindre en laid, d'une manière d'être qu'il exposait lui-
même si complaisamment. Tout le dernier acte d'*Élomire hypocondre* n'est qu'un développement sur le thème
de *l'Impromptu*, et nous y voyons la troupe entière en
révolte déclarée. Confirmant ce que dit Chappuzeau, que
« les comédiens ne peuvent souffrir entre eux la monarchie, qu'ils ne veulent point de maître particulier et que
l'ombre seule leur en fait peur », tous ses membres se
récrient comme un seul homme lorsque Molière exprime
la prétention d'être obéi :

> Le maître, double fat! en est-il parmi nous?

Aussi leur reproche-t-il amèrement leur ingratitude et
leur indiscipline. « Qui ne serait surpris? » s'écrie-t-il,

> De voir qu'en moins de rien des gueux à triple étage,
> Des caimans vagabonds, morts de faim, demi-nus,
> Sont devenus si gros, si gras et si dodus,
> Et sont si bien vêtus des pieds jusques au crâne,
> Que le moindre de vous porte à présent la panne?
> Vous me devez ces biens, ingrats, dénaturés,
> Mon esprit et mes soins vous les ont procurés,

> Et, lâches, toutefois, loin de le reconnaître,
> En valets révoltés vous traitez votre maître,
> Vous le voulez contraindre à suivre vos avis
> Et vous ne seriez plus s'il les avoit suivis !

Ce n'est là qu'une caricature grossière et violente, mais *l'Impromptu* suffit à prouver qu'elle renferme une part de vérité, que la concorde ne régnait pas toujours au Palais-Royal, enfin que le directeur de ces comédiens illustres parlait et agissait en directeur.

Mais qu'importe au public par quels efforts on parvient à lui plaire ! Au théâtre surtout il ne juge que sur des résultats. Or, ici, les résultats étaient admirables. D'abord, on travaillait chez Molière comme on ne travaille plus dans aucun théâtre. Si l'on considère le petit nombre d'acteurs qui composaient la troupe et la quantité de pièces qu'elle joua, on s'étonne qu'elle ait suffi à la tâche; on s'étonne aussi de la souplesse dont chacun de ses membres fit preuve en incarnant un si grand nombre de rôles, et dans plusieurs emplois; car on ne se cantonnait pas alors dans un seul, on n'était même pas l'homme d'un seul genre, et l'on passait aisément de la comédie à la tragédie. N'eût-on pas naturellement cette souplesse, Molière y suppléait : « Il a le secret, disait Gabriel Guéret, d'ajuster si bien ses pièces à la portée de ses acteurs, qu'ils semblent être nés pour tous les personnages qu'ils représentent. Ils n'ont pas un défaut dont il ne profite quelquefois, et il rend originaux ceux-là mêmes qui sembloient devoir gâter son théâtre. » C'est ainsi qu'il faisait servir à l'effet comique ses propres infirmités et celles de ses acteurs : la toux d'Harpagon, dans *l'Avare*, c'est la sienne propre, et la boiterie de la Flèche, celle de Louis Béjart. Donneau de Visé rapporte, de son côté, que l'on s'étonnait « de quelle manière il faisait jouer jusques aux enfants », et qui lui-même se

piquait de « faire jouer jusques à des fagots ». Il nous
apprend aussi quelle précision Molière exigeait, ne
souffrant pas que rien fût abandonné au hasard de l'inspiration et à la fantaisie individuelle : « Chaque acteur sait
combien il doit faire de pas, et toutes ses œillades sont
comptées ». Même sévérité pour la diction : « Il avoit imaginé, dit l'abbé Dubos, des notes pour marquer les tons
qu'il devoit prendre en récitant ses rôles », à plus forte
raison ceux que devaient prendre ses acteurs. Le résultat
de ces efforts était une justesse de jeu, « qui avoit été
inconnue jusque-là sur les théâtres de Paris », et que
Segrais déclarait impossible pour l'avenir : « On a vu
par son moyen ce qui ne s'étoit pas encore vu et ce qui
ne se verra jamais : c'est une troupe accomplie de comédiens, formée de sa main, dont il étoit l'âme, et qui ne
peut avoir de pareille ». Segrais se trompait en partie ;
la tradition de Molière devait rester le lien d'une troupe
qui, toujours renouvelée, n'a cessé de la suivre en la
rajeunissant.

Former d'excellents comédiens et leur donner des
chefs-d'œuvre à interpréter ne suffit pas à la fortune
d'un théâtre. Il faut encore ne pas négliger un ensemble
de petits moyens, dont notre temps fait un usage prodigieux, qu'il croit à tort capables de remplacer tout le
reste, mais auxquels un directeur doit toujours faire une
place. Ces moyens consistent à piquer la curiosité du
public, à se préparer des spectateurs bienveillants, à
désarmer les hostilités dans la mesure du possible ; ils
s'appellent, d'un seul mot, la *réclame*. Molière y était
passé maître. D'abord, il avait « l'annonce », cette petite
harangue qui suivait la représentation et servait non
seulement à annoncer le prochain spectacle, mais aussi
à commenter, pour le bien de la troupe, tous les événements intérieurs qui pouvaient intéresser le public. Jus-

qu'en 1664, où il en remit le soin à La Grange, sans y
renoncer tout à fait, il ajoutait cet emploi à tous ceux
qu'il remplissait déjà. De ses harangues il ne nous a été
conservé que deux, et encore par de simples analyses :
celle qu'il intercala dans sa première représentation
devant Louis XIV et celle où il annonçait *les Femmes
savantes*[1] ; ce sont des modèles. On remarqua beaucoup
aussi celle qu'il adressait à Monsieur, un jour que son
premier protecteur lui avait fait l'honneur de venir
assister à une représentation. Il ne s'y ménageait en
aucune circonstance, « jusque-là que, s'il mouroit un
des domestiques de son théâtre, ce lui étoit un sujet de
harangue pour le premier jour de comédie ». On en
conclut volontiers qu'il aimait l'éloquence pour elle-
même, et aussi qu'il était très comédien par le constant
souci d'occuper le public de sa personne. J'y verrais
plutôt le désir d'entrer le plus directement possible en
communication avec ses spectateurs, pour s'emparer d'eux
plus sûrement. A l'occasion, il imaginait, avant la pièce,
d'ingénieuses petites scènes que l'on a souvent imitées
depuis. Lui-même nous apprend qu'à Vaux, avant *les
Fâcheux*, il « parut sur le théâtre en habit de ville, et,
s'adressant au roi avec le visage d'un homme surpris, il
fit des excuses en désordre sur ce qu'il se trouvoit là
seul et manquoit de temps et d'acteurs pour donner à
Sa Majesté le divertissement qu'elle sembloit attendre ».
Une autre fois, à Versailles, il imagine de faire un marquis ridicule cherchant une place sur le théâtre et engageant une conversation avec une marquise ridicule
placée dans la salle. Avant d'afficher une pièce nouvelle,
il allait la lire dans les maisons notables où il était reçu,

1. La première est rapportée par La Grange et Vinot, dans la notice de 1682, la seconde par Donneau de Visé dans le *Mercure
galant*.

comme *Tartuffe* chez Ninon de Lenclos, *les Femmes savantes* chez le cardinal de Retz, et, naturellement, la « location » en profitait.

Ses ennemis ne manquaient pas de dénaturer cette façon d'agir. Somaise l'accuse d'avoir « tiré des limbes son *Dépit amoureux* à force de coups de chapeau et amené la coutume de faire courre le billet »; Montfleury le montre reçu chez les grands « au bout des tables » et payant son écot par ces imitations de comédiens qui avaient eu grand succès dans *l'Impromptu de Versailles*; de Visé raconte qu'il n'ouvrit son théâtre « qu'après avoir brigué quantité d'approbateurs ». Ce dernier accorde du moins que, ce faisant, « il avoit de l'esprit et savoit ce qu'il falloit faire pour réussir ». En effet, il atteignit vite de la sorte le but auquel doit viser tout directeur : faire de son théâtre un endroit à la mode où il est nécessaire d'aller, si l'on est du bel air. C'est encore de Visé qui nous renseigne sur ce point, et de façon très complète : « Après le succès de *l'Étourdi* et du *Dépit amoureux*, son théâtre commença à se trouver continuellement rempli de gens de qualité, non pas tant pour le divertissement qu'ils y prenoient (car l'on n'y jouoit que de vieilles pièces), que parce que, le monde ayant pris l'habitude d'y aller, ceux qui aimoient la comédie et qui aimoient à s'y faire voir y trouvoient amplement de quoi se contenter; ainsi l'on y venoit par coutume, sans dessein d'écouter la comédie et sans savoir ce que l'on y jouoit. » On le voit, il n'y a rien de tout à fait nouveau en matière de théâtre : l'un des plus habiles directeurs qu'ait eus la Comédie-Française ne s'y prit pas autrement pour raffermir la fortune chancelante de la maison; doucement attirée, la société élégante y vint par mode, et le grand public, suivant l'exemple, y vint par imitation et y resta par goût.

Chaque profession, la plus humble comme la plus
noble, la moins classée comme la plus régulière, a son
genre de point d'honneur. Pour un comédien, pour un
directeur de théâtre, il consiste non seulement à remplir toutes les obligations de son métier, mais encore à
l'aimer par-dessus tout, à s'y sacrifier au besoin. Molière, lui, mourut en fonctions et à la peine. Il aurait
pu, cependant, quitter la scène, se borner à écrire et
prendre ainsi sa place parmi les plus honorés de ses
contemporains. Louis Racine prétend que les amis du
poète lui conseillaient avec instances de prendre ce
parti, que même l'Académie française lui faisait offrir
une place par Boileau, à la condition de renoncer au
théâtre. Molière refusa en objectant le point d'honneur ;
et Boileau, qui ne comprenait pas, de se récrier. Molière avait raison : le point d'honneur consistait pour
lui, non pas, comme disait Boileau, « à se barbouiller
le visage d'une moustache de Sganarelle et à recevoir
des coups de bâton », mais à ne pas abandonner la troupe
dont il était l'âme, à ne pas lui enlever, en se retirant
d'elle, son principal élément de succès. Le jour même
de sa mort, à bout de forces, ce sentiment le décidait
encore à monter sur le théâtre : « Comment voulez-vous
que je fasse ? disait-il à sa femme et à Baron ; il y a cinquante pauvres ouvriers qui n'ont que leur journée pour
vivre. Je me reprocherois d'avoir négligé de leur donner du pain un seul jour, le pouvant faire absolument. »
Sa dernière heure d'activité fut pour son art. Noble fin,
et digne de lui, malgré le terrible anathème de Bossuet ;
sans elle, il manquerait quelque chose à une gloire dont
elle fut le couronnement et comme l'apothéose.

Si j'ai retracé avec quelque détail l'existence théâtrale
de Molière, ce n'est pas seulement pour prouver combien son métier lui tenait à cœur, et marquer de la sorte

un trait de son caractère. L'intérêt de cette recherche est surtout littéraire. Elle contribue, en effet, à prouver que, d'après une remarque déjà faite par Sainte-Beuve, Molière, comédien beaucoup plus qu'auteur, et subordonnant tout aux exigences de la scène, faisait passer l'effet de la représentation bien avant celui de la lecture. Aussi voulait-il laisser le plus possible ses œuvres à leur destination, qui était de paraître *aux chandelles*, et avait-il pour le livre une répugnance marquée ; on sait avec quelle force il l'exprime en tête des *Précieuses ridicules* et de *l'Amour médecin*. Il lui fallait bien, toutefois, consentir à l'impression de ses pièces, puisque, sans cela, d'effrontés pillards, comme Somaize, ou des amateurs trop enthousiastes, comme Neufvillenaine, les publiaient sans sa permission. Mais, le manuscrit une fois livré, il ne s'en inquiétait plus. Il faisait ou laissait faire deux recueils de son théâtre sans corrections d'aucune sorte, sans profiter de l'occasion pour expliquer sa poétique ou batailler contre ses ennemis, à la façon de Corneille ou de Racine. Ce fut seulement vers la fin de sa carrière que, pris d'impatience, à la longue, en se voyant défigurer, et, peut-être, par un regard jeté en arrière sur son œuvre accumulée, consentant, lui aussi, à en reconnaître la valeur littéraire, il voulut la corriger et la fixer. Que de sollicitude, au contraire, pour la diction et le jeu ! quelle impatience lorsque ses acteurs le trahissaient ! Écoutant un jour derrière le théâtre, avec Champmeslé, une scène de *Tartuffe*, il s'écriait avec une véritable fureur : « Ah ! chien ! ah ! bourreau ! » Et, comme Champmeslé s'étonnait : « Ne soyez pas surpris de mon emportement, lui disait-il. Je viens d'entendre un acteur déclamer pitoyablement quatre vers de ma pièce, et je ne saurois voir maltraiter mes enfants de cette force-là sans souffrir comme un damné. » Il ne faudrait jamais, en étudiant ses œuvres, perdre de vue cette préférence ; elle expliquerait certaines façons d'écrire qui lui ont été sévèrement reprochées ; elle mériterait d'être étudiée en elle-même pour les graves questions d'esthétique qu'elle soulève. Car ce n'est point là exception unique : Shakespeare, poète-comédien, lui aussi, traitait ses pièces, une fois jouées, avec une telle négligence, que leur publication, leur chronologie, leur authenticité même sont autant de problèmes à peu près insolubles. Pour ces maîtres du théâtre, l'art dramatique était chose vivante ; ils en considéraient toutes les parties, poème, diction, action, comme inséparables ; leurs œuvres, réduites au livre, leur semblaient mortes ; enfin, au prix de la gloire directe qu'ils trouvaient sur la scène, de la joie qu'ils éprouvaient à incarner leurs créations, à les voir marcher et parler sous leurs yeux, celle d'en prolonger la vie par le livre ne leur semblait pas valoir le temps qu'elle aurait pris à leur occupation maîtresse.

J'ai essayé, d'autre part, de retrouver, derrière la statue solennelle du grand écrivain, l'homme lui-même avec sa trempe morale, ce mélange de bon et de mauvais qui est dans toute créature humaine. Cette question intéresse encore la littérature. Médiocrement chrétien et peu respectueux dans un siècle imprégné de foi et d'esprit hiérarchique, épicurien de goûts et de conduite, Molière était à la fois en retard et en avance sur son temps : il se rattachait au seizième siècle par son indépendance d'esprit, il faisait pressentir le dix-huitième par son désir de tout soumettre au rire, c'est-à-dire à la discussion. Cette nature d'esprit, non seulement se conciliait très bien avec celle de la comédie, mais elle y était jusqu'à un certain point nécessaire. On peut se demander toutefois si, en se séparant ainsi

de ses contemporains, Molière n'a point perdu quelque
chose. La conception de la vie réalisée par son existence
est largement humaine ; mais n'y manque-t-il pas une élévation qui n'est pas interdite aux poètes comiques, puisqu'elle se trouve chez d'autres que lui ? Et de même, la
morale qui se dégage de son œuvre n'eût-elle pas gagné
à s'inspirer des idées de son temps? En revanche, on ne
peut méconnaître que, n'étant dupe d'aucune convention, dans un siècle qui en comptait tant et de toutes
sortes, ne laissant rien empiéter sur son libre jugement,
il a déployé un courage, une vigueur d'attaque, une
franchise d'observation, que plus de respect lui eût in-
terdits ; qu'il a touché, par cela même, à quelques-uns
de ces grands objets de discussion que l'on n'aborde
guère aux époques de paix sociale, et que, sans les
pièces où il les aborde, il manquerait quelque chose
d'essentiel à son œuvre, comme à celle de son temps.
Cette liberté d'esprit n'engendra, du reste, chez lui, ni
l'imprudence, ni le parti pris, ni les mauvaises manières, ni l'indulgence pour soi-même que l'on rencontre
chez les écrivains du seizième siècle, et surtout chez
ceux du dix-huitième; dans une profession et des circonstances également difficiles, ce grand homme fut, en
même temps, un brave homme.

APPENDICE

LES BIOGRAPHES DE MOLIÈRE

Les pages qui suivent n'apprendront pas grand'chose
aux moliéristes quelque peu informés sur l'objet de leurs
préférences littéraires : tous ont dû pratiquer les ouvrages que je vais apprécier et ils ont leur opinion faite.
J'espère, en revanche, qu'elles ne seront pas entièrement
dépourvues d'intérêt pour ceux à qui Molière est plus
familier que ses critiques, et qui le lisent ou le voient
jouer sans s'inquiéter autrement de l'énorme travail
d'exégèse que chaque jour accumule sur ses œuvres. Je
voudrais, en effet, y passer en revue, le plus brièvement
possible, les travaux biographiques à l'aide desquels la
lumière s'est faite peu à peu sur l'histoire du poète,
d'abord réduite à quelques dates et maintenant connue
dans un tel détail que, malgré les plaintes de ceux dont
la curiosité n'est jamais satisfaite en cette matière, nous
en savons plus long sur Molière que sur tel de nos
contemporains les plus en vue. En outre, cette revue
servira de pièces justificatives à un livre où j'ai dû citer
bien des auteurs sans m'expliquer autrement sur leur
compte ni marquer la valeur de chacun d'eux comme
historien ou témoin.

I

Les contemporains de Molière ; Donneau de Visé, Montfleury, Le Boulanger de Chalussay. — La Grange ; Grimarest. — De La Serre à Aimé Martin.

Les plus utiles, peut-être, des biographes de Molière se trouvent dans cette tourbe d'ennemis, acharnés contre lui dès ses débuts, et qui, en le couvrant d'injures, en se déshonorant eux-mêmes par l'étalage de leur bassesse, ne se doutaient guère qu'ils amassaient pour la postérité de précieux documents. Ils se trouvent aussi parmi ces modestes écrivains qui racontent pas à pas la carrière du poète-comédien, tantôt avec une admiration naïve, tantôt avec une amusante jalousie. Robinet vient en tête de ce dernier groupe ; dans le premier, nous sommes surtout redevables à Donneau de Visé, Montfleury et Le Boulanger de Chalussay.

Continuateur de Loret et Mayolàs, les gazetiers burlesques, Robinet est le vrai type du badaud optimiste et bienveillant ; assidu parmi les spectateurs du Palais-Royal, debout au parterre, ou admis par grâce dans une loge, il regarde et admire, complimenteur, prompt à l'enthousiasme, et rime au jour le jour le compte rendu des représentations. D'abord ennemi, puis ami de Molière, tour à tour auteur comique et tragique, critique, nouvelliste, journaliste, fondateur du *Mercure galant*, historiographe de France, dans tout cela fort méchant écrivain, Donneau de Visé est l'une des plus curieuses figures de son siècle, un des ancêtres de la presse, un des premiers qui en aient compris le pouvoir, et qui, par l'information, la chronique, le reportage, l'*actualité*, à force d'entregent et d'intrigue, en aient tiré tout ce qu'elle pouvait procurer alors d'influence; les renseignements qu'il donne sur Molière sont contenus dans un fatras de petits écrits, mais personne n'en donne davantage. Le Boulanger de Chalussay, au contraire, est l'homme d'un seul livre, *Élomire hypocondre*, comédie en cinq actes et en vers, qui ne fut pas représentée et ne pouvait pas l'être. De l'auteur on ne sait rien, sauf qu'il était animé d'une haine violente contre Molière; quant au livre, plein de bouffonneries plates et de mauvais vers, animé cependant d'une verve grossière, il atteste l'exacte connaissance, sinon de Molière lui-même, au moins de sa carrière théâtrale; il la raconte à deux et trois reprises, avec une telle précision que ses récits permettent de fixer des dates et des faits importants. Pour Montfleury, fils du célèbre comédien de l'Hôtel de Bourgogne, son *Impromptu de l'Hôtel de Condé*, réponse à *l'Impromptu de Versailles*, peut être considéré comme le type de ces petites pièces de circonstance que provoquaient les comédies de Molière; on y trouve le meilleur portrait satirique et le plus complet qui nous soit parvenu de Molière comédien et, comme dans les autres, quelques vers, quelques mots sont de précieuses indications.

Voilà les principaux entre les témoins de la vie de Molière; mais combien d'autres il faudrait citer avec ceux-là, et qui ont laissé un petit livre, une pièce, une page d'un grand intérêt! On a écrit tout un volume sur les ennemis de Racine; pour passer en revue ceux de Molière, il en faudrait au moins deux. Comme il arrive d'ordinaire, ses amis ou ses protecteurs écrivent ou parlent moins que ses ennemis; mais que ce soient Boileau ou La Fontaine, Louis XIV ou Condé, on devine de quel prix est le moindre mot venant de tels témoins.

Amis ou ennemis, ces contemporains, biographes sans
le savoir, sont très incomplets et très fragmentaires;
seul parmi eux, Donneau de Visé nous a laissé une
notice suivie; encore est-elle de circonstance et d'une
forme bien bizarre. Enfin, neuf ans après la mort du
poète, en 1682, son ami La Grange, songeant véritablement à la postérité et sachant bien ce qu'il faisait, lui
consacre la courte biographie dont il a été question au
cours de ce volume. Il suffira de dire ici que, dans sa
discrétion et sa sobriété, elle est la première vraiment
digne de son objet; scrupuleusement exacte, c'est la
seule peut-être où il n'y ait pas à relever une seule
erreur grave; elle est aussi le point de départ de toutes
celles qui ont suivi.

Mais elle est très courte et volontairement très discrète. Il n'y a guère à prendre pour la vaine curiosité,
pas plus que dans les notices encore plus courtes données en 1686 par Baillet, en 1697 par Charles Perrault;
Bayle est le seul qui, dans un article de son *Dictionnaire historique*, essaye de pénétrer, à l'aide d'un
odieux pamphlet, *la Fameuse comédienne*, jusque dans
la vie privée du grand écrivain. Comment se fait-il que
La Grange ait si longtemps suffi? La curiosité est d'autant plus vive à l'égard d'un homme, qu'il est placé plus
haut par ses contemporains, mais, outre que ceux de
Molière ne l'appréciaient pas à sa valeur, il y a bien
des choses, en matière de biographie, qui ne s'écrivent
pas sur un contemporain, parce que tout le monde les
sait, ou parce qu'il y aurait danger à les écrire. A mesure
que le temps s'écoule, la gloire de l'homme grandissant
et la tradition orale devenant plus pauvre, la curiosité
publique grandit, elle aussi, et veut être satisfaite; il
lui faut des détails qu'elle n'apprend plus de vive voix
et que l'on peut désormais formuler par écrit sans trop

d'inconvénients. C'est alors que de nouveaux biographes
écrivent des volumes, et c'est pour répondre à un besoin de ce genre au sujet de Molière, que, trente-deux
ans après sa mort, un obscur maître de langues, Le
Gallois de Grimarest, prit la plume.

Lui-même n'avait pas connu son héros, mais il était
lié avec le comédien Baron, élève favori de Molière et
qui avait lontemps vécu dans son intimité. Baron mit
au service de Grimarest tout ce qu'il savait, un peu plus
même qu'il ne savait. Grimarest, recueillant d'autre part
tout ce qu'il put d'anecdotes et de souvenirs, composa
de la sorte une *Vie de M. de Molière,* qui parut en 1705.
L'ouvrage fut assez mal accueilli; Boileau surtout, qui
avait de toutes manières le droit d'être exigeant, se montra dur pour le pauvre biographe : « Franchement,
écrivait-il, ce n'est pas un ouvrage qui mérite qu'on en
parle. Il est fait par un homme qui ne savait rien de la
vie de Molière, et il se trompe dans tout, ne sachant
même pas les faits que tout le monde sait. » Un tel
arrêt, tombant d'une telle plume, devait être, semble-t-il,
une condamnation à mort. Le livre survécut, quoique la
condamnation ait en partie produit son effet. D'un côté,
le travail de Grimarest devait être souvent réimprimé et
imité; ainsi par Voltaire, qui se contenta de l'abréger
en meilleur style; et aujourd'hui encore, on lui fait l'honneur de le joindre à des éditions de Molière. De l'autre,
chacun se crut en droit de traiter l'auteur avec le dernier mépris, et de paraphraser à son sujet le jugement
de Bazin, plus sévère encore que Boileau, bien qu'il eût
moins le droit de l'être : « Cet historien tardif, dit l'auteur des *Notes historiques sur la vie de Molière,* fut un
homme sans nom, sans autorité, sans goût, sans style,
sans amour au moins du vrai; un de ces besogneurs
subalternes qui touchent à tout et gâtent tout ce qu'ils

touchent, autorisés à leurs méfaits par la coupable
apathie des honnêtes gens. » On ne parlerait pas autrement dans un réquisitoire.

Rien de plus injuste, à mon avis. Grimarest écrit mal,
il a l'esprit cancanier, il manque de critique, mais il fait
son possible pour être bien informé, et, somme toute,
son livre a rendu les plus grands services; c'est encore
le plus riche fonds de renseignements sur l'histoire
de Molière. Je dis plus : entre toutes les anciennes
biographies des grands écrivains du dix-septième et
du dix-huitième siècle, c'est encore une des moins mauvaises; ni Levesque de Burigny n'a mieux servi la mémoire de Bossuet, ni le chevalier de Ramsay celle de
Fénelon Ce qui a valu de si vives attaques à Grimarest, c'est que l'on a plus étudié de nos jours la vie de
Molière que celle de tous ses contemporains réunis, et,
naturellement, l'étendue de l'enquête a révélé bien des
erreurs chez un homme qui, peu soucieux de la précision moderne, écrivait avec la méthode peu exigeante de
son temps. Mais, ce qu'on remarque moins, c'est le
nombre de fois où notre contrôle a tantôt confirmé les
dires de Grimarest, tantôt montré qu'à ses erreurs se
mêlait le plus souvent une part de vérité, et surtout,
chose rare, qu'il n'a jamais menti sciemment et de
propos délibéré. Il faut examiner de près tout ce qu'il
raconte, mais il serait toujours imprudent de ne pas s'en
occuper, car, même avec le résultat accumulé de nos
recherches, nous aurions sans lui bien des lacunes à
regretter dans la vie de Molière.

Après Grimarest, le dix-huitième siècle écrit peu sur
le sujet qui nous occupe. La notice publiée en 1725 par
Bruzen de la Martinière, en tête d'une édition hollan-
daise des œuvres du poète, ne fait guère que délayer
Grimarest et La Grange, en y ajoutant quelques anec-

dotes. Un médiocre écrivain, La Serre, fait précéder la
superbe édition donnée en 1735, sous les auspices de
M. de Chauvelin, par Marc-Antoine Joly et illustrée par
Boucher, de mémoires où s'annonce un peu d'esprit
critique, mais qui n'ajoutent pas grand'chose aux recherches antérieures; les frères Parfaict, dans leur
Histoire du théâtre français, copient leurs devanciers;
en 1773, Bret, pour son édition longtemps estimée, se
contente de réimprimer avec un supplément de seconde
main la vie écrite par Voltaire, d'après Grimarest; et
c'est tout jusqu'à la fin du dix-huitième siècle. Au commencement du nôtre, l'édition de Molière donnée par
Auger et souvent réimprimée depuis 1819, celle d'Aimé
Martin, qui eut le même honneur entre 1824 et ces
dernières années, sont de bons travaux de critique
littéraire, mais si la biographie y est mieux disposée et
mieux écrite, elle pèche toujours par la nouveauté de
l'information. Grimarest n'a pas cessé d'être la source
principale.

II

Renouvellement de la biographie de Molière : Taschereau, Beffara,
Bazin, Eudore Soulié, Jal. — Recherches dans les archives de
Paris et de la province.

Enfin, avec Taschereau, qui fit paraître en 1825 la
première édition de son *Histoire de la vie et des ouvrages de Moliere,* la biographie du poète entre dans une
voie où elle finit par se renouveler; la cinquieme et
dernière édition de ce livre, publiée en 1863, fut jusqu'à
cette date le plus complet, le mieux ordonné et le
premier vraiment critique des travaux de ce genre.

Remontant aux sources, interrogeant, par delà Grimarest, les contemporains de Molière lui-même, mettant
un peu d'ordre dans le fatras de leurs écrits, y prenant
à peu près tout ce qu'il y avait à prendre, signalant ce
qu'il ne pouvait pas utiliser lui-même, profitant, à mesure, qu'elles se produisaient, des trouvailles que l'on
faisait autour de lui, en faisant lui-même, se corrigeant
et se complétant sans relâche, Taschereau élève un véritable monument à la mémoire de Molière et, dans
tout ce que l'on a bâti depuis, nombre de matériaux
lui sont empruntés.

Au moment où il publiait la première édition de son
livre, l'histoire de Molière venait d'être l'objet d'importantes découvertes, qui l'avaient bouleversée en la renouvelant; et l'année même où il faisait paraître la
dernière, Eudore Soulié produisait d'un seul coup une
prodigieuse quantité de documents, dont tous avaient
leur intérêt, et beaucoup une importance capitale.
Ainsi le livre que l'on aurait pu croire définitif était
à refaire en partie.

L'initiateur de ces découvertes avait été un commis-
saire de police, L.-F. Beffara, qui, longtemps attaché au
quartier de la Chaussée d'Antin, s'était vu conduit, par
ses relations personnelles avec les artistes et les auteurs
dramatiques, à étudier avec passion l'histoire du théâtre. Sa profession lui faisait, naturellement, attacher
une importance capitale aux pièces officielles; il dirigea
donc ses recherches vers une mine très riche et jusqu'alors inexplorée, les registres de l'état civil. Le résultat fut, en 1821, une mince brochure, publiée sous le simple titre de *Dissertation sur J.-B. Poquelin-Molière*, et
assez intéressante pour unir désormais d'une façon inséparable le nom de l'auteur à celui de Molière. Sur la
naissance du poète, l'origine contestée de sa femme, sur

cette famille Béjart qui fut le noyau persistant de sa
troupe, il apportait des informations décisives, qu'il a
suffi de compléter depuis et contre lesquelles rien n'a pu
prévaloir.

Avec l'étude comparative des écrits contemporains de
Molière et la recherche des documents originaux, la
biographie du poète avait trouvé sa véritable voie et il ne
restait plus qu'à y marcher. Cependant l'autorité de Grimarest n'était pas encore détruite, même pour un Beffara
ou un Taschereau. On se moquait de lui, à titre de précaution oratoire, mais on ne cessait pas de lui faire de
larges emprunts. Cette persistante faveur d'un méchant
écrivain eut le don d'agacer un homme d'esprit, Bazin,
l'historien de Louis XIII, qui se proposa de la ruiner une
bonne fois. Il publiait, en effet, dans la *Revue des Deux
Mondes* des 15 juillet 1847 et 15 janvier 1848, deux
études, sur *les Commencements* et *les Dernières années
de la vie de Molière*, réimprimées en 1851 sous le titre
de *Notes historiques sur la vie de Molière*. Grimarest
y était pris à parti avec une sévérité dont on a vu plus
haut un échantillon; pour le reste, c'était une minutieuse discussion, conduite avec une fermeté et une
logique admirables, de toutes les fables qui circu-
laient encore sur l'existence de Molière. « L'auteur s'y
est proposé pour unique but, y lisait-on, d'éclaircir et
d'assurer le très petit nombre de renseignements qu'on
nous a transmis sur les deux parties dont se compose la
vie de notre grand comique, en les faisant concorder
avec les faits publics et avérés de l'histoire, en y réta-
blissant d'une manière exacte les dates et les personnes
jusqu'ici confusément mêlées. » Cette promesse était
complètement tenue; le seul défaut grave du travail de
Bazin, c'était de persister, malgré les découvertes de
Beffara, à voir dans Armande Béjart une fille de Made-

leine et d'appuyer sur cette idée fausse un système
inacceptable. On pouvait aussi, avec Sainte-Beuve, reprocher à l'auteur de laisser voir, derrière son « exactitude inexorable » et sa « piquante sobriété », une sorte
d'àcreté bien inutile en des choses si simples : « Pourquoi, ajoutait Sainte-Beuve, ne pouvoir rectifier une date
ou un fait sans avoir l'air de faire une épigramme, et de
dire à son prochain : *Tu es un sot* »? A plus de trente
ans de distance, ce ton de persiflage exaspère encore les
aventureux et les enthousiastes ; justiciables éternels de
Bazin, ils le traitent comme un ennemi personnel.

Bazin ne vécut pas assez pour voir la méthode inau-
gurée par Beffara dissiper peu à peu nombre d'incerti-
tudes qu'il n'avait pu que constater avec regret, le corriger lui-même sur quelques points, sur d'autres confirmer
ses suppositions. C'est Jal, historiographe et archiviste
du ministère de la marine, qui reprit cette méthode en
l'étendant au champ tout entier de la biographie et de
l'histoire. Durant plus de quinze ans il fouilla, non
seulement les registres de l'état civil, mais la plupart
des dépôts d'archives de Paris et, par surcroît, les études
de notaires ; de cet immense labeur sortit ce *Diction-*
naire de critique de biographie et d'histoire, publié en
1864, mine inépuisable de noms, de dates et de faits,
recueillis avec une patience, une attention, un scrupule
d'exactitude auxquels on ne rendra jamais trop complète
justice. Molière et la plupart de ceux qui se trouvèrent
mêlés à son existence y sont l'objet d'articles importants, parmi lesquels ceux consacrés à Molière lui-même,
aux Poquelin, aux Béjart, ajoutaient grandement aux
trouvailles de Beffara.

Jal était à l'œuvre depuis longtemps, lorsque Eudore
Soulié, conservateur des musées nationaux, chargé de
préparer une édition de Molière pour la collection dite

des *Grands écrivains*, résolut, lui aussi, d'étendre le
genre d'investigation inauguré par Beffara aux études de
notaires. Il faut lire la simple introduction qui ouvre ses
Recherches sur Molière et sur sa famille, publiées en
1863, pour apprécier, avec sa patience, la sûreté de sa
méthode, et il suffit de parcourir la liste des soixante-
cinq documents trouvés par lui, pour juger d'un coup
d'œil le pas décisif que faisait la biographie de Molière
avec ce livre au titre modeste, pour lequel l'auteur eût
voulu un titre plus modeste encore. D'un seul coup, en
moins de quatre cents pages, Soulié mettait au jour tous
les papiers essentiels se rapportant à Molière, à son
père, à sa femme, à sa fille, aux débuts de l'*Illustre
Théâtre*, à la famille Béjart ; il nous faisait pénétrer dans
l'intimité la plus familière du poëte, il permettait de
trancher à son honneur l'irritante question de l'origine
de sa femme ; et, ces diverses pièces, il en faisait doucement sortir tout ce qu'elles contenaient de certitude ou
de probabilité, dans six chapitres d'exposition critique,
écrits avec la plus élégante simplicité.

Bien que le livre de Soulié n'ait pas obtenu auprès du
grand public tout le succès qu'il méritait, il eut assez
de retentissement pour susciter un peu partout des
émules à l'auteur, même à Paris, où il semblait pourtant avoir épuisé le terrain, mais surtout en province. Ici
l'histoire des voyages de Molière restait encore très obscure, malgré l'intéressant petit livre publié en 1858 par
Emmanuel Raymond (Léon Galibert) sous le titre d'*Histoire des pérégrinations de Molière dans le Languedoc*,
et un voyage de recherches assez infructueux entrepris
par Soulié lui-même, peu après la publication de son
livre. Ni à Paris ni en province il n'a rien été découvert
que l'on puisse comparer, même de loin, aux trouvailles
de Soulié ; néanmoins un certain nombre d'érudits ont

encore pu glaner sur les pas de l'auteur des *Recherches*
ou commenter avec intérêt les résultats de celles-ci.
Ainsi, pour Paris, M. Emile Campardon, qui a profité
de sa situation aux Archives nationales pour y rechercher tout ce qu'elles pouvaient contenir sur le poète, sa
famille, sa troupe, et en tirer la matière des plus utiles
recueils de documents; M. Ph. Collardeau, qui a décrit
la salle du théâtre de Molière au Port-Saint-Paul; M. Auguste Vitu, qui a fixé l'emplacement de sa maison mortuaire, du jeu de paume des Métayers, son premier
théâtre, de la maison de son père aux piliers des Halles;
R. Boulanger, qui a décrit l'autre maison de Jean Poquelin, rue Saint-Honoré; M. l'abbé V. Dufour, auquel
un épitaphier parisien a fourni l'intéressante inscription
gravée sur le tombeau de la mère des Béjart; en province, MM. Gosselin, Bouquet, Fillon, Brouchoud, Pé-
ricaud, Magen, Gaudin, Mortet, Rolland, Chardon, de
Beaurepaire, etc., qui ont relevé les diverses étapes du
poète-comédien ou montré l'erreur de certaines assi-
milations. M, Lacour de la Pijardière, le plus heureux
de tous, a trouvé aux archives de l'Hérault les deux plus
longs autographes que l'on ait de sa main.

III

Les biographes aventureux; Paul Lacroix, Édouard Fournier. —
Biographies d'ensemble et travaux de détail. — Les biographes de
Molière à l'étranger.

Il semblerait qu'avertis par Bazin et obligés par
l'exemple de Jal et de Soulié, les biographes de Molière
auraient dû mettre dans leurs recherches une précision
désormais indispensable. Mais il y a toute une famille

d'écrivains que leur nature d'esprit jette avec une force irrésistible dans l'aventureux et le romanesque.

De ce nombre étaient Édouard Fournier et Paul Lacroix, plus connu sous le nom de bibliophile Jacob. Fournier, fécond en hypothèses, quoique terriblement sec comme écrivain, introduisait à chaque instant l'imagination dans un ordre d'études où elle est plus dangereuse qu'utile; un fait n'avait guère de valeur à ses yeux que s'il pouvait l'interpréter et, souvent, en tirer un peu plus qu'il ne contenait; poète avec cela, il faisait de la poésie érudite comme de l'érudition poétique, au grand dommage de sa poésie comme de son érudition. Obligé de travailler vite, satisfait de lui-même et dédaigneux d'autrui, commettant beaucoup d'erreurs et ne revenant guère sur ce qu'il avait une fois avancé, il publiait en 1863 un *Roman de Molière* que ruinaient, quelques mois après, les *Recherches* de Soulié : pour se tirer d'affaire, il écrivait d'un ton dégagé que, somme toute, « les certitudes notariées apportées par Soulié lui étaient plus indulgentes que rigoureuses », et il ne se privait pas de faire la leçon à Soulié, en un sujet où celui-ci devenait une autorité suprême.

Quant à Paul Lacroix, malgré sa puissance de travail, son flair, l'étendue de ses connaissances, le bon bibliophile était, sans contredit, le plus dénué de critique entre tous les érudits français. Dans ses innombrables écrits, les à peu près, les confusions, les erreurs positives fourmillent; les hypothèses s'accumulent, si étonnantes qu'elles ressemblent parfois à des plaisanteries. Où il triomphe, c'est dans les attributions d'auteurs aux ouvrages anonymes ou qu'il croit tels; en ce genre, les deux *Collections moliéresques* où il a réuni un certain nombre de petits livres anciens se rapportant de près ou de loin à Molière, renferment de vraies merveilles. Et pourtant, Lacroix comme Fournier, par tout ce qu'ils ont remué et signalé de livres, ont rendu l'un et l'autre de grands services à la biographie de Molière ; un peu de vérité neuve se mêle à la plupart de leurs erreurs.

Ils sont morts à quelques années de distance. Heureusement, M. Auguste Baluffe est arrivé, qui les remplace tous deux en partie, avec son *Molière inconnu*. M. Baluffe semble avoir beaucoup travaillé son sujet et parle volontiers de ses « années d'incessantes recherches », mais, s'il a découvert un certain nombre de menus faits, sa critique est si originale, il met à indiquer ses sources une négligence si cavalière, ceux qui parcourent le même chemin que lui avec une méthode plus exigeante, comme M. Henri Chardon, découvrent dans son livre tant d'erreurs, de confusions, d'interprétations arbitraires, que l'on devine à le suivre de sérieux dangers. Avec cela, une façon d'écrire qui rappelle tantôt le plus beau temps du mélodrame, tantôt les querelles littéraires du seizième siècle.

Le livre de M. Baluffe est dédié à M. Arsène Houssaye. Pourtant dans le luxueux in-folio qu'il a intitulé *Molière, sa femme et sa fille*, le fécond écrivain ne révèle pas, bien s'en faut, les mêmes origines littéraires que M. Baluffe ; il reconnaîtrait plutôt comme ancêtres Crébillon fils et Dorat. Il est aussi fleuri qu'âpre est M. Baluffe, aussi facile et souriant que celui-ci est sérieux et tendu. Il n'a pas précisément traité son sujet : il a écrit autour un agréable poème en prose ; mais cela ne l'a pas empêché d'y faire, lui aussi, ses petites trouvailles, comme un simple érudit.

Plus modestes et plus utiles, d'autres écrivains se sont spécialement occupés d'étendre les recherches bibliographiques, ou de résumer, en les contrôlant les uns par les autres, les travaux partiels sur tel ou tel point de la vie de Molière. Ainsi M. Victor Fournel, qui, après avoir donné, en 1861, à la *Nouvelle biographie générale*, une notice sur le poète, aussi complète qu'on pouvait l'écrire à cette époque, publiait de 1863 à 1874 sa précieuse collection des *Contemporains de Molière*; M. Ch.-L. Livet avec ses réimpressions d'*Élomire hypocondre* et de *la Fameuse comédienne* (1878), celle-ci accompagnée de notes très nourries; M. Édouard Thierry, en publiant, pour la Comédie-Française, *le Registre de La Grange* (1876), précédé d'une élégante et solide notice, les *Documents sur* le Malade imaginaire (1880), dont l'ample commentaire donne beaucoup plus que le titre de l'ouvrage ne promet, et une série d'études dont la réunion formerait une histoire, qui nous manque, du théâtre de Molière. Quant aux travaux d'ensemble qui ont paru dans ces dernières années, l'élégant résumé publié par M. Jules Claretie, en 1873, à l'occasion du *jubilé* de Molière, sous le titre de *Molière, sa vie et ses œuvres*, a mérité de survivre à la circonstance qui l'avait provoqué. *Le Théâtre français sous Louis XIV* (1874) d'Eugène Despois est un ouvrage neuf et plein de choses, rédigé en grande partie d'après les archives de la Comédie-Française, et où la vie théâtrale de Molière tient la plus large place. Dans ses *Points obscurs de la vie de Molière* (1877), M. Jules Loiseleur a concentré avec méthode les découvertes faites depuis un quart de siècle sur la jeunesse du poète, sa vie nomade, son mariage et sa mort. On peut trouver que l'esprit de système et le goût des solutions nouvelles y faussent parfois les conclusions de l'auteur, mais ceux mêmes qui combattent les idées de M. Loiseleur lui sont redevables d'avoir le premier présenté, au net et au complet, les résultats essentiels de tant d'études partielles. Enfin, M. Louis Moland, reprenant, pour la mettre à jour, la

biographie générale de Molière au point où l'avait laissée Taschereau, lui a consacré tout un volume de sa
grande édition du poète et a fait entrer une somme
extraordinaire de renseignements dans une exposition
sobre, complète et claire, où rien ne trahit l'effort ni ne
cause la fatigue : livre écrit pour les gens du monde et
qui aide beaucoup les hommes du métier.

Jusqu'ici je n'ai cité que des travaux français. A
l'étranger, cependant, Molière est, de tous nos grands
écrivains, celui qui excite l'attention la plus soutenue ;
on y néglige Corneille et Racine, et l'on a tort ; Molière,
lui, est toujours en honneur. En Allemagne, surtout,
travaux d'ensemble et recherches de détail se succèdent
avec une rapidité étonnante. Je ne puis citer que les
plus considérables et les plus récents ; il me suffira de
dire que, depuis 1880 et en moins de trois années,
paraissaient, dans la patrie de Lessing et de Schlegel,
deux biographies de Molière, inspirées par une vive
sympathie pour leur héros et très étendues : l'une,
brillante exposition, dégagée de tout appareil biblio-
graphique, par M. F. Lotheissen, l'autre, critique et
minutieuse, par M. R. Mahrenholtz ; d'autre part, M. W.
Mangold publiait sur l'histoire de *Tartuffe* l'étude la plus
complète qui existe en aucune langue, et l'une des plus
judicieuses. Si ces trois ouvrages sont faits, pour la
plus grande partie, d'après des travaux français, les
recherches originales et les vues personnelles n'y manquent pas. Bien plus, l'Allemagne avait son recueil
périodique uniquement consacré à Molière, le *Molière-
Museum*, fondé au mois d'août 1879 par M. H. Schweit-
zer, à l'imitation du *Moliériste* français dont il sera
question tout à l'heure, et, parmi ses rédacteurs, plusieurs ont publié séparément d'importantes études
biographiques, philologiques ou littéraires ; ainsi

MM. Fritsche, Humbert, Knörich, Vesselovsky, Vollmöl-
ler, etc. Bien avant, le nom de M. P. Lindau, pour ne
citer que celui d'un critique de premier ordre, était
connu en France par de spirituelles études, écrites sur
Molière dans un goût français.

Le *Molière-Museum* a disparu en 1884, par la mort
de son fondateur, mais la littérature moliéresque ne
chôme pas pour cela en Allemagne; elle occupe une
grande place dans un recueil uniquement consacré à la
littérature française, les *Französische Studien*, dirigées
par MM. G. Körting et E. Koschwitz, et où a paru l'ouvrage de M. Mahrenholtz. Il est juste de reconnaître que,
pour cette branche de la littérature française, si nous
ne sommes pas tributaires de l'Allemagne, nous aurions
le plus grand tort de négliger ce que produisent nos
voisins.

Sans être aussi féconds que les Allemands, les Anglais contribuent pour leur part à la biographie *moliéresque*[1]. Leurs ouvrages d'ensemble sont moins étendus
et moins nombreux, mais leurs éditeurs et leurs
essayistes se tiennent très au courant de ce qui se
publie sur Molière. M. H. Van Laun faisait paraître, de
1875 à 1877, une traduction de Molière, accompagnée
d'un important travail de biographie et de critique;

1. Je dois remercier ici mon collègue M. Alexandre Beljame,
maître de conférences de langue et de littérature anglaise à la
Faculté des lettres de Paris, qui a bien voulu mettre à ma disposition un catalogue aussi complet que possible des travaux publiés
en Angleterre sur Molière. Dans une revue forcément très rapide,
je n'y puis prendre qu'un petit nombre de noms et de titres, et il
serait vivement à souhaiter que M. Beljame publiât lui-même ce
travail, fruit de longues recherches et d'une information toujours
en éveil. Il comblerait par là une lacune, car, malgré les incursions
faites par P. Lacroix dans les pays les plus lointains, les indications
contenues dans sa *Bibliographie moliéresque* sur les biographes de
Molière à l'étranger sont très insuffisantes et déjà très arriérées,
surtout pour l'Angleterre.

M. J. Brander Matthews, Mrs. Oliphant et M. Tarver, plusieurs auteurs anonymes dans des revues et des collections de biographies, M. F. Hawkins dans ses *Annals of the French stage*, M. G. Saintsbury, dans une remarquable histoire de la littérature française, qui apprend beaucoup aux Anglais et que les Français lisent avec profit, se montraient *moliéristes*, chacun à sa manière. L'article MOLIÈRE, publié en 1883 par M. A. Lang, dans le tome XVI de l'*Encyclopædia Britannica*, formerait, à lui seul, un gros volume, et, pour l'exactitude de l'information, il mérite d'être comparé aux ouvrages allemands de MM. Lotheissen et Mahrenholtz.

IV

Les Moliéristes.

Voilà, certes, un mouvement d'études très considérable sur le même sujet, et encore n'ai-je pu mentionner que les travaux les plus importants ou les plus généraux, laissant de côté nombre d'études partielles, dont quelques-unes pourtant, comme les *Médecins au temps de Molière* (1862) de Maurice Raynaud, sont des œuvres de premier ordre. Pour apprécier l'étendue de ce mouvement, il suffira de feuilleter la *Bibliographie moliéresque* (1875) et l'*Iconographie* (1876) de Paul Lacroix, utiles recueils où l'auteur a mis toutes ses qualités et tous ses défauts : curiosité insatiable, étendue de l'information, goût de l'hypothèse, désordre. Décidément, Molière était devenu pour nous ce que Shakespeare est pour les Anglais, Gœthe pour les Allemands, Dante pour les Italiens, Cervantes pour les Espagnols, l'objet d'un culte national et un perpétuel sujet d'études; et de même qu'il y a, au delà des Alpes et de la Manche, des littératures dantesque et shakespearienne, nous avions une littérature moliéresque.

Il ne nous manquait plus qu'une revue consacrée uniquement à Molière. Cette lacune est aujourd'hui comblée, grâce aux efforts persévérants de M. Georges Monval. Déjà, en 1873, simple élève du Conservatoire, il avait conçu l'idée de cette revue, tandis qu'il organisait avec M. Ballande le *jubilé* de Molière à la salle Ventadour. Devenu archiviste de la Comédie-Française, il fondait, au mois d'avril 1879, *le Moliériste*, avec le concours de ceux qui, comme lui, avaient fait de Molière leur étude de prédilection. La déclaration placée en tête du premier numéro est l'indication exacte de ce que *le Moliériste* voulait faire et de ce qu'il a fait : centraliser les efforts individuels, multiplier les études sur les points de détail, indiquer les voies de recherches, signaler tous les travaux consacrés à Molière, mettre leurs auteurs en rapport. Il dure toujours; sa collection forme, à cette heure, sept gros volumes, et il n'y a pas à craindre de sitôt qu'il meure faute de copie. Je ne nierai pas que, dans ces deux mille cinq cents pages consacrées au seul Molière, il n'y en ait d'inutiles; c'est un défaut commun à tous les recueils de ce genre. Mais il est plein de discussions intéressantes, d'utiles documents, de petites trouvailles, dont la plupart n'auraient pu se produire sans une revue toujours prête à les accueillir.

Pour légitime et respectable qu'elle soit, une religion a toujours ses fanatiques. Le moliérisme ayant trouvé faveur auprès du public, plusieurs de ses fidèles en abusèrent; ils eurent l'enthousiasme exubérant. Et, comme tout engouement finit, surtout en France, par exciter l'impatience, il vint un jour où une réaction se produisit.

La petite presse donna le signal des moqueries, et peu
à peu se produisirent des objections plus sérieuses.
Est-ce un bon moyen d'honorer un grand écrivain,
disait-on, que de traiter avec une égale idolâtrie, non
seulement ses chefs-d'œuvre, mais tout ce qu'il a écrit,
tous les faits de son existence, sa personne même,
ou ce qu'on croit qu'il a laissé de reliques[1]? Enfin,
un critique de grande autorité, qui, à notre époque
de scepticisme et de morcellement intellectuel, unit
à une rare étendue de connaissances un système d'idées
fortement liées, M. Ferdinand Brunetière, fit, pour
notre temps et à deux reprises, ce que Bazin avait fait
il y a trente-six ans. Dans la *Revue des Deux Mondes*
du 1er août 1877 il marquait exactement l'importance
relative et le produit net des travaux biographiques
accumulés sur Molière depuis quelques années; sept
ans après, le 1er décembre 1884, se trouvant en face
d'une religion constituée, avec son culte, sa liturgie,
son langage hiératique, il entrait dans le temple et y
reprenait, au nom de la critique, le grand homme dont
on avait fait une idole. Comme dans la plupart des exé-
cutions pareilles, il avait la main dure; mais, s'il disait
aux moliéristes de pénibles vérités, quels excellents
conseils il leur donnait! Beaucoup réclamèrent, quelques-uns se fâchèrent; mais la leçon était nécessaire
et elle fut profitable.

Le moliérisme, dans ce qu'il a de légitime, ne pouvait pas plus disparaître que cette prédilection dont
Molière profite entre tous nos grands écrivains, et qui,

---

1. De tous les articles publiés à ce propos, un des plus retentis-
sants fut celui que M. Edmond Schérer fit paraître, sous le titre
une Hérésie littéraire, dans *le Temps* du 19 mars 1882. Mais
M. Schérer visait plus haut que le moliérisme : l'idolâtrie de certains biographes lui servait seulement de début pour entreprendre
une critique très rigoureuse du style de Molière.

on vient de le voir, ne se trouve pas seulement en
France. Après comme avant les critiques dont ils ont
été l'objet, les moliéristes continuent leur œuvre de
recherches; les résultats en sont assez considérables
pour valoir à ces fervents du poète les sympathies de
ceux auxquels les œuvres d'un grand écrivain ne suf-
fisent pas, et qui veulent connaître l'homme lui-même,
dans le détail de son caractère et de son existence.
On peut trouver ce désir tantôt absorbant, tantôt puéril;
on doit protester lorsqu'il enlève aux œuvres mêmes la
part d'attention qui leur revient et qui devrait être la
plus large, mais on ne saurait le détruire; on ne saurait
même lui refuser le droit d'exister et de se satisfaire.
Le rôle de la critique est de le régler et d'en profiter.

TABLE ANALYTIQUE

CHAPITRE IV

LE JEUNE PREMIER DE LA TROUPE DE MOLIÈRE.

Charles Varlet de La Grange.

CHAPITRE V

Molière et Louis XIV.

CHAPITRE VI

Molière;

L'homme et le comédien.

APPENDICE.

Les biographes de Molière.

TABLE DES MATIÈRES

68-10. — Coulommiers. Imp. PAUL BRODARD. — PI-10.